De onbekende

Van dezelfde auteur

Rode sneeuw
Jachthonden
De kluizenaar
Dwaalspoor
De Katharinacode
De fjord

Samen met Thomas Enger

Nulpunt
Rookgordijn
Slagzij

Wil je meer informatie over onze boeken,
kijk dan op www.scandinavischethrillers.nl,
volg @scandinavische_thrillers op Instagram of like
onze pagina: Facebook.com/ScandinavischeThrillers.

Jørn Lier Horst

De onbekende

Cold Case Kwartet 3

A.W. Bruna Uitgevers

Oorspronkelijke titel
Illvilje
© Jørn Lier Horst 2019
Published by agreement with Salomonsson Agency
Vertaling
Kim Snoeijing, via het Scandinavisch Vertaal- en Informatiebureau Nederland (SVIN)
Omslagbeeld
© Silas Manhood
Omslagontwerp
Studio Jan de Boer
© 2022 A.W. Bruna Uitgevers, Amsterdam

ISBN 978 94 005 1399 0
NUR 305

1

Line richtte haar blik op de met draadglas gewapende deur. Aan het eind van de gang zag ze hem naderen, met een cipier voor en achter zich. Tom Kerr.

Hij was veranderd.

Na zijn arrestatie en tijdens de rechtszaak van vier jaar geleden was zijn gezicht in alle media te zien geweest. Gladgeschoren met donkere ogen en dik, kortgeknipt haar. Keurig verzorgd, in een poging een goede indruk te maken. Nu leek hij meer op de man die hij eigenlijk was. Iemand die in staat was geweest datgene te doen waarvoor hij zat opgesloten. Zijn schouders waren breder, zijn borstkas stak meer naar voren. Zijn haar hing over zijn voorhoofd. Zijn gezicht was bleek en werd ontsierd door een onzuivere huid. Hij keek strak naar voren, terwijl hij met open mond kauwgom kauwde. In zijn ene mondhoek zat schuimend speeksel.

Nu was hij bij de deur die hem van de wachtende politiemensen scheidde. Sleutels rammelden. Tom Kerr keek van links naar rechts, hief zijn schouders en bewoog ze heen en weer, alsof hij stijve spieren los moest maken.

Line keek naar Adrian Stiller, die naar haar knikte.

Ze pakte haar camera en maakte zich klaar, waarbij ze een stap naar achteren zette.

Een koude windvlaag kwam binnen toen de cipier de deur opende. Tom Kerr vormde zijn lippen tot een glimlach, alsof iemand zojuist iets aardigs tegen hem had gezegd. Toen stapte hij over de drempel. Line ving hem in de lens en startte de opname. Hij droeg een blauwe spijkerbroek, een grijs T-shirt en een donker trainingsjack.

Adrian Stiller stapte naar voren en verscheen in beeld. Hij was een halve kop kleiner dan de man voor hem. In de ene hand had hij een dossier, in de andere een radiozender, zodat beide mannen elkaar niet als vanzelfsprekend de hand konden schudden.

'Tom Kerr,' zei Stiller op een gemaakte, formele toon. 'Je hebt je bereid verklaard om aan een strafrechtelijke plaatsopneming mee te werken.' Hij keek naar de camera. 'Alles wat je zegt, zal worden opgenomen en deel gaan uitmaken van je formele verklaring. Je kunt je laten bijstaan door een advocaat en onderweg met hem overleggen, zonder dat dit wordt vastgelegd.'

Line zoomde uit zodat Claes Thancke ook in beeld verscheen. De advocaat was gekleed in een donker pak en droeg zwarte schoenen die ongeschikt waren voor het terrein waar ze naartoe zouden gaan.

Hij had veel controversiële zaken behandeld. Zijn cliënten behoorden tot de ergste soort. Mensen tegen wie de samenleving beschermd moest worden. Hij had de naam een bekwame verdediger te zijn, maar Line had de manier waarop hij zijn zaken in de media bagatelliseerde nooit fijn gevonden.

'Ik zal de plaatsopneming leiden,' ging Stiller verder. 'We krijgen allebei een microfoontje en een zender om er zeker van te zijn dat je verklaring wordt opgenomen.'

Hij maakte een beweging met de hand waarin hij de zender had. 'Ik ga hem nu aan je vastmaken.'

Tom Kerr reageerde met een knikje. Stiller gaf hem het microfoontje, zodat hij dat zelf onder zijn T-shirt kon stoppen en aan de halsboord kon bevestigen. Daarna liep Stiller om hem heen om de zender op zijn rug aan zijn riem vast te maken.

'Kun je iets zeggen zodat we weten dat het werkt?'

'Test, test,' zei Kerr. Zijn stem was rauw, als gruis.

Line checkte het geluid van de camera en knikte naar Stiller. Met de capaciteit van de accu kon ze een twaalf uur durende opname maken. Zo lang had ze niet eens oppas voor haar dochter.

'Heb je iets meegenomen?' wilde Stiller weten.

'Wat bedoel je?' vroeg Kerr.

'Heb je iets bij je? In je zakken?'

'Nee.'

Stiller pakte een paar latexhandschoenen uit zijn achterzak. 'Ik ga het wel even controleren,' zei hij.

Kerr hief zijn handen boven zijn hoofd, als een ingestudeerde oefening. Stiller streek met zijn hand aan de buitenkant over de broekzakken. 'Mond open!'

Tom Kerr stak eerst zijn tong uit en daarna hield hij hem tegen zijn gehemelte om te laten zien dat er niets in zijn mondholte verstopt zat.

'Trek je schoenen uit,' ging Stiller verder.

Kerr plaatste de punt van zijn ene sportschoen tegen de hak van de andere en liet zijn voet eruit glijden. 'Ik zit al vier jaar in de bak,' zei hij en hij deed zijn andere schoen ook uit. 'Denk je dat ik hierbinnen iets heb gevonden wat ik mee naar buiten wil smokkelen?'

Stiller pakte de schoenen op zonder antwoord te geven en stond met zijn rug half naar de camera gericht om ze te controleren.

Line keek op van haar camera, wierp een blik op Stillers rug en de harde spieren onder het dunne overhemd.

'In orde,' zei hij en hij zette de schoenen voor de gevangene neer. 'We zitten met zes man in de auto en daarnaast de chauffeur en de cameravrouw. Plus jij.'

Hij trok zijn handschoenen uit en keek of hij een afvalbak zag, maar vond er geen. 'Inspecteur Gram is tijdens de zoekactie verantwoordelijk voor de veiligheid,' zei hij en hij wees naar een agent in operationeel uniform.

Line bracht deze man ook in beeld.

Gram stond klaar met de boeien die voor het transport nodig waren. Hij liep naar de gevangene toe en gaf aan dat Kerr zijn handen naar voren moest steken.

Kerr wendde zich tot Stiller. 'Moeten er ook boeien om mijn enkels?' vroeg hij gelaten.

'Hij beslist,' antwoordde Stiller met een knikje naar Gram.

Het wekte de indruk van een ingestudeerde rolverdeling, waarbij de politieman in uniform het confronterende deel voor zijn rekening nam.

'Je wordt als vluchtgevaarlijk beschouwd,' zei Gram.

De advocaat maakte een machteloos gebaar. 'Jullie zijn met acht tegen een, alleen al in de auto,' luidde zijn argument. 'En vast en zeker met nog meer mensen ter plaatse. Is dit nou echt nodig?'

'Hierover valt niet te discussiëren,' antwoordde Gram. 'Je hebt een bezwaarschrift naar het politiedirectoraat gestuurd en weten te bereiken dat er bij deze actie door ons geen wapens worden gedragen.'

'Jullie weten heel goed waarom dat zo is,' zei de advocaat. 'Twee agenten hebben bij de aanhouding schoten gelost, zonder dat dit ook maar enigszins gerechtvaardigd was. Het is alleen aan het toeval te danken dat hij niet is neergeschoten.'

Gram negeerde hem en keek Tom Kerr in de ogen. 'Maak je riem los,' zei hij.

Kerr deed wat hem werd opgedragen. Line bleef filmen en legde vast hoe Gram een ketting met beugel langs de binnenkant van de ene broekspijp liet glijden en die rond de enkel vastmaakte. Het andere uiteinde werd aan de handboeien vastgehaakt.

Het gevaar dat Tom Kerr zou proberen te vluchten was reeel. Hij was veroordeeld tot eenentwintig jaar gevangenisstraf met tbs waarvan hij in elk geval vijftien moest zitten. Dat betekende dat na het verstrijken van die tijd de straf telkens met een periode van vijf jaar kon worden verlengd zolang de rechtbank het risico groot vond dat hij bij vrijlating opnieuw de fout in zou gaan en weer een misdrijf zou plegen. In werkelijkheid kon het vonnis een levenslange opsluiting betekenen. Kerr had niets te verliezen als hij zou proberen de benen te nemen.

'Zijn we klaar?' vroeg Stiller.

Gram knikte en deed een mededeling via de politieradio. Een van de aanwezige cipiers opende de volgende deur, zodat ze naar de wachtende minibus konden gaan.

Line had vanaf een afstandje toegekeken en Tom Kerr uitsluitend via de cameralens benaderd. Nu kwam hij haar kant op. Vanwege de handboeien en de boei om zijn voet maakte hij korte, schuifelende passen. Toen hij langs Line liep, draaide hij zich naar haar toe en wierp een blik recht in de camera. Hij stond zo dichtbij dat ze hem kon ruiken. Een zure, bedompte geur, als in een huis dat lang leeg had gestaan.

2

'Daarginds,' zei Hammer wijzend.

De met steenslag verharde zijweg werd versperd door een dienstwagen van de politie. William Wisting minderde vaart, deed zijn richtingaanwijzer aan en stopte in de berm.

De andere auto reed achteruit om plaats te maken. Het zijraam ging naar beneden en een jonge agente stak haar hoofd naar buiten. Ze was een van de nieuwelingen bij de patrouillesectie, maar hij wist haar naam niet meer.

Wisting reed naar voren, hield naast haar halt en opende zijn eigen zijraam. Marlene, zo heette ze. Marlene Koht.

'Ze zijn er nog niet,' deelde ze mee.

'We zijn aan de vroege kant,' zei hij. 'Is er nog meer verkeer geweest?'

Marlene Koht schudde haar hoofd. 'We staan hier al drie uur,' antwoordde ze en ze stak een klembord omhoog dat op haar schoot had gelegen. Een vel papier met een korte namenlijst van personen die in en uit waren gereden, zat er met een stalen klem aan vast.

'Ze behoren allemaal tot de omwonenden,' verduidelijkte ze.

Hammer boog zich op de passagiersstoel naar voren en keek haar aan. 'Niemand van de pers?' wilde hij bevestigd hebben.

'Geen pers,' verzekerde Marlene Koht hem.

Wisting bedankte haar met een knikje. Steentjes sloegen tegen de wielkasten toen hij verder reed.

Aan weerszijden zagen ze zwarte, omgeploegde akkers. De hobbelige weg leidde een dichtbegroeid loofbos in. Het was half september. Sommige bomen verkleurden al en lieten hun bladeren vallen.

De weg volgde een lage stenen omheining. Hier en daar was een afslag naar een vakantiehuis. Na een paar minuten bereikten ze een open terrein naast de weg, met de resten van een oude zagerij midden in een weiland.

Wisting keerde en parkeerde zijn auto zo dat hij de anderen niet in de weg stond als ze arriveerden.

Het was tien voor elf.

Hij opende het portier, pakte de deurstijl met beide handen vast, trok zich omhoog en stapte uit. Het was een milde herfstdag, de zon stond hoog aan de hemel. Hij luisterde een tijdje naar het getjilp van vogels ergens in de buurt, waarna hij het portier sloot, naar de voorkant van de auto liep en tegen de motorkap leunde.

Hammer kwam naast hem staan en stak zijn handen in zijn broekzakken. 'Wat denk je?' vroeg hij.

'Misschien gaat het gebeuren,' antwoordde Wisting en hij tuurde naar het bosje aan de overkant van de wei.

Hammer en hij waren hier vier dagen geleden geweest en hadden toen een aantal kleine paadjes op en neer gelopen. Ze kenden het terrein. Eftanglandet, een schiereiland met bijna vijf vierkante kilometer heuvelachtig bos en landbouwgrond. Naar het oosten toe was het drassig; de Ulaveien vormde een natuurlijke grens. In alle richtingen eindigde het landschap in een kustlijn met afwisselend kale rotsen en ondiepe zanderige baaien.

Daar lag ze misschien wel ergens.

Taran Norum.

Ze was negentien toen ze in de wijk Bekkelaget verdween, op weg naar huis van een feest met een paar klasgenoten. Het ging om nog geen zeshonderd meter, door haar eigen buurt.

De zoekactie was de volgende dag rond twee uur gestart, maar alleen haar telefoon en een schoen werden gevonden.

Niets koppelde Tom Kerr aan deze verdwijning, maar twee maanden eerder was Thea Polden op dezelfde manier verdwenen in een woonwijk van het stadsdeel Stovner. Er waren wel mensen die op de overeenkomsten hadden gewezen, maar het speculeren was pas echt begonnen met de verdwijning van Salwa Haddad, die van haar vriendje in de wijk Hellerud op weg was geweest naar huis. Drie meisjes van dezelfde leeftijd waren op dezelfde manier verdwenen. Thea Polden en Salwa Haddad waren aangetroffen bij het meer Nøklevann, beiden zwaar mishandeld en vermoord. Taran Norum verdween als tweede, maar tijdens het onderzoek en de daaropvolgende rechtszaken werd ze het derde slachtoffer genoemd. Het meisje dat nooit was gevonden.

'De honden hadden toch iets moeten vinden toen ze hier waren,' benadrukte Wisting.

Hammer plukte een dot snus onder zijn bovenlip vandaan en gooide die op een bult grauw zaagsel. 'Het is binnenkort vijf jaar geleden,' bracht hij hiertegen in. 'Ik weet niet hoe goed ze zijn. Bovendien is het natuurlijk niet zeker dat al haar overblijfselen op één plek bij elkaar liggen. De andere meisjes waren in stukken gesneden.'

Wisting schraapte in gedachten verzonken met de punt van zijn schoen over de grond. Vijf dagen geleden hadden ze te horen gekregen dat Tom Kerrs derde slachtoffer misschien in hun politiedistrict begraven lag. Een medegedetineerde had de gevangenisdirectie benaderd en gezegd dat Kerr de moord op Taran Norum aan hem had bekend. Toen Kerr met de beschuldiging werd geconfronteerd, had hij zijn daad onverwachts aan de rechercheurs van de afdeling voor oudere en onopgeloste zaken van de Landelijke Recherche toegegeven en zich bereid getoond te laten zien waar hij haar had begraven.

‘Ik weet niet waar Tom Kerr op zit te broeden,’ ging Hammer verder. ‘Maar ik betwijfel of hij wel echt met ons wil samenwerken.’

‘Strategie,’ merkte Wisting op.

Kerr had overplaatsing van de strafinrichting naar een lichter regime in de gevangenis van Halden geëist in ruil voor de bekentenis. Dat zou betekenen dat hij contact met geesteszieke gevangenen kon vermijden en meer mogelijkheden kreeg om een opleiding te volgen. Een volmondige bekentenis zou worden beschouwd als een afrekening met het verleden en het type verandering in gedrag en houding dat nodig was om op een later moment voorwaardelijke invrijheidsstelling te overwegen.

Wisting geloofde niet dat dit hem op termijn zou helpen uit de gevangenis te komen. De daden van Tom Kerr waren zo nietsontziend en zo doortrokken van slechtheid dat er veel meer voor nodig zou zijn om hem weer in de samenleving los te laten.

Bij de onderhandelingen met Kerr waren ook de procureur-generaal en het politiedirectoraat betrokken geweest. Ze hadden er weken over gedaan. Hijzelf had nooit iets met Kerr te maken gehad. Het politiedistrict Oslo had de moorden onderzocht. Kerr had geen enkele connectie met het district van Wisting, maar nu had hij Refsholtsaga aangewezen als ontmoetingsplaats, om vanaf daar te laten zien waar zijn derde slachtoffer lag.

Het was duidelijk dat hij daar was geweest. Hij had een grondige beschrijving gegeven van de zomerweide, de oude zagerij en de resten van de daar nog aanwezige machinerie, maar niet uitgelegd waarom hij juist die plek had gekozen.

De politieradio aan Hammers riem kwam tot leven. Het transport met Kerr meldde zijn aankomst bij de hoofdweg.

Toen Kerr hun een ontmoetingsplek had laten weten, was het gebied rond de zagerij onderzocht met lijkhonden, in de hoop hem een stap voor te zijn. Dat had geen resultaat opgeleverd en dat werd als argument gebruikt door degenen die vonden dat de hele zoekactie op poten was gezet om een vluchtpoging mogelijk te maken. In de ochtenduren was er aan het begin van de weg een controlepost ingericht, diverse observatiewagens stonden langs de wegen in de buurt. Ze hadden alle voorzorgsmaatregelen getroffen.

3

Twee patrouillewagens escorteerden de zwarte minibus. Achter hen reed een Mercedes met geblindeerde ramen met daarin de advocaat.

Toen de auto's stopten, begon een politiehond achterin in zijn kooi te blaffen.

Adrian Stiller stapte als eerste uit. Vier jaar lang was de verdwijning van Taran Norum niet actief onderzocht. Ze hadden al het mogelijke gedaan. De sporen waren inmiddels koud en uit routine was de zaak overgedragen aan de afdeling voor oudere en onopgeloste zaken van de Landelijke Recherche. Daarmee had Stiller de verantwoordelijkheid voor het nieuwe onderzoek gekregen.

Wisting schudde Stiller de hand. Hammer deed hetzelfde.

'De helikopter?' vroeg Stiller en hij keek op naar de blauwe herfsthemel.

'De nieuwe helikopter moest eerst worden ingezet bij een zoekactie in de buurt van Kongsvinger,' legde Hammer uit. 'Er is een negenjarige zoek. Ze kunnen hier over vijfendertig minuten zijn. Het oude toestel krijgt momenteel een grote onderhoudsbeurt. Gram is op de hoogte gebracht.'

Hammer knikte naar de grote politieman die in de opening van de minibus stond te bellen. Kittil Gram was aanwezig geweest bij de voorbereidende bijeenkomsten waarbij de taken waren verdeeld. Bij de actie zelf zouden Wisting en Hammer uitsluitend de rol van observators vervullen.

'Ik had graag gezien dat ze hier met een infraroodcamera

overheen waren gevlogen om te kijken of zich hier in de buurt personen bevinden,' zei Stiller.

Hij liep naar Gram. Na een kort overleg leken ze tot het besluit te zijn gekomen om door te gaan. Gram gaf een paar korte bevelen. De patrouillehond werd uit de wagen gehaald en iedereen verliet de minibus. Eerst twee mannelijke en daarna een vrouwelijke agent. Hij knikte kort naar de agente. Maren Dokken. Ze had stage gelopen op de rechercheafdeling en de aandacht getrokken. Ze beschikte over de analytische blik die nodig was om belangrijke individuele details te onderscheiden. Ze zou een goede rechercheur worden, maar voorlopig werkte ze bij de patrouillesectie.

Line verscheen met haar filmcamera. Wisting sloeg zijn armen voor zijn borst over elkaar. Het stond hem niet aan dat zij er ook was. Dat Stiller haar erbij betrokken had.

Hun professionele wegen hadden elkaar al eens eerder gekruist. Zij als journalist, hij als rechercheur. Beiden hadden duidelijke rollen gehad en beiden hadden hun integriteit niet geschaad, maar hij zag niet graag dat ze zo dicht bij een persoon als Tom Kerr, zo dicht bij het kwaad, zou komen.

Line keek verder dan hij en had de grote lijnen gezien. Ze had zich verzekerd van het eerste recht om in een later stadium de opnamen te mogen gebruiken in een documentaire en had contact gelegd met een productiemaatschappij die in haar idee geïnteresseerd was. Dat was gemakkelijk te begrijpen. Wat Tom Kerr had gedaan was zeldzaam beestachtig, en de rechtszaak tegen hem had niet alle antwoorden opgeleverd. Verre van dat. Tom Kerr had een onbekende handlanger gehad. Iemand die de media 'Nummer Twee' hadden genoemd.

Wisting had bezwaar gehad en gezegd dat de verschillende rollen weleens allemaal door elkaar heen konden gaan lopen. Line zou niet aan een documentaire kunnen werken terwijl ze tegelijkertijd een opdracht voor de politie uitvoerde. Ze was ermee akkoord gegaan dat haar werkzaamheden voor de Landelijke Recherche formeel moesten worden beëindigd voordat ze verder kon gaan met de documentaire, maar vond wel dat haar aanwezigheid tot een unieke manier van vertellen zou leiden. Sowieso waren ze nog lang niet zover. Eerst moest de moord op Taran Norum worden opgehelderd en het vonnis tegen Tom Kerr onherroepelijk zijn. Dat kon jaren duren, maar Line wilde dat hele proces graag van nabij volgen.

Wisting ging bij de anderen staan, in een halve cirkel voor de minibus. Tom Kerr verscheen in de deuropening. Zijn voetboei rammelde toen hij van het afstapje zijn voet op de grond zette.

Hij bleef staan. Eerst tilde hij zijn hoofd op en keek naar de lucht, daarna naar al die mensen die daar vanwege hem bijeen waren. Zijn blik bleef hangen bij de advocaat. 'We moeten praten,' zei hij.

Claes Thancke deed een stap naar voren en keek naar Stiller. 'Waar kunnen we dat ongestoord doen?' vroeg hij.

'Jullie kunnen weer in de bus gaan zitten,' stelde Stiller voor.

Thancke keek sceptisch, alsof hij vermoedde dat die werd afgeluisterd.

'Mag het ook in mijn auto?' vroeg hij.

Stiller wierp een blik op Gram. 'Als ik de autosleutels krijg,' antwoordde Gram.

Thancke haalde ze uit zijn zak en wierp ze de politieman toe.

'Jullie moeten het geluid weghalen,' zei Tom Kerr.

Adrian Stiller trok het kabeltje van de microfoon los en pakte de zender, terwijl Kittil Gram de binnenkant van de auto van de advocaat inspecteerde. 'Op de achterbank,' zei hij en hij hield het portier open.

De advocaat en zijn cliënt stapten in. De geüniformeerde politiemensen gingen om de wagen heen staan.

Claes Thancke had net als zijn vader en grootvader rechten gestudeerd en was een van de meest controversiële advocaten van het land. Wisting had in een paar zaken met hem te maken gehad en voelde wel een zekere sympathie voor hem. Thancke was veelbesproken en uitgescholden; hij trad provocerend op door onder andere te pleiten voor het legaliseren van drugs, de invoering van euthanasie, het toestaan van prostitutie en opheffing van de minimumleeftijd voor geslachtsgemeenschap. Dat waren gewaagde standpunten die bij veel mensen wrevel opriepen. Er waren woorden als 'smeerlap' en 'vrouwenhater' naar zijn hoofd geslingerd, maar Wisting respecteerde hem als een voorvechter van de mening van minderheden en vond hem waardevol voor de rechtszekerheid. Thancke was een uitgesproken, onbevreesde advocaat die opkwam voor de zwaksten en verstotenen in de samenleving, die impopulaire zaken in behandeling nam. Hij was onbevooroordeeld en was betrokken bij zijn cliënten. Een groot deel van hen bestond uit mensen op wie werd neergekeken en die werden veracht. Pedofielen die hun geaardheid in praktijk brachten, verkrachters, moordenaars, racisten en vrouwenmeppers.

Tom Kerr was een van hen. Hij was nu drieënveertig. Vijfentwintig jaar geleden had Thancke hem voor het eerst verdedigd. Toen was hij onder meer veroordeeld voor zeven gevallen van gluren en voor het doodmaken van de huisdieren van enkele buurtgenoten. Wisting had de stukken hierover doorgelezen. In de rechtbank had Kerr verklaard dat hij zijn eigen woede kwijt kon raken wanneer hij dieren martelde en doodde.

Wisting zag de contouren van de twee mannen achter de geblindeerde autoramen. Af en toe was er een beweging, alsof een van hen wees of iets uitlegde.

'Waar praten ze over?' vroeg Hammer moedeloos. 'Voordat we vertrokken, waren ze toch een uur lang bij elkaar in de gevangenis.'

Wisting overwoog naar Line toe te lopen, maar op dat moment gingen de portieren open. Claes Thancke trok zijn colbert recht. Tom Kerr stond er afwachtend bij. Stiller sloot de microfoon weer op de zender aan. Line bracht opnieuw haar oortjes in.

'Ben je zover?' vroeg Stiller.

Kerr knikte en spuugde op de grond. Daarna hief hij zijn handen zover de handboeien dat toelieten en wees naar de ingang van een pad aan de overkant van de wei. 'Die kant op,' zei hij.

4

Het pad was weinig gebruikt. Ze moesten achter elkaar lopen, Line was de vijfde in de rij, vlak achter Stiller, en ze moest voortdurend de terugzwiepende takken afweren die haar vier voorgangers opzij hadden gebogen.

Ze had Adrian Stiller dankzij twee zaken leren kennen. De eerste was uit de tijd dat ze nog bij VG werkte en een podcast maakte over een onopgehelderde ontvoeringszaak uit de jaren tachtig. De tweede was van vorig jaar, toen ze was opgenomen in een apart rechercheteam dat de herkomst moest traceren van een groot geldbedrag dat in de vakantiewoning van een overleden politicus was aangetroffen. Aan de opheldering van beide zaken had ze een bijdrage geleverd.

Stiller was een gedegen rechercheur gebleken, maar ze was er ook achter gekomen dat zijn handelingen altijd een bijbedoeling hadden.

Dit was de derde opdracht die ze voor hem en de afdeling voor oudere en onopgeloste zaken deed. Bij de eerste zaak had ze foto's ter illustratie van een interne publicatie moeten leveren. De tweede opdracht had bestaan uit het documenteren van een reconstructie waarbij een man een bijna twaalf jaar oude moord had bekend.

Dit was anders.

Toen hij haar een week geleden belde, was haar eerste gedachte geweest dat hij haar mee uit zou vragen. Dat had als het ware in de lucht gehangen, en ze had zich er al op voorbereid hoe ze daarvoor zou bedanken. Hij was aantrekkelijk en het leeftijdsverschil was niet zo groot: hij was maar zes jaar ouder dan zij. Maar ze wilde de professionele relatie die ze hadden opgebouwd graag in stand houden.

Het hele gezelschap bewoog zich zwijgend voort over het pad.

Line wist niet wat Tom Kerr over de moord op Taran Norum had verteld, maar wel wat hij met de twee andere slachtoffers had gedaan.

Dat waren onmenselijke, sadistische daden. Beide meisjes waren dagenlang gevangengehouden. Ze waren blootgesteld aan seksuele martelingen en gepijnigd tot de dood erop volgde. Kerr had hen herhaaldelijk verkracht, ook met gebruik van verschillende voorwerpen. Een deel daarvan was verhit voordat hij ze bij de meisjes naar binnen stak. Darmen en urinewegen waren gescheurd en volledig kapot. Daarnaast toonde de sectie aan dat de tepels waren uitgetrokken met een tang terwijl de slachtoffers nog in leven waren. Nadat hij hen had gedood, had hij de lijken in stukken gesneden. Hoofd, armen en benen waren van de rest van het lichaam gescheiden, vermoedelijk om zich zo gemakkelijker van de lijken te kunnen ontdoen.

Ze draaide haar hoofd zonder de camera mee te bewegen en zag dat haar vader bijna achteraan liep. Zijn bewegingen leken vermoeid en traag. Als Tom Kerr niet met een voetboei had gelopen, zou haar vader waarschijnlijk achterop zijn geraakt.

Een door de wind gevelde boom lag over het pad. Kerr had hulp nodig om eroverheen te stappen.

'Stiller!' Dat was haar vader die riep.

'Ja?'

'Kort overleg voordat we verdergaan?'

Adrian Stiller vroeg de anderen te wachten. Wisting kwam naar hem toe. Line hoorde het fluisterende gesprek in de oortjes, via Stillers microfoon.

‘Dit staat me niet aan,’ zei haar vader. ‘We zijn al meer dan honderd meter op het pad. Dit is niet logisch.’

‘Waar denk je aan?’ vroeg Stiller.

‘De andere vindplaatsen lagen minder dan twintig meter van de plek waar hij parkeerde. Waarom zou hij dit lijk zo’n eind met zich mee hebben gesjouwd?’

Stiller keek achterom, daarna weer naar voren. ‘Is het nog ver?’ vroeg hij.

Line zoomde in op Kerr en hoorde hem via haar oortjes smakken en toen weer spugen.

‘Nee,’ antwoordde hij.

‘Hoe ver dan nog?’

Kerr haalde zijn schouders op en wachtte even, waarna hij zei: ‘Een paar honderd meter. Aan de rechterkant komen we dan bij een oude omheining voor schapen. Daarin zit een opening. Dan zijn we vlak in de buurt.’

Stiller stapte wat dichter naar hem toe. ‘Waarom heb je haar zo’n stuk vanaf de weg meegenomen?’ vroeg hij.

‘Omdat ik niet wilde dat ze gevonden zou worden,’ antwoordde Kerr. ‘En dat heeft gewerkt, toch?’

‘Ik weet over welke omheining hij het heeft,’ hoorde Line haar vader zeggen. ‘Die is minstens driehonderd meter verderop.’

Gram was naar hen toe gekomen. ‘Wat doen we?’ vroeg hij.

Stiller had geen tijd om antwoord te geven, want Claes Thancke bemoeide zich ermee: ‘Het spijt me dat jullie ver moeten lopen, maar hij moet toch kunnen laten zien waar ze daadwerkelijk ligt,’ zei hij op ironische toon.

‘Dit had hij ons eerder moeten laten weten,’ zei Gram.

‘Deze informatie wilde hij ons pas geven als we hier waren,’ merkte Stiller op. ‘Welke kant we op moesten en hoe ver het was.’

Verderop op het pad hoorden ze de kettingen rammelen. Door de voetboei moest Tom Kerr zijn hoofd naar zijn handen buigen om zich op zijn voorhoofd te kunnen krabben.

'We gaan door,' besliste Stiller.

Kittil Gram stuurde de hondengeleider vooruit, met de opdracht naar de omheining te gaan. De anderen volgden Tom Kerrs tempo. Na een paar meter struikelde Kerr over een boomwortel. Hij viel voorover en probeerde zijn val te breken, maar de voetboei hield hem tegen. Hij wist zich half opzij te draaien, zodat zijn rechterschouder als eerste de grond raakte.

Twee mannen moesten hem weer omhoogtrekken.

'Alles in orde?' wilde Adrian Stiller weten.

Kerr antwoordde niet, hij bewoog alleen zijn bovenlichaam een paar keer om rommel van de grond van zich af te schudden.

'Deze voetboei is niet gemaakt om mee door het bos te lopen,' zei Claes Thancke. Hij had er duidelijk bezwaar tegen. 'Het is toch warempel niet nodig om mijn cliënt in gevaar te brengen? Hij werkt goed mee en is hier om de politie bij te staan.'

'Dit maakt deel uit van die medewerking,' luidde Grams commentaar en hij checkte of de handboeien nog goed zaten. 'Loop door.'

Ze vervolgden hun weg. Tom Kerr bepaalde nog steeds het tempo. Het droge gebladerte van de afgelopen herfst knisperde onder hun voeten. Line verplaatste de camera naar haar andere hand en droeg hem verder op heuphoogte. Hij woog niet meer dan een paar kilo, maar het was zwaar om hem de hele tijd voor haar uit en omhoog te houden.

Het pad werd breder en draaide een stukje in noordelijke richting. Het bos om hen heen veranderde van karakter. De dichtbegroeide loofbomen maakten plaats voor grotere bomen met scheve, grove stammen en verwrongen, kronkelige takken.

Tom Kerr draaide zich om en keek achter zich. Line hoorde zijn ademhaling. Kort en met horten en stoten.

Toen hij zich opnieuw omdraaide, verloor hij zijn evenwicht. De agent die het dichtst bij hem liep probeerde hem op te vangen, maar dat mislukte en Kerr viel.

Line zoomde in. Toen hij omhoog werd getrokken, bloedde hij uit een wondje op zijn wang.

'Je hebt een schaafwond,' merkte Kittil Gram op. 'Moeten we daar iets mee of zullen we verdergaan?'

Claes Thancke protesteerde nog een keer tegen het gebruik van handboeien en voetboei, zonder gehoor te vinden.

'We gaan verder,' antwoordde Kerr.

Twee minuten later dook aan hun rechterzijde een oude afrastering van gaas op. Het weiland aan de andere kant was overwoekerd. Een paar palen waren weggerot, delen van het gaas waren kapotgetrokken en lagen in het hoge gras.

De hondengeleider die vooruit was gestuurd, stond bij de resten van een hek. Vanaf daar liep het terrein schuin naar beneden naar een beek.

De rij mensen bleef staan.

'We moeten die helling af,' verduidelijkte Kerr met een hoofdbeweging.

'Dat terrein is veel onbegaanbaarder dan tot dusver,' benadrukte Claes Thancke. 'Het is niet aan te raden om daar geketend te lopen. Jullie riskeren dat mijn cliënt nog meer verwondingen oploopt.'

Kittil Gram en Adrian Stiller gingen bij Wisting staan. Line deed haar oortjes beter in. Ze zaten niet prettig meer, maar ze hield ze in om te horen wat ze zeiden.

'Hij heeft een punt,' hoorde ze haar vader zeggen.

Stiller was het met hem eens.

Haar vader keek naar de gevangene en vervolgens naar Gram. 'Vind je het goed dat we de voetboei weghalen?' vroeg hij.

Gram knikte. 'Als de handboeien maar blijven zitten.'

'Dan doen we het zoals jullie willen,' zei Stiller met een kort knikje.

Tom Kerr kreeg te horen dat hij zijn riem los moest maken. Gram opende de beugel rond zijn enkel en trok de ketting door de broekspijp omhoog. Daarna haalde hij de voetboei van de handboeien af en gaf hem aan een agent met een rugzak.

Kerr hief zijn handen voor zijn gezicht en wreef over zijn geschaafde wang. Op twee vingers kwam bloed te zitten en hij keek er even naar, waarna hij ze in zijn mond stopte en schoonlikte.

De patrouillehond begon ongeduldig te blaffen. Kittil Gram gaf opdracht verder te gaan.

Kerr had nu meer vrijheid, maar liep niet sneller. Hij begaf zich schuin naar beneden over de oude weidegrond, in de richting vanwaar de beek uit het bos kwam. Daar leek een opening in de omheining te zitten, met een karrenpad aan de andere kant.

De geüniformeerde agenten volgden hem en verspreidden zich in de breedte, alsof geen van hen dicht bij de gevangene wilde lopen. Line keek waar haar vader bleef. Nils Hammer en hij vormden de achterhoede. De advocaat met zijn gladde schoenzolen was ook achteropgeraakt.

Plotseling veranderde Tom Kerr zijn manier van bewegen. Hij boog zijn knieën en duwde zijn bovenlichaam naar voren. In haar oortjes hoorde Line dat hij diep inademde. Toen begon hij te rennen.

5

De kreten waarschuwden Wisting. Hij liep helemaal achteraan in de veertien man lange rij; zijn gedachten zaten al bij de volgende fase van de operatie. Hij zou degene zijn die verantwoordelijk werd voor het opgraven van de overblijfselen en hij zou voor de forensisch-technische onderzoeken moeten zorgen als Tom Kerr de plek kon aanwijzen waar Taran Norum was begraven. Ze zouden het pad moeten opruimen om er met een terreinwagen met de benodigde uitrusting bij te kunnen komen.

Toen hij de kreten hoorde, was Tom Kerr op weg naar het karrenpad dat aan de andere kant van het veld het bos in liep. Op de een of andere manier had hij de handboei van zijn ene arm losgekregen. Onder het rennen slingerde de boei om zijn andere arm heen en weer. Hij had al een voorsprong van bijna tien meter toen hij de opening in de omheining passeerde.

Opeens klonk een hevige knal. Wisting raakte verblind door een felle lichtflits en sloeg tegen de vlakte. Kleuren in zinloze patronen wervelden voor zijn ogen. Geschreeuw en langgerekte kreten vulden de lucht. Opspattende aarde en zand bedekten hem.

Zijn oren tuitten. Hij kon moeilijk ademhalen, het kostte veel inspanning.

Hij hees zich op zijn ellebogen omhoog en rustte even op handen en knieën om weer bij zijn positieven te komen, in een poging te begrijpen wat er zojuist was gebeurd. Een jonge agent kroop panisch over de grond en stootte onverstaanbare geluiden uit. Hij kwam overeind, struikelde over zijn eigen benen en kroop verder. Een andere politieman slingerde voort met zijn armen stijf vooruitgestoken. Zijn kleding was aan flarden, zijn gezicht bebloed en onder het stof. Onherkenbaar. Hij keek omhoog, waarna hij op zijn knieën zakte en in snikken uitbarstte.

Wisting ging staan en deed zijn mond wijd open om de verstopping van zijn oren kwijt te raken. Iemand schreeuwde, een doordringende kreet. Hij draaide zich om naar het geluid. Maren Dokken was al op weg naar een collega, even oud als zij, die op de grond lag te kronkelen van de pijn. Haar uniform was gescheurd. Ze bloedde uit meerdere snijwonden in haar gezicht, haar linkerarm hing stijf langs haar lichaam en bloedde.

Hij deed een paar stappen, keek om zich heen en zag Line. Ze lag op de grond. Hij rende naar haar toe, maar ze probeerde al haar camera te pakken en richtte zich op.

'Blijf hier!' zei hij en hij legde een hand op haar schouder. 'Ga nergens heen.'

Hij liet zijn hand op haar schouder liggen, terwijl hij probeerde te begrijpen wat er aan de hand was. Al zijn spieren stonden strak. De adrenaline gierde door zijn lichaam. Zijn hartslag klopte in zijn slapen. De geur van springstof drong zijn neus binnen.

Bij de ingang van het bos zat een krater, de resten van de afrastering waren weggeslagen. Twee politiemannen lagen kronkelend en gillend van de pijn en de schrik op de grond.

'Blijf hier!' zei hij opnieuw tegen Line.

De hondengeleider riep een commando en stuurde de blaffende herdershond de richting op waarin Tom Kerr was weggerend, waarna hij het dier achternaging. Kittil Gram probeerde ze terug te roepen.

'Er kunnen mijnen liggen!' waarschuwde hij.

Op dat moment hoorden ze twee snelle pistoolschoten vanuit het bos en het geblaf hield meteen op.

Wisting concentreerde zich op de gewonde agenten. Een van hen zat rechtop en hoestte grote klonters bloed op. Van de ander leek een voet te zijn afgerukt. Hij schreeuwde niet meer, maar lag bleek en bewusteloos in het hoge gras. Hammer kwam erbij en controleerde de ademhaling en de hartslag. Wisting tilde het been met de verwoeste voet op om de bloedstroom te vertragen. Hij maakte de laars los. Pezen en afgescheurde spieren hingen uit de open wond.

Hammer trok zijn jas uit en daarna zijn overhemd. Dat scheurde hij aan repen en hij gaf ze aan Wisting, die er een paar in de wond drukte. Daarna wikkelde hij de rest rond het been en trok ze stevig aan.

'Ik heb onmiddellijk medische assistentie nodig,' hoorde hij Gram over de radio zeggen. 'Er is een granaatexplosie geweest. Drie collega's zijn ernstig gewond, minstens vier hebben lichtere verwondingen.'

De centrale wist wat voor operatie hij leidde. De centralist meldde de ontvangst zonder nadere vragen te stellen.

Diverse andere politiemensen hadden kleine snijwonden in hun gezicht en bloedden uit hun neus en oren. Gram stuurde twee van hen terug naar de auto om verbandmiddelen en de daarin aanwezige wapens te halen. Een andere agent nam Wistings plaats in.

De politieradio liet weer van zich horen. Een andere, meer autoritaire stem vroeg om een verslag van de situatie.

Kittil Gram keek naar het karrenpad waarover Tom Kerr was verdwenen. 'We hebben geen contact meer met het object,' meldde Gram. 'Hij is gewapend en begeeft zich te voet in zuidoostelijke richting.'

'We moeten de wegen afzetten,' zei Wisting. 'En de helikopter moet komen.'

Gram pakte de radio weer en vroeg om het inzetten van

controleposten bij kruisingen en strategische plekken, waarbij hij gebruikmaakte van zijn kennis van het gebied.

'Verzoek ook om bijstand van Heli 3-0 en bemanning van Uniform 3-0,' vervolgde hij.

Uniform 3-0 was de politieboot. In deze tijd van het jaar lag die normaal gesproken aan de wal.

'Ontvangen,' klonk er van de andere kant.

Stiller was aan de telefoon geweest. Hij beëindigde het gesprek en kwam naar hen toe. Zijn gezicht zat onder het zand. 'Een civiel observatieteam houdt de dichtstbijzijnde wegen in de gaten,' legde hij uit. 'Vier eenheden.'

Een radiozender kraakte.

'De traumaheli is onderweg,' meldde de centrale. 'De hulpdiensten rukken uit met een arts en vijf auto's.'

Gram liet weten dat het bericht was ontvangen.

Nieuwe oproepen waren te horen. Eenheden die onderweg waren meldden hun posities en verwachte aankomsttijd. Gram gaf antwoord en dirigeerde de manschappen.

De situatie om hen heen begon overzichtelijk te worden. De gewonden werden in de gaten gehouden; ze konden verder weinig anders doen dan op medische hulp wachten.

Wisting wierp een blik op de bewusteloze agent. De repen stof om zijn enkel waren doordrenkt met bloed, maar de bloedstroom leek tot stilstand te zijn gekomen. Hij was ergens midden twintig. Zijn uniform was aan flarden, zijn gezicht zat onder het bloed.

'Het komt wel weer goed,' verzekerde Hammer hem. 'Behalve zijn voet heeft hij geen ander ernstig uitwendig letsel.'

'Ik maak me vooral bezorgd dat de luchtdruk tot inwendig letsel kan hebben geleid,' zei Stiller en hij keek naar de politieman die bloed ophoestte. 'Dat zijn longen beschadigd zijn.'

Hammer pakte zijn jas van de grond en trok hem weer aan. 'Wat is er eigenlijk gebeurd?' vroeg hij en hij keek in het rond.

Wisting liep om de krater heen, bestudeerde de bodem en vond wat hij zocht. In het gras lag een vissnoer.

'Een struikeldraad,' zei Hammer. Hij pakte het snoer en trok het naar zich toe. Aan het uiteinde hing een beveiligingspin van een handgranaat. 'Die heeft hij tot ontploffing gebracht toen hij door de opening in de afrastering rende,' zei hij.

Wisting keek naar het karrenpad waarover Tom Kerr was verdwenen. De hondengeleider kwam naar hen toe. Zijn handen en uniform waren besmeurd met bloed van de hond, die ergens achter hem op de grond lag.

Het geluid van sirenes van de hulpdiensten was in de verte hoorbaar.

De hondengeleider dempte het geluid van het radiosetje dat aan zijn borstzak zat en keek opgewonden om zich heen. Zijn blik bleef hangen op Claes Thancke, alsof het allemaal de schuld was van de advocaat.

'Hij had verdomme een pistool,' zei hij en hij stak zijn bloedende handen omhoog. 'Iemand had een wapen voor hem klaargelegd.'

De mannen die door Kittil Gram naar de auto's waren gestuurd voor het verbandmateriaal en de wapens waren terug. Een van hen had ook een kaart, die hij openvouwde. Mensen gingen er in een kring omheen staan en Wisting stelde zich aan de rand op. Hij zag de beek en de stippellijn die het karrenpad aangaf. Dat leidde naar een privéweg naar een terrein met zomerhuisjes aan de scherenkust.

'Juist,' zei Gram en hij rechtte zijn rug. 'Drie man.' Hij wees naar de hondengeleider en twee van de oudste en meest ervaren agenten die ongedeerd waren gebleven. 'Ik wil dat jullie langs deze weg gaan zoeken, tot aan het water.'

De drie pakten ieder een machinepistool. De hondengeleider werd als aanvoerder aangewezen.

Gram wilde nog iets zeggen, maar kreeg een oproep van de

centrale: 'De commissaris heeft haar staf bijeengeroepen,' liet de operatieleider weten. 'Ze geeft het volgende eerste bevel: Tom Kerr mag het gebied niet verlaten. Hij moet met alle benodigde middelen worden tegengehouden.'

'Ontvangen,' antwoordde Gram; hij keek om zich heen om er zeker van te zijn dat iedereen de mededeling had gehoord.

Claes Thancke had zich zwijgend op de achtergrond gehouden. Nu nam hij het woord. 'Met alle benodigde middelen,' herhaalde hij. Zijn stem klonk ieler dan normaal. 'Wat bedoelt ze daarmee?'

Hij kreeg geen antwoord.

Metaal sloeg tegen metaal toen de hondengeleider de slede terugtrok en doorlaadde. De twee anderen deden hetzelfde. Toen begaven ze zich op weg.

6

De camera had de hele tijd opnamen gemaakt.

De eerste ambulancemedewerkers kwamen het pad op met hun apparatuur. Een van hen droeg een brancard. Line volgde hen met de camera tot aan de plek van de explosie.

De situatie was indrukwekkend snel onder controle. De eerste minuten na de explosie was de chaos compleet geweest. De pijnkreten van de politieman van wie de voet verwoest was, waren door merg en been gegaan. Een man die zijn arm had verwond leek volkomen apathisch.

Kittil Gram had de leiding gehad. Hoewel de omstandigheden onoverzichtelijk waren, had hij al snel de omvang van de schade begrepen. Hij had taken verdeeld en de noodzakelijke eerste hulp geregeld. Daarna had hij zich op de ontsnapte gevangene geconcentreerd.

Het gebied waarin je je kon verstoppen was groot. Toen Line tien jaar geleden als journalist voor de plaatselijke krant had gewerkt, was ze hier ook geweest. Destijds werd er naar een vermiste jongen van zes jaar gezocht. Vrijwilligers en manschappen van het Rode Kruis hadden zij aan zij het hele terrein uitgekamd. Er waren honden en een helikopter ingezet. Toch had het meer dan vierentwintig uur geduurd voordat hij werd gevonden. Onderkoeld en aangeslagen, maar in relatief goede conditie was hij onder een huisje vandaan gekropen toen hij stemmen hoorde.

Ze zoomde in op haar vader. Hij stond ongeveer vijftien meter bij haar vandaan. Zijn gezicht was gespannen. De ernst van de situatie viel duidelijk af te lezen van de rimpels rond zijn donkere ogen en boven zijn neus. Via Stillers microfoon hoorde ze hem vertellen over het gebied om hen heen.

Het ging om ongeveer driehonderd vaste bewoners. In de zomer werd het inwonertal vele malen groter dankzij vakantiegangers, maar nu, aan het eind van de zomer, waren dat er nog maar een paar. Honderden zomerhuizen stonden leeg; Tom Kerr had de keus als hij ergens dekking wilde zoeken, maar hoogstwaarschijnlijk zou hij proberen een auto of een boot te pakken te krijgen om weg te komen. Dat betekende dat iedereen die in de buurt woonde in gevaar verkeerde. Tom Kerr had de politie in de val gelokt en was op de vlucht, gewapend met een pistool. Hem achternagaan kon ertoe leiden dat hij onder dreiging van het vuurwapen een voertuig opeiste of iemand zou gijzelen.

Haar vader draaide zich naar haar om en keek in de camera, alsof hij opeens merkte dat ze aan het filmen was. Stiller deed hetzelfde. Daarna keken ze elkaar aan en kwamen ze samen haar kant op.

Line liet de camera zakken, maar bleef opnemen.

'Heb je gefilmd wat er is gebeurd?' vroeg haar vader.

'Ik geloof het wel,' antwoordde Line. 'Ik heb geprobeerd Kerr de hele tijd in beeld te houden, maar ik weet niet wat er echt is gebeurd. Ik zal de opname moeten bekijken om erachter te komen wat ik heb.'

'Wanneer kun je het bestand naar mij sturen?' wilde Stiller weten.

'Zodra ik thuis ben,' zei Line.

Stiller gaf haar een knikje. 'Je kunt je camera nu wegleggen,' zei hij.

'Is het ook goed als ik verderga met filmen?' vroeg Line.

Stiller leek erover na te denken. Toen wees hij naar de camera. 'Vergeet alleen niet dat alle opnamen eigendom van de politie zijn,' zei hij. 'Je kunt ze zonder onze goedkeuring nergens voor gebruiken.'

'Prima,' antwoordde Line. Ze bracht de camera weer omhoog.

7

Vanuit het oosten was het geluid van een helikopter te horen. Wisting keek op zijn horloge. Voor de politiehelikopter was het nog te vroeg, bovendien kwam hij vanaf de verkeerde kant. Het moest de traumaheli zijn. Hij sloeg zijn blik op naar de boomtoppen, maar zag het toestel niet.

Stillers telefoon ging. Hij luisterde naar een kort bericht, waarna hij zijn microfoontje losmaakte en de kabel langs de binnenkant van zijn overhemd naar beneden trok. 'Jij komt met mij mee,' zei hij tegen Wisting.

'Waarheen?'

Stiller gaf geen antwoord. Hij haalde de zender van zijn riem en gaf hem samen met de microfoon aan Line. 'Kom ons niet achterna,' zei hij.

'Waar gaan jullie naartoe?' vroeg Line.

Weer antwoordde Stiller niet, maar hij wendde zich opnieuw tot Wisting. 'Ik heb je kennis van de omgeving nodig,' zei hij en hij bewoog zijn hoofd in de richting van de auto's.

De traumaheli dook boven hen op. Hij vloog laag over de boomtoppen en bleef in de lucht hangen, terwijl het gras eronder plat kwam te liggen. Daarna landde hij voorzichtig op een vlak terrein bij de beek. De rotor minderde snelheid en een deur gleed open. Twee mannen in rode overalls klommen eruit en liepen kromgebogen onder de rotorbladen door.

Wisting kreeg oogcontact met Hammer en gebaarde dat hij met Stiller meeging.

'Wat ga je doen?' wilde Wisting weten.

‘Hij is hier ergens,’ zei Stiller. Zijn stem klonk gedempt en was nauwelijks hoorbaar boven het lawaai van de helikopter uit. ‘Dit kan de mogelijkheid zijn om hem te vinden.’

Wisting keek om zich heen. Stiller had het niet over Tom Kerr. Hij had het over Nummer Twee.

Op weg naar de auto’s kwamen ze meerdere ambulancemedewerkers tegen. Op het terrein bij de oude zagerij waren hun auto’s zo dicht mogelijk naar het pad toe gereden.

Achter de minibus waarmee Tom Kerr was vervoerd, stond een grijze bestelbus. Wisting herkende de wagen. Die werd voor speciale operaties gebruikt. De laatste keer dat hij daarin had gezeten, waren er Litouwse kentekenplaten en reclameborden van een fictief klussenbedrijf op aangebracht. Nu was de wagen volkomen anoniem.

Stiller trok de schuifdeur open en liet Wisting als eerste instappen. Een man had meerdere computerschermen voor zich staan. Hij stak zijn hand naar Wisting uit. ‘Ove Hidle,’ zei hij, zonder zijn functie of werkplek erbij te noemen.

Stiller sloot de deur achter zich.

Ove Hidle kwam meteen ter zake. ‘Ik ben hem door het bos en over de grindweg gevolgd,’ zei hij met een gebaar naar een kaart op het grootste scherm.

Wisting kon zich moeiteloos oriënteren. Hij herkende de weide die schuin naar de beek afliep, evenals de plaats waar de granaat was geëxplodeerd.

Ove Hidle keek op zijn horloge. ‘Tot veertien minuten geleden was hij in beweging,’ verduidelijkte hij.

‘Waar is hij nu?’

‘Hier.’ Hidle wees naar een groepje gebouwen aan het eind van een weg, bijna helemaal bij het water. Boven een ervan stond een rood symbooltje ter grootte van een speldenknop stil.

‘Ik heb een zendertje in zijn schoen geplaatst voordat we de gevangenis verlieten,’ legde Stiller uit. ‘Voor alle zekerheid.’

'Dus Tom Kerr is daar,' zei Wisting en hij wees naar het scherm.

Ove Hidle gaf hem een pakje desinfecterende doekjes. 'We hebben hem in beeld,' verzekerde hij; hij ging van de kaart naar een satellietbeeld van hetzelfde gebied en zoomde in.

Wisting bestudeerde het beeld en wreef de bloedresten van zijn handen. Hij zag zes zomerhuisjes met bijgebouwen en tuinhuisjes. Twaalf bouwwerken in totaal. De rode stip die Tom Kerr aangaf, stond boven een aanbouw van een witgeverfd schippershuisje. Vijftig meter verderop lag een steiger met een zeilboot.

'Hij is daar nu een kwartier,' voegde Hidle eraan toe.

Wisting ging zitten. De explosie was inmiddels drieëndertig minuten geleden. Het had Kerr achttien minuten gekost om naar de dichtstbijzijnde huisjes te komen, daarna had hij zich niet meer verroerd.

'Jullie denken dat hij op iemand wacht,' zei Wisting en hij wendde zich tot Stiller. 'Dat hij op Nummer Twee zit te wachten.'

'Hij zal daar blijven tot het weer rustig is,' zei Stiller. 'Tot de politie zich terugtrekt. Dan verschijnt Nummer Twee om hem op te halen.'

'Maar de politie gaat het gebied niet verlaten voordat alle gebouwen zijn doorzocht,' luidde Wistings commentaar.

'Dat weet ik,' zei Stiller. 'Ik heb jouw hulp nodig om de commissaris en de staf over te halen om de actie hier te beëindigen.'

Wisting beet weifelend op zijn onderlip. Via Stillers radio kwamen er voortdurend nieuwe berichten binnen. Een stem meldde buiten adem dat er een set handboeien was gevonden op de plek waar het karrenpad vanaf de weide overging in de weg die naar de huisjes leidde waar Tom Kerr zich nu bevond.

'We kunnen besluiten hem nu meteen op te pakken, of we kunnen wachten op Nummer Twee en ze allebei inrekenen,' ging Stiller verder. 'Maar we moeten een beslissing nemen voordat de manschappen hem vinden.'

'Ik bel Kiil,' zei Wisting, terwijl hij zijn telefoon pakte.

Agnes Kiil was benoemd tot commissaris van het nieuwe, grote politiedistrict dat na de reorganisatie de provincies Telemark, Vestfold en Buskerud omvatte. Wisting was tevreden over de keus en de benoeming. Ze beschikte over een goed inzicht en begreep wat het werk van de rechercheurs inhield.

'Wisting,' stelde ze vast toen ze opnam. 'Ik zit met mijn staf in vergadering. Wat heb je te vertellen?'

Wisting zag de verschillende afdelingshoofden voor zich die haar moesten adviseren over de strategische besluiten die in buitengewone zaken dienden te worden genomen. 'De ontsnapping was nauwgezet voorbereid,' begon hij. 'Alles wijst erop dat Kerr hulp heeft gehad. Er is reden om aan te nemen dat hij die kreeg van Nummer Twee.'

'Ik zet je op de speaker,' deelde Kiil mee.

Wistings aanstaande voorstel lag nogal gevoelig. 'Wie zijn er bij je?' vroeg hij om er zeker van te zijn dat er geen buitenstaanders aanwezig waren.

Agnes Kiil noemde de namen van de vaste stafleden. Wisting ging verder: 'Via elektronische tracering hebben we Tom Kerr gelokaliseerd,' zei hij, waarbij hij uiteenzette hoe dat was uitgevoerd.

Niemand aan de andere kant van de lijn had commentaar op wat strikt genomen geen legaal toezicht op een persoon was.

'We denken te weten dat hij op verdere hulp wacht om het gebied te kunnen verlaten,' ging Wisting verder.

'Hoe dan?'

'Dat hij wacht tot de politie het gebied verlaat, zodat degene die de vlucht heeft voorbereid hem kan komen halen.'

'Wat stel je eigenlijk voor?' wilde Agnes Kiil weten.

'Dat we dit van een opsporingsactie omzetten in een toezichtoperatie. We weten waar Tom Kerr is. We kunnen wachten tot hij bezoek krijgt.'

De politieman die voor de operatieve taken verantwoordelijk was kwam tussenbeide: 'Waar bevindt Tom Kerr zich precies?' vroeg hij.

'In een zomerhuis,' vertelde Wisting. 'Dat ligt op een open terrein, maar er is wel genoeg vegetatie om ons in te verschuilen zodat we hem kunnen observeren. Er loopt een berijdbare weg naartoe, maar het zal voor Nummer Twee het eenvoudigst zijn om via het water te komen. De afstand tot een steiger bedraagt ongeveer vijftig meter. Ik kan de coördinaten naar je toe sturen.'

Er vloog een helikopter over. De zwaarst gewonde agent was op weg naar het ziekenhuis.

'Wat jij voorstelt vraagt om een coveroperatie,' ging de operatief leider verder. 'We kunnen ons niet zomaar terugtrekken. De komende uren moeten we daar actief blijven.'

'Dit betekent ook dat we de media bewust om de tuin moeten leiden,' bracht een andere stem naar voren. Wisting nam aan dat die toebehoorde aan de man die verantwoordelijk was voor de informatie en communicatie.

De commissaris nam het weer over. 'Geef ons even de tijd om dit te bespreken,' zei ze. 'Ik bel je terug.'

8

Wisting keek naar de rode stip op het scherm en verwachtte dat die zich elk moment kon verplaatsen. 'Hier zal een onderzoek uit voortkomen,' zei hij. 'Een intern onderzoek.'

'Het was jullie verantwoordelijkheid,' merkte Stiller op.

Wisting keek naar hem. Hijzelf vond het niet belangrijk om een schuldige aan te wijzen, maar hij besefte dat Stiller gelijk had. Zijn politiedistrict was de verantwoordelijkheid voor de veiligheid rond de plaatsopneming toebedeeld. In de praktijk rustte die op Kittil Gram, die wel een omvangrijk plan had opgesteld, maar geen toestemming had gekregen zichzelf en zijn team te bewapenen.

'Ik geef niemand de schuld,' ging Stiller verder. 'Ik zeg alleen op wie de speciale eenheid zich zal gaan richten.'

'Dat zien we dan wel weer,' zei Wisting. 'Maar dit had eigenlijk niet mogelijk moeten zijn. Vanaf het moment dat duidelijk was dat Tom Kerr de gevangenis ging verlaten, hadden jullie al zijn communicatie moeten controleren. Hij had nooit mogen weten op welke dag dit ging gebeuren. Dan had hij geen kans gehad om iets voor te bereiden.'

'Dat kregen we niet voor elkaar,' legde Stiller uit. 'We moesten een dag vinden waarop zijn advocaat ook kon.'

'Maar telefoongesprekken en brieven hadden jullie in de gaten moeten houden, zodat hij geen gelegenheid had om met iemand te communiceren zonder dat jullie dit registreerden.'

'Dat hebben we gedaan,' verzekerde Stiller hem. 'Maar we

konden degenen die bij hem op bezoek kwamen niet controleren.'

'Wie hebben hem dan bezocht?'

'Een vrouw met wie hij correspondeert, zijn broer en iemand van het Rode Kruis die hem af en toe bezoekt.'

'Een vrouw?' herhaalde Wisting. 'Een bewonderaarster?'

'In de brieven leek het daar wel op,' bevestigde Stiller. 'Misschien heeft zij informatie en instructies voor hem de gevangenis in en uit gesmokkeld.'

'Wie is het?'

Ove Hidle pakte een dossier. 'Lone Mellberg,' zei hij zonder het dossier te openen. 'Drieënveertig jaar. Woont in een souterrain in Hokksund. Gescheiden, met een dochter van achttien voor wie ze niet de zorg draagt. Werkt in een supermarkt. Geen strafblad.'

'Hoe lang is die briefwisseling al aan de gang?' vroeg Wisting.

'Bijna drie jaar.'

'Kennen ze elkaar van vroeger?'

'Nee.'

'Wanneer heeft ze hem voor het laatst bezocht?'

'Gisteren.'

Wisting haalde een hand door zijn haar en voelde dat het vol aarde en zand zat. 'Bezoek had hem verboden moeten worden tot na de plaatsopneming,' zei hij.

Stiller haalde zijn schouders op, op een manier die kon betekenen dat het achteraf makkelijk praten was.

'Dit hoeft niets met Nummer Twee te maken te hebben,' ging Wisting verder. 'Hij kan haar zover hebben gekregen dat ze hem hielp, haar opdracht hebben gegeven hem een wapen en een handgranaat te bezorgen. En een struikeldraad te plaatsen.'

'Misschien,' gaf Stiller toe. Vervolgens gebaarde hij naar Ove Hidle om een andere kaart te tonen.

‘We houden haar in de gaten,’ zei Hidle.

Een satellietbeeld van Hokksund toonde woningen en een industriegebied bij de rivier Drammenselva. Midden op een groot parkeerterrein stond een rode marker.

‘Ze is aan het werk,’ verduidelijkte Hidle en hij zoomde in. ‘In een Kiwi-supermarkt. Er zit een tracker op haar auto, die staat op het parkeerterrein voor klanten.’

‘Daarnaast schaduwen we haar,’ voegde Stiller eraan toe. ‘Een civiele eenheid van twee mannen.’

‘Hoe lang doen jullie dit al?’ wilde Wisting weten.

‘Sinds vanochtend.’

‘Dus ze kan hier gisteren of vannacht zijn geweest om de vlucht voor te bereiden?’

‘In theorie wel,’ gaf Stiller toe. ‘We wachten op antwoord van de tolmaatschappij over de passages.’

‘Schaduwen jullie ook zijn broer en die bezoeker van het Rode Kruis?’ vroeg Wisting.

Stiller schudde zijn hoofd en legde uit dat de financiële middelen daarvoor ontoereikend waren. ‘We hebben besloten Lone Mellberg in de gaten te houden. Zij lijkt ons degene te zijn die het eenvoudigst te beïnvloeden is en die misschien is overgehaald. Maar daarnaast heeft Tom Kerr alle gelegenheid gehad om met nog iemand anders van buiten te communiceren, door brieven de gevangenis in en uit te smokkelen via bezoek aan een medegedetineerde, of zelfs via een medewerker. Dat is al vaker voorgekomen en hij heeft ruimschoots de tijd gehad om dat te plannen.’

Buiten was het geluid van een grote auto te horen. Portieren gingen open en sloegen dicht. Ze hoorden bevelen roepen. De laadruimte waarin ze zaten had geen ramen, maar dankzij camera’s aan de buitenkant konden ze zien wat er aan de hand was. Acht politiemannen van de mobiele eenheid waren bezig apparatuur uit te laden en zich in hun pakken te hijsen.

Wistings mobiel ging. Hij liet hem in zijn hand rusten.

'Je verwachtte al dat er iets op stapel stond,' zei hij, waarbij hij Stiller recht in de ogen keek. 'Dat hij van plan was om met hulp van buitenaf op de vlucht te slaan. Dit gaat helemaal niet om Taran Norum vinden, dit gaat erom dat je Nummer Twee uit de tent wilt lokken.'

Stiller gaf geen antwoord, maar keek naar Wistings telefoon, die nog steeds rinkelde.

De display gaf aan dat het commissaris Kiil was.

Wisting nam op, zonder zijn blik van Stiller af te wenden.

'We doen zoals jij voorstelt,' zei Kiil op scherpe toon. 'We pakken ze allebei.'

9

De politiehelikopter was gearriveerd. Het toestel cirkelde boven de zomerweide, waarna de piloot het aan de zuidkant van de oude zagerij aan de grond zette.

Wisting stond ernaar te kijken, het gedreun van de rotorbladen trilde door zijn hele lichaam. De wind liet de dichtstbijzijnde bomen heen en weer zwiepen en drukte het gras plat.

De deur van de cockpit ging open. De leider van het arrestatieteam in Oslo deed zijn koptelefoon af, legde die op de stoel en liep naar Wisting. Achter hem sprongen de andere mannen naar buiten en begonnen hun uitrusting klaar te maken.

'Stenberg,' zei hij en hij schudde Wisting de hand. 'Ik heb gehoord dat je informatie voor me hebt.'

'Kom mee,' zei Wisting.

Hij begaf zich met Stenberg naar de bestelbus waarin Stiller de bewegingen van Tom Kerr in het oog hield. Het hoofd van de plaatselijke ME wachtte daar ook. Robert Vinje. Hij was aangewezen als commandant en had de operatieve verantwoordelijkheid van Kittil Gram overgenomen. Wisting stelde hen in het kort aan elkaar voor en kwam meteen ter zake.

'Voordat Tom Kerr de gevangenis verliet, is er een verborgen elektronische zender in zijn schoen geplaatst,' legde hij uit. 'Daardoor weten we nu dat hij zich in een zomerhuis op ruim anderhalve kilometer hiervandaan bevindt.'

Hij bood de leden van het arrestatieteam de gelegenheid

het satellietbeeld op het scherm te bestuderen. 'Hij heeft hulp gekregen om te vluchten,' vervolgde Wisting. 'Misschien van dezelfde persoon als degene die hem heeft geholpen bij de moorden waarvoor hij is veroordeeld.'

'Nummer Twee,' merkte Robert Vinje op.

Wisting knikte.

'We nemen aan dat Kerr zich schuilhoudt tot deze persoon hem komt helpen,' ging Wisting verder. 'Dat deze hem ook heeft geholpen met de voorbereidingen voor zijn vlucht en nu komt om hem op te halen. De politiecommissaris en haar staf willen dat we een schijnmanoeuvre uitvoeren waarbij we ons in de loop van de middag uit het gebied terugtrekken na wat dan een mislukte zoekactie lijkt.'

De leider van het arrestatieteam liep dichter naar het scherm met het satellietbeeld toe. Hij knikte, alsof het plan hem wel aanstond.

'Drie agenten zijn die kant op gegaan,' zei Wisting. 'Ze hebben opdracht gekregen om afstand tot de bebouwing te bewaren.'

'Kan hij de zender hebben gevonden?' vroeg Stenberg zonder zijn ogen van het scherm af te wenden. 'Kan dit een vals signaal zijn?'

Wisting liet Stiller antwoorden.

'Hij draagt twee zenders,' verduidelijkte Stiller. Voor Wisting was dit nieuw. 'Een in zijn rechterschoen en een achter op zijn broeksband.'

'Hoe hebben jullie die kunnen aanbrengen zonder dat hij iets merkte?'

'Tijdens het fouilleren voordat we de gevangenis verlieten,' deelde Stiller mee. 'Om vast te leggen wat hij tijdens de plaatsopneming zei, werd hij ook voorzien van een microfoon en een zender in een riemclip op zijn rug. Toen hebben we de tweede tracker aangebracht. Die dingen zijn niet veel groter dan de kop van een punaise.'

Ove Hidle haalde een nieuw beeld tevoorschijn dat hetzelfde liet zien als het vorige. De zender aan de broeksband en die in de schoen bevonden zich nog op dezelfde plek.

'We moeten het object veiligstellen,' merkte de plaatselijke commandant op.

Hidle ging opzij, zodat de twee mannen die voor de praktische uitvoering van de operatie verantwoordelijk waren voor de schermen konden plaatsnemen. De twee bespraken het terrein, strategische alternatieven om naar voren te stormen, waar ze observatieposten konden inrichten en mogelijkheden om een verdere vlucht de pas af te snijden, of die nu per auto of per boot vanaf de steiger zou plaatsvinden.

Stenberg gaf enkele bevelen via de radio en kreeg antwoord via een oortje. Elke beweging die hij maakte, elk woord dat hij sprak getuigde van autoriteit.

Ze hadden nog geen vijf minuten nodig om het met elkaar eens te worden over het plan.

'Oké,' zei Stenberg en hij begaf zich naar de schuifdeur. 'We richten hierbuiten een commandopost in. Daarin gaat Vinje zitten.' Hij keek naar zijn collega, waarna hij zich tot Stiller wendde. 'Jullie moeten beschikbaar voor hem zijn.'

Adrian Stiller knikte.

'De helikopter vertrekt binnen een halfuur om te tanken,' vervolgde Stenberg. 'Daarna keert hij terug en blijft hier dan nog twee uur. Het belangrijkste is dat de politieboot klaar is om in actie te komen tot dit voorbij is. Alle manschappen worden volledig op de hoogte gebracht, maar voor de rest beperken we ons tot *need to know*.'

'In orde,' zei Wisting.

'Dan gaan we beginnen,' zei Stenberg ter afronding en hij opende de deur.

Robert Vinje en hij stapten uit. Hun mannen stonden klaar. Twee hondenpatrouilles waren ook aangekomen. Wisting keek of hij Nils Hammer ergens zag, maar waarschijnlijk was hij nog samen met Line bij het weiland. Hammer was zijn direct ondergeschikte en Wisting wilde dat die volledig op de hoogte was. Hij pakte zijn telefoon om hem te bellen, maar wachtte nog een moment. Iets aan Stiller deed hem vermoeden dat hijzelf nog niet alles wist.

'Is er verder nog iets wat ik moet weten?' vroeg hij.

Adrian Stiller aarzelde. 'Niets wat hiermee te maken heeft,' antwoordde hij uiteindelijk.

'Laat mij dat maar bepalen,' zei Wisting.

Stiller schoof de deur van de bestelbus weer dicht en na een paar tellen begon hij te praten: 'We denken dat Nummer Twee op eigen houtje is gaan handelen,' zei hij.

Wisting nam weer plaats. Adrian Stiller gaf hem een naam: 'Nanna Thomle.'

Dankzij de media wist Wisting om welke zaak het ging. Die viel onder politiedistrict Oost. Nanna was half juli op een zaterdagavond verdwenen nadat ze uit was geweest in Oslo. Ze had de trein naar huis genomen, naar Lillestrøm. De laatste vaststaande observatie was van een bewakingscamera op het station. Ze woonde ongeveer vijfhonderd meter verderop. Op dat traject was ze verdwenen. Drie weken later had een wandelaar haar rechterarm gevonden in Svartskog, ten zuiden van Oslo. Bij de doorzoeking van de omgeving troffen ze de rest van haar lichaam aan in een ondiep graf. Daar hadden dieren in zitten wroeten en een aantal lichaamsdelen was bloot komen te liggen.

Dit was dezelfde werkwijze als Tom Kerr en zijn handlanger hadden toegepast. Ze ontvoerden jonge vrouwen die laat op de avond of in de nacht alleen op pad waren. Voordat ze zich van de lijken ontdeden, hadden ze die in stukken gesneden.

'Haar lichaamsdelen hadden in een bad met chloor gelegen,' zei Stiller.

Ook dat behoorde tot Tom Kerrs methode. Hij had de slachtoffers in stukken gehakt om de lichaamsdelen in een badkuip te kunnen stoppen die hij met een vloeibaar chloormengsel vulde. Een deel van het letsel aan darmen en urinewegen ontstond wanneer hij hetzelfde mengsel gebruikte om de meisjes inwendig schoon te maken. Dat deed hij voordat hij ze in stukken sneed, terwijl ze nog in leven waren.

'Dat is een effectieve methode om biologische sporen te verwijderen,' merkte Wisting op. 'Een andere dader kan op dezelfde werkwijze zijn overgegaan.'

'Ze was op dezelfde manier mishandeld,' ging Stiller verder. 'Haar tepels waren er met een tang uit getrokken. Rond polsen en enkels zaten dezelfde knopen.'

Kerrs slachtoffers waren bij hem thuis tijdens de mishandeling vastgebonden aan een bed. Ze waren vermoedelijk pas na hun dood weer losgemaakt.

'Een paalsteek met een dubbele halve steek als lus,' voegde Stiller eraan toe.

Wisting kon zich niet herinneren dat hij dat detail al eerder had gehoord. 'Ik snap het,' zei hij.

'Nummer Twee heeft één keer op eigen houtje gehandeld,' zei Stiller. 'We denken dat het slechts een kwestie van tijd is voordat hij dat opnieuw doet. Tussen de verdwijningen van Thea Polden en Taran Norum zaten twee maanden, maar daarna werd Salwa Haddad al na vier weken ontvoerd.'

'Dus jullie hebben erop aangestuurd dat Tom Kerr zou proberen te vluchten?' wilde Wisting bevestigd hebben. 'Om Nummer Twee uit de tent te lokken?'

'Dat hebben we als een mogelijkheid overwogen,' gaf Stiller toe.

'Het heeft drie politiemannen bijna het leven gekost.'

'In geen van onze scenario's hielden we er rekening mee dat zoiets kon gebeuren,' zei Stiller. 'We dachten dat hij misschien in een auto zou opduiken en daarom hadden we civiele eenheden op alle omringende wegen. Wat er nu is gebeurd, hadden we nooit kunnen voorzien.'

Wisting wist niet zeker hoe ver Stiller bereid zou zijn geweest om te gaan. Zoals de situatie nu was, leek alles volgens plan te zijn verlopen.

'De inzet is hoog,' vervolgde Stiller. 'Dat levert hopelijk resultaat op.'

Wisting keek opnieuw naar de rode stip op het scherm. Opeens viel hem een piepkleine verschuiving op, alsof Tom Kerr van de ene kant van het huis naar de andere liep.

Hij pakte zijn telefoon en belde Hammer. 'Ik moet met je praten,' zei hij.

10

Line was Hammer gevolgd en bevond zich nu weer op het terrein bij de oude zagerij. Daar kwamen de leden van de hulpdiensten en de operationele eenheid bij elkaar. Onderweg was ze de speciaal getrainde manschappen van het arrestatieteam en patrouilles met blaffende honden tegengekomen. Boven haar vloog de politiehelikopter in steeds grotere cirkels.

De gewonde agenten waren weggebracht, terwijl drie ambulances samen met andere voertuigen van de hulpdiensten op de zomerweide paraat stonden. Radiozenders kraakten, gesprekken werden gevoerd, telefoons rinkelden. Ze tilde haar camera op en legde de somberheid, de onrust en de verwarring op film vast.

Sinds de explosie waren er een uur en zeventien minuten verstreken. De eerste journalisten waren aangekomen en stonden bij elkaar op de weg. Ze waren van de buitenste afzetting naar voren geleid. Als dat niet was gebeurd, waren de grootste enthousiastelingen vermoedelijk door de bosjes gekropen. Line herkende een aantal van hen, degenen die in de buurt werkten, van de plaatselijke kranten in Sandefjord en Larvik, naast een verslaggever en een cameraman van de lokale afdeling van de NRK in Tønsberg. Bovendien zag ze twee fotografen van wie ze aannam dat het freelancers waren.

Ze pakte haar telefoon om te kijken wat voor informatie er inmiddels online stond. De krant waarvoor ze vroeger had gewerkt, VG, had de zaak als hoofdartikel. Minstens drie politiemannen waren bij de uitvoering van een opdracht gewond geraakt. Een operatieleider bevestigde dat er een explosie had plaatsgevonden, maar kon verder niets vertellen over wat er was gebeurd of van wat voor soort opdracht sprake was. Een kaartfragment illustreerde waar de explosie zo ongeveer was geweest. VG had ook vernomen dat er in het gebied opvallende politieactiviteit was. Er waren verschillende wegafzettingen aangebracht. Alle verkeer dat het gebied verliet werd gecontroleerd, terwijl al het binnenkomende verkeer werd tegengehouden.

Morten Pludowski dook op tussen de andere journalisten, met de perskaart van VG om zijn nek. Hij was een van haar beste leermeesters geweest en ze had in haar tijd bij de krant het best met hem kunnen samenwerken. Hij was echter ook een van degenen met wie ze het vaakst een meningsverschil had gehad en op wie ze het vaakst boos was geweest.

Ze wilde niet dat hij haar zou zien. Dat zou haar in een lastige positie brengen. Hij zou dan willen weten wat er was gebeurd, maar ze had een geheimhoudingsverklaring ondertekend en kon niets vertellen.

Het was al te laat. Hij zwaaide naar haar. Hem nu ontwijken zou vreemd zijn.

Ze liep naar hem toe, omhelsde hem vriendschappelijk en knikte naar de andere persmuskieten.

'Je bent snel ter plaatse,' zei ze.

'Ik had geluk,' zei Morten P. glimlachend. 'Ik was in Tønsberg voor iets anders toen dit bericht binnenkwam.'

Hij deed een paar passen bij de anderen vandaan. Line liep met hem mee.

'Wat doe jij hier?' wilde Morten P. weten.

'Freelancer,' antwoordde Line. 'Een documentatieopdracht voor de politie.'

'Wat dan?' vroeg Morten P. 'Wat is er eigenlijk gebeurd?'

‘Ik kan niets zeggen,’ zei Line. ‘Dan krijg ik geen opdrachten meer.’

Morten P. knikte begripvol. Hij was een magere, slungelige man van bijna vijftig, maar met een alerte, nieuwsgierige blik.

‘Oké,’ zei hij. ‘Er is ons een briefing beloofd om één uur.’

Line keek op haar horloge. Dat was over ruim een kwartier.

‘Maar een explosie,’ vervolgde Morten P.; hij deed een stap naar achteren om haar beter te bekijken. ‘Was je erbij?’

Line wierp een blik op haar kleren. Die zaten onder de aarde en groene viezigheid. Op haar linkerarm zaten een paar bloedvlekken. Die waren afkomstig van haar vader nadat hij een van de gewonde agenten had geholpen.

‘Ik heb het gefilmd,’ antwoordde ze en ze maakte een beweging met haar camera. ‘De opname is eigendom van de politie,’ voegde ze eraan toe, maar ze wist dat ze al te veel had gezegd. Wanneer de krant hoorde dat er een opname bestond, zouden de redacteur en de advocaten alles op alles zetten om die te kunnen publiceren.

Line bleef bij de journalisten staan, maar wel achter het afzetlint. Als ze aan de andere kant kwam, zou het waarschijnlijk lastig worden om er weer binnen te komen.

Ze zag haar vader of Adrian Stiller niet. Ze zouden wel in de grijze bestelbus zitten waar Nils Hammer ook in was gestapt.

De reporter van de NRK zond live uit. Hij gaf een beschrijving van de afzettingen die hij had moeten passeren om op de plek te komen waar hij zich nu bevond, maar over de gebeurtenis zelf had hij niets nieuws te melden. *Dagbladet* en TV2 doken op. Meteen daarna verscheen er ook een radioreporter van P4.

De politiehelikopter die een paar keer boven hun hoofd had gehangen, verdween in noordelijke richting. Het was bijna één uur. Er kwamen nog meer journalisten. Line vroeg zich af wie hen te woord ging staan, maar rekende erop dat het Stiller was. De plaatsopneming was zijn initiatief.

Het werd haar vader.

Met zware passen liep hij naar de verzamelde pers. Ergens had hij een overhemd en een jas vandaan gehaald die niet onder het bloed en het vuil zaten. Beide kledingstukken waren hem een maat te klein. Hij leek zich niet op zijn gemak te voelen met de taak die hem was opgelegd, maar Line kende zijn overtuiging, dat het informeren van de pers inhield dat je het publiek informeerde. En het publiek had altijd het recht om te weten wat er speelde. In elk geval in zaken als deze.

Line trok zich van het groepje journalisten terug en filmde hen in plaats van haar vader. Een opname van hem kon ze later altijd nog wel krijgen. Ze wilde nu vastleggen hoe er werd gereageerd als hij over Tom Kerr begon te praten.

Hij stond in zijn eentje. Het ging niet zoals op een Amerikaanse persconferentie waarbij alle overheidsdienaren zich achter de woordvoerder groepeerden, als om duidelijk zichtbaar te documenteren dat ze onderdeel waren geweest van belangrijk nieuws of een dramatische gebeurtenis.

'Ik hou het kort,' begon haar vader zonder ook maar enige vorm van aantekening te raadplegen. 'De actie waar we mee bezig zijn, is nog niet ten einde.'

De journalisten vonden hun plek volgens een bijna ingestudeerd systeem. De cameralieden en degenen die rechtstreekse beelden uitzonden kregen de beste posities, met om hen heen de andere mensen van de pers met verschillende soorten opnameapparatuur. De fotografen met de langste lenzen hielden zich op de achtergrond.

Line checkte de capaciteit van haar accu. Ze kon nog wel een paar uur doorgaan, maar daarna zou ze moeten wisselen.

'Mijn naam is William Wisting,' ging haar vader verder. 'Ik ben hier in de hoedanigheid van leider van de rechercheafdeling van politiebureau Larvik.' Hij wachtte een paar tellen en vervolgde: 'De afdeling voor oudere en onopgeloste zaken van de Landelijke Recherche zou vandaag nieuwe stappen zetten in het onderzoek naar een vijf jaar oude verdwijningszaak. De wegens moord veroordeelde Tom Kerr had zich bereid getoond aan te wijzen waar hij Taran Norum had begraven.'

Sluiters van camera's klikten onophoudelijk.

'Tijdens deze zoekactie is Tom Kerr erin geslaagd de getroffen veiligheidsmaatregelen te omzeilen. Hij is gewapend en moet als gevaarlijk worden beschouwd.'

Een van de journalisten onderbrak Wistings relaas. 'Is Tom Kerr ervandoor?'

'Hij is hier om drieëntwintig minuten over elf ontsnapt,' bevestigde Wisting. 'Hij was gekleed in een grijs T-shirt, een donker Adidas-jack, een blauwe spijkerbroek en grijze sportschoenen. Er zullen foto's van hem worden verspreid die vorige week zijn genomen.'

Morten P. riep het hardst van de aanwezige journalisten: 'De berichten die wij hebben gekregen, geven aan dat verschillende politiemensen bij een explosie gewond zijn geraakt.'

Wisting knikte. 'Bij de ontsnapping is gebruikgemaakt van explosieven,' beaamde hij. 'Drie agenten zijn naar het ziekenhuis vervoerd. Een aantal anderen is ter plaatse behandeld aan lichtere verwondingen.'

Hij negeerde de vragen die op hem afkwamen. 'Details over wat er is gebeurd, zullen we op een later moment vrijgeven. Laat me ten slotte nog eens herhalen dat Tom Kerr gevaarlijk en gewapend is. De plaatselijke bevolking dient binnen te blijven en de deuren op slot te houden. Mocht iemand Tom Kerr zien, dan verzoeken we niet in te grijpen, maar onmiddellijk contact op te nemen met de politie. Dank voor jullie aandacht.'

Hij draaide zich om en liep terug, waarbij hij zich verborg achter de opgestelde politieauto's.

11

Line bleef de groep journalisten filmen. Ze kreeg opnieuw het cynische gevoel dat ze al zo vaak had gehad toen ze nog als journalist werkte en bij een ongeval of een tragedie uitsluitend tot taak had daarvan verslag te doen. De opdracht die ze van Stiller had gekregen, had ze uitgevoerd en nu filmde ze alleen nog om de opnamen te gebruiken voor een documentaire over Tom Kerr en Nummer Twee. De toch al bizarre zaak had nu een dramatische wending gekregen en het materiaal dat ze in handen had was uniek.

Ze liet de camera langzaam in het rond gaan.

Advocaat Claes Thancke was in gesprek met Stiller en haar vader, buiten het zicht van de journalisten. De advocaat schudde haast demonstratief zijn hoofd, waarna hij naar zijn auto liep. Enkele journalisten kregen hem in de gaten en riepen zijn naam. Thancke stak afwijzend een hand omhoog, stapte in en reed weg terwijl de camera's hem volgden.

Line begaf zich naar Stiller en haar vader.

'Waar is je auto?' vroeg haar vader.

'Die staat nog bij de Landelijke Recherche,' antwoordde Line met een hoofdbeweging naar Stiller. 'Ik zou daar ook naar terugkeren nadat Kerr weer in zijn cel zat.'

'Neem die van mij maar,' zei haar vader en hij pakte zijn sleutels. 'We moeten de opnamen van de gebeurtenissen bekijken.'

Line wilde graag blijven. 'Die kunnen jullie op de camera zien,' bood ze aan. 'Nu meteen.'

Stiller schudde zijn hoofd. 'Wij zijn niet de enigen die hier belangstelling voor hebben,' zei hij. 'Je moet ze overzetten naar een server of zo, zodat de politiecommissaris en de leiding van de Landelijke Recherche er ook naar kunnen kijken.'

Line slaakte een zucht. Als ze haar laptop bij zich had gehad, had ze dat meteen kunnen regelen.

'Ik wil graag blijven tot alles voorbij is,' zei ze.

'De komende uren gaat hier niets gebeuren,' zei Stiller.

'Hoe kun je dat weten?' vroeg Line. 'Hebben jullie hem al?'

Stiller gaf daar geen antwoord op. 'Laat je het me weten zodra je een link voor de video-opnamen hebt?' vroeg hij.

Line knikte.

'Geef die alleen aan mij en aan niemand anders,' verduidelijkte hij. 'Ik verspreid de beelden verder.'

Hij draaide zich om en liep naar de bestelbus. Haar vader haalde de autosleutel van de bos en gaf hem aan haar. 'Hij heeft gelijk,' zei hij. 'Het heeft geen zin om hier te blijven. De eerste uren gebeurt er niets.'

Line nam de sleutel in ontvangst met een gezicht dat aangaf dat ze dit niet fijn vond. 'Oké,' zei ze, waarna ze er snibbig aan toevoegde: 'Hij is er met een microfoon en een zender van mij vandoor. Laat het me weten als jullie die vinden, ze waren duur.' Ze liep naar de auto, deed de camera uit en stapte in.

Een tak schuurde langs de zijkant van de wagen toen ze de weg op reed. De radio stond op zender P2. Ze deed hem uit en keek in de spiegel. Achter haar wervelde stof op.

De route door het bos bestond eigenlijk slechts uit twee hobbelige bandensporen. Aan weerszijden stonden de bomen dicht op elkaar. Ze zag ook ergens een of ander roestig landbouwwerktuig langs de kant van de weg staan.

Line minderde vaart en stopte. Ze pakte de camera van de passagiersstoel en deed hem weer aan, zodat ze klaar was om de politieafzetting bij de hoofdweg te filmen.

In de spiegel registreerde ze een schaduw, alsof er achter de auto iets bewoog. Ze draaide zich om, maar zag niets anders dan een vogel die opvloog van een tak; het was alsof het dier ergens van geschrokken was.

Ze kreeg een onbehaaglijk gevoel. Buiten de auto was niets te zien, maar een plotselinge irrationele angst zorgde ervoor dat ze de portieren op slot deed. Toen ze verder reed, slipten de banden over het paadje.

Even later opende het landschap zich. Het bos ging over in pasgeploegde akkers. Bij de hoofdweg stonden twee politie-auto's, de ene met de zwaailichten aan. Een oude blauwe Ford was staande gehouden. De agenten hadden de kofferbak geopend.

Line bleef opnieuw staan en hief haar camera. De klep van de kofferbak ging dicht en de Ford mocht doorrijden. Weer kwam er een auto aan, een kleine Toyota. Door de cameralens zag ze dat daar twee vrouwen in zaten. De auto werd tot stoppen gedwongen. De politie checkte de legitimatiebewijzen, opende de achterportieren en controleerde de kofferbak, waarna de auto verder mocht.

Een politieagente had Line in het vizier gekregen en gaf een collega opdracht zich om te draaien. De vrouw pakte haar wapen dat aan een riem over haar borst hing steviger vast. Line legde de camera neer en reed naar hen toe. Ze bleef staan toen de agenten aangaven dat ze halt moest houden, deed het zijraampje naar beneden en pakte haar rijbewijs. De agente ging bij het portier staan.

'We zijn op zoek naar deze man,' zei ze en ze stak een telefoon naar voren met de foto van Tom Kerr op de display. 'Heb je hem gezien?'

Line had geen zin om te vertellen waaraan ze had meegewerkt. 'Tom Kerr,' bevestigde ze alleen. 'Nee.'

'Kun je de kofferbak openen?'

Een agent checkte of die leeg was en sloot de klep. De agente gaf haar het rijbewijs terug. 'Blijf niet staan als je hem ziet,' waarschuwde ze. 'Goede reis verder!'

Onder het rijden keek Line telkens naar links en naar rechts. Ze hield een lage snelheid aan. Een hond blafte naar haar toen ze een huis langs de weg passeerde. Ergens liepen een paar paarden. Een oudere vrouw stond op een erf de was binnen te halen.

Op de provinciale weg was weer een controlepost. Line plaatste de camera op het dashboard en bleef filmen.

Enkele auto's mochten verder rijden, terwijl andere werden tegengehouden. Waarschijnlijk nieuwsgierigen en anderen die daar niet per se hoefden te zijn of er in de buurt woonden.

De auto voor haar werd op dezelfde manier gecontroleerd als bij de vorige afzetting. Line deed haar raampje weer naar beneden en wachtte tot het haar beurt was.

Opnieuw werd haar de foto van Tom Kerr getoond, waarna ze de kofferbak moest openen en de auto werd doorzocht.

Vijfentwintig minuten later was ze thuis in Stavern. Ze begaf zich meteen naar het souterrain, naar haar kantoor, en deed de tv aan. De laatste zender waarnaar ze had gekeken was CNN. Ze zapte naar de Noorse nieuwszender. Reclame.

Ze haalde het geheugenkaartje uit de camera en zette de opnamen over. De camera had vrijwel de hele tijd gelopen. Ze had hem alleen stilgezet en weer ingeschakeld omdat anders de bestanden te groot zouden worden om te bewerken.

Het kostte enige moeite om de beelden over te zetten op een versleutelde server zodat ze ze kon delen. Stiller zou het ruwe materiaal krijgen. Een selectie was niet nodig. Ze stuurde hem een e-mail met de link naar de bestanden en een automatisch gegenereerd wachtwoord. Een van de bestanden bestond uit een opname die begon toen de minibus bij de oude zagerij parkeerde, en duurde tot ruim een halfuur na de explosie en de vlucht. Ze attendeerde Stiller op de bestandsnaam en besloot de opname vervolgens zelf te bekijken.

Het duurde geruime tijd voordat iedereen op pad ging. Ze had ook een opname van Stiller die met Hammer sprak over de helikopter die nog niet was gearriveerd. Ze wachtten op de hondenpatrouille; Kerr sprak met zijn advocaat in de auto voordat ze op weg gingen.

Op tv zag ze dat de nieuwszender rechtstreekse beelden uit Eftang toonde. Er leken nog geen verdere ontwikkelingen te zijn. Ze dempte het geluid en concentreerde zich op haar computerscherm. Tom Kerr en de manschappen liepen het bos in. Ze had meegekregen dat hij struikelde en viel. Line zette de opname stil, spoelde een stukje terug en speelde hem opnieuw af. Kerr kreunde toen hij de grond raakte. Hij werd omhooggehesen en kreeg opdracht door te lopen, terwijl zijn advocaat protesteerde. Na de volgende val hadden ze de voetboei weggehaald, maar dit maakte deel uit van wat er daarna ging komen.

Ze speelde de hele gang van zaken nog een keer af op een lagere snelheid. Er was helemaal geen reden om tegen de vlakte te slaan. Zijn ene voet raakte weliswaar een boomwortel op het pad, maar de val zelf kwam opzettelijk op haar over. Alsof die deel uitmaakte van het vluchtplan.

De opname liep door. De volgende keer dat Kerr op de grond belandde, was de val dramatischer. Zijn voeten stonden niet op beeld, dus het was niet te zien waarover hij struikelde, maar als je wist dat dit onderdeel was van zijn plan om de voetboei te laten verwijderen, maakte ook deze buiteling een gekunstelde indruk.

Door de boeien kon Kerr maar moeilijk zijn val breken. Toen hij weer omhoog werd getild, zat er een schram op zijn wang.

Ze liepen verder. Toen ze bij de helling met de weide aankwamen, protesteerde Claes Thancke. Er volgde een discussie die ermee eindigde dat ze besloten de voetboei weg te halen.

Terwijl de beugel om zijn enkel werd losgemaakt en de boei

werd verwijderd, keek Kerr recht in de camera. Toen de agenten klaar waren, hief hij zijn handen voor zijn gezicht en veegde bloed van de wond op zijn wang weg. Toen zei hij iets, waarna hij zijn bloederige vingers in zijn mond stak en ze schoonlikte.

Line spoelde terug, zette het geluid harder en concentreerde zich om te horen wat hij zei. Het was niet meer dan een zacht gefluister. Ze moest de opname nog een keer afspelen met het geluid nóg harder. Het klonk als 'tot ziens'.

Ze speelde het nogmaals af. Toen hij sprak keek Kerr recht in de camera, alsof hij die mededeling wilde achterlaten. Deze keer klonk het nog duidelijker als 'tot ziens', als een soort dreigende afscheidsgroet.

12

De computerschermen en alle technische apparatuur in de krappe laadruimte zorgden voor een muffe lucht. Wisting had het overhemd van Ove Hidle nog aan. De dunne stof plakte tegen zijn rug.

De grootste monitor toonde Lines opnamen. Tom Kerr liep het hellende stuk grond af. Opeens begon hij te rennen. De politiemensen om hem heen schreeuwden.

Wisting haalde diep adem en wachtte op wat er komen ging. De explosie vulde het scherm met een wit, fel licht. Gedreun kwam uit de luidsprekers. De camera lag op zijn zij in het hoge gras, maar ze zagen en hoorden aarde en steentjes naar beneden komen.

Niemand zei iets.

De camera kwam weer in positie en gleed over de gewonde, bloedende politiemensen, terwijl ze hoorden dat Wisting zich ervan vergewiste dat zijn dochter niet gewond was. Daarna focuste de opname op het pad waarover Tom Kerr de benen had genomen. De hondengeleider stuurde de hond achter hem aan en volgde het dier samen met een jongere agent. De camera draaide weer bij. De zwaarst gewonde agenten kregen de eerste hulp. Twee scherpe pistoolschoten waren te horen. De camera draaide weer snel de kant van het pad op.

Nils Hammer wendde zich van het scherm af, kreunde luid en veegde een zweetdruppel van zijn voorhoofd. 'Wat een verdomde tombola,' zei hij; hij deed geen enkele poging om zijn irritatie en boosheid te verbergen.

'Het was nooit de bedoeling dat het zo zou gaan,' probeerde Stiller uit te leggen.

'Jullie hebben dit georganiseerd en jullie hebben het verkloot,' zei Hammer woedend.

Een paar spetters speeksel kwamen op Stiller terecht.

'Het plan was dat hij de plek zou laten zien waar hij Taran Norum had begraven,' zei Stiller rustig. 'Maar we hadden natuurlijk een back-upplan. We hebben geprobeerd met alle eventualiteiten rekening te houden.'

Hammer schudde zijn hoofd. 'Jullie hebben er nooit in geloofd dat Taran Norum daar was,' mompelde hij.

'We moesten het checken,' wierp Stiller tegen.

'Een jonge agent heeft zijn voet verloren,' zei Hammer, om Stiller aan dat feit te herinneren.

'Het was niet onze taak om het gebied veilig te stellen,' beklemtoonde Stiller en hij draaide zich half om naar Wisting.

Hammer stond op. Zijn hoofd raakte het dak. 'Waag het niet om dat te doen,' zei hij en hij stak zijn wijsvinger op. 'Dit schuif je ons niet in de schoenen. Deze hele opzet diende alleen maar om een vluchtpoging te provoceren. De verantwoordelijkheid ligt bij jou.'

'Met wie moet ik praten over Nummer Twee?' vroeg Wisting om de discussie een halt toe te roepen. 'Wie weet het meeste over hem?'

'Idar Semmelmann,' antwoordde Stiller. 'Hij was de hoofdrechercheur.'

Wisting kon zich niet herinneren die naam eerder in de zaak te zijn tegengekomen.

'Hij kwam erbij nadat Kerr was aangehouden,' verklaarde Stiller. 'Hij kreeg de leiding over het team dat moest proberen Nummer Twee te vinden. Hij is nog als enige over.'

'Heb je hem gesproken?'

'Niet over wat er vandaag is gebeurd, maar er is hem verteld dat we Kerr mee zouden nemen om Taran Norums graf aan te wijzen.'

'Heb je zijn nummer?'

Stiller knikte, pakte zijn telefoon en las het nummer op. Wisting toetste het in, leunde naar voren en tuurde naar de vloer terwijl hij wachtte tot er werd opgenomen.

'Met Semmelmann.'

'Met William Wisting, Larvik. Heb je meegekregen wat er hier is gebeurd?'

'Ik hoorde het op het nieuws,' bevestigde de vroegere hoofdrechercheur. 'Gaan jullie hem vinden?'

'Er zijn veel mensen naar hem op zoek,' antwoordde Wisting. 'Hij zal er een zware dobber aan hebben om aan ons te ontkomen.'

'Jullie moeten hem niet laten ontkomen,' waarschuwde Semmelmann. 'Hij zal het opnieuw doen. Hij zal opnieuw gaan moorden.'

Wisting ging wat meer rechtop zitten. 'Hoe ver zijn jullie gekomen in de jacht op Nummer Twee?' vroeg hij.

Het werd stil aan de andere kant van de lijn.

'Je weet van het meisje-Thomle?'

'Nanna Thomle,' beaamde Wisting. 'Het meisje dat afgelopen zomer is verdwenen. Stiller heeft het me verteld.'

'Ik moest al mijn documentatie over Nummer Twee tevoorschijn halen toen ze haar lichaamsdelen vonden,' ging Semmelmann verder. 'Maar we weten nu nog net zoveel als toen.'

'Geen kandidaten?'

Opnieuw stilte.

'Het is het eenvoudigst als ik alles bij elkaar pak en naar jullie toe kom.'

'Wanneer kun je hier zijn?'

'Laten we zeggen om zeven uur.'

'Mooi,' zei Wisting. 'Op mijn kantoor.'

Iemand probeerde de deur open te krijgen, maar die zat op slot. Wisting zat er het dichtst bij, schoof hem op een kier en zag dat het Stenberg van het arrestatieteam was. Hij stak een paar handboeien in een plastic bewijszak naar voren.

Wisting opende de schuifdeur helemaal en maakte plaats voor hem.

'Een hondengeleider heeft ze gevonden, ongeveer vijftig meter van de plek waar de hond werd neergeschoten.'

Hij gaf de zak aan Wisting, die vaststelde dat er een sleutel in het slotje zat, waarna hij hem aan Hammer overhandigde.

'Waar heeft hij die sleutel vandaan?' vroeg hij.

'Het is een standaardsleutel,' zei Stiller. 'Alle handboeien die bij de Noorse politie in gebruik zijn, kun je met dezelfde sleutel openen. In veel andere landen hebben ze vast en zeker dezelfde leverancier. Aan de koop en verkoop ervan kleven geen restricties en ze zijn vermoedelijk via internet te bestellen.'

'Dat zal wel,' bromde Hammer. 'Maar waar heeft Tom Kerr de sleutel vandaan? Je hebt hem toch gefouilleerd voordat hij de gevangenis verliet?'

'Van dezelfde plek als het wapen?' opperde Stenberg. 'Iemand heeft hem ergens voor hem neergelegd.'

Wisting schudde zijn hoofd. 'Hij heeft de handboeien opengemaakt voordat hij ging rennen,' zei hij, waarbij hij wees naar de monitor waarop de beelden van de explosie nog steeds te zien waren. 'Ze slingerden om zijn pols.'

'Hij struikelde en viel,' bracht Stiller te berde. 'Twee keer. Het maakte deel uit van het plan, zodat wij de voetboei zouden weghalen. De sleutel kan ergens op het pad hebben gelegen. Hij kan hem hebben opgepakt toen hij viel.'

Hammer zuchtte en vervloekte de hele situatie opnieuw.

'Beweging,' meldde opeens Ove Hidle, die voor de rij computerschermen zat.

Wisting keek ernaar. Het betrof de marker die de plaats van

Lone Mellbergs auto aangaf. Die had de parkeerplaats voor de supermarkt in Hokksund verlaten en reed oostwaarts naar Drammen.

'Het is vijf over drie,' merkte Stiller op. 'Ze is klaar op haar werk.'

Stenberg kreeg een telefoontje. Hij reageerde kort, kreeg een bericht en verbrak de verbinding.

'De observatierechercheurs volgen haar,' deelde hij mee.

Alle vijf keken ze toe. Na zes minuten verliet de auto de hoofdweg en reed een woonwijk in.

'Ze gaat naar huis,' stelde Stiller vast en hij wees aan waar ze woonde.

De beweging stopte.

'Het is hoe dan ook te vroeg,' zei Stenberg. 'Pas over vijf uur wordt het donker.'

13

Line had de opname van vlak voor de granaatexplosie drie keer afgespeeld en gezien hoe Kerr plotseling begon te rennen en al snel een voorsprong van tien meter kreeg. Van zijn ene hand was de handboei los. Hij gebruikte zijn armen onder het rennen, als een sprinter.

Toen Line klein was, had ze met de handboeien van haar vader gespeeld. Als ze niet strak genoeg zaten, kon ze ze over haar hand heen trekken als ze die een beetje kromde en heen en weer schoof.

Ze spoelde terug om te bekijken hoe de boeien waren vastgemaakt en zette het beeld stil op het moment waarop hij zijn handen voor zijn gezicht hield en bloed van zijn vingers likte. Zijn handen waren groot en grof. De boeien zaten strak, met slechts een speling van enkele millimeters. Als een horlogebandje.

'Tot ziens,' herhaalde Line Tom Kerrs woorden.

Stills van bewegende beelden waren maar zelden goed, maar de kwaliteit van deze was in orde en ze had de indruk dat ze weleens een iconisch portret van een misdadiger konden opleveren. Het bloed, de handboeien, zijn grijns, de duisternis in zijn ogen.

Ze sloeg het schermbeeld op, scrolde verder en maakte nog een versie. Daarna nog eentje en toen een derde. Een paar slierten speeksel tussen Kerrs lippen zorgden voor een nog aansprekender beeld.

Het leek alsof hij ook iets in zijn mond had. Iets wat weerspiegelde.

Ze spoelde door naar het punt waarop Tom Kerr zijn mond een heel eind opende. Ze zette het beeld stil, zoomde in, legde haar hoofd schuin en riep het vervolgens uit.

Het was een sleuteltje, een sleuteltje voor handboeien.

Waar kwam dat vandaan?

Ze stuurde het beeld naar haar telefoon, schreef een appje over de ontdekking en zond het door naar Stiller en haar vader.

De hele vlucht leek nauwgezet voorbereid, dus het verbaasde haar niet dat Tom Kerr ook de sleutel van de handboeien te pakken had gekregen. Maar waar kwam die vandaan?

Hij had hem natuurlijk al mee kunnen nemen uit de gevangenis. Iemand die op bezoek was geweest kon hem mee naar binnen hebben gesmokkeld, maar Stiller had hem voor vertrek gefouilleerd en hem zelfs zijn mond laten openen en zijn tong laten uitsteken.

Ze liet de opname verder lopen en probeerde het moment te vinden waarop Kerr de handboeien opende, maar dat was lastig te zeggen, want hij liep met zijn rug naar de camera toe.

Haar telefoon piepte. Stiller liet weten dat hij haar bericht had ontvangen.

De opname liep door. Het geluid van de explosie kwam uit de kleine luidsprekers. Pijnkreten en geschreeuw volgden. De camera lag op de grond. Een bloedende agente liep voorbij toen Line de camera weer oppakte. De vrouw haastte zich naar een gewonde collega.

Het was gemakkelijk te begrijpen wat er was gebeurd. Iemand had een boobytrap gemaakt, een val, een draad vastgemaakt aan de pin in de granaat en de draad over het pad gespannen, zodat Tom Kerr die met zich meetrok en tijdens het rennen de explosie veroorzaakte.

Op de nieuwszender vertelde de programmaleider in de studio de hoofdlijnen in het onderzoek van de zaken waarvoor Tom Kerr was veroordeeld. Ze toonden beelden die waren gemaakt in verband met de dramatische aanhouding.

Freja Bengtson was bijna Tom Kerrs vierde slachtoffer geworden. Zes weken nadat Salwa Haddad in Hellerud verdween, probeerde een man met een motorhelm op Freja een bestelbus in te trekken.

Freja Bengtson had als kickbokser jarenlang actief getraind in Göteborg. Ze was tweede van Zweden, maar moest vanwege letsel een professionele carrière vaarwel zeggen. Ze was naar Oslo verhuisd en werkte als bartender. De aanval had plaatsgevonden toen ze op weg was naar haar appartement in de wijk Lambertseter. Ze had tegengestribbeld en zich los kunnen rukken, maar was ingehaald en naar de bestelbus getrokken.

Een taxichauffeur had begrepen wat er aan de hand was en ging claxonneren en met de lichten knipperen. Dat had de dader er niet van weerhouden om door te gaan met de uitvoering van zijn plan. Op het moment dat Freja Bengtson de laadruimte in zou worden gegooid, had de taxichauffeur gas gegeven en was hij van achteren tegen de bus aan gereden. Freja was op de grond achtergebleven. De man met de helm had geprobeerd de bus in te komen, maar een passagier in de taxi was naar buiten gesprongen om hem tegen te houden. Een passagier op de achterbank had met zijn mobiel gefilmd. Nu toonde de nieuwszender de oude opnamen weer. De man met de motorhelm was Tom Kerr.

Hij was een tuin in gevlucht, over een haag en verder de buurt in. De bestelbus was op hoog tempo weggereden. De chauffeur was Nummer Twee, de onbekende handlanger die nooit was gevonden.

De volgende beelden toonden de grote politiemacht die was gearriveerd. De politiehelikopter cirkelde boven de omgeving met een forse schijnwerper.

De bij de botsing beschadigde taxi stond nog op de plaats delict. Op het trottoir lag een witte doek. Tijdens de rechtszaak was gebleken dat daarop een zelfgemaakt mengsel van aceton en chloor zat. Een combinatie die een verdovende werking had, maar die te kort op Freja Bengtsons gezicht was gedrukt om effect te hebben.

De archiefbeelden waren goed; het ging om een vrij jonge zaak, waardoor de opnamen van hd-kwaliteit waren. De productiemaatschappij waarmee ze samenwerkte, beschikte over een deel van dezelfde beelden. Line was niet de enige die graag een documentaire over Tom Kerr en Nummer Twee wilde maken. Om dat project te laten slagen, waren goede beelden uiteraard van belang. Als ze dan ook nog de huidige opnamen kon gebruiken, zou ze een exceptioneel uitgangspunt hebben. Maar om dat plan te realiseren, was het vooral belangrijk dat ze de instemming van familie en nabestaanden had. En die had ze. Ook Freja Bengtson had een samenwerkingsovereenkomst met haar en de productiemaatschappij ondertekend in een poging Nummer Twee te vinden. De enige die niet had willen meewerken, was Johannes Norum. De vader van Taran Norum.

Nieuwe beelden verschenen op tv. De verslaggever vertelde dat Tom Kerr een huis was binnengedrongen, een autosleutel had gevonden en een auto had gestolen, maar was ontdekt toen hij instapte. Dit waren beelden van de dramatische achtervolging. Kerr was van de weg gedrukt en zijn wagen kwam vast te zitten in een greppel. Toen hij probeerde verder te vluchten, had een agent een waarschuwingsschot gelost. Dat had Kerr er niet van weerhouden verder te rennen en twee agenten hadden op hem geschoten zonder hem te raken. Vervolgens was Kerr in een bosje verdwenen. Ten slotte had een politiehond hem te pakken gekregen en hem tegen de grond gewerkt. Daarmee kon de politie zich op de zoektocht naar Nummer Twee concentreren. Een jacht die geen enkel succes had gehad. Tom Kerr had gezwegen en er waren nooit technische sporen aangetroffen.

De reportage op het nieuws toonde twee gebouwen die in vuur en vlam stonden. Een woonhuis en een schuur, beide eigendom van Tom Kerr, ten oosten van Oslo.

Het was een keuterboerderijtje dat in verval was geraakt nadat een oom van Kerr was overleden, maar dat hij had overgenomen nadat hij zijn straf wegens een verkrachting had uitgezeten.

De melding van de brand was een uurtje na de aanhouding van Kerr binnengekomen. Op dat moment had hij zelfs zijn naam nog niet genoemd. Zijn identiteit kon pas worden vastgesteld na een onderzoek naar zijn vingerafdrukken.

In de afgebrande schuur hadden de rechercheurs de resten gevonden van de vluchtauto waarmee Nummer Twee was ontkomen. Kennelijk was de brand aangestoken om alle sporen uit te wissen nadat Thea Polden, Salwa Haddad en Taran Norum daar gevangen waren gehouden en gedood, evenals sporen waarmee Nummer Twee kon worden geïdentificeerd.

Een week na de brand had de politie het eerste graf gevonden. In het bos, bijna zeshonderd meter ten oosten van het boerderijtje, had een politiehond aangeslagen op een drassig terrein waar de bovenste zoden leken te zijn weggehaald en weer teruggelegd. De in stukken gesneden lichaamsdelen in de grond behoorden toe aan Salwa Haddad. De dag erna was Thea Polden op dezelfde manier aangetroffen.

In de tv-reportage werden beelden getoond van Tom Kerrs werkplek, terwijl de verslaggever vertelde hoe Kerrs werk bij een bedrijf dat producten leverde voor de aanleg, de bouw en het onderhoud van zwembaden hem eenvoudig had geholpen aan de grote hoeveelheden vloeibaar chloor die waren gebruikt om de afgesneden lichaamsdelen te desinfecteren en alle vormen van biologische sporen uit te wissen.

De anchorman in de studio was terug op het scherm en schakelde over naar de reporter bij Eftang door te vragen of er nieuws te melden was.

'Het zoeken naar de wegens moord veroordeelde Tom Kerr gaat met de inzet van een groot aantal mensen verder,' zei hij ter inleiding, waarna hij vertelde dat de aanwezige journalisten een nieuwe persbriefing om vijf uur was toegezegd.

Line keek op haar horloge. Nog anderhalf uur. Ze zou naar het huis van haar vader moeten gaan om een schoon overhemd te halen en dat naar hem toe te brengen.

14

Op het pad zat een zwarte vogel met een gele snavel ergens in te pikken. Het dier vloog op en verdween toen Wisting dichterbij kwam.

De rusteloosheid kwelde hem zo dat het bijna pijn deed. De onrust joeg door zijn lijf en irriteerde hem; hij had niets liever gewild dan zo snel mogelijk de klamme ruimte achter in de commandowagen verlaten.

De technisch rechercheurs waren al enkele uren op de plaats van de explosie bezig. Hopelijk zou het niet lang meer duren tot ze konden zeggen of er nog traceerbaar materiaal aanwezig was. Of ze konden achterhalen wat voor type granaat er was gebruikt en waar die vandaan zou kunnen komen. Of dat er andere dingen waren aangetroffen van degene die Tom Kerr had helpen vluchten.

De laatste uren hadden er heel wat mensen over het pad gelopen. Wisting begaf zich naar de plek waar Tom Kerr de eerste keer was gestruikeld. Delen van een kronkelige boomwortel staken een stukje uit de harde grond. Wisting gaf er een schop tegen. Je kon er gemakkelijk over struikelen, maar hij was ook heel goed zichtbaar. Als je een plek wilde kiezen om te doen alsof je viel, dan moest je hier zijn.

Hij liep verder en vond de tweede plaats waar Kerr onderuit was gegaan. Ook daar stak een wortel uit de grond.

Om hem heen stonden de bomen dicht op elkaar. Wisting keek omhoog naar de blauwe hemel boven de dichtbegroeide bomen. Ergens in de kruinen zongen vogels; alle geluiden van de lopende politieactie werden buitengesloten.

Van een boom die het dichtst bij het pad stond, ontbrak een stukje schors. Het leek weggesneden te zijn, zoals wanneer een boseigenaar bomen selecteert die hij door houthakkers wil laten vellen.

Wisting liep ernaartoe. Het was een rechthoekig plakje van ongeveer drie centimeter breed en tien centimeter lang. Enkele druppels vers sap lagen in de wond. In het gras aan de voet van de boom zag hij de schors. Die was opgekruld en lag er als een balletje bij.

Hij pakte zijn telefoon, maakte een foto van de snee in de boom en de grijze schors op de grond. Daarna begaf hij zich het pad weer op. Twee meter van de wortel waarover Tom Kerr was gestruikeld, lag een platte steen ter grootte van zijn mobiel en met dezelfde vorm. Er groeide een beetje lichtgroen mos op.

Wisting keerde hem met zijn voet om. Er lag niets onder. Geen ongedierte of schimmel waardoor je had kunnen vermoeden dat hij er al lange tijd lag.

De steen kon deel uitmaken van de goed voorbereide vlucht. Tom Kerr moest uitkijken naar een gemerkte boom. Daar moest hij struikelen en de sleutel voor de handboeien onder een platte steen vandaan halen. Hij zou gemakkelijk op te rapen zijn en Kerr kon hem in zijn hand verborgen houden zonder dat het iemand opviel.

Voordat Wisting verder liep, maakte hij een foto van de steen, maar hij moest een technisch rechercheur vragen om zowel de steen als de schors veilig te stellen.

Op de plaats van de explosie waren drie mannen in witte overalls aan het werk. Wisting liep naar degene die hij het best kende. Espen Mortensen. Vroeger had hij een vast kantoor en een eigen klein laboratorium gehad op het plaatselijke politiebureau. Bij de reorganisatie van het politiedistrict waren alle technisch rechercheurs in één eenheid bijeengebracht op een plaats verder in het noorden van de provincie. Daardoor hadden ze geen dagelijks contact met de onderzoekers, maar het zorgde wel voor een beter vakinhoudelijk milieu en een uitgebreidere expertise.

Mortensen trok zijn mondkapje naar beneden en knikte naar Wisting.

'Wat heb je?' vroeg Wisting.

Mortensen nam Wisting mee naar een verplaatsbare werkbank die ze ter plekke hadden neergezet. De vondsten van rechercheurs op de plaats delict lagen er in doorzichtige bewijszakken op.

'We hebben fragmenten van de granaat gevonden,' legde Mortensen uit. Hij stak een zakje met een zwart stukje ter grootte van een pinknagel omhoog. 'Het gaat om een schokgranaat met een grote explosieve kracht,' vervolgde hij en hij gaf Wisting de bewijszak. 'In de houder zit een deel van het met asfalt geïmpregneerde materiaal.'

Op de tafel lagen meerdere zakken met een soortgelijke inhoud. Op enkele stukken waren de resten van een geel opschrift te zien.

'Een schokgranaat?' herhaalde Wisting.

'Die bevat uitsluitend springstof, geen splinters,' verduidelijkte Mortensen. 'Er ontstaat letsel wanneer men wordt geraakt door losse voorwerpen die door de drukgolf in het rond vliegen. In dit geval: takken en stenen. Daarnaast kan de druk schadelijk zijn voor inwendige organen. Maar zo'n granaat is voornamelijk bedoeld om de tegenpartij te verlammen.'

Wisting legde de zak terug. 'Waar komt hij vandaan?'

'Het is te vroeg om dat te zeggen. Ik weet nog niet wat voor type granaat het is, maar er is een paar keer diefstal gepleegd uit militaire depots.'

'Verder nog iets?' vroeg Wisting met een blik op de tafel.

'We hebben twee lege hulzen aangetroffen,' zei Mortensen en hij pakte het juiste bewijszakje. 'Negen millimeter.'

'Het meest gebruikte kaliber ter wereld,' merkte Wisting op.

Mortensen draaide zich half om naar de bosrand achter hen. 'Ze lagen op het pad,' zei hij. 'De handboeien zijn daar ook gevonden, maar die zijn nu zeker al bij jullie?'

Wisting knikte. 'Hoe zit het met voetafdrukken?' vroeg hij.

'Vooralsnog hebben we die niet gezien,' antwoordde Mortensen. 'Degene die hier is geweest, heeft vermoedelijk zijn auto neergezet op dezelfde plek als jullie, en hij heeft dan ook hetzelfde stuk gelopen. Waarschijnlijk is dat niet meer dan vierentwintig uur geleden gebeurd, maar het heeft nu weinig zin om naar sporen van de auto of voetsporen te zoeken. De grondlaag op het pad is sowieso niet zacht genoeg om afdrukken in achter te laten.'

'Ik snap het,' antwoordde Wisting. Hij liep naar het pad waarover Tom Kerr was verdwenen. 'Ga je een stukje met me mee?'

'Waar denk je aan?' vroeg Mortensen, terwijl hij de latexhandschoenen uittrok.

'Het pistool moet voor hem zijn klaargelegd,' antwoordde Wisting. 'Hebben jullie ontdekt waar dat was?'

Mortensen schudde zijn hoofd.

Ze liepen naast elkaar. Mortensen wees de plaats aan waar de struikeldraad voor de granaat was gespannen. 'Er zit een vertraging van twee, drie seconden in het ontstekingsmechanisme,' verduidelijkte hij. 'Daardoor kon Kerr op veilige afstand komen, terwijl degenen die achter hem aan kwamen werden getroffen.'

Wisting wierp een blik naar achteren voordat ze verder liepen. Na ruim vijftig meter vond hij wat hij zocht. Een grijze boomstam waaraan een stukje schors ontbrak.

Hij vertelde over de boom aan de andere kant van de schapenweide die op dezelfde manier gemarkeerd was.

'Het kan kloppen,' zei Mortensen. 'De lege hulzen zijn iets meer dan honderd meter verderop gevonden.'

Wisting liep naar de boom. Onderaan de stam lagen twee takken die van een dichtbegroeide struik waren gesneden. Ze waren niet groot, maar wel geschikt om een handwapen mee toe te dekken.

'Ik ga de camera halen,' zei Mortensen en hij draaide zich om.

Wisting volgde hem. De rusteloosheid was terug. Nog urenlang zouden ze niets anders doen dan wachten op het juiste moment om Tom Kerr en zijn handlanger in te rekenen. Dat ze een afwachtende houding moesten aannemen om de zaak af te kunnen handelen, stond hem niet aan. De sporen begonnen al koud te worden.

15

Line pakte het blauwe overhemd dat haar vader als kerstcadeau van haar had gekregen. Dat zou goed passen bij zijn donkere vrijetijdsjack met wafelpatroon.

Het overhemd hing schoon in de kast, maar was kreukelig. Ze zette het strijkijzer aan en ging voor de tv zitten om het nieuws te volgen. Terwijl ze wachtte tot ze kon gaan beginnen, belde ze haar vriendin Sofie om te horen hoe het met haar dochter ging.

Sofie sprong altijd bij als Line oppas nodig had. Zelf had haar vriendin een dochter die maar een paar maanden ouder was dan Amalie. Ze konden leuk met elkaar spelen en gingen naar dezelfde crèche. De afspraak was dat Sofie vandaag beide meisjes mee naar huis zou nemen.

Ze waren in een winkel toen Line belde.

'We eten vandaag vis,' vertelde Sofie. 'Romige pasta met zalm en doperwten. Ik ben het recept in een folder tegengekomen.'

'Klinkt goed,' zei Line.

Het strijkijzer was warm. Ze begon te strijken terwijl ze nog even verder babbelden over de kinderen.

'Ik weet niet hoe laat ik haar op kan halen,' zei Line. 'Heb je meegekregen dat Tom Kerr is ontsnapt?'

'Ja.'

'Dat was de zaak waarvoor ik op pad was,' legde Line uit.

'Echt? Wat is er eigenlijk gebeurd?'

'Dat vertel ik je als ik Amalie ophaal, maar ik weet niet hoe laat dat zal zijn. Ik ben nu even thuis om de opnamen door te sturen, maar moet zo meteen weer weg. Mijn auto staat in Oslo, ook dat nog.'

'Heb je het gefilmd?' wilde Sofie weten.

'Ik vertel het je later,' beloofde Line.

'Amalie kan hier blijven slapen als het laat wordt,' verzekerde Sofie haar.

'Dank je. Je bent een schat.'

Ze hing haar vaders overhemd op een kleerhanger en streek een paar van haar eigen kledingstukken nu ze toch bezig was. De nieuwszender had Johannes Norum geïnterviewd, de vader van het slachtoffer dat Tom Kerr hun zou tonen.

Line zette het strijkijzer weg en keek naar Norum. Hij was naar Larvik gegaan en stond voor de buitenste afzetting met zijn armen voor zijn borst over elkaar geslagen. Ze had hem veertien dagen geleden ontmoet om hem van het documentaireproject op de hoogte te stellen. Hij was ervan overtuigd dat Kerr zijn dochter om het leven had gebracht en stond heel sceptisch tegenover het politieonderzoek, maar was niet bereid geweest om aan de documentaire mee te werken. Line vermoedde dat dit met zijn verleden te maken had. Hij was onder andere veroordeeld wegens verkrachting en had een tijd vastgezeten. Zijn dochter had zich volledig van hem gedistantieerd. Nu verscheen hij dus toch op tv.

'Wist u dat Tom Kerr de moord op uw dochter had bekend?' wilde de reporter weten.

'Ik ben gebeld door de Landelijke Recherche en zij hebben het me verteld,' bevestigde Johannes Norum. 'Ik zei dat ik erbij wilde zijn als ze haar gingen ophalen, maar die mogelijkheid werd me ontnomen.'

Hij knikte naar de afzettingspost achter zich. 'Als ik er vandaag bij was geweest, dan was dit niet gebeurd,' zei hij. 'Dan was hij niet ontkomen.'

Hij deed een paar onbeholpen uitlatingen die normaal gesproken door de nieuwsredactie zouden zijn geschrapt. Het interview leek niet geredigeerd te zijn.

'Wat vindt u van wat er is gebeurd?' vroeg de reporter.

'Het is een aanfluiting,' antwoordde Norum. 'Deze hele zaak was een schandaal.'

'Op welke manier?'

Johannes Norums ogen flitsten heen en weer en hij maakte een onzekere indruk toen hem om nadere uitleg werd gevraagd.

'Hij is de vorige keer toch ook ontsnapt,' antwoordde Norum. 'Ze hebben hem nooit kunnen veroordelen voor wat hij met Taran heeft gedaan. Nu is hij opnieuw ontkomen. Nu we eindelijk antwoorden zouden krijgen.'

De reporter stelde enkele vragen over hoe de afgelopen tijd was geweest, vanaf het moment waarop zijn dochter was vermoord tot nu. Norum vertelde hoe zwaar hij het had gehad; door zijn antwoorden kreeg je het idee dat de moeder van Taran en hij nog steeds bij elkaar waren. In werkelijkheid waren ze gescheiden toen Taran twee jaar was, en het grootste deel van haar jeugd had hij taal noch teken van zich laten horen.

De reportage was voorbij. Line zette de tv uit en nam haar vaders kleren mee naar de auto. Strikt genomen waren die slechts een smoes om weer naar hem toe te kunnen gaan.

Voor de controlepost stond een hele file. Twee auto's voor haar moesten omkeren. Line haalde haar kentekenbewijs en rijbewijs tevoorschijn en stak beide naar voren toen ze aan de beurt was.

'Mijn vader is William Wisting,' zei ze en ze wees naar haar rijbewijs. 'Dit is zijn auto. Ik heb schone kleren voor hem bij me, voor de volgende persbriefing.'

Het werkte. De man bij de afzetting knikte. 'Hou je portieren gesloten,' zei hij en hij gaf aan dat ze verder kon rijden.

'Blijf niet onnodig stilstaan.'

Line deed de portieren op slot en reed het gebied in. Ze kwam een toevallig passerende patrouille tegen, verder was er geen verkeer.

De manschappen bij de controlepost achter de afzetting waren vervangen. Line legitimeerde zich en legde opnieuw uit wat ze kwam doen.

Bij de ingang van het bos stuitte ze op een personeelswagen van de politie en ze moest achteruitrijden naar een uitwijkplaats om de weg vrij te maken.

De auto was slechts een paar jaar oud en had sensoren die reageerden op de vegetatie langs de kant van de weg toen ze achteruitreed. De piepjes kwamen steeds sneller na elkaar, maar ze moest de auto zo ver mogelijk naar de kant manoeuvreren om de grote politiewagen te laten passeren. Ze hoorde de struiken langs haar auto schuren, waarna er een onaangenaam geluid van metaal tegen metaal te horen was.

Line trapte de rempedaal helemaal in. De politiewagen reed haar voorbij. Daarna ging ze een eindje naar voren en stapte uit om te kijken wat ze had geraakt.

Op de achterbumper zat een kras. Uit de struiken stak een ijzeren buis, die wel wat op een restant van een oude bevloeiingsinstallatie leek.

Ze vloekte en gaf een schop tegen de buis om hem verder de berm in te schuiven. Daarna ging ze op haar hurken zitten om de schade aan de auto beter te bekijken. Ze liet haar duim over de kras glijden. Die was te diep om zomaar weg te kunnen polijsten. Hij liep tot in het metaal. Het zou een paar duizend kronen kosten om dit te repareren.

Ze kwam overeind, zette haar handen in haar zij en stond met haar rug naar het bos naar de kras te kijken. Dit kon ze niet aan haar vader vertellen. Niet vandaag.

Een windvlaag liet de bomen om haar heen ruisen. Line keek om zich heen. De irritatie over wat er was gebeurd, maakte opeens plaats voor een akelig gevoel. De auto stond in zijn vrij. Ze keerde er snel naar terug en ging achter het stuur zitten. Ze deed de portieren op slot en reed verder.

16

Het weer sloeg om. Het werd bewolkt en was gaan waaien.

Wisting klopte op de schuifdeur van de grijze bestelbus. Adrian Stiller deed open en liet hem binnen.

'Is er nieuws?' vroeg hij. Op het scherm leek niets te zijn veranderd.

'We houden het huis vanuit vier hoeken in de gaten,' legde Stenberg uit en hij hield de telefoon omhoog met foto's die vanaf een van de observatieposten waren gemaakt.

'Beweging?'

'Nee. Alle gordijnen zitten dicht.'

'Weten we hoe hij binnen is gekomen? Zijn er sporen van een inbraak?'

Stenberg knikte, scrolde verder door de foto's en liet er een van de achterkant van het huisje zien. 'Er zitten verse braaksporen op de keukendeur,' zei hij.

De tekenen op het kozijn en de deur waren amper te zien.

'Het is een oud huisje,' ging Stenberg verder. 'Er is niet veel kracht voor nodig om speling tussen de deur en het kozijn te veroorzaken zodat je naar binnen kunt.'

Stenberg toonde een andere foto waarop een schep tegen de muur naast het stoepje stond. Daarmee kon je de deur wel openwrikken.

'Hij heeft hem op slot gedaan,' vervolgde Stenberg. 'De schade is zo gering dat zowel de deur als het slot werkt zoals het hoort.'

'Heb je mensen bij het huisje gehad?'

'Een patrouille gaat de deuren langs. Het zou degene die binnen zit opvallen als we het niet checkten.'

'Wie is de eigenaar?'

'Een advocaat in Drammen,' zei Stenberg. 'De afzettingsposten weten ervan zodat ze hem niet binnenlaten, mocht hij het plan hebben hierheen te komen.'

Wisting ging zitten en vertelde over de markering van de plaatsen waar het pistool en de sleutel voor de handboeien waren neergelegd.

'Hij kan ook een telefoon hebben gekregen,' liet Nils Hammer weten, met de vraag aan Stiller: 'Kunnen jullie de telecommunicatie in de omgeving traceren?'

'Daar is Hidle mee bezig,' antwoordde Stiller met een knikje naar zijn collega achter de computerschermen.

'We krijgen de gegevens van de laatste tweeënzeventig uur,' legde Hidle uit. 'Het kan interessant zijn om te zien wie er gisteravond of gisternacht in de buurt was. De data in realtime zijn wat lastiger te gebruiken als we geen specifiek nummer hebben.'

Wisting kreeg een bericht binnen. Line liet weten dat ze terug was en kleren voor hem bij zich had. Zijn mobiel ging terwijl hij die nog vasthad. Het was Torunn Borg. Ze was op het politiebureau bezig tips en reacties met betrekking tot Tom Kerr te verwerken en wist niet hoe de vlag er op dit moment bij hing.

'Heb je iets?' vroeg Wisting.

'Niet iets wat zoden aan de dijk zet. We hebben een paar adressen gecheckt en zijn net in actie gekomen tegen een bus op de E18 nadat iemand Tom Kerr daarin meende te hebben gezien, maar dat heeft niets opgeleverd.'

Wisting haalde zijn hand door zijn haar. De strategie om de tijd maar te rekken kreeg gevolgen. Het zorgde voor extra belasting van de manschappen en het publiek.

'Er is misschien één ding waar je naar moet kijken,' ging

Torunn Borg verder. 'We hebben twee onafhankelijke observaties binnengekregen van een boot die op hoge snelheid noordwaarts is gevaren. Er is natuurlijk wel enig verkeer op het water, maar het tijdstip en de plaats kunnen kloppen.'

'Wanneer was dat?'

'Tussen kwart over twaalf en kwart voor een. De enige beschrijving die ik heb, is dat het ging om een open boot met een stuurinrichting in het midden, rond de zestien voet lang.'

'Ik begrijp het,' zei Wisting.

Hij beëindigde het gesprek, wendde zich tot de anderen en herhaalde wat Torunn Borg had verteld.

'Daar kunnen we wat mee,' opperde Stiller. 'Dit kunnen we bekendmaken op de persbriefing en dan zeggen we dat Tom Kerr waarschijnlijk het gebied heeft weten te verlaten. Dat zal de gang van zaken misschien bespoedigen.'

'Moeten we niet naar de mogelijkheid kijken dat Tom Kerr daadwerkelijk weg is kunnen komen?' merkte Hammer op. 'Al het andere rond zijn vlucht was nauwgezet voorbereid. Hij kan jullie hebben doorzien en de opsporingsapparatuur hebben weggegooid.'

Wisting slikte. Dat was niet zo'n welkome gedachte.

'We hebben kleine bewegingen waargenomen, wat erop duidt dat hij zich van de ene kamer naar de andere begeeft,' stelde Hidle de anderen gerust. 'Hij is daar. We hebben het onder controle.'

Er werd op de deur geklopt.

'Ik moet eruit,' zei Wisting en hij pakte de handgreep vast. 'Dat is Line. Ze brengt me schone kleren.'

17

‘Kleed je uit,’ zei Line en ze legde het schone overhemd over de rugleuning van een stoel in de minibus.

‘Dit had je niet hoeven doen,’ protesteerde haar vader. ‘Ik had deze aan kunnen houden.’

Hij leek het niet prettig te vinden dat ze terug was gekomen.

‘Ik ben hier nu toch,’ zei ze.

Haar vader wierp een blik uit het raam, waarna hij zich begon uit te kleden.

‘Is er nog nieuws?’ wilde Line weten.

‘Eigenlijk niet,’ antwoordde haar vader; hij had moeite om zijn jas uit te trekken tussen de rijen stoelen. ‘Mortensen heeft projectielen en resten van de granaat gevonden. Maar dat houden we voorlopig nog even stil.’

‘Wat betekent het dan dat jullie zeiden dat er de komende uren niets zou gaan gebeuren?’ vroeg ze. ‘Hoe kunnen jullie dat weten?’

Hij glimlachte naar haar en er verschenen rimpels op zijn voorhoofd en rond zijn ogen. ‘Dat vertel ik je later,’ antwoordde hij. ‘Als dit voorbij is.’

Line gaf het nog niet op. ‘Gaat het over Nummer Twee?’ wilde ze weten.

Haar vader stond met ontbloot bovenlijf voor haar. Ze vond dat hij oud was geworden, zijn huid was gerimpeld.

‘Op dit moment gaat het om Tom Kerr,’ antwoordde hij en hij pakte zijn schone overhemd.

Met een verbeten trek om zijn mond kleedde hij zich aan;

het had geen enkele zin om te proberen hem nog meer te laten vertellen.

'Kan ik terug naar de plek van de explosie?' vroeg ze.

Haar vader schudde zijn hoofd. 'Jouw werk zit erop,' zei hij. 'Ik kan je hier niet rond laten lopen.'

Hij begaf zich naar het portier van de minibus. 'Sorry,' voegde hij eraan toe. 'Je kunt het best naar huis gaan.'

Ze trok de kraag van zijn overhemd recht en keek hem na toen hij vertrok. Iets aan de grijze bestelbus waarin haar vader en Stiller hun tijd doorbrachten maakte haar nieuwsgierig. Die was er niet geweest toen ze met Tom Kerr aankwamen.

Ze zocht het kenteken op, maar kreeg het bericht dat de gegevens van de eigenaar niet beschikbaar waren.

Ze nam haar camera mee, liep naar de resten van de oude zagerij en ging op een oude wals zitten. Enkele ambulancemedewerkers stonden bij hun auto's met elkaar te praten. Een stukje verderop zag ze drie politiemannen. Niemand merkte dat ze de cameralens op de zijdeur van de bestelbus richtte en inzoomde. Over een kwartier was de volgende persbriefing. De schuifdeur moest zo opengaan. Dan zou ze een glimp kunnen opvangen van wat zich daarbinnen afspeelde.

Haar camera liep. Ze dekte het rode lampje met haar hand af. Voor alle anderen zou het lijken alsof ze de opnamen van eerder op de dag zat te bekijken.

Tien minuten later gleed de deur open. Haar vader kwam samen met Nils Hammer en Adrian Stiller naar buiten. Ze namen vrijwel de hele deuropening in beslag. De display van de camera was toch al te klein om details te kunnen onderscheiden, maar wat ze zag deed haar denken aan de inrichting van een reportagewagen van een tv-zender.

Toen ging de deur dicht. De drie mannen stonden nog even zachtjes met elkaar te praten, waarna haar vader de verzamelde pers tegemoetliep.

18

Tijdens de tweede persbriefing begon het te regenen. Fijne druppeltjes belandden op het papier waarop Wisting trefwoorden voor zijn verslag had genoteerd.

Hij begon met te vertellen dat de jacht op Tom Kerr voortduurde. Hij deelde aantallen en feiten mee over manschappen en eenheden die meewerkten en vertelde over de toestand van de gewonde politiemensen.

'Het lijkt ons duidelijk dat Tom Kerr hulp heeft gehad bij zijn vlucht,' ging hij verder. 'Die was voorbereid, onder andere doordat er van tevoren ergens een wapen voor hem was klaargelegd. We roepen daarom iedereen die de afgelopen achtenveertig uur in de omgeving iets heeft gezien op om contact met ons op te nemen.'

'Zijn jullie op zoek naar Nummer Twee?' onderbrak een journalist hem.

'Dat is een logische vraag,' gaf Wisting aan. 'Tot dusver hebben we echter geen concrete informatie over wie hem bij de voorbereidingen voor zijn vlucht heeft geholpen.'

Hij noemde het telefoonnummer waarop het publiek contact kon opnemen en ging daarna snel verder om gedetailleerde vragen te voorkomen.

'Het zoeken zal nog enkele uren doorgaan en het zoekgebied zal worden uitgebreid. Tom Kerr kan inmiddels de omgeving hebben verlaten. Meerdere mensen hebben kleine boten waargenomen, en we verzoeken iedereen die zich langs de kust bij Eftanglandet heeft bevonden zich bij ons te melden.'

Hij eindigde met de oproep om niet in te grijpen als Tom Kerr werd gespot, maar het noodnummer van de politie te bellen.

Handen schoten de lucht in. De vragen gingen over Nummer Twee en over hoe Kerr zijn vlucht had kunnen plannen en uitvoeren. Wisting ontweek ze door erop te wijzen dat hij niet bij het oorspronkelijke onderzoek naar Tom Kerr en Nummer Twee betrokken was geweest, waardoor hij uitsluitend mededelingen over de lopende actie kon doen.

Het ging harder regenen. Wisting beëindigde de briefing en keerde terug naar Stiller en de anderen. Line zat op de passagiersstoel van zijn auto. De ramen raakten beslagen. Hij liep erlangs zonder met haar te praten.

'Mooi,' zei Stiller toen Wisting in de bestelbus stapte.

Een van de schermen toonde beelden van de nieuwszender die Wistings mededelingen rechtstreeks had uitgezonden.

'Je had Line hier niet voor moeten gebruiken,' zei Wisting en hij ging zitten.

'Ze is bekwaam,' wierp Stiller tegen. 'We hebben haar al eerder ingezet. Ze weet wat we nodig hebben.'

'Jullie wisten wat er kon gebeuren,' zei Wisting. 'Jullie hebben haar aan een risico blootgesteld. Zij had degene kunnen zijn die haar voet was kwijtgeraakt.'

Stiller zei niets. De regen roffelde op het autodak.

'Jullie hadden een van jullie eigen mensen moeten inschakelen,' ging Wisting verder. 'Geen civiele freelancer. Het is toch niet zo verrekte moeilijk om een kerel te filmen die een graf gaat aanwijzen?'

'Ze heeft er zelf ook belang bij,' zei Stiller om Wisting daaraan te herinneren. 'Ze heeft de opnamen nodig voor een documentaire.'

Wisting slaakte een zucht. 'Je kunt haar nu wel naar huis sturen,' zei hij met een knikje naar de deur. 'Ze zit in de auto te wachten tot er iets gaat gebeuren. Zeg tegen haar dat haar taak erop zit.'

Stillers blik maakte duidelijk dat hij dit met tegenzin ging doen. 'Ik wilde haar alleen maar helpen,' zei hij toen hij overeind kwam.

Wisting zweeg en keek langs hem heen. De rode marker op de kaart van Hokksund verdween. Hij zag de stip bijna een seconde lang niet, maar daarna dook hij op de snelweg op.

'Mellberg is aan het rijden,' zei hij. Hij wees naar het scherm.

De marker bewoog langs de hoofdweg, in de richting van Drammen. De penvriendin van Tom Kerr was onderweg hun kant op.

De telefoon van Ove Hidle ging.

'We hebben het geregistreerd,' bevestigde hij na een kort overleg.

Het gesprek werd beëindigd en Hidle bracht een tot nu toe ongebruikt computerscherm tot leven.

'De IP-zending loopt,' legde hij uit en hij toetste gebruikersnaam en wachtwoord in een venstertje in.

Op het scherm dook een druk straatbeeld op.

'Van de dashboardcamera in de observatiewagen,' legde Stenberg uit. 'Rechtstreekse beelden.'

'Maken we ook opnamen?' wilde Stiller weten.

'Zolang er beweging in beeld is, worden de opnamen opgeslagen,' bevestigde Stenberg.

Wisting rechtte zijn rug. Hij had nog nooit een rechtstreeks uitgezonden observatie meegemaakt. Hij was gewend dat de observators posities via de radio meldden en dat hij die aan de hand van een kaart moest volgen. De laatste jaren was er een gigantische technische ontwikkeling in de door de politie toegepaste methoden geweest. De hele organisatie onderging veranderingen. Er was alleszins sprake van een betere en modernere politie, terwijl er op de terreinen openheid, transparantie en openbare inzage en controle weinig was gebeurd.

'Ze ligt twee auto's op hen voor,' vertelde Stenberg, waarbij hij doelde op een oude grijze Ford.

De beelden waren scherp. Wisting kon het kenteken van de dichtstbijzijnde auto lezen.

Stenberg zette met een paar toetsaanslagen de speaker aan. Ze hoorden muziek vanuit de autoradio en op de achtergrond een regelmatig verkeersgeruis.

'Hebben we geluid?' vroeg hij.

De muziek van de radio verdween.

'We zijn hier,' bevestigde een vrouw.

'Iets te melden?'

'We hebben bericht van de tolmaatschappij,' luidde het antwoord. 'De auto is de afgelopen week geen tolpoorten bij jullie in de buurt gepasseerd.'

Stenberg draaide zich om naar Wisting.

'Ze heeft zelf geen auto,' zei hij. 'Die waarin ze nu rijdt, staat op naam van haar vader. We weten niet of ze ook andere gebruikt.'

'Maar is er iets wat erop duidt dat ze hier de afgelopen nacht was en voorbereidingen heeft getroffen?' vroeg Wisting.

Stiller liet weten dat dat niet het geval was. 'Zij is de laatste die Tom Kerr in de gevangenis heeft bezocht,' zei hij. 'Ze kan een schakel zijn tussen Kerr en Nummer Twee en informatie de gevangenis in en uit hebben gesmokkeld. Misschien weet ze niet eens waar ze haar medewerking aan heeft verleend.'

De observatiewagen reed over een rotonde en passeerde de gemeentegrens naar Nedre Eiker.

'Als ze deze kant op moet, zal ze hier over anderhalf uur zijn,' schatte Wisting. 'Wanneer het donker is.'

Ze bleven de rechtstreekse beelden volgen en hadden het gevoel niet erg productief te zijn. Wistings rusteloosheid was terug. Zat hij maar weer op het bureau, dan kon hij op zijn kamer een overzicht krijgen en met het tactische werk aan de gang gaan.

De rit voerde langs de Drammenselva, door Mjøndalen en de Strømsåstunnel in. Na ruim een kwartier reden de auto's de E18 in zuidelijke richting op.

'Naar ons toe,' zei Stiller.

Wisting keek op zijn horloge. De vroegere hoofdrechercheur in de zaak tegen Tom Kerr zou over niet al te lange tijd bij hem zijn, bovendien had hij nog iets anders te doen.

'Ik ga naar het bureau,' zei hij en hij keek naar Stiller. 'Semmelmann komt zo meteen. Ik heb de informatie nodig over degenen die Tom Kerr in de gevangenis hebben bezocht.'

Stiller overhandigde hem een dossier. Wisting kwam overeind en opende de schuifdeur.

'De volgende persbriefing doen we op het bureau,' zei hij. 'Dan krijgen we de journalisten hier weg.'

'Ik ga mee,' kondigde Hammer aan.

Stiller knikte. 'En Line?'

Wisting stapte uit. Een sluier van regen trof hem in zijn gezicht. 'Geen probleem,' zei hij. 'Ik breng haar naar huis.'

19

De voorruit was kletsnat van de regen en dat maakte het zicht onduidelijk. Line boog zich naar de bestuurderskant toe, startte de auto en zette de ruitenwissers en de verwarming aan. De radio begon vanzelf te spelen.

Om haar heen gebeurde niets. Deze passiviteit maakte haar ongeduldig.

Een kwartier geleden was er een wagen met eten en thermoskannen met warme drank gearriveerd. Voor de rest was er niemand geweest.

De tijd die ze in ledigheid moest doorbrengen, besteedde ze aan haar telefoon, maar ook op internet was niets te lezen waaruit enige voortgang in de zaak bleek.

Door de rusteloosheid zat ze met haar voeten te trappelen. Over ruim een uur zou het donker worden. Ze overwoog een rondje door de buurt te rijden om een politiepatrouille op te sporen en bij de zoektocht naar Tom Kerr te filmen. VG had zojuist een foto gepubliceerd van twee agenten in een botenhuis bij Viksfjord. Daar kon ze naartoe gaan.

Ze stapte uit en liep om de auto heen om achter het stuur te gaan zitten toen de schuifdeur van de grijze bestelbus openging. Haar vader en Nils Hammer kwamen naar buiten, liepen naar haar toe en stapten in.

'Is er nieuws te melden?' vroeg ze.

Haar vader schudde zijn hoofd. 'Hammer en ik gaan naar het bureau om van daaruit te werken,' zei hij. 'Ik breng jou eerst naar huis.'

De auto hobbelde over een paar graspollen.

'We kunnen jouw auto morgen bij de Landelijke Recherche ophalen,' ging haar vader verder. 'Ik moet sowieso naar de Ila-gevangenis om de cel van Kerr te doorzoeken en met de bewakers te praten.'

Line klikte de autogordel vast. 'Fijn,' zei ze.

Alle drie zwegen ze vervolgens. Ze konden de twee afzettingen passeren zonder dat hun kofferbak werd gecontroleerd.

'Denken jullie dat hij ervandoor is?' vroeg Line toen ze de stad naderden.

Haar vader keek in de spiegel, in de ogen van Hammer.

'De rest was immers zo goed voorbereid,' ging Line verder. 'Het zou toch niet gek zijn als er een auto of een boot voor hem geregeld was?'

'Dat zijn maar speculaties,' zei haar vader.

Line ging een beetje verzitten. 'Maar mocht dat zo zijn, waar kan hij dan naartoe?' vroeg ze verder. 'Waar kan hij heen? Waar kan hij zich verstoppen?'

'Dat weet ik niet,' gaf haar vader toe. 'Dat weet ik nog niet.'

'Heeft de politie nooit vermoed wie Nummer Twee kon zijn?'

Haar vader zuchtte diep. 'Ik heb later vandaag een afspraak met de vroegere hoofdrechercheur,' antwoordde hij. 'Maar ik denk niet dat hij een naam voor me heeft.'

Line kreeg een appje, van Adrian Stiller: *Sorry voor het plotselinge einde van je opdracht vandaag en dat we geen tijd hadden om over de documentaire te praten*, schreef hij. *Dat moeten we inhalen. Ik zal kijken of ik je misschien aan meer materiaal kan helpen.*

Het voelde of er tussen deze simpele zinnen een dubbele boodschap lag. Een soort uitnodiging.

Wat gebeurt er eigenlijk? schreef ze terug, maar ze kreeg geen antwoord.

De auto stopte voor haar huis.

'Wat doe je met Amalie?' vroeg haar vader.

'Dat regel ik wel,' antwoordde Line. 'Bedankt voor het thuisbrengen.'

Hammer nam voorin plaats. Line begaf zich naar haar huis en haar vader reed door. Ze had Amalie op moeten halen. Het was nog niet te laat om naar Sofie te fietsen, maar ze moest eerst haar gedachten een beetje ordenen. Ze kon beter naar haar werkkamer gaan, met het voorbereidende werk en het researchmateriaal aan de slag gaan en proberen daarin structuur aan te brengen.

20

In de gang van het ziekenhuis was het verbazingwekkend stil. Het felle licht aan het plafond weerscheen in de pasgeboende linoleumvloer. Een oudere patiënt in een lichtblauw hemd hing over een rollator. Voor de receptie zat een man in uniform. Frank Kvastmo. Hij stond aan het hoofd van wat na de laatste reorganisatie de naam patrouillesectie had gekregen en was de chef van de gewonde agenten.

Kvastmo kwam overeind toen hij Wisting en Hammer in de gaten kreeg.

'Hoe gaat het met hen?' vroeg Wisting.

'Tore Bergstrand ligt in het Ullevål-ziekenhuis,' legde Kvastmo uit. 'Hij wordt nu geopereerd. Ze denken dat ze zijn voet kunnen redden. Ik ga morgen naar hem toe.'

'En de anderen?'

'Jensen, Ranvik, Otnes en Ramsland zijn met lichte verwondingen uit het ziekenhuis ontslagen. Ze worden vanavond gedebrieft, dan kunnen ze morgen weer aan het werk. Emil Soffer en Maren Dokken zijn hier. Soffer heeft bezoek van zijn vrouw. Ik wacht tot ze naar buiten komt. Hij heeft inwendig letsel en ze gaan hem een paar dagen hier houden.'

'En Maren Dokken?'

'Bij haar zijn er een paar pezen in haar schouder gescheurd,' vertelde Kvastmo. 'Ze is al geopereerd en ze hebben de pezen weer aan elkaar genaaid, maar ze moet rekening houden met een lange revalidatie.'

'Waar is ze nu?' vroeg Wisting en hij keek de gang in.

‘In de uitslaapkamer. Ze denken dat ze morgen al ontslagen kan worden.’

‘Ik heb haar grootvader gekend,’ zei Wisting. ‘Ove Dokken. Hij was het hoofd van de Ordepolitie toen ik bij de politie ging werken.’

‘Ik ken de naam,’ zei Kvastmo.

‘Is er nu familie bij haar?’

‘Haar ouders staan als naaste verwanten vermeld. Ze zijn gewaarschuwd, maar zitten in Singapore. Hun vakantie zit er over twee dagen op. Daarna komen ze terug.’

Een verpleegkundige kwam uit een kamer en liep snel langs hen heen.

‘Is er nog nieuws over Kerr?’ wilde Kvastmo weten. ‘Of over Nummer Twee?’

Wisting schudde zijn hoofd.

Kvastmo keek naar de dichtstbijzijnde patiëntenkamer. ‘Niets wat ik verder kan vertellen?’ vroeg hij.

‘Nog niet,’ antwoordde Wisting.

21

Een man van begin vijftig, met een dikke bos grijs haar en een snor, stond voor het politiebureau met een sigaret in zijn mond.

Wisting parkeerde naast een oude Passat vol deuken en krassen. Een civiele politieauto.

De man haalde de sigaret tussen zijn lippen vandaan en doofde het gloeiende puntje tussen zijn duim en wijsvinger. 'Zijn jullie gesloten?' vroeg hij.

'De publieksingang gaat om drie uur dicht,' bevestigde Wisting. Hij stak zijn hand uit om de man te begroeten. 'Semmelmann?'

De man knikte.

'Volg ons maar,' zei Wisting en hij wees in de richting van de dienstingang aan de zijkant van het gebouw.

Idar Semmelmann opende de kofferbak van zijn auto, hing een laptoptas over zijn schouder en haalde een kartonnen doos tevoorschijn. Daaruit stak aan weerszijden een lange rol papier. Hij nam alles mee naar de grote vergaderkamer in het bureau.

Wisting zette koffie, terwijl hij in grove lijnen vertelde hoe Tom Kerr had weten te ontsnappen. Hij liep naar de deur, keek de gang in en sloot de deur weer.

'De Landelijke Recherche heeft voor vertrek uit de gevangenis twee zenders op hem aangebracht,' voegde hij aan zijn relaas toe. 'Een in zijn schoen en een aan zijn broeksband. We weten waar hij is.'

Semmelmann trok een wenkbrauw op.

'In een zomerhuis aan de andere kant van het schiereiland,' verduidelijkte Wisting. 'Bij zijn ontsnapping heeft hij hulp gehad en we denken dat hij nu wacht tot iemand hem komt helpen om het gebied te verlaten.'

'Jullie denken dat hij op Nummer Twee wacht,' stelde Semmelmann vast.

Wisting schonk een kop koffie in en gaf die aan Semmelmann.

'Ik hou niet van wachten,' zei Wisting. Hij wierp een blik op de doos met documenten die Semmelmann op de tafel had gezet. 'Ik wil weten wie Nummer Twee is,' voegde hij eraan toe. 'En wel nu.'

Nils Hammer was inmiddels ingelogd op de pc die met een groot tv-scherm verbonden was. Hij had het IP-adres van de camera in de observatiewagen gekregen en toetste het wachtwoord in dat hun toegang bood tot de versleutelde weergave. 'Komt de naam Lone Mellberg in de zaak voor?' vroeg hij.

Hoofdschuddend tuurde Semmelmann naar de grote flatscreen-tv. 'Wie is dat?' vroeg hij.

'De laatste die Tom Kerr in de gevangenis heeft bezocht,' vertelde Wisting. Hij zag zichzelf op de tv-beelden. Het observatieteam was Tønsberg gepasseerd.

'Ze is op weg onze kant op,' zei Hammer, waarbij hij wees naar de grijze Ford van Lone Mellberg. 'We rijden achter haar.'

'Die naam komt me niet bekend voor,' merkte Semmelmann op. Hij pakte de rol papier uit de doos, streek die glad en zette een paar lege koffiekopjes op de hoeken zodat het papier strak op tafel bleef liggen.

In het midden stond een foto van Tom Kerr. Om hem heen waren kleinere foto's met namen eronder aangebracht. Het was een zogeheten relatiekaart, waarop alle personen vermeld stonden die op de een of andere manier een connectie met Tom Kerr hadden. Zo ongeveer als asteroïden in een baan rond de zon. Degenen met het nauwste contact met Tom Kerr waren het dichtst bij hem geplaatst. Van de mensen helemaal aan de rand hadden ze geen foto's, maar stonden alleen de namen in klein schrift geschreven.

'Deze kaart is bijna vier jaar geleden gemaakt,' vertelde Semmelmann. 'Er staan bijna zevenhonderd namen op van mensen die we met Tom Kerr in verband konden brengen. Familie, alle vroegere collega's, buren op de plaatsen waar hij heeft gewoond, mensen met wie hij op school heeft gezeten, jeugdvrienden, en ook andere criminelen met wie hij in de gevangenis zat. Iedereen die we hebben gevonden, staat hierop.'

Hij haalde een laptop tevoorschijn. 'De namen zitten in een database,' ging hij verder. 'Ik zal kijken of ik Mellbergs naam kan vinden.'

Wisting bestudeerde de kaart en vroeg zich af hoeveel mensen zijn eigen pad hadden gekruist en met wie hij een relatie had opgebouwd. En of hij daarvan een volledige reconstructie zou kunnen maken. Waarschijnlijk niet.

Het dichtst bij Tom Kerr zag hij een foto van diens broer, Jon Kerr. Naast hem stond een foto van een kale man met de naam Stig Skarven.

'Wie is dat?' vroeg Wisting.

'Een collega bij Pool Partner,' antwoordde Semmelmann. 'Ze werkten samen bij een bedrijf in service en onderhoud van zwembaden. Lange tijd was hij voor ons interessant. Voordat hij bij Pool Partner ging werken, was hij verantwoordelijk voor de exploitatie van drie overdekte zwembaden in Bærum, maar daar moest hij weg vanwege onbehoorlijk gedrag. Als de kleedkamers van de vrouwen in gebruik waren, zocht hij telkens een excuus om daar aanwezig te moeten zijn. We kwamen erachter dat hij een alibi had voor de nacht waarin Tom Kerr werd gearresteerd en zijn boerderijtje afbrandde. De datagegevens van zijn router toonden aan dat hij thuiszat in Asker.'

'Dus deze mensen zijn allemaal uitgesloten?' vroeg Wisting met een handbeweging naar de kaart.

'Dat was onmogelijk te doen, maar we hebben wel iedereen gesproken,' antwoordde Semmelmann. 'Zonder dat dit ons dichter bij Nummer Twee bracht.' Hij concentreerde zich op het scherm van zijn laptop. 'Lone Mellberg staat hier niet bij,' deelde hij mee.

'Ze zijn ongeveer drie jaar geleden begonnen elkaar brieven te schrijven,' beklemtoonde Hammer. 'Na het samenstellen van jullie kaart.'

Semmelmann knikte. Hij voerde haar naam in de database in en gaf een indexcijfer dat haar in de naaste kring rond Kerr plaatste.

'Staan daar ook anderen in die Mellberg heten?' vroeg Wisting.

De database kwam met een negatief antwoord.

'We hebben wel iemand op hetzelfde adres als zij,' vervolgde Semmelmann. 'Rune Ness in Hokksund. Kerr en hij zaten bij elkaar in de klas op de basisschool. Zijn naam staat helemaal aan de rand van de kaart.'

Wisting pakte het dossier met het basismateriaal dat hij van Stiller had gekregen.

'Ik heb hier een andere naam,' zei hij. 'Floyd Thue. Iemand van het Rode Kruis die hem af en toe bezoekt. Alleen hij, Kerrs broer en Lone Mellberg hebben hem in de gevangenis bezocht.'

Semmelmann toetste de naam in. 'Ik heb wel iemand die Floyd heet, maar niet Thue.'

Wisting keek naar het tv-scherm. De auto van de observators passeerde de afrit naar Sandefjord.

'Ze komen dichterbij,' merkte Hammer op.

22

Semmelmann plaatste vier ordners op de tafel. Een voor ieder slachtoffer van Tom Kerr. De twee moorden waarvoor hij was veroordeeld: Thea Polden en Salwa Haddad, een voor het meisje dat nooit werd gevonden: Taran Norum, en een voor zijn slachtoffer dat had kunnen ontkomen: Freja Bengtson. Op elke ordner stond de datum van het misdrijf.

'Om erachter te komen waar Tom Kerr voorafgaand aan elk misdrijf was geweest en met wie hij eventueel contact had, hebben we telkens zijn bewegingen in kaart gebracht,' legde de voormalige hoofdonderzoeker uit. 'Ergens moest hij het pad van Nummer Twee kruisen: waar ze elkaar ontmoetten of afspraken maakten. Dat leverde ons veel namen op, maar geen connectie.'

'En telefonisch contact, hoe zit het daarmee?' vroeg Hammer.

'Telefoon, e-mail en andere elektronische communicatie maakten hier natuurlijk ook deel van uit,' bevestigde Semmelmann. 'Ook daar viel niets te halen.'

'Misschien had hij een extra telefoon om daarvoor te gebruiken,' suggereerde Hammer.

Semmelmann knikte. 'We namen aan dat de communicatie tussen Kerr en Nummer Twee met aparte telefoons plaatsvond,' zei hij. 'Kerr woonde afgelegen. In principe konden gesprekken vanuit zijn boerderijtje langs slechts twee basisstations lopen. We hebben alle gesprekken van de laatste drie dagen die aan elke ontvoering voorafgingen van die twee stations gefilterd.' Hij tikte met zijn wijsvinger tegen de laptop om aan te geven dat de informatie daarin opgeslagen lag. 'De data zijn geanalyseerd zonder dat we erin zijn geslaagd achter het soort abonnement te komen dat hij eventueel heeft gebruikt.'

'Kan ik daar toegang toe krijgen?' vroeg Wisting met een knikje naar Semmelmanns laptop.

'Ik stuur je een link en een wachtwoord.'

'Ze slaat af,' waarschuwde Nils Hammer.

Wisting keek naar het tv-scherm. De auto met Lone Mellberg verliet de E18 en begaf zich richting Larvik. De observators die haar volgden, zaten direct achter haar. Mellberg reed alsof ze wist waar ze naartoe wilde. Via twee rotondes de Elveveien op langs de rivier de Lågen.

Hammer wendde zich tot de beide anderen. 'Ze gaat naar hem toe,' constateerde hij.

Wisting belde Stiller. 'Zien jullie hetzelfde?' vroeg hij.

'Ze is op weg hierheen,' bevestigde Stiller.

'Wat gaan jullie doen?'

'De afzettingsposten hebben de instructie gekregen haar vragen te stellen, voor het geval dat ze opduikt,' legde Stiller uit. 'Ze vertellen haar dat de weg tot negen uur gesloten is. Tot dan kunnen we haar alleen maar volgen om te kijken wat ze doet.'

Ze bespraken enkele praktische zaken in verband met de volgende persbriefing terwijl Wisting naar de liveobservatiebeelden keek. Bij de monding van de Lågen ging de rit over de Gloppebrua, oostwaarts naar Sandefjord en Eftang.

Hij beëindigde het gesprek met Stiller en richtte zich weer tot Semmelmann. 'Hoe zit het met de wagen die ze gebruikten?' vroeg hij. 'Die waarin ze probeerden Freja Bengtson te sleuren?'

'Volledig uitgebrand,' zei Semmelmann, terwijl hij een map met foto's pakte. 'Toen Tom Kerr het boerderijtje van zijn oom overnam, kreeg hij ook die auto. Die is nooit op een andere naam gezet, maar hij bracht er nummerplaten op aan die van een soortgelijke auto waren gestolen.'

Opnieuw pakte hij een ordner waarin hij op zoek ging naar een afschrift. 'We hebben gegevens van de tolmaatschappij over de tolpoorten die hij is gepasseerd. Vermoedelijk zette hij er elke keer dat ze op pad gingen nieuwe nummerplaten op. We hebben daar een heel onderzoeksproject van gemaakt. In de buurt van de plaatsen waar Tom Kerr aan zwembaden had gewerkt, werd twee keer de diefstal van kentekenplaten van hetzelfde type auto gemeld.'

De observators hadden een auto tussen zichzelf en Lone Mellberg laten komen. Ze vervolgden hun rit over de oude kustweg naar Sandefjord.

'Over vijf minuten bereikt ze de buitenste afzettingspost,' liet Wisting weten.

Semmelmann leunde naar achteren. Niemand zei iets; iedereen tuurde naar de tv-beelden.

Er kwam steeds meer verkeer. De grijze Ford verliet de provinciale weg en reed naar de controlepost. Nog steeds zat er één auto tussen haar en de observators, zodat het zicht enigszins werd belemmerd. Toen ze aan de beurt was, sprak ze langer met de politiemensen dan de automobilist voor haar had gedaan, waarna ze ten slotte keerde. Op het moment dat ze de observatiewagen passeerde, vingen ze een glimp van haar op. Een rond gezicht met een pony.

'Laten ze haar gaan?' vroeg Semmelmann toen de observatiewagen in de wachtende rij bleef staan.

'Ze kunnen haar ook elektronisch traceren,' verduidelijkte Hammer. 'Ze pikken haar wel weer op.'

Wisting boog zich opnieuw over de indrukwekkende relatiekaart. 'Wie van deze mensen is jouw kandidaat?' vroeg hij.

Semmelmann schudde zijn hoofd. 'Er zijn geen overduidelijke kandidaten,' antwoordde hij. 'Maar er is wél een interessante persoon die daar niet vermeld staat.'

'Wat bedoel je?'

'Toen Tom Kerr de boerderij overnam, zou daar een Oost-Europeaan zijn geweest. Dat is natuurlijk al geruime tijd geleden, maar dit hebben we van drie verschillende kanten gehoord. Hij is voor het laatst gezien ongeveer achttien maanden voordat Thea Polden verdween. Er werd toen een nieuwe elektriciteitsmeter in het hoofdgebouw geïnstalleerd. Een buitenlandse man deed de deur voor de monteur open.'

'Hebben jullie geen opsporingsbericht naar hem laten uitgaan?'

'Dat werd wel overwogen. We probeerden een fantoomtekening te maken, maar de beschrijving was belabberd. Geen van de drie die hem hebben gezien, denkt hem te kunnen herkennen. We weten niet eens om welke nationaliteit het gaat.'

'Staat hier geen enkele Oost-Europeaan tussen?' vroeg Wisting, die zijn blik over de relatiekaart liet glijden.

'Het zijn er tweeëntwintig,' antwoordde Semmelmann. 'Het zijn voornamelijk mannen die hij in de gevangenis heeft ontmoet. Die hebben we allemaal nageplozen. Niemand past als Kerrs handlanger in de tijdlijn, want ze zaten nog achter slot en grendel, bevonden zich in het buitenland of hebben een ander alibi. En geen van hen is ooit bij Kerr thuis geweest.'

'Wat zegt hij er zelf over? In de verhoren?'

'Hij wijst het van de hand. Zegt dat het niet klopt.'

Wistings telefoon ging. Opnieuw Stiller.

'Lone Mellberg is zojuist bij de afzetting tegengehouden,' zei hij.

Wisting keek naar het tv-scherm. De observatiewagen was in beweging, maar de grijze Ford van Lone Mellberg zag hij niet.

'Ze had geen plausibele verklaring voor wat ze daar deed,'

vervolgde Stiller. 'Ze zei alleen dat ze een stukje was gaan rijden, maar niet verder mocht. Toen ze haar een foto van Tom Kerr lieten zien, antwoordde ze ontkennend op de vraag of ze hem kende of enige relatie met hem had.'

'Ze loog dus?'

'Ze heeft in elk geval niet verteld dat ze hem in de gevangenis bezocht.'

'Waar is ze nu?'

'Bij een tankstation op de gemeentegrens met Sandefjord. Ze heeft te horen gekregen dat de weg om negen uur weer vrij is voor alle verkeer.'

Wisting keerde terug naar de ordners van Semmelmann. Het interessantst was de zaak van het meisje dat ontsnapt was: Freja Bengtson. Die had tot de aanhouding van Tom Kerr geleid. Gegevens over zijn keuterboerderijtje in Østmarka, het bosgebied ten oosten van Oslo, zaten in een aparte map. Het ging om kaarten, plattegronden en foto's van de brand. De schuur en het woonhuis waren volledig in de as gelegd.

De vlammen hadden ruim de tijd gehad om hun verwoestende werk te doen. De brand was pas laat gemeld en de brandweerlieden hadden er moeilijk bij kunnen komen doordat een wildrooster dat normaal gesproken dwars over de smalle landweg lag, was weggehaald. Daardoor zat er een diepe greppel waar de brandweerwagens pas overheen konden toen er een plank was neergelegd die daar stevig genoeg voor was. Foto's lieten zien dat er een ketting was vastgemaakt aan een van de metalen stangen van het rooster en dat dat ruim tweehonderd meter achter een bestelbus naar de schuur was getrokken.

'Dit lijkt doordacht,' merkte Wisting op. 'Goed gepland. Net als de vlucht van vandaag.'

'Er werden resten van in totaal twaalf benzinevaten tussen de overblijfselen aangetroffen,' zei Semmelmann. 'Daarnaast lag er op diverse plaatsen in het huis en de schuur dynamiet opgeslagen. De brandstichter had blijkbaar bedacht dat het weleens zover kon komen dat hij alle sporen moest kunnen verwijderen.'

Hij trok de map naar zich toe en ging naar een pagina met foto's van een uitgebrand vertrek in de kelder van het hoofdhuis. Vermoedelijk was dit oorspronkelijk een wasruimte geweest. Nu stond het er vol met dakpannen en andere restanten van de bouw. Een gietijzeren houtkachel was van de verdieping erboven naar beneden gestort.

'We denken dat ze hier gevangen werden gehouden,' vertelde Semmelmann. Hij bladerde verder naar de volgende bladzijde.

De kelder was opgeruimd. Er stonden alleen nog een wasmachine in de hoek en het ijzeren frame van een bed. Op de volgende foto's waren fragmenten te zien van zwartgeblakerde handboeien, kettingen en hangsloten. Er waren ook zagen, messen en andere snijwerktuigen aangetroffen.

'Is bij de brand alles verloren gegaan?' vroeg Wisting. 'Waren er helemaal geen sporen?'

'Er is bloed van de slachtoffers aangetoond,' antwoordde Semmelmann. Hij pakte er een foto bij van een mangat in de keldervloer.

'Maar niets wat op Nummer Twee duidt?'

'Hij kan op een motor zijn ontkomen,' legde Semmelmann uit. 'Er zijn bandensporen gevonden op een pad. Dat moet hij hebben gebruikt om langs het wildrooster te komen.' Hij zocht de foto's daarvan, maar kon ze niet vinden.

'Alles zit in de database van het project,' zei hij met een gebaar naar zijn laptop. 'Daar kun je het bekijken.'

Ze bespraken verschillende kanten van de zaak: theorieën, mogelijkheden, analyses en uitgeteste hypothesen.

'Jullie hebben toch ook geprobeerd om een psychiater een daderprofiel te laten opstellen?' zei Nils Hammer.

'Ja, dat ook,' beaamde Semmelmann. 'Dat gaf niets anders dan vanzelfsprekendheden. Dat het gaat om een man met een sterk verhoogd gevoel van eigenwaarde en ontbrekende empathie. Dat soort dingen.'

'Een psychopaat?' suggereerde Hammer.

Semmelmann schudde zijn hoofd. 'Eerder het tegenovergestelde. Een psychopaat laat zich leiden door impulsen. Het motief voor zijn daden bestaat uit ingevingen en bevliegingen. Psychopaten zien uitsluitend het directe nut of de onmiddellijke bevrediging van wat ze doen. De psychiaters denken dat Nummer Twee strategisch en creatief is, met een buitengewone intelligentie die hem in staat stelt de gevolgen op lange termijn goed te overzien.'

Wisting keek naar de relatiekaart. 'En dat soort lieden staat hier niet bij?'

'Wel een paar,' antwoordde Semmelmann. 'Het interessantst is een man met wie Tom Kerr is opgegroeid. Reino Lystad.' In het midden van de kaart ging hij op zoek naar de naam, maar hij vond hem niet.

'Reino Lystad was ooit Noors kampioen schaken,' ging hij verder. 'Hun relatie was bepaald niet positief. Tom Kerr martelde en vermoordde zijn kat toen hij twaalf was.'

Wisting vond de naam. Reino Lystad was inmiddels een volwassen man. Hij had dun haar, met hoge inhammen. De foto leek tijdens een schaaktoernooi te zijn gemaakt.

Hij stond op en keek hoe laat het was. 'Ik moet de politiecommissaris bellen,' zei hij verontschuldigend.

Hij liep naar zijn eigen kantoor, belde Agnes Kiil en bracht het laatste nieuws over.

'Stenberg van het arrestatieteam heeft ons zojuist op de hoogte gebracht,' zei ze. 'Als er in de loop van de nacht niets verandert, gaan zijn mensen bij zonsopkomst naar binnen.'

'Rond zessen,' stelde Wisting vast.

'Waarschijnlijk gebeurt er al veel eerder iets, maar we moeten wel een tijdskader afspreken zodat we weten wanneer we ermee ophouden. Zijn mannen moeten rusten en vervangen worden.'

'Hoe zit het met Lone Mellberg?'

'We houden haar op hetzelfde moment aan.'

Ze spraken aspecten af waarop hij bij de volgende persbriefing de nadruk zou leggen. Die lag ook op het bord van Wisting. Het ging om continuïteit, stelde de commissaris. In werkelijkheid ging het om het verdelen van schuld en verantwoordelijkheid. Er was een fout gemaakt. Tom Kerr had kunnen ontsnappen. Niemand van het OM wilde daarover graag tegen de verzamelde pers praten. Maar als Kerr al gepakt zou zijn, zou vermoedelijk een officier van justitie voor de camera zijn gaan staan. Als ze erin zouden slagen Nummer Twee te arresteren, zouden de media dit waarschijnlijk van de politiecommissaris te horen krijgen.

Om halftien begaf Wisting zich naar de foyer van het bureau om de journalisten te begroeten. Sommige gezichten had hij al bij Eftang gezien, maar er waren nu ook nieuwe bij.

Sinds Tom Kerr de benen had genomen, waren er negen uur verstreken. Wisting begon met te vertellen dat hij nog niet was aangehouden.

'We staan op het punt de actie in wat ons primaire zoekgebied was te beëindigen,' ging hij verder. 'Dat gebied vormt een natuurlijke grens met de zee in het noorden, zuiden en westen. En met de provinciale weg in het oosten. We hebben alle garages, bijgebouwen, botenhuizen en andere gebouwen doorzocht, met alle vaste bewoners gesproken en met een infraroodcamera op het terrein gezocht. Dit alles heeft dus geen resultaat opgeleverd. We hebben reden om aan te nemen dat Tom Kerr het gebied al heeft kunnen verlaten voordat de omvangrijke politiemacht ter plaatse was. De controleposten en wegafzettingen zijn nu opgeheven, en we gaan een nieuwe, kleinere operatieve fase in.'

Hij had nog nooit eerder de pers op deze manier hoeven te misleiden. Hij vond het vervelend, maar ging door met wat ze hadden afgesproken door te vertellen dat ze nu een inlichtingen- en onderzoeksspoor volgden en dat er bij de vlucht een schokgranaat met een hoge explosieve kracht was gebruikt. Ten slotte herhaalde hij de waarschuwing dat Tom Kerr gevaarlijk en gewapend was.

Als eerste wilden de journalisten weten waar nu naar Tom Kerr gezocht ging worden. Wisting vroeg om begrip dat hij die toelichting niet met de media kon delen. Hij gaf nog wat meer informatie over de manier waarop de granaatexplosie tot stand was gekomen en vertelde dat ze assistentie kregen van het team dat destijds jacht had gemaakt op Nummer Twee. Daarna bedankte hij hen voor hun aanwezigheid en vertrok.

Nu konden ze alleen maar wachten.

23

Het was na middernacht. Bijna drie uur geleden had de politie zich officieel uit het gebied teruggetrokken. De speciaal ingerichte observatiewagen stond op de binnenplaats geparkeerd; Adrian Stiller en Ove Hidle waren binnengekomen.

Het afgelopen uur hadden ze naar de bewegingen van Lone Mellberg zitten kijken. De marker op het scherm was voortdurend in beweging. Het was een merkwaardig rijpatroon: hetzelfde traject steeds op en neer.

Wisting kon niet stilzitten en liep voortdurend heen en weer. De adrenaline was uit zijn lichaam. Zijn gedachten werkten traag. Hij wist dat hij een paar uur moest slapen. De volgende dag zou lang en veeleisend worden, wat de nacht ook mocht brengen.

Weer ging er een uur voorbij zonder dat er iets gebeurde. Semmelmann had een hotelkamer geboekt. Hammer dutte weg in een stoel. Toen het na tweeën was, liet Wisting weten dat hij zou proberen een beetje te slapen. Hij liep de gang in en ging daarna het kantoor van Christine Thiis binnen. De kantoren van de officieren van justitie waren groter dan die van de rechercheurs en voorzien van een kleine zithoek. Hij had er al eens eerder gebruik van gemaakt en wist hoe hij zich het best op de kleine bank kon installeren.

De slaap bleef uit. Hij lag te luisteren of er iets in de andere kamer gebeurde. Toch moest hij op een gegeven moment zijn weggedommeld. Toen hij wakker werd, was hij helemaal stijf; met moeite kwam hij overeind.

Het was nog donker, het was even na zes uur. Vanuit de vergaderkamer hoorde hij stemmen.

Hij begaf zich naar de anderen.

Stiller draaide zich naar hem om. 'Ze is het gebied binnengereden,' zei hij.

Op de kaart bevonden zich drie rode markers. Een dubbele voor de twee zenders die Tom Kerr droeg en eentje op de auto van zijn penvriendin. De laatste was in beweging en volgde een smal aangegeven streepje: de grindweg die eindigde bij het groepje zomerhuizen aan de zuidkant van Eftanglandet, waar Kerr zat te wachten.

'Staan Stenbergs mensen paraat?' vroeg Wisting.

'Ja,' bevestigde Stiller. 'De beelden komen zo binnen.'

Het duurde niet lang meer of de auto met Lone Mellberg zou de vlakte met de oude zagerij passeren. Daarna splitste de weg zich in tweeën. De weg rechts leidde naar Kerr.

Niemand zei iets. Bij de splitsing stopte de marker en bewoog bijna een halve minuut niet. Daarna ging hij verder naar rechts.

Stiller riep Stenberg van het arrestatieteam op. 'Zo meteen hebben jullie visueel contact,' deelde hij mee.

'Ontvangen,' luidde het antwoord, gevolgd door het bevel van radiostilte.

Hidle ging naar een ander computerprogramma en deelde het scherm doormidden. Aan de rechterkant verschenen twee onduidelijke camerabeelden. Wisting zag niets anders dan schaduwen en verschillende tinten grijs en zwart.

'Een bodycam,' zei Hidle. Hij legde zijn hand op zijn borst om uit te leggen hoe de camera gemonteerd was.

Even later doken twee koplampen op. Vegetatie schermde delen van de lens af, maar de rest werd scherper naarmate de auto dichterbij kwam. Groepjes wilde rozen langs de kant van de weg werden zichtbaar. De man met de camera bewoog.

Het zicht verbeterde. Er verschenen een witte schutting en enkele gebouwen.

Wisting zocht naar de plek op de kaart. Hidle had al ingezoomd. De auto met Lone Mellberg reed langs het zomerhuis waarin Tom Kerr zat. De rode stippen daarbinnen verplaatsten zich licht.

De rechtstreekse beelden lieten zien dat de auto naar de steiger reed en keerde. Daarna bleef hij staan met stationair draaiende motor en de verlichting aan.

'Wanneer grijpen ze in?' vroeg Wisting.

'Zodra er contact tussen hen is,' antwoordde Stiller.

'En als ze nou eens met de auto weg weten te komen?'

'Er staat een wagen op de weg, daar komen ze niet langs.'

Wisting wreef iets uit zijn ooghoek. Hij tuurde naar het scherm en voelde dat hij een droge mond had.

Het portier aan de bestuurderskant van Mellbergs auto ging open, de binnenverlichting aan. De afstand was te groot om iets te kunnen zien, maar wel onderscheidden ze een gezicht. De persoon stapte uit en werd omhuld door de duisternis.

'Wat gebeurt er?' vroeg Hammer.

Ze zagen een kleine lichtflits.

'Het lijkt alsof ze even een sigaret opsteekt,' zei Hidle.

Bijna twee minuten gingen voorbij, toen ging het portier weer open en dicht, waarna de oude grijze Ford langzaam in beweging kwam.

De radiostilte werd verbroken: 'Object Bravo in beweging.'

De marker voor de auto verplaatste zich, terwijl de twee rode stippen in het huisje bleven waar ze waren.

'Alleen?' werd er gevraagd.

'Object Bravo is alleen,' luidde de bevestiging.

De auto passeerde het zomerhuis en reed door. Opnieuw was er daarbinnen een kleine beweging, meer niet.

Stiller belde de observatiewagen. Ze stonden klaar om haar achterna te rijden als ze de hoofdweg op reed, maar op de plek waar de weg zich splitste, nam ze een scherpe bocht naar rechts en volgde het andere pad.

Ze begaf zich naar het eind van de weg, keerde, reed terug en pakte een andere zijweg. Zo ging ze door: ze volgde kriskras kleine weggetjes in het gebied waar de politie naar Tom Kerr had gezocht.

'Ze zoekt hem,' opperde Hammer.

Wisting liep naar het raam. 'Het is bijna licht,' zei hij. 'We gaan erheen.'

24

Hammer reed terwijl Stiller en Wisting achter in de speciaal ingerichte bestelbus zaten. Ze zagen dat Lone Mellberg zich steeds verder verwijderde van de plek waar Tom Kerr zich schuilhield. Ten slotte was ze terug op de hoofdweg.

'We komen haar tegen,' zei Hidle. 'Ze is op weg naar huis.'

Stiller nam een slok water uit een fles. 'Ik begrijp het niet,' zei hij. 'Als ze hem volgens afspraak zou ophalen, moet er met de communicatie iets verkeerd zijn gegaan.'

'Weten we iets over het telefoonverkeer in de buurt?' vroeg Wisting.

'Daar krijgen we over een paar uur een analyse van,' antwoordde Hidle. 'Maar we hebben lopende gesprekken niet in de gaten kunnen houden.'

Dankzij een luik in de wand tussen de laadruimte en de cabine konden ze naar buiten kijken. Er was weinig verkeer. Ze kwamen een vrachtwagen en een taxi tegen, toen passeerde de kleine grijze Ford met Lone Mellberg. Tweehonderd meter verder verscheen de auto met de observators. Stiller belde hen en gaf opdracht tot volgen.

'Ze moet staande worden gehouden zodra we Tom Kerr hebben opgepakt,' rondde hij zijn mededelingen af.

De auto schommelde heen en weer toen ze de grindweg op reden. Het landschap kleurde asgrijs door het vroege ochtendlicht. Het was helder, maar in de nacht had het af en toe geregend. De gaten in de weg stonden vol bruin water.

In de laatste bocht hielden ze halt, buiten het zicht van het huis met Tom Kerr. De leider van het arrestatieteam verscheen van achter een zomerhuis. Stiller schoof de zijdeur open. Stenberg bleef in de opening staan.

'Wat is het plan?' vroeg Wisting.

'We willen hem uit huis hebben zodat we hem op open terrein kunnen aanhouden,' antwoordde Stenberg.

'Hoe krijgen jullie hem naar buiten?'

'Op de gebruikelijke manier. We roepen hem. Als dat geen succes heeft, zetten we traangas in.'

'Wanneer gaat dit gebeuren?' wilde Stiller weten.

'We zijn gereed,' deelde Stenberg mee. 'We beginnen zodra de commandowagen er is.'

'Waar wil je ons hebben?' vroeg Wisting.

'Jullie kunnen de observatiepost aan de noordkant overnemen,' antwoordde Stenberg met een armbeweging naar een heuvel met een vlaggenstok.

Ze draaiden zich om en keken de weg af toen ze het geluid van een zwaar voertuig gewaarwerden. Het gepantserde voertuig van het arrestatieteam kwam aangerold. Daarachter verscheen een hondenpatrouille en vervolgens een ambulance met het medische personeel dat voor de actie was vrijgemaakt.

Stenberg gaf de manschappen opdracht hun posities in te nemen. Ove Hidle bleef bij de wagen achter. Wisting, Stiller en Hammer liepen richting de uitkijkplaats die Stenberg had aangewezen. Ze gingen op hun buik op de gepolijste rotsen liggen en keken over de rand. De afstand tot het zomerhuis met Tom Kerr bedroeg ongeveer veertig meter. Het werd omgeven door een grote tuin en een witte schutting. De weg liep erlangs en ging verder naar de kleine boothaven.

Een zwakke wind voerde de geur van zeewater met zich mee. Wisting liet de zoute lucht zijn neus binnendringen en keek uit over het water. Dat was grijs, met donkere plekken waar de wolken voor de zon bleven hangen. Aan land klotsten schuimende golven op de kale rotsen.

Het huis zag er voornaam uit, met een jacuzzi op een van de terrassen en een aparte buitenkeuken met een pizzaoven en zitplaatsen voor een groot gezelschap. In de tuin stond een trampoline en in een fruitboom hing een schommel. Een paar takken belemmerden het uitzicht enigszins, maar ze zagen de voordeur en delen van de muur met de zijdeur die Tom Kerr had gebruikt om binnen te komen.

De gepantserde wagen reed naar voren. Drie zwaarbewapende agenten bewogen zich kromgebogen langs de zijkant ervan. Van de andere kant verschenen drie mannen met kogelwerende schilden die hun positie naast de zijdeur innamen.

Adrian Stiller pakte een videocamera. Die was zo klein dat hij in zijn jaszak paste; dit type was vaak in gebruik bij beoefenaars van extreme sporten. Hij startte een opname en zette de camera op het vlakke fundament van de vlaggenstok.

Uit de luidsprekers aan de buitenkant van de commandowagen was een zwakke pieptoon te horen. Een autoritaire stem riep naar Tom Kerr met de mededeling dat het pand werd omringd door gewapende politie en dat hij naar buiten moest komen. De woorden weerkaatsten vanaf de omliggende rotspartijen, maar zorgden niet meteen voor een reactie.

Er verstreek een halve minuut.

'Tom Kerr!' klonk er opnieuw uit de luidsprekers.

Het commando werd herhaald, met de waarschuwing dat wanneer hij het bevel niet opvolgde er traangas zou worden ingezet.

De politieradio kraakte. Stenberg wilde weten of ze enige activiteit waarnamen achter de ramen. De verschillende observatieposten antwoordden negatief.

'Hebben we enige digitale beweging?' vroeg hij.

'Een kleine verplaatsing binnenshuis,' meldde Ove Hidle.

Kerr werd voor de derde keer opgeroepen, met het bericht dat er over twee minuten gas naar binnen zou worden geschoten.

Een grijsgevlekte meeuw kwam met gespreide vleugels aangevlogen. Het dier fladderde een paar keer en landde op de nok van het dak.

De waarschuwing over het gebruik van traangas werd herhaald toen er nog één minuut resteerde, daarna volgde een laatste waarschuwing dat er nog dertig seconden over waren.

De meeuw vloog op en ging ervandoor.

Een kort bericht klonk over de radio: 'Vuur!'

Er klonken drie gedempte knallen, gevolgd door het geluid van brekend glas. Drie traangasgranaten werden van drie verschillende kanten naar binnen geschoten.

Vijftien seconden verstreken. Stiller keek of zijn camera nog liep.

'Geen beweging,' meldde Hidle.

Stiller schoof onrustig heen en weer. Na nog weer vijftien seconden herhaalde Stenberg de opdracht tot vuren. Drie nieuwe granaten werden afgeschoten. De politiemannen achter de barrière van schilden zetten een gasmasker op. Meteen daarna merkte Wisting dat de wind een vlaag van chemicaliën meevoerde die in zijn neus prikte en zijn ogen liet tranen.

'Sommige mensen reageren niet op traangas,' merkte Hammer op.

Vijf minuten lang gebeurde er niets. Toen klonken er bevelen vanaf het terrein voor het zomerhuis. Een zes man sterk team stootte door naar de deur, gewapend met machinepistolen en voorzien van zware kogelwerende vesten, gasmaskers en helmen met vizier. Een van hen droeg een breekijzer, dat hij in de spleet tussen de deur en het kozijn zette waarna hij de deur openduwde. De speciaal getrainde politiemannen gooiden eerst een schokgranaat naar binnen en betraden daarna het huis.

Vanuit het huis klonken commandokreten. Agenten die op het terrein in dekking hadden gelegen, trokken op naar het huis en gingen bij de ramen tegen de muur staan.

‘Er is iets mis,’ zei Hammer. ‘Er klopt iets niet.’

Ze konden de geur van het traangas nog ruiken. Bij Wisting liepen de tranen over zijn wangen. Hij knipperde er een paar weg, maar behield zijn blik op het huis.

‘Veilig,’ klonk het over de radio.

Twee agenten kwamen naar buiten en deden hun gasmaskers af.

‘Object onder controle?’ vroeg Stenberg.

‘Negatief,’ luidde het antwoord. ‘Hij is hier niet. Het huis is leeg.’

Wisting stond op, klopte zijn broekspijpen af en bleef staan. Stiller bleef op de gladde rots liggen. Zijn plan was mislukt; hij had blijkbaar tijd nodig om de woorden tot zich te laten doordringen.

25

Er hing een merkbare verandering in de lucht, het was guurder en zwaarder. De temperatuur was gedaald, vanaf zee dreef een grijze mist aan land. Klam en koud.

Wisting verliet de rotsen en liep naar beneden. Stiller en Hammer volgden hem, ze liepen naar het zomerhuis. Af en toe voelden ze hun ogen prikken van het traangas.

Ove Hidle reed de auto met de bewakingsapparatuur naar voren. 'Er klopt iets niet,' zei hij. 'Vanuit het huis komen nog steeds signalen.'

Stenberg gaf de manschappen die om het huis heen stonden opdracht op hun posten te blijven, waarna hij een nieuw team naar binnen stuurde om het huis nogmaals te doorzoeken. 'In kasten en onder bedden,' commandeerde hij.

Ze zetten deuren en ramen open om het traangas te verdrijven. Een hondengeleider kwam aanzetten met een blaffende herdershond, maar kreeg te horen dat hij buiten moest wachten tot de handmatige zoekactie was afgerond.

Hammer spuugde en vloekte. 'Je bent voor de gek gehouden,' zei hij, zijn blik op Stiller richtend. 'Vanaf het begin, toen je de zenders op hem aanbracht en dacht dat hij niets merkte. Hij is hier niet. Terwijl wij wachtten om tot actie over te gaan, heeft hij ruimschoots de tijd gehad om steeds verder weg te komen.'

Stiller reageerde niet. Hij ging het zomerhuis binnen.

'Kerr had een beter plan dan jij!' riep Hammer hem na. Vervolgens wendde hij zich tot Hidle: 'Jullie hebben een levensgevaarlijk iemand laten gaan,' zei hij. 'Hem weer de maatschappij in laten gaan.'

Wisting liep naar het huis en het terras voor de ingang. 'Er lijkt hier een kelder te zitten,' zei hij terwijl hij zijn hoofd schuin hield. 'Een kruipruimte.'

Hij wendde zich tot Stenberg. 'Hebben jullie die doorzocht?'

Stenberg stuurde de vraag door. Er volgden twee antwoorden vlak na elkaar, maar Wisting begreep dat er niemand beneden was geweest.

'Het fundament is van beton,' zei Stenberg. 'Maar je kunt nergens naar beneden of naar binnen. Het is niet zeker of daar überhaupt iets is.'

Hammer liep om het huis heen. 'Er zit altijd ergens een opening,' zei hij. 'Zulke kelders hebben ventilatie nodig. Bovendien moeten waterleidingen en afvoerbuizen bereikbaar zijn.'

De opening zat in het midden aan de oostkant, deels verscholen achter een rozenstruik die langs de muur omhoogkroop. Het luik voor het gat was in dezelfde grijze kleur als het beton geverfd. De aarde in het bloembed ervoor was vochtig en er groeide allerlei onkruid in. Niets wees erop dat de kelderruimte onlangs nog was gebruikt.

Hammer schopte het luik open, zonder op iemand te wachten. Een bedompte lucht stroomde hun tegemoet, een geur van schimmel of vocht. Er verscheen iemand met een sterke zaklamp; die gaf hij aan Hammer en zelf richtte hij zijn wapen op de opening.

Omhooggewerveld stof dwarrelde voor de lichtbundel. Er zat ruim een halve meter tussen de grond en de vloerbalken en tussen de lagen balken waren isolatiematten aangebracht. Een elektriciteitskabel hing in een boog, een waterleiding liep kriskras door de ruimte. Verschillende dragende muren maakten het onmogelijk om de hele kelder in ogenschouw te kunnen nemen.

Stenberg riep de hondenpatrouille bij zich. De grote herdershond ging plat voor het gat liggen en sloeg met zijn staart tegen het gras in afwachting van een commando.

De man die zijn wapen op de opening richtte, riep een waarschuwing en beval Tom Kerr om tevoorschijn te komen.

Wisting schudde lichtjes zijn hoofd. Hij geloofde niet dat Tom Kerr daarbeneden zat. 'Hij is in elk geval niet via deze weg binnengekomen,' zei hij, gezien het grauwe tapijt van vuil en troep die zich jarenlang op de grond had opgehoopt.

Ze stuurden de hond naar binnen en die liet duidelijke sporen na. Het dier liep met de wijzers van de klok mee door het vertrek, verdween achter een betonnen muur, maar dook even later aan de andere kant weer op.

Adrian Stiller was er ook bij gekomen en keek naar de zoekactie, die zonder resultaat bleef.

'Geef me de zaklantaarn eens,' zei Wisting.

Hammer gaf hem aan Wisting, die de lichtbundel op de betonnen muur richtte, ongeveer in het midden van de krappe ruimte. Losse deeltjes vielen van de droge plafondbalken en de planken kraakten toen er in het huis iemand heen en weer liep.

'Dit is oorspronkelijk een oud schippershuis,' zei hij en hij keek omhoog langs de witgeverfde muur. 'Het was normaal dat daarin een aparte keukenkelder zat.'

Hij rechtte zijn rug, liet zijn blik over de anderen glijden en draaide zich om, waarna hij aan de andere kant van het huis naar de ingang van de keuken liep. De rest volgde hem. Chemicaliënresten van het traangas waren blijven hangen en zorgden ervoor dat hij moest hoesten.

De keuken was blauwgeverfd en bevatte een royaal aanrecht, planken voor borden en dergelijke en een hoekhaard. Midden in het vertrek stond een geloogde lange tafel met een bedbank langs de wand en stoelen met kussens en een hoge rug. Op de vloer lagen twee kleurige viltkleden, in het ene zat een vouw in het midden.

De vloerplanken gaven een beetje mee toen Wisting zich naar de andere kant begaf. Met de punt van zijn schoen schoof hij een viltkleed een stukje opzij. Eronder zat een vierkant luik.

Stenberg trok het hele kleed weg. Aan de ene kant van het luik zat een metalen ring.

Het was daadwerkelijk mogelijk om door de opening in de vloer naar beneden te klauteren en gelijktijdig het luik en het vloerkleed vast te pakken, zodat het kleed over het luik bleef liggen als dat van beneden af gesloten werd.

Stenberg knikte naar de mannen met wapens en beschermingsuitrusting. Wisting deed een paar stappen opzij. Hammer deed hetzelfde. Stiller bracht de camera weer in stelling.

Terwijl twee anderen hun wapens naar beneden richtten, trok een ander de klep omhoog. Toen hij hem lieten vallen, klonk er een klap, maar van beneden kwam geen enkel geluid.

De man die het luik had geopend, keek via een telescoopstang met een spiegel en een lampje in de kelder zonder zelf zichtbaar te zijn. Hij wendde de stang zo dat hij het hele vertrek kon zien. Ten slotte schudde hij zijn hoofd en vouwde het apparaat weer op.

'Leeg,' luidde zijn oordeel.

Wisting had de zaklantaarn nog vast. Hij liep naar de opening in de vloer. Een ladder voerde naar een koude stenen kelder. Het was een open ruimte van ongeveer drie bij drie meter. Langs de wanden zaten planken met lege glazen en stoffige flessen. In het midden lagen een hoopje kleren en een paar schoenen, alsof de spullen naar beneden waren gegooid.

Hij gaf de zaklantaarn aan Stiller en deed een stap opzij zodat de anderen ook konden kijken.

'Dat zijn Kerrs kleren,' concludeerde Hammer en hij draaide zich om naar Stiller. 'Je zenders liggen daar, al de hele tijd. Kerr heeft zich gewoon omgekleed en is van hier vertrokken.'

Een lid van het arrestatieteam deed zijn helm af, legde zijn machinepistool aan de kant en ontdeed zich van zijn zware beschermingsuitrusting, waarna hij naar beneden klom en de spullen in verschillende plastic bewijszakken verzamelde.

Stiller belde Ove Hidle die nog in de bewakingsauto zat en vroeg hem te komen. Vervolgens wendde hij zich tot de leider van het arrestatieteam.

'Kan hij toch bij Lone Mellberg in de auto zijn gestapt? Toen ze hier vannacht was? In het donker?'

Stenberg schudde zijn hoofd. 'We hebben om kwart voor een 's middags de observatieposten geïnstalleerd,' lichtte hij toe. 'Kerr moet het gebouw al eerder hebben verlaten.'

Hidle verscheen en hij kreeg te horen wat ze hadden ontdekt. De man die in de kelder was geweest, kwam omhoog met de kleren en de schoenen en legde de bewijszakken op de tafel. In een ervan zaten Lines microfoon en zender.

Stiller controleerde de schoenen en vond de draadloze tracker. Het dingetje was niet groter dan de nagel van een pink.

'De zenders zijn in beweging geweest,' zei Wisting. 'Dat heb ik zelf gezien.'

'Dat waren kleine schommelingen,' aldus Hidle. 'Wij legden dat zo uit dat hij zich binnenshuis verplaatste, maar het waren misschien overgangen naar een andere satelliet of storingen door andere elektronische signalen. Er waren hier een heleboel verschillende radio's in gebruik.'

Hammer vloekte en liep weg. Wisting sloot zijn ogen om zijn gedachten te ordenen. 'Waar is Lone Mellberg nu?' vroeg hij.

'Nog in haar auto, op weg naar huis,' antwoordde Hidle. 'Ze is Drammen gepasseerd.'

'Pak haar op,' zei Wisting.

Stiller belde de observators en gaf de opdracht door.

Hammer verscheen vanuit de woonkamer en smeet een ingelijste foto op de tafel. Die was genomen bij de steiger en toonde een man van in de veertig en een tienerjongen aan boord van een boot.

'Hij heeft de boot genomen,' zei hij. 'Op die manier is hij ervandoor gegaan. De sleutels lagen hierbinnen.'

'Dat hoeft niet...' begon Stiller.

Hammer onderbrak hem. 'Er ligt daar nu geen boot,' zei hij met een handgebaar naar de steiger. 'Er kwamen tips over binnen, we hebben zelfs om opsporing van twee boten verzocht. En toch zaten we maar af te wachten.'

Wistings telefoon trilde in zijn broekzak. Hij haalde hem tevoorschijn en zag dat het de politiecommissaris was. Hij liep naar buiten en ging met zijn gezicht naar het water staan. Daarna nam hij op. Hij was degene die haar had voorgesteld om af te wachten. Nu moest hij vertellen dat het verkeerd was afgelopen.

26

Line schrok wakker van een geluid, maar wist niet zeker of dat van ergens in het huis of van buiten kwam.

Ze luisterde. Het huis liet de hele tijd van zich horen en ze was gewend geraakt aan de verschillende kraak- en knarsgeluiden, maar dit was anders. Een jaar geleden had ze een alarm laten installeren, maar dat vergat ze nog weleens in te schakelen. Zelfs als ze het huis verliet.

Liggend onder het dekbed begon haar geweten steeds meer op te spelen. Ze had de vorige avond Amalie moeten ophalen, zodat het meisje in haar eigen bed kon slapen. In plaats daarvan had ze zich door het werk laten opslokken, met slechts af en toe een onderbreking om naar het nieuws te kijken.

Ze pakte haar mobiel van het nachtkastje en zag dat het bijna halfacht was. Ze stond op om naar de volgende nieuwsuitzending te kijken en te horen of er ontwikkelingen waren in de zoektocht naar Tom Kerr.

De kleren van de vorige avond lagen op een hoop naast haar bed. Ze trok een T-shirt aan, slofte op blote voeten naar de woonkamer en zette de tv aan. Vervolgens stopte ze in de keuken een cupje in de koffiemachine. Door het raam zag ze het huis van haar vader; zijn auto stond er niet. Als hij al thuis was geweest, was hij nu alweer op pad.

Ze ruimde het aanrecht op en pakte speelgoed van de vloer terwijl ze wachtte tot de koffie klaar was.

Amalie had al vaker bij haar vriendinnetje geslapen. Maja en zij logeerden af en toe bij elkaar. Onlangs nog had Maja bij

Amalie geslapen en Line had de meisjes de volgende dag naar de crèche gebracht, zoals Sofie vandaag moest doen.

Sofie en zij hadden ontdekt dat ze veel gemeen hadden. Beiden waren ze alleenstaande moeders en ze hadden allebei in Oslo gewoond, maar het contact met vrienden en collega's verbroken. Nu beschouwde Line Sofie als haar hartsvriendin, degene met wie ze alles deelde.

De laatste druppels vielen in het koffiekopje. Ze nam het mee naar de woonkamer en bleef voor de tv staan. Het gezicht van Tom Kerr verscheen aan het begin van de uitzending.

'De politie zou vanochtend vroeg een grote actie hebben uitgevoerd in het gebied dat gisteren werd doorzocht in de jacht op de ontsnapte gevangene, maar laat weten dat Tom Kerr nog altijd niet is aangehouden.'

De reportage werd geïllustreerd met beelden van een dag eerder. Line zapte naar een andere zender. Ook de NRK had geen recente beelden, maar kwam met dezelfde informatie en meldde dat de politie verzocht contact op te nemen als de gezochte gevangene mocht worden waargenomen.

Line nipte van haar koffie. Ze moest ervoor zorgen dat ze erbij was als Tom Kerr werd gepakt, want ze wilde beelden van hem met handboeien om.

27

'Hoe zit het met de helikopter?' vroeg Hammer. Hij plofte op een stoel bij de vergadertafel neer. 'Die is toch met een infraroodcamera over het huisje gevlogen, ze hadden moeten zien dat dat leeg was.'

'De thermografie dringt niet door muren en daken heen,' legde Hidle uit. 'Er was geen reden om aan te nemen dat hij daar niet was.'

Torunn Borg kwam binnen en sorteerde enkele paperassen. Ze leek nog steeds verontwaardigd dat ze niet van de geheime operatie op de hoogte was gesteld. 'Ik heb de eigenaar van het zomerhuis gesproken en hem over de actie verteld,' liet ze weten. 'Hij is advocaat, gespecialiseerd in ondernemingsrecht, en werkt bij een investeringsmaatschappij. Hij komt hierheen om de schade op te nemen.' Ze ging zitten.

'Hij zegt dat de familie beschikt over een Yamarin van ongeveer vijf meter die normaal gesproken aan de steiger ligt. De sleutel hangt aan een haakje in de hal.'

'Dat komt overeen met de observatie die vanuit Kjerringvik is gemeld,' zei Hammer. 'Een open boot met een stuurinrichting in het midden.'

'Hij had nog meer te vertellen,' ging Torunn Borg verder. 'Iets waarover in de familie veel is gesproken.'

'Wat dan?'

Torunn Borg zuchtte gelaten. 'Bijna vijf jaar geleden hebben ze daar buiten een bubbelbad laten plaatsen,' vertelde ze. 'Geleverd door Pool Partner.'

'De werkgever van Tom Kerr,' merkte Hammer op. 'Hij is daar eerder geweest. Hij kende het gebied.'

'Hij was daar in de week voordat hij werd aangehouden,' bevestigde Torunn Borg. 'Toen Tom Kerr werd gearresteerd en zijn foto in de media opdook, herkenden ze hem. Later werd er ook geschreven over Pool Partner en over de manier waarop Kerr alle sporen op de lijken verwijderde met vloeibaar chloor van zijn werk.'

'Hoe heet die eigenaar?' vroeg Idar Semmelmann.

'Frank Lewy,' antwoordde Torunn Borg.

Semmelmann toetste de naam in en kreeg een hit. 'Die zit in de database,' zei hij. 'Hij was daar samen met Stig Skarven. Dit was een van zijn laatste klussen voordat hij werd aangehouden.' Hij kwam overeind en boog zich over de grote relatiekaart die nog op de vergadertafel lag. 'Hier,' zei hij en hij wees naar een man in de vijfde kring rond Tom Kerr.

Wisting keek naar de foto. Een man met kortgeknipt haar en een stropdas. 'Waarom staat hij zo dicht naar het midden?' vroeg hij. 'Is er meer tussen hen dan een klantenrelatie?'

Semmelmann keerde terug naar zijn computer. 'Hij is twee keer gedagvaard wegens seksueel lastigvallen,' zei hij. 'Iedereen die de een of andere vorm van seksueel afwijkend gedrag heeft laten zien, kreeg automatisch een hogere score in de indexering.'

'Dus hij kan Nummer Twee zijn?' vroeg Hammer.

'Nee,' zei Semmelmann. 'Daar wijst niets op. Ze hebben geen andere connectie dan deze.'

Torunn Borg nam weer het woord: 'Ik heb een opsporingsbericht laten uitgaan naar de boot. Die heeft een aanhangmotor van veertig pk. In de benzinetank kan vijfentwintig liter en die zou bijna vol hebben gezeten. Kerr kan een heel eind in de Oslofjord zijn gekomen, of misschien wel naar de provincie Østfold.'

'Hij is vast de Oslofjord niet overgestoken,' merkte Semmelmann op. ‘Kerr is niet bepaald een ervaren zeeman.’

‘De politieboot gaat ernaar op zoek,’ zei Torunn Borg. ‘Ze krijgen assistentie van twee reddingsboten, maar het gaat om een gebied met een lange kustlijn.’

Stillers telefoon ging. Hij wisselde een paar woorden, bedankte en verbrak de verbinding. ‘Dat was een observator,’ zei hij. ‘We schaduwen de broer, Jon Kerr. Hij woont in Jessheim en werkt bij een betonbedrijf in Skedsmo.’

‘Hoe houden jullie hem in de gaten?’ wilde Hammer weten.

‘We zetten verborgen bewaking in,’ legde Stiller uit. ‘De andere familieleden worden bezocht.’

‘Naar wie zou Tom Kerr nog meer kunnen gaan om hulp te krijgen?’ wilde Wisting weten.

‘Naar Stig Skarven,’ opperde Semmelmann. ‘Zijn collega van het zwembadenbedrijf.’

‘Hij staat op de lijst van personen met wie we contact gaan opnemen,’ zei Hidle. ‘Net als met die bezoeker van het Rode Kruis, Floyd Thue.’

Er werd aangeklopt. Een jonge agent in uniform stak zijn hoofd om de deur en keek naar Wisting. ‘Ze brengen nu Lone Mellberg binnen,’ liet hij weten.

28

De nieuwe verhoorkamer was eenvoudig ingericht: twee stoelen met een tafeltje ertussen en een camera aan de wand.

Wisting trok zijn stoel een stukje dichter naar de tafel toe. 'Vertel eens over Tom Kerr,' zei hij.

'Ik weet niet waar hij is,' zei de vrouw tegenover hem.

Ze was nogal mollig, haar gezicht was bleek en opgezet. Ze leek verward en bang, haar ogen flitsten heen en weer.

'Hoe ken je hem?' wilde Wisting weten.

'Ik ken hem niet,' protesteerde Lone Mellberg. 'Niet echt.'

Wisting zocht even naar de juiste formulering om het gesprek op gang te brengen. 'Hoe zijn jullie met elkaar in contact gekomen?' vroeg hij.

Lone Mellberg aarzelde, maar zei toen: 'Ik heb hem geschreven.'

'Toen hij in de gevangenis zat?'

Lone Mellberg knikte. 'Iedereen heeft iemand nodig,' antwoordde ze. 'Iemand die je niet veroordeelt om wat je hebt gedaan. Ik bood aan om er voor hem te zijn, als vriendin.'

'Maar je kende hem voor die tijd niet?'

'Nee.'

Wisting wilde niet provoceren en vroeg haar niet om nadere argumenten. Hij wist van andere wegens moord veroordeelden die aandacht van onbekende vrouwen kregen. De redenen konden complex zijn. Soms ging het om christenen die hen wilden genezen of om vrouwen die een moederrol wilden vervullen. En soms schreven ze pure liefdesbrieven.

De afzender had over het algemeen een verstoord gevoelsleven, maar de volledige aandacht die ze konden krijgen van een gevangene die voor lange tijd veilig achter slot en grendel zat, kon hun het gevoel van controle geven waar ze zo naar verlangden.

'Je hebt hem ook bezocht,' benadrukte hij.

De vrouw knikte. 'Hij vroeg me dat.'

'Wanneer deed je dat voor het laatst?' vroeg Wisting, ook al kende hij het antwoord.

'Op maandag.'

'Twee dagen geleden?'

Lone Mellberg knikte weer.

'Vertel eens over dat bezoek,' zei Wisting.

Ze haalde haar schouders op. 'Het was net als anders.'

'Wat betekent dat?'

'Hij vroeg hoe het met me ging. Wat ik sinds de vorige keer had gedaan.'

Wisting zweeg en wachtte tot ze verder sprak.

'Hij was geïnteresseerd in dat soort dingen, was met me begaan. Vroeg altijd hoe het met mijn vader was en hoe het met mijn dochter ging. Mijn vader heeft deze zomer een beroerte gehad en woont nu in een verpleeghuis.'

'Heb je hem over je dochter verteld?' vroeg Wisting. Even voelde hij dat hij haar nu misschien wel provoceerde.

'Ze zit in de laatste klas van de bovenbouw,' antwoordde Lone Mellberg. 'Ze had nogal moeite om vriendinnetjes te maken en zo. Hij maakte zich zorgen om haar. Dat doe ik ook en het is fijn om te praten met iemand van wie je weet dat hij niets verder vertelt.'

Wisting liet het onderwerp rusten. 'Vertelde hij iets over zichzelf?' vroeg hij in plaats daarvan.

'We hadden het alleen over alledaagse dingen. Over een tv-serie waar we naar keken en over een boek dat hij had gelezen.'

'Heeft hij je verteld dat hij ook heeft bekend Taran Norum te hebben vermoord?' ging Wisting verder.

Lone Mellberg slikte en legde een hand om het glas water dat op tafel stond, maar nam geen slok. 'Nee,' zei ze.

'Wist je dat hij gisteren de gevangenis uit zou gaan om ons iets aan te wijzen?'

'We hadden het nooit over dat soort dingen,' antwoordde Mellberg.

Wisting stelde nog een aantal vragen en kreeg zodoende meer details over de gesprekken en de ontmoetingen in de gevangenis. Niets van wat Lone Mellberg vertelde was van enig belang voor de zaak en hij besloot verder te gaan.

'Wat deed je vannacht in Larvik?' vroeg hij op een wat scherpere toon.

'Wat bedoelt u?'

'Je bent gisteren om drieëntwintig minuten over vijf van huis vertrokken,' legde Wisting uit. 'Om vier minuten voor zeven probeerde je het gebied binnen te rijden waar Tom Kerr voor het laatst is gezien, maar je werd teruggestuurd bij de wegafzetting. Je hebt de hele nacht rondgereden in de buurt waar hij, zo dachten we, zich bevond.'

Hij noemde de exacte tijdstippen om de indruk te wekken dat ze heel gedetailleerd van alles op de hoogte waren, veel meer dan feitelijk het geval was. Daardoor zou Lone Mellberg moeilijker met ontwijkende antwoorden kunnen komen.

'Ik keek naar hem uit,' gaf ze toe.

'Wat bedoel je?'

'Ik hoorde op het nieuws dat hij ervandoor was gegaan. Dus ik reed naar de plek waar dat was gebeurd.'

'Waarom?'

'Om naar hem uit te kijken,' herhaalde Lone Mellberg. 'De politie... Jullie hebben immers eerder op hem geschoten. Ik weet niet... Ik dacht dat als ik hem vond en met hem kon praten, we het op konden lossen, dat het dan goed kon aflopen.'

'Ben je eerder in die buurt geweest?' wilde Wisting weten.

Ze schudde haar hoofd. 'Nee. Ik gebruikte mijn telefoon om de weg te vinden.'

Wisting liet haar alles nog eens herhalen. Hoe ze op de radio had gehoord dat Tom Kerr de benen had genomen, dat ze had besloten te proberen hem te helpen, hoe ze de hele nacht had rondgereden. Ze kwam zo naïef over dat haar verklaring geloofwaardig kon zijn. Hij had haar onder druk gezet. Ze zat in het nauw, precies zoals hij het wilde hebben voordat hij de doorslaggevende vragen ging stellen.

'Heeft Tom Kerr je ooit gevraagd iets voor hem te doen?'

'Zoals wat?'

'Heb je ooit brieven of andere soorten berichten meegenomen de gevangenis in? Of mee naar buiten?'

Lone Mellberg gaf geen antwoord, wat Wisting als een bevestiging beschouwde.

'Wat voor berichten?' vroeg hij.

'Maar één keer,' antwoordde ze.

'Waar ging dat om?'

'Een brief.'

'Wanneer was dat?'

Op die vraag bleef ze het antwoord schuldig, maar wel zei ze: 'Het was een persoonlijke brief. Hij wilde niet dat de cipiers of anderen hem zouden lezen.'

'Aan wie was hij gericht?'

'Aan een vriend.' Ze slikte. 'Iemand met wie hij al heel lang goed bevriend was. Hij hoopte dat die hem zou kunnen komen bezoeken. Het was een dikke envelop. Hij had een heleboel vellen papier volgeschreven.'

'Weet je nog hoe die vriend heette?'

Lone Mellberg knikte. 'Het is twee keer gebeurd,' zei ze zacht. 'De eerste keer een maand geleden, daarna vorige week.'

'En je weet de naam nog?'

Ze knikte opnieuw. 'Hij heette Theo. Ik heb zijn naam en adres opgeschreven voordat ik de brief op de bus deed. Ik heb het thuis. Ik had bedacht dat ik contact met hem kon opnemen om te vertellen hoe het met Tom ging. Dat hij eigenlijk bezoek nodig had.'

'Theo,' herhaalde Wisting. 'En verder?'

'Het was geen Noorse naam,' legde Lone Mellberg uit. 'Hij klonk Duits. Maar de man woont in Oslo. Het staat op een papiertje bij mij in de keuken.'

29

Het was druk aan de vergadertafel. Iedereen had gehoord wat Lone Mellberg had verklaard. Wisting zat aan het hoofd van de tafel. De zaak-Kerr was bij meerdere politiedistricten in behandeling, maar hij moest alle activiteiten om de man te vinden coördineren en leiden. Tom Kerr was tijdens zijn dienst verdwenen.

'Er zit geen Theo of Teo in de database,' deelde Semmelmann mee. 'Ik heb verschillende schrijfwijzen geprobeerd.'

'Ze zei dat de achternaam Duits of zo was,' benadrukte Hammer. 'Dat kan jouw kandidaat zijn, de Oost-Europeaan die jullie nooit hebben kunnen traceren.'

Wisting liet zijn blik over de omvangrijke relatiekaart gaan. 'Het duurt niet lang meer of we hebben zijn volledige naam en adres,' zei hij. 'We moeten ons gereedmaken.'

Hij wendde zich tot Christine Thiis. 'We moeten een huiszoekingsbevel hebben om naar binnen te gaan.'

De officier van justitie knikte. 'Dat is geen probleem.'

Wisting pakte zijn telefoon om de centrale in Oslo alvast te waarschuwen.

'Hoe ver zijn de observators?' vroeg hij, terwijl hij het nummer opzocht.

De observators die Lone Mellbergs bewegingen de laatste vierentwintig uur hadden gevolgd, waren op weg naar Hokksund om haar appartement binnen te gaan, op zoek naar het papiertje met de naam en het adres van degene met wie Tom Kerr had gecommuniceerd.

'Ze kunnen niet ver weg meer zijn,' zei Stiller. Hij had zijn telefoon in de hand, alsof hij elk moment een reactie binnen kon krijgen. 'Hidle en ik gaan erheen zodra we van hen horen,' voegde hij eraan toe.

Wisting schoof zijn stoel naar achteren, liep een eindje bij de anderen vandaan en kreeg de operatieleider in Oslo aan de lijn. Hij stelde zich kort voor, legde de situatie uit en kreeg het rechtstreekse nummer van de commandant die assistentie zou verlenen bij het betreden van het appartement.

Torunn Borg kwam binnen en deed de deur achter zich dicht. 'Ze hebben de boot gevonden,' meldde ze. 'Die ligt onder water in de buurt van het Ringshaugstranda bij Tønsberg.'

'Hij heeft hem tot zinken gebracht,' stelde Hammer vast.

'Hij is gevonden door een van de reddingsboten,' ging Torunn Borg verder. 'De politieboot is nu op weg ernaartoe. Ik heb de coördinaten.'

Ove Hidle logde in op de pc en het grote scherm. Hij pakte het papiertje aan en toetste de positie in. Die bevond zich aan de westkant van de Oslofjord, halverwege tussen Tønsberg en het dorpje Åsgårdstrand. De kaart zelf hielp hen niet verder en Hidle ging naar een satellietbeeld van hetzelfde gebied, waarna ze een stenige strandlijn en een dichtbegroeid bos aan land zagen.

'Geen bebouwing,' stelde Stiller vast.

'Hij moet tegen de strandrotsen zijn gevaren om zo een gat in de bodem te slaan,' zei Hammer.

Ove Hidle verplaatste de muis op het scherm. 'Er loopt hier een weg,' zei hij en hij volgde het traject door het bos. 'Bijna helemaal tot aan de fjord.'

'Hij kan daar een auto hebben gehad of zijn opgepikt,' meende Stiller. 'We kunnen de data opvragen van tolpoorten waar hij eventueel langs is gekomen.'

Wisting knikte. 'Zoom eens uit,' zei hij, want hij wilde zien waar de vindplaats was ten opzichte van Eftang.

Hidle deed wat hem gevraagd werd. De vindplaats lag een paar kilometer ten zuiden van de olieraffinaderij op de landtong Slagentangen. Hammer schatte dat het zo'n dertig zeemijlen naar Eftang was. 'Dat heeft hem rond de anderhalf uur gekost,' berekende hij.

Adrian Stillers telefoon liet van zich horen. 'Theo Dermann,' las hij hardop.

Hij liet het schermpje zien met de foto van een plakbriefje waarop Lone Mellberg een naam en een adres had geschreven:

Theo Dermann

Anton Brekkes vei 72

0041 Oslo

Hidle ging naar het strafregister en toetste de naam in. Geen hit. Vervolgens opende hij het bevolkingsregister, maar ook daarin kwam de naam niet voor.

'Buitenlander,' merkte Hammer op. 'Geen strafblad in Noorwegen.'

Hidle probeerde het inlichtingenregister: ook geen resultaat.

Semmelmann probeerde het met de achternaam in de database: 'Geen Dermann,' meldde hij.

'Check het adres maar,' zei Wisting. 'Kijk eens wie daar nog meer wonen.'

'De postcode 0041 moet de wijk Sagene zijn,' zei Semmelmann. 'Daar staan veel huizenblokken.'

Het zoeken naar het adres leverde niets op.

'Postcode 0041 is niet in gebruik,' liet Hidle weten en hij zocht verder: 'Er is een Anton Brekkes vei in Fredrikstad. Dat is de enige plaats in Noorwegen met die straatnaam, maar de huisnummers gaan niet zo ver.'

'Wat een ellendige rotzooi,' liet Hammer weten. 'Probeer hem te googelen, of zoek op Facebook.'

Ove Hidle kopieerde de naam en plakte deze in Google. De bovenste hit betrof een Duits kinderboek met de titel *Theo und der Mann im Ohr*. Theo en de man in het oor.

Hammer kreunde. 'Wat is dit, verdomme? Is er dan niemand op de wereld die Theo Dermann heet?'

'Vraag het na bij de posterijen,' zei Wisting. 'Zij moeten het weten, want ze hebben twee brieven bij hem bezorgd.'

Hammer knikte en noteerde dat hij dat moest doen. 'Als we Lone Mellberg mogen geloven,' voegde hij aan zijn eerdere woorden toe.

Ze bespraken wat er nog meer te doen was en verdeelden andere taken, waarna Wisting de bijeenkomst sloot.

De aanwezigen stonden op, stoelpoten schraapten over de vloer, iedereen vertrok. Adrian Stiller stopte papieren en zijn laptop in een tas, hing hem over zijn schouder en kwam naar Wisting toe. 'Ik ga met je mee naar de gevangenis,' zei hij.

Wisting knikte en zei: 'Ik moet eerst Line gaan halen. Zij moet ook mee. Haar auto staat nog bij jullie.'

30

Het was weer gaan regenen. Line zat in haar werkkamer in het souterrain en hoorde het water vanaf het dak door de regenpijp lopen.

Amalie had nieuwe laarzen nodig, bedacht ze. De oude waren haar te klein. Haar regenjasje was ook aan vervanging toe.

Buiten toeterde een auto; dat moest haar vader zijn. Een kwartier geleden had hij haar een appje gestuurd en haar gevraagd klaar te staan.

Ze logde uit, liep naar boven en keek uit het keukenraam. Ze zag dat Adrian Stiller er ook bij was.

Haar vader toeterde nog een keer.

Line trok haar jas aan, ging naar buiten en nam plaats op de achterbank. 'Hallo!' zei ze tegen de beide mannen die voor haar zaten.

Stiller draaide zich glimlachend naar haar om. Haar vader wierp een blik in de achteruitkijkspiegel. 'Heb je de autosleutel bij je?' vroeg hij.

Ze knikte, maar keek voor de zekerheid in haar tas. 'Is er nog nieuws?' wilde ze weten.

Haar vader schudde zijn hoofd.

'Wat was dat met die actie vanochtend?'

'We zijn een huisje aan de zuidkant van Eftanglandet binnengegaan,' legde haar vader uit. 'Maar hij was daar niet.'

'We hebben je geluidsapparatuur gevonden,' voegde Stiller eraan toe. 'De microfoon en de zender. Je krijgt ze binnenkort terug.'

'Dus hij heeft zich schuilgehouden in een zomerhuis,' stelde Line vast. 'Hoe lang?'

'Niet lang.'

'Wat betekent dat?'

'Hij is verder gereisd met een gestolen boot, waarschijnlijk voordat de helikopter begon met zoeken,' antwoordde Stiller. 'De boot is vlak bij Tønsberg aangetroffen. Daar eindigen alle sporen.'

Stiller was mededeelzamer dan haar vader. Dat stond haar wel aan, want dat gaf haar het gevoel bij het team te horen. 'Wat gaan jullie nu dan doen?' vroeg ze.

'Achter tips aan,' antwoordde haar vader.

Line keek uit het raam. Zijn antwoord irriteerde haar. Het was nietszeggend, van het type dat de journalisten op de voorste rij bij een persconferentie kregen.

'Hebben jullie gecontroleerd met wie hij contact had in de gevangenis?' vroeg ze na een tijdje. 'Bezoekerslijsten en zo.'

'Daar houden we ons nu mee bezig,' luidde het antwoord.

Line ging verzitten. 'Heb je gisteren met de voormalige hoofdrechercheur gesproken?' wilde ze weten.

'Ja.'

'Wat zei hij?'

Haar vader reed de E18 op en versnelde. 'Hij heeft verteld hoe ze proberen Nummer Twee te vinden,' antwoordde hij.

'Verdenken ze iemand?'

Haar vader ontmoette opnieuw haar blik in de spiegel. 'We zitten midden in een lopende zaak,' zei hij. 'Doe het rustig aan en wacht tot dit voorbij is.'

Line zuchtte en legde haar hand demonstratief op haar voorhoofd. 'Ik ben geen journalist meer,' zei ze terwijl ze naar voren leunde. 'Ik vraag het omdat het me aangaat. Ik was erbij toen Tom Kerr op de vlucht sloeg. Ik heb nog steeds hoofdpijn van de explosie. Ik kan niet wachten tot het voorbij is. Ik doe het pas weer rustig aan als hij opnieuw vastzit.'

Geen van de twee mannen zei iets. Haar vader zette de radio harder. De ruitenwissers schraapten over de voorruit. Line ging hoofdschuddend weer tegen de rugleuning van de achterbank zitten.

'Waar staat dat huisje dat jullie hebben doorzocht?' vroeg ze. 'Dat is toch zeker niet geheim? Hoe heet de eigenaar?'

Adrian Stiller draaide zich half naar haar om. 'We hebben beelden van de actie,' antwoordde hij. 'Ik kan kijken of ze kunnen worden vrijgegeven.' Hij glimlachte. 'Als dit voorbij is,' voegde hij eraan toe.

31

Het slot zoemde. Wisting duwde de traliedeur open en stak het gevangenisterrein over, op weg naar het enorme bakstenen gebouw.

Vanuit een van de ramen op de tweede verdieping riep iemand iets. De een of andere verwarde boodschap over rechten en rechtvaardigheid.

De directeur van de gevangenis stond bovenaan de steile stenen trap om hen te verwelkomen. Ze werden in de portiersloge geregistreerd en leverden hun legitimatiebewijzen in, in ruil voor speciale bezoekerspasjes. Daarna gingen ze het kantoor van de directeur binnen.

'We hebben de hele afdeling afgesloten toen bekend werd dat Kerr was ontsnapt,' legde hij uit. 'De gedetineerden hebben het natuurlijk gehoord via uitzendingen op tv en radio, maar ze hebben niet met elkaar kunnen praten.'

'Is er iemand die iets kan weten?'

'Tommy Hornland zit hier nog,' antwoordde de directeur. 'Hij heeft dit in gang gezet.'

'De informant?'

'Ja. Hij is de eerste die iets kan vertellen. Hebben jullie hem al eens gesproken?'

Wisting schudde zijn hoofd. Stiller had hem ook nog nooit ontmoet, alleen de verslagen gelezen waarin Hornland herhaalde wat Tom Kerr hem over de moord op Taran Norum had toevertrouwd.

'Schrik niet van zijn oog,' waarschuwde de directeur. 'Aan

de binnenkant van zijn hoofd is er meer mis dan aan de buitenkant.'

'Wat is er met zijn oog?'

'Hij is geboren met een lege oogkas. Vroeger deed hij er altijd een glazen oog in, maar nu niet meer.'

'We moeten ook Kerrs contactpersoon spreken,' zei Wisting.

'Molander. Hij is een paar dagen ziek geweest, maar nu weer aan het werk. Hij is er vandaag.'

De gevangenisdirecteur boog zich naar de intercom toe en vroeg aan Fredrik Molander door te geven dat hij naar het kantoor van de directeur moest komen.

Wisting legde de formele papieren op tafel die hun toestemming verleenden om Tom Kerrs cel te doorzoeken.

'Molander kan met jullie meegaan,' zei de directeur.

Een man van in de dertig met een kreukelig overhemd dook op. De directeur legde uit wie Wisting en Stiller waren en verzocht de man hun eventuele vragen te beantwoorden. 'Ze willen de cel van Kerr zien,' zei hij ten slotte. 'Kun jij hen meenemen?'

'Natuurlijk.'

De cipier pakte een sleutelbos en liep voor hen uit naar de cellenafdeling.

Wisting ervaarde onder het lopen hoe het moest voelen om van je vrijheid te zijn beroofd. Metalen deuren die opengingen en weer op slot werden gedraaid, bleke tl-buizen en lange grijze gangen.

'Hoe lang ben je al de contactpersoon van Tom Kerr?' wilde Wisting weten.

Molander keek achterom naar hem. 'Sinds hij hier is,' antwoordde hij. 'Ruim vier jaar.'

'Jullie hebben elkaar goed leren kennen?'

'Dat is de bedoeling,' antwoordde Molander. 'Goede relaties tussen gedetineerden en medewerkers hebben een positief effect als het gaat om de veiligheid. Het conflictniveau wordt lager.'

Ze liepen door een gemeenschappelijke ruimte met zithoeken en een keukenblok. Daarna weer een andere gang in.

'Het is belangrijk dat de gedetineerde gedurende het hele verblijf een vast aanspreekpunt heeft,' vervolgde Molander. 'Dat we een steunpilaar en een gesprekspartner zijn.'

Zijn manier van spreken had iets belerends. Wisting negeerde het.

'Waar spraken jullie over?' vroeg hij.

'Vooral over de praktische kant van het verblijf hier. Begeleiden en informeren. Helpen met verschillende verzoeken. Hem laten deelnemen aan cursus- en programma-activiteiten. Planning van zijn toekomst.'

'Welke plannen had Kerr voor de toekomst?'

Fredrik Molander bleef staan voor een ongemarkeerde celdeur. 'Waarvoor ze ook maar zijn veroordeeld, of hoe lang het ook nog duurt voordat ze weer op vrije voeten komen, er moet worden gestreefd naar resocialisatie en verandering,' zei hij terwijl hij de sleutel in het slot stak.

Verderop in de gang riep iemand iets vanuit een cel, zonder dat ze konden verstaan wat er werd gezegd.

'Mijn belangrijkste taak is aanwezig zijn,' ging Molander verder en hij draaide de sleutel langzaam om. 'Proberen een positieve factor in het leven van alledag te vormen.'

De deurgrendel sloeg terug en Molander trok de zware metalen deur open.

Het vertrek was ongeveer vijf bij vijf meter groot. Het meubilair bestond uit een bed, een bureau, planken met ordners, een kast, een wastafel, een tv en een prikbord.

Wisting ging naar binnen, liep naar het raam en keek door het traliewerk naar buiten. De lege luchtplaats was omgeven door een zeven meter hoge ringmuur. Daarachter zag hij een weelderig boslandschap en een loodgrijze hemel.

Stiller las een citaat op een van de papiertjes op het prikbord: *Wetten zijn als telefoonpalen; je hebt ze nodig, maar je kunt er ook omheen.*

Wisting liep naar het bureau, waarop een stapel met allerlei vakliteratuur lag. Filosofie, psychologie, een feitenboekje over de strafwet en een paar zelfhulpboeken.

Hij ging zitten, trok een paar latexhandschoenen aan en opende de bovenste la. Daarin lag van alles: cd's, schrijfspullen, enveloppen en postzegels. In een ordner zat een brief van de Dienst Justitiële Inrichtingen over het uitzitten van de straf, terwijl in een tweede correspondentie met andere officiele instanties zat.

Wisting legde de ordners terug en pakte het schrijfblok. Daar stond niets op, maar hij zag wel de afdrukken van wat op een vorig blad was geschreven. Hij hield het blok schuin naar het licht om het beter te bekijken. Het leek een formele opzet. Hij kon er de adressen van afzender en ontvanger uit halen. De naam Tom Kerr was leesbaar. De ontvanger leek de Ila-gevangenis te zijn. De brief zelf begon met een aanhef waaronder een dikke streep stond.

Hij legde het blok aan de kant om later mee te nemen.

De volgende la bevatte een bundel brieven met een strik eromheen. Hij maakte de strik los en bekeek de bovenste brief. Die was van Lone Mellberg, van drie weken geleden. Ze schreef het bezoek fijn te hebben gevonden en te begrijpen hoe moeilijk het kon zijn om je gevoelens bloot te geven.

Het grootste deel van mijn leven liet ik mijn gevoelens niet toe, schreef ze in ronde letters. *Dus ik weet hoe je je voelt. Ook ik heb in mijn jeugd niet geleerd gevoelens te tonen. Maar als je dingen maar lang genoeg binnenhoudt, stromen ze ten slotte over. Ik hoop degene te kunnen zijn die door jouw damwand heen kan breken...*

Zo ging het verder. Niets in de correspondentie tussen Tom

Kerr en Lone Mellberg kon als voorbereidingen voor de vlucht worden geïnterpreteerd.

'Hier!' riep Adrian Stiller. Hij doorzocht de kast en had een papiertje gevonden. 'Theo Dermann,' las hij en hij hield het papiertje voor Wisting omhoog; de naam en het adres waren dezelfde als op de brieven die Lone Mellberg naar eigen zeggen naar buiten had gesmokkeld.

Wisting wendde zich tot de contactpersoon die tegen de deurpost leunde. 'Komt die naam jou bekend voor?' vroeg hij. 'Theo Dermann?'

Fredrik Molander schudde zijn hoofd. Wisting keek naar de kastplank waar het papiertje op had gelegen.

'Was er nog meer?' vroeg hij.

'Alleen dit,' antwoordde Stiller. Hij stopte het papiertje in een bewijszak.

Wisting concentreerde zich weer op het bureau en deed ook het bundeltje brieven van Lone Mellberg in een bewijszak.

In de derde la zaten artikelen uit de gevangeniswinkel: zakjes snoep, pakjes biscuits, chips, chocola, pinda's en cacaopoeder.

Op de plank boven het bureau stonden ordners met documenten uit de strafzaken tegen hem en brieven van zijn advocaat. Hij vond ten slotte ook een kopie van een brief aan de verzekeringsmaatschappij over het feit dat er geen schadevergoeding was uitbetaald na de brand op het boerderijtje in Østmarka.

Ze zochten verder naar iets wat met de vlucht in verband kon worden gebracht. Aantekeningen over de planning of communicatie met een handlanger buiten de gevangenis.

De prullenbak onder het bureau was leeg. Achter het prikbord aan de wand of de spiegel boven de wastafel zat niets. Ze keerden de matras om, bladerden door weekbladen en boeken. Het leverde allemaal niets op.

Wisting draaide zich om naar Molander. 'Heeft hij iets gezegd of gedaan waarvan je achteraf gezien beseft dat dit met de vlucht te maken had?'

Een hoofdschudden volgde. 'Eigenlijk niet. We bespraken de mogelijkheden voor verlof en voorwaardelijke invrijheidstelling wanneer de minimale tijd dat hij moest zitten voorbij was. Ik was eerlijk tegen hem, gaf hem mijn mening dat wanneer hij niet liet zien dat zijn persoonlijkheid veranderd was, zijn vonnis waarschijnlijk verlengd zou worden. Ik denk dat hij daardoor op de gedachte kwam dat hij de derde moord beter kon bekennen. Dat dat belangrijk was voor verdere stappen.'

Wisting boog zich voorover en keek onder het bed. Daar stond een paar pantoffels. Hij trok ze tevoorschijn en controleerde of er niets in zat. Daarna rechtte hij zijn rug en keek naar Molander. 'Vertel eens over de procedures rond telefoneren,' zei hij.

'Wat bedoel je?'

'Als Tom Kerr wilde bellen om met iemand van buiten te praten, hoe gaat zoiets dan?'

'Hij kan bellen met wie hij wil, maar daarvoor heeft hij per week, van maandag tot vrijdag, slechts twintig minuten. En dat moet hij met een wandtelefoon bij de bewakingsruimte doen. Alle privégesprekken worden afgeluisterd. Jullie controleerden zijn briefpost immers ook.'

Wisting knikte. 'Jullie als personeelsleden wisten dat?' vroeg hij.

'Natuurlijk,' antwoordde Molander op een zelfverzekerde, bijna pochende toon.

'Hoe zit het met dit telefoonregime?' vroeg Stiller. 'Wordt daar strikt de hand aan gehouden?'

Fredrik Molander omzeilde de vraag: 'Gesprekken met de politie of de advocaat vinden buiten de normale telefoontijd plaats,' legde hij uit, in plaats van antwoord te geven. 'Die worden ook niet afgeluisterd.'

'Maar kunnen de gedetineerden aan extra telefoontijd komen, bijvoorbeeld als ze contact hebben met een maatschappelijk of sociaal werker? Heeft hij dan de gelegenheid hun kantoortelefoon te gebruiken?'

Molander schudde zijn hoofd. 'Niet voor privégesprekken.'

'Maar de vlucht was goed gepland,' wierp Stiller tegen. 'Hij moet daar met iemand over hebben gecommuniceerd.'

'Een bezoeker,' suggereerde Molander. 'Ofwel rechtstreeks, ofwel doordat iemand berichten mee naar binnen of naar buiten heeft gebracht.'

Wisting liep weer naar het raam. Op de luchtplaats lagen plassen regenwater.

Ze wisten dat Lone Mellberg twee brieven mee naar buiten had gesmokkeld, maar om het vluchtplan tot in detail te kunnen achterhalen, was het nodig dat ze ook háár kant van het verhaal te weten kwamen. Tot dusver had ze ontkend dat ze iets voor hem mee naar binnen had genomen.

'Wat jullie zouden moeten doen, is zijn advocaat onder de loep nemen,' ging Molander verder.

'Claes Thancke?'

'Het zou namelijk niet de eerste keer zijn dat hij de grenzen van zijn rol als verdediger overschrijdt,' aldus Molander.

Op dat laatste ging Wisting niet in. Als de advocaat als koerier was opgetreden, had Tom Kerr Lone Mellberg niet nodig gehad om brieven voor hem te posten.

'We zijn klaar,' deelde hij mee en hij keek nog een keer de cel door. 'Kunnen we de informant spreken?'

'Tommy Hornland,' antwoordde Molander met een knikje. 'Hij zit in een slechte periode.'

Wisting verliet de cel, Stiller volgde hem.

'Hoezo?'

'Het scheelt niet veel of hij is psychotisch, maar de dokter heeft geen zin om zijn medicatie te verhogen. Nog niet.' Hij duwde de celdeur dicht en deed hem op slot. 'Jullie kunnen in de bezoekersruimte wachten.'

32

Het voelde als verspilde tijd om enkel en alleen naar Oslo te rijden om de auto op te halen en daarna weer naar huis te gaan. Toen Line de binnenplaats van het gebouw van de Landelijke Recherche verliet, zocht ze het nummer van Ingar Holm op. Hij stond aan het hoofd van de ontwikkelingsafdeling voor het internationale filmfestival dat jaarlijks in september plaatsvond en was haar contactpersoon in het documentaireproject. Ze hadden de vorige avond enkele keren met elkaar gesproken. Hij had toegang gekregen tot haar opnamen, maar wilde haar heel graag persoonlijk ontmoeten. Hij zegde een andere afspraak af en zou een montageruimte regelen, zodat ze samen naar de opnamen konden kijken.

Een kwartier later was Line in de wijk Nydalen. Holm ontving haar bij de receptie. Hij was ongeveer tien jaar ouder dan zij en had aan tal van tv-producties meegewerkt, van realityshows tot grote dramaseries.

'Nina Gullow gaat met ons mee,' zei hij. Hij ging haar voor een gang in. 'Ze heeft de opnamen nog niet gezien.'

Line had Nina Gullow één keer eerder vluchtig ontmoet. Zij was degene die bij het filmfestival administratief verantwoordelijk zou zijn als het besluit om tot productie over te gaan definitief was. Ze zat al in de montageruimte en sprong op van haar stoel toen ze binnenkwamen.

'Wat een ontwikkelingen,' zei ze, terwijl ze Line de hand schudde.

Haar stem was grof en hees, maar had autoriteit. 'Wanneer kunnen we officieel toegang tot het materiaal krijgen?'

'Dat kan nog wel een hele tijd duren,' zei Line toen ze plaatsnam. 'De afspraak is dat dat kan zodra het vonnis tegen Tom Kerr onherroepelijk is geworden. En zover is het nog lang niet. Eerst moeten ze hem natuurlijk vinden.'

Nina Gullow leek dit antwoord niet leuk te vinden.

'Ik spreek de onderzoeksleider van de Landelijke Recherche regelmatig en heb een goed contact met hem,' ging Line verder. 'Met Adrian Stiller. Hij heeft me beelden van de mislukte actie van vannacht toegezegd.'

Ingar Holm speelde de opname van de aankomst bij Eftang af. Line zag die nu voor de zesde keer.

'Gaat er een bevoegdheidsprobleem met je vader ontstaan?' vroeg Gullow. 'Hij is zeer nauw bij de zaak betrokken.'

Line schudde vastberaden haar hoofd. 'Het probleem is dat hij me niets vertelt,' antwoordde ze. 'Volgens mij gebeurt er meer dan in het nieuws naar buiten komt.'

'Wat dan?'

'Iets wat Nummer Twee betreft. Hij moet degene zijn die overal achter zit, die de hele vlucht heeft voorbereid.'

Gullow knikte aandachtig.

'Tom Kerr heeft als lokvogel gefungeerd,' vervolgde Line. 'Hem uit de gevangenis halen kan Nummer Twee uit de tent hebben gelokt. Ik weet niet of de politie dit vooraf al in overweging had genomen, maar achter de schermen gebeurt er wel het een en ander.'

Op de opname viel Tom Kerr voor de eerste keer. Niemand zei iets toen hij opstond en verder liep. Toen hij opnieuw viel, verzocht Line de opname op lage snelheid af te spelen. Ze zagen dat Tom Kerr het bloed van een wond op zijn gezicht wegveegde en daarna van zijn vingers likte.

'Daar!' zei ze en ze wees naar de sleutel van de handboeien in zijn mond.

'Verdomde mooi!' merkte Gullow op. 'Wat doet de politie vandaag? Is er nieuws?'

'Ze hebben de hoofdrechercheur in de twee zaken waarin Kerr is veroordeeld erbij gehaald,' antwoordde Line. 'Op dit moment zijn ze in de gevangenis om met personeelsleden en andere gedetineerden te praten.'

'Het is belangrijk dat je ze op de hielen blijft zitten,' zei Gullow. 'Dat je zo veel mogelijk informatie documenteert en verzamelt.'

'Nu komt het!' waarschuwde Ingar Holm.

Tom Kerr was gaan rennen. Nina Gullow concentreerde zich op het tv-scherm en wachtte op de explosie. De lichtflits deed haar opnieuw vloeken.

De camera sloeg tegen de grond. Aarde en zand vlogen in het rond. De blonde politievrouw verscheen in beeld. Ze hoorden de stem van Lines vader, die wilde weten of ze niet gewond was, waarna hij haar opdracht gaf te blijven waar ze was, terwijl de camera toonde hoe de blijkbaar gewonde agente een collega hielp.

'Wie is zij?' wilde Nina Gullow weten.

'Geen idee,' antwoordde Line. 'Ze heeft pas onlangs een vaste aanstelling gekregen. Onderweg in de minibus vanuit de gevangenis heb ik een paar woorden met haar gewisseld.'

Op het scherm ging de politiehond het bos in, op zoek naar Tom Kerr.

'Spoel terug!' zei Nina Gullow. 'Naar de vrouw.'

Ingar Holm deed wat ze vroeg en bevroor het beeld op het moment dat de politievrouw dicht bij de camera stond. Haar lange haar zat in een dikke vlecht die over haar schouder lag. Haar gezicht zat onder de snijwonden.

'Ze is knap,' stelde Nina Gullow vast. 'Zoek uit wie ze is. Als íémand op camera moet vertellen wat er is gebeurd, dan is zij het.'

33

Wisting stond bij het raam in de bezoekersruimte naar de regen te kijken. Een kraai trippelde ongestoord rond op de luchtplaats en pikte in de grond. Ze wachtten al tien minuten op Tommy Hornland. Wistings telefoon lag nog bij de bewakingsdienst. Als er een ontwikkeling in de zaak was, zouden ze dat pas te horen krijgen nadat ze de gevangenis hadden verlaten.

De deur ging open, hij draaide zich om. Tommy Hornland was een lange, magere man met een spitse neus en warrig haar. Hij had zijn moeder met een mes doodgestoken en was ook veroordeeld voor een poging tot moord op zijn vader en zus.

Fredrik Molander ging bij de deur op een houten stoel zitten, terwijl de gevangene op de bank plofte. Met zijn ene oog keek hij hen broedend aan, hij leek wantrouwend terwijl zijn blik tegelijkertijd iets afwezigs had. Zijn ooglid hing voor de plek waar het andere oog had moeten zijn, de omringende huid zat vol rimpels.

'Het is in orde,' zei Wisting. En met een blik op de cipier: 'Jij kunt buiten wachten.'

Molander leek te willen protesteren, maar kwam toen overeind en vertrok.

Wisting legde uit wie ze waren. De leren bekleding kraakte toen Hornland op de bank ging verzitten.

'Als ik het niet dacht,' zei hij; hij bewoog zijn lichaam heen en weer.

Wisting keek naar Stiller, die even zijn schouders ophaalde. Tommy Hornland verkeerde nu kennelijk in een andere mentale toestand dan toen de rechercheurs van de afdeling voor oudere en onopgeloste zaken met hem hadden gesproken.

'Ik wist het de hele tijd al,' hoorden ze Hornland zeggen.

'Wat wist je de hele tijd al?' vroeg Stiller.

'Jullie hadden moeten snappen dat hij ervandoor zou gaan,' zei hij snuivend. 'Dat wist iedereen toch?'

'We hadden onze voorzorgsmaatregelen genomen,' merkte Stiller op.

'Iedereen snapt dat een hongerige leeuw in de aanval gaat,' zei Hornland. 'Iedereen snapte dat Tom Kerr de benen zou nemen.'

'Het was goed voorbereid,' ging Stiller verder. 'Hij moet hulp hebben gehad.'

Tommy Hornland sloeg zijn armen voor zijn borst over elkaar. 'Van Nummer Twee,' concludeerde hij. 'Degene die hem altijd heeft geholpen.'

'Heeft hij het ooit over Nummer Twee gehad?' vroeg Wisting.

'Niemand weet wie dat is,' zei Hornland, zonder Wistings vraag in feite te beantwoorden. Hij sloeg zijn benen over elkaar en leunde opzij.

'Hij heeft jullie gebruikt, net zoals hij mij heeft gebruikt,' zei hij en hij wipte met zijn voet. 'Dat had ik eerder moeten begrijpen. Zijn bekentenis was vals. Natuurlijk niet echt vals, want hij heeft dat meisje vermoord, maar de reden dat hij er met mij over begon te praten, was dat hij de nor uit wilde.'

Tommy Hornland tikte met zijn wijsvinger tegen zijn slaap; blijkbaar wilde hij aangeven dat hij wel begreep hoe de vork in de steel zat.

'Hij praatte niet alleen met mij, maar met meer mensen hier. Met iedereen. Hij rekende erop dat er wel iemand mee naar de bewakers zou gaan. En dat was ik. Jullie hadden hem nooit geloofd als hij opeens aan jullie zou bekennen, dus hij gebruikte mij. En jullie hapten toe. Jullie hebben hem mee naar buiten genomen.'

Hoewel hij enigszins met horten en stoten sprak, had zijn redenering wel iets rationeels en logisch. Stiller zei iets over wijsheid achteraf en herhaalde dat Kerrs vlucht goed was voorbereid.

'Hij heeft er een hele tijd over gedaan,' zei Hornland. 'Jaren. Heel veel jaren.'

'Hoe kan hij dat vanuit de gevangenis hebben gedaan?' vroeg Wisting. 'Hij moet toch met iemand buiten de muren hebben gesproken. Hulp hebben gekregen.'

Tommy Hornland gluurde met zijn ene oog naar de deur. 'Nummer Twee,' zei hij. 'Degene die hem altijd heeft geholpen. Met alles.'

'Hoe zou jij dat hebben gedaan, als je met iemand van buiten had willen communiceren?' vroeg Stiller. 'Zonder dat de cipiers dat merkten?'

'Berichten gestuurd,' antwoordde Hornland. Hij keek opnieuw naar de deur, alsof hij weg wilde. 'Voor de een is dat gemakkelijker dan voor de ander. Veel gemakkelijker.'

'Voor wie is dat gemakkelijker?'

'Voor veel mensen.'

'Voor wie dan?'

Tommy Hornland draaide met zijn hoofd en keek Wisting daarna strak aan. 'Het is gemakkelijker voor mensen die een advocaat hebben,' antwoordde hij. 'De advocaten komen en gaan. Erin en eruit. De hele tijd. Ik heb geen advocaat. Al twaalf jaar niet. Ik heb ook geen vriendin, of een broer. Ik heb een zus, maar zij komt hier niet naartoe.'

Wisting keek nadenkend. Hij knikte begripvol en probeerde het gesprek zo te sturen dat ze relevante informatie kregen, maar de antwoorden van Tommy Hornland werden steeds onduidelijker. Ten slotte stond Wisting op; hij klopte op de deur om te laten weten dat het gesprek voorbij was.

Tommy Hornland bleef in de bezoekersruimte achter, terwijl Wisting en Stiller terugkeerden naar de bewakingsdienst, waar ze hun legitimatiebewijzen en mobieltjes weer in ontvangst namen.

Wisting had elf gemiste oproepen. Twee van Semmelmann, twee van de politiecommissaris. De rest bestond uit nummers die hij niet had opgeslagen. Vermoedelijk van journalisten.

Hij belde de commissaris terwijl ze door de regen naar de auto liepen.

'Nog nieuws?' wilde ze weten.

'Nee,' antwoordde hij. Hij vertelde dat hij zojuist de gevangenis had verlaten.

'De speciale eenheid wil met je praten,' deelde de commissaris mee. 'Ze sturen een rechercheur naar Larvik. Je dient je beschikbaar voor hem te houden.'

34

'We moeten Floyd Thue spreken,' zei Stiller toen ze instapten. 'Die man van het Rode Kruis. Hij woont hier vlakbij, in de wijk Bekkestua.'

Wisting liet zijn ogen nog een moment op de gevangenis rusten, waarna hij de parkeerplaats verliet. 'Denk je dat hij nu thuis is?' vroeg hij.

'Volgens de papieren is hij een investeerder en werkt hij vanuit huis. Daar zit hij financiële analyses te maken. Koopt en verkoopt online aandelen. We kunnen een poging wagen.'

Hij toetste het adres in op de navigatie. Op de terugweg naar Vestfold kwamen ze er praktisch langs.

Ze reden naar het zuiden, langs een golfbaan. De bebouwing lag verspreid, maar werd gaandeweg dichter. Even later waren ze in een villawijk met grote tuinen. De navigatie stuurde hen een doodlopende weg in.

'Nummer 32,' zei Stiller en hij wees naar een witgeverfd vrijstaand huis met geglazuurde dakpannen.

Een gebogen smeedijzeren poort stond open. Wisting reed het bestrate erf op. Daar stond geen auto, maar onder een deel van de woning leek zich een grote garage te bevinden.

'Hij woont alleen,' merkte Stiller op. 'Nooit getrouwd geweest. Geen kinderen.'

Van achter het stuur bekeek Wisting de voorname woning. Aan weerszijden van de voordeur staken grote ronde zuilen omhoog.

‘Waarom zou iemand die hier woont een moordenaar in de gevangenis bezoeken?’ vroeg Wisting verbaasd.

‘Laten we het hem vragen,’ opperde Stiller terwijl hij uitstapte.

De dubbele voordeur was zwartgeverfd en indrukwekkend. De bel klonk als een carillon; Wisting verwachtte bijna dat er een lakei of butler open zou doen.

De man die verscheen was in de dertig. Zijn kleding en uiterlijk kwamen niet helemaal overeen met de stijl van de woning. Zijn dunne, piekerige haar lag plat op zijn hoofd, zijn huid was bleek, zijn kin spits en een beetje scheef, op zijn linkerwang zaten één grote en twee wat kleinere wratten.

‘Floyd Thue?’ vroeg Wisting.

‘Ja, dat ben ik.’

Wisting had zich een man in pak voorgesteld. Floyd Thue droeg een afgedragen sportbroek en een T-shirt met koffievlekken.

‘We zijn van de politie,’ legde Stiller uit. ‘Het gaat om Tom Kerr.’

‘Juist,’ antwoordde Thue en hij zei dat hij Wisting op het nieuws had gezien. ‘Ik zat hier eigenlijk al op te wachten.’

Ze werden naar een werkkamer aan de andere kant van het huis gebracht. Op een massief bureau in de vorm van een hoefijzer stonden meerdere computerschermen. Twee waren er in gebruik en toonden wisselende beurscijfers. Een streep daglicht viel door een kier in de gordijnen naar binnen.

Bij het bureau stonden geen bezoekersstoelen, dus Thue moest naar een aangrenzende kamer om twee eetkamerstoelen te halen.

‘U staat op de bezoekerslijst van Tom Kerr,’ begon Wisting. ‘Hoe vaak bezoekt u hem?’

‘Een tot twee keer per maand,’ antwoordde Thue.

‘Hoe lang doet u dat al?’

‘Bijna vijf jaar. Ik ben de vaste bezoeker van drie gedetineerden. Ik kan in een kwartier naar de gevangenis rijden.'

Stiller boog een stukje naar voren. 'Mag ik vragen waarom u dit doet?' vroeg hij.

Floyd Thue leunde naar achteren en peuterde afwezig aan de grootste wrat op zijn wang.

'Ik wil iets zinvols voor de samenleving doen,' antwoordde hij. 'Wat ik hier thuis doe, gaat alleen maar om cijfers en geld.'

Hij wees naar de schermen. 'De mensen die ik ontmoet, zitten in dezelfde branche. We praten over dezelfde dingen. Als ik gevangenen ontmoet, word ik op heel andere aspecten van het leven gewezen. Ik krijg daardoor een heel ander perspectief op het leven.'

'Waar praten jullie over?'

'Dat varieert, maar het gaat vaak over filosofische en ethische kwesties. Over vrijheid, bijvoorbeeld.'

'Vrijheid?'

Thue glimlachte. 'De mens heeft in principe de vrije keus,' antwoordde hij. 'We kunnen er zelfs voor kiezen illegale daden te verrichten die inbreuk maken op de maatschappelijke normen en waarden, maar dan moeten we ook de gevolgen van onze keuzes aanvaarden. En aan die gevolgen kunnen we ons niet onttrekken. Veel gedetineerden zitten in de Ila-gevangenis omdat ze verkeerde keuzes hebben gemaakt, maar beschikt de mens eigenlijk over een vrije wil?'

Hij liet de vraag in de lucht hangen, alsof hij de mening van de twee politiemannen wilde horen. Toen schudde hij zijn hoofd en liet horen wat hij er zelf van vond: 'Wat wij misschien als onafhankelijke keuzes beschouwen, zijn in werkelijkheid onvermijdelijke resultaten van voorafgaande gebeurtenissen,' zei hij. 'Precies zoals je kunt voorspellen dat een hongerige leeuw achter zijn prooi aan zal gaan, is te voorspellen wat een mens gaat kiezen als je diens hele geschiedenis kent.'

Wisting herkende de retoriek over de leeuw. 'Bezoekt u Tommy Hornland ook?' vroeg hij.

'Hebben jullie hem ook gesproken?' vroeg Thue glimlachend.

'We waren zojuist in de gevangenis,' bevestigde Wisting.

'Vrijheid kun je van verschillende kanten bekijken,' vervolgde Thue. 'Handelingsvrijheid wordt normaal gesproken gezien als de mogelijkheid om te doen wat we willen. Maar hoe groter onze handelingsvrijheid is, hoe meer verantwoordelijkheid we moeten dragen. Daarom kun je de boel ook omdraaien en zeggen dat de absolute vrijheid eruit bestaat volkomen onverantwoordelijk te zijn, handelingsonbekwaam. Vanuit dat perspectief gezien kan de vrijheid ook op een veiligheidsbed in de gevangenis worden ervaren. Degene die daarop vastgebonden ligt, heeft geen keuzemogelijkheid. Hij hoeft geen verantwoordelijkheid te nemen. Hij kan daar alleen maar liggen, met de riemen vastgemaakt. Hij is totaal onderworpen. Voor Tommy Hornland is dat de optimale vrijheid.'

Wisting dacht aan de manier waarop Tom Kerr en Nummer Twee hun slachtoffers hadden vastgeketend, maar zei er niets over.

'De gedetineerden zullen natuurlijk nooit dezelfde economische vrijheid of handelingsvrijheid hebben als ik. Maar hun beleving van vrijheid zal anders en veel groter zijn dan ikzelf ooit kan ervaren. Een type vrijheid dat uitsluitend door mensen die gevangen zijn gehouden te ervaren is. Zo gezien kun je jaloers op hen zijn.'

Hij leek te begrijpen dat zijn woorden verkeerd konden worden opgevat. Hij glimlachte en probeerde ze te corrigeren: 'Hoe meer je aan vrijheid denkt als begrip, hoe moeilijker het wordt,' zei hij. 'In gedachten kun je een heel eind gaan, want de gedachte is vrij, toch? Hoewel in alle religies wordt gesteld dat je geen zondige gedachten mag hebben. Daardoor leg je de vrijheid gemakkelijk aan banden. We scheppen onze eigen gevangenis. Ik probeer mijn gedachten de vrije loop te laten. Een vrijdenker te zijn, op alle mogelijke manieren. Dat eindigt vaak in klunzige uitspraken.'

'Spraken Kerr en u over wat hij had gedaan?' vroeg Stiller.

'Nee, maar ik wist er natuurlijk wel van. Ik heb de rechtszaak gevolgd.' Hij keek van Stiller naar Wisting. 'Het was toeval dat ik de bezoeker van Kerr werd,' legde hij uit. 'Dat was niet mijn eigen wens, laat dat duidelijk zijn. Als bezoeker namens het Rode Kruis moet je van onbesproken gedrag zijn. Dat hebben jullie van mij ongetwijfeld gecheckt. Jullie weten waarschijnlijk ook over mijn vader.'

Wisting schudde zijn hoofd.

'Mijn vader heeft in de Ila-gevangenis gezeten,' vertelde Thue. 'Toen ik klein was, mocht ik nooit bij hem op bezoek. Dat ik tegenwoordig andere gedetineerden daar bezoek, kan natuurlijk vreemd overkomen. Dat besef ik, maar het is zoals het is.'

Hij ging een beetje verzitten en wierp een blik op enkele rode cijfers op een computerscherm. 'Wat ik kan zeggen is dat Kerr en ik interessante gesprekken hebben gevoerd, maar dat hij het nooit over ontsnappen heeft gehad.'

'Wanneer was u er voor het laatst?'

'Vorige week.'

'Waar hadden jullie het toen over?'

'We spraken onder meer over het ondergaan van straf en over verzoening, maar niets van wat hij zei wees erop dat hij plannen had om op de vlucht te slaan.'

'Heeft hij u ooit gevraagd hem een gunst te verlenen?'

'Kerr niet. Anderen die ik bezoek hebben gevraagd of ik eten mee kan nemen. Iets van McDonald's of een Peppes Pizza. Dat is zo ongeveer het enige wat is toegestaan. Kerr heeft nooit ergens om gevraagd.'

'Hij heeft niet gevraagd of u iets mee de gevangenis uit kon nemen?'

'Nee.'

'Is de naam Theo Dermann weleens gevallen?'

Thue wreef weer over de wratten op zijn wang, zonder dat daaruit op te maken was of hij de naam herkende. Ten slotte schudde hij zijn hoofd. 'Wie is dat?' vroeg hij.

'Een naam die is opgedoken.'

'Aha! Maar ik ken hem niet.'

Ze stelden nog een aantal vragen en lieten Thue vertellen wat hij de afgelopen dagen zoal had gedaan. Hij had voornamelijk thuisgezeten. Er was een schoonmaakbedrijf bij hem geweest en hij had een paar keer eten laten bezorgen, voor de rest konden alleen zijn pc's hem een alibi verschaffen.

'Het spijt me dat ik jullie niet kan helpen,' zei hij en hij stond op. 'Ik hoop dat jullie hem vinden.'

Hij liep met hen mee naar de deur. Het regende nog steeds. In de auto had zich op de voorruit een laagje condens gevormd. Wisting zette de ventilator op vol en trok zijn jas uit terwijl hij al achter het stuur zat.

'Wat denk je?' vroeg hij met een blik op de man die op het stoepje stond.

'Ik denk dat we hem moeten laten schaduwen.'

35

De telefoon ging via de handsfree-installatie. De man aan de andere kant van de lijn begon het gesprek met omslachtige formuleringen en stelde zich voor als Terje Nordbø, rechercheur bij de speciale eenheid voor politieaangelegenheden.

Wisting wist wie hij was. Enkele jaren geleden hadden ze elkaar op een minder leuke manier ontmoet, toen Wisting werd beschuldigd van het plaatsen van vals bewijs in een moordzaak. Destijds had het geleken alsof Nordbø al op voorhand had bepaald dat Wisting schuldig was, maar Wisting was degene geweest die uiteindelijk de zaak met opgeheven hoofd achter zich had kunnen laten.

'Het gaat om de zaak betreffende strafonttrekking van Tom Kerr en een mogelijk dienstverzuim,' ging de interne onderzoeker op formele toon verder. 'Ik heb van jouw politiecommissaris begrepen dat je beschikbaar zult zijn voor verhoor.'

Wisting keek naar Stiller, maar vertelde niet dat hij niet in zijn eentje in de auto zat.

'Prima,' antwoordde hij. 'Ik kan vermoedelijk wel aan het eind van de week.'

'We zijn nu in Larvik en zien bij voorkeur dat we dit vandaag doen,' merkte Nordbø op. 'Ik dacht dat de commissaris je dat al had verteld.'

'Ik begrijp het,' zei Wisting.

Hij kon over anderhalf uur terug zijn in Larvik, maar had geen zin om haast te maken. Hij gaf liever prioriteit aan andere dingen.

'Ik ben nu in Bærum, druk met andere dingen, maar zou om vier uur bij je kunnen zijn.' Dat gaf hem enkele uren speelruimte.

'Dan spreken we dat af,' antwoordde Nordbø. 'We zitten in Hotel Farris Bad.'

Wisting beëindigde het gesprek en keek opnieuw naar Stiller. 'Heb jij iets van hen gehoord?' vroeg hij.

'Nee, maar ze gaan de schuld bij mij leggen,' antwoordde Stiller. 'Ze verzamelen eerst andere verklaringen en nemen ten slotte mij onder de loep. Standaard politietactiek.'

De telefoon ging weer. Nu was het Semmelmann.

'Ik ben onderweg naar het rechercheteam dat verantwoordelijk is voor opheldering van de moord op Nanna Thomle,' legde de voormalige hoofdrechercheur uit. 'Volgens mij is het voor alle partijen nuttig als jij daarbij bent.'

'Wanneer en waar?' vroeg Wisting.

'Het politiebureau in Lillestrøm,' antwoordde Semmelmann. 'Om twee uur.'

Wisting wierp een vragende blik op Stiller. Die knikte om aan te geven dat ook hij mee wilde.

'Dan zien we elkaar daar,' zei hij.

Ze moesten door Oslo naar de andere kant van de stad. Het verkeer werd drukker voordat Wisting de Ringveien bereikte, en toen ze voor het politiebureau parkeerden, waren ze een kwartier te laat. Een agent in de publieksruimte begeleidde hen naar boven. Zes rechercheurs zaten rond een grote vergadertafel op hen te wachten. Een vrouw van in de veertig stond op aan het eind van de tafel.

'Reidun Koksvik,' zei ze en ze stelde zich voor als hoofd recherche, gespecialiseerd in politieaangelegenheden.

Wisting nam plaats naast Semmelmann. Stiller ging aan de overkant van de tafel zitten. Ze hielden een korte introductieronde, waarna Wisting zijn zaak uiteenzette. Hij vertelde niet over het mislukte opsporen van Tom Kerr, maar zei alleen dat ze een zomerhuis hadden ontdekt waar hij zich had omgekleed en de sleutels van een boot had gestolen.

'Hebben jullie iets wat wijst op wie hem heeft geholpen?' wilde Koksvik weten.

Wisting vertelde over de brieven die Lone Mellberg naar buiten had gesmokkeld.

'Theo Dermann,' herhaalde een rechercheur. 'Dat klinkt als een valse naam.'

Wisting hield zijn hoofd schuin. 'Wat zei je?' vroeg hij.

De jonge rechercheur kwam kennelijk uit het westen van het land, aan zijn tongval te horen. Wisting had wel gehoord wat hij zei, want er was iets in de woorden van de man wat bij hem een reactie opriep.

'Dat het een alias moet zijn of zoiets,' verduidelijkte de rechercheur. 'De naam staat dan wel niet in het bevolkingsregister, maar er kan natuurlijk wel ergens een brievenbus hangen.'

'Het adres klopt evenmin,' deelde Wisting mee. 'Er bestaat geen Anton Brekkes vei in Oslo.' Hij noteerde dat hij Hammer moest vragen hoe ver hij al was met zijn navraag bij de posterijen.

Reidun Koksvik bedankte met een knikje voor zijn uiteenzetting en begon aan het bespreken van de moord op Nanna Thomle. 'Er zijn significante gelijkenissen met de moorden waarvoor Tom Kerr is veroordeeld, en in feite ook met de verdwijning van Taran Norum,' deelde ze mee. 'Daarom hebben we gekeken naar de mogelijkheid dat Nummer Twee hierachter zit.'

Ze toonde een foto van het moordslachtoffer op het grote wandscherm. Wisting herkende haar dankzij de omvangrijke media-aandacht. Blond haar omkranste een rond gezicht met blauwe ogen, sproeten en volle lippen.

'Nanna Thomle, tweeëntwintig jaar,' zei Reidun Koksvik. 'Ze werkte in een koffiebar aan de Universitetsgata in Oslo.

Alleenstaand, geen lange relaties achter de rug. Woonde samen met haar moeder.'

De volgende foto was afkomstig van een bewakingscamera op het treinstation. De tijdsaanduiding in de hoek vertelde dat het 14 juli was, 01.47 uur.

'Dit is de laatste foto die we van haar hebben,' zei Koksvik.

Ze wachtte even en ging vervolgens naar een satellietbeeld. Het appartement van Nanna Thomle was gemarkeerd, een voor de hand liggende looproute met een stippellijn aangegeven. De afstand van het treinstation werd vermeld als zevenhonderdtweeëndertig meter, hemelsbreed was het korter.

'Hierna hebben we geen observaties die met de zaak in verband kunnen worden gebracht,' ging Koksvik verder. 'We hebben bewegingen en het autoverkeer in de buurt in kaart gebracht, telefoonverkeer geanalyseerd, alles wat er aan videobewaking was opgevraagd. Dat heeft niets opgeleverd.'

Ze keek de tafel rond alsof ze wilde zien of er een rechercheur bij was die iets op te merken had.

'Zes weken geleden werd er in een bosgebied in Oppegård, tussen het meer Gjersjø en de Bunnefjord, een afgerukte rechterarm aangetroffen.'

De uiteenzetting werd met een kaart geïllustreerd.

'De zoekactie werd uitgebreid en we vonden nog meer overblijfselen. Na verloop van tijd ook de plek waar de lichaamsdelen waren begraven. Diverse delen waren beschadigd nadat dieren ze hadden opgegraven en mee hadden gesleurd.'

Meer foto's volgden, onder andere van touwresten rond enkels en polsen. Close-ups lieten zien dat alle touwen op dezelfde manier waren geknoopt.

'Touw met soortgelijke knopen werd gevonden op de twee lijken in het bos achter het pand van Tom Kerr,' ging Reidun Koksvik verder. 'We hebben geen biologisch sporenmateriaal aangetroffen. De lichaamsdelen waren schoongespoeld met vloeibaar chloor. In- en uitwendig.'

Alles wat het hoofd van de recherche uit de doeken deed, bestond uit informatie die Wisting al van Stiller had gekregen. De foto's had hij echter nog niet eerder gezien.

'Wat zijn dat voor strepen op het dijbeen?' vroeg hij. Hij wees naar het scherm.

Langs het ene dijbeen waren vaag twee diagonale strepen te zien op de plaats waar de huid iets donkerder was dan elders.

Reidun Koksvik knikte; ze wilde kennelijk aangeven dat hij het goed had gezien. 'Er zitten soortgelijke strepen op andere lichaamsdelen,' antwoordde ze. 'De technici denken dat die na het snijden in plastic boxen met ribbels op de bodem zijn gelegd om ze daarin te bewaren. En dat er vervolgens chloor in is gegoten. De delen die onderin lagen, hebben door die ribbels blijvende markeringen gekregen.'

'Hebben jullie kunnen achterhalen wat voor soort boxen er zijn gebruikt?'

'Die komen hoogstwaarschijnlijk van een Zweedse producent met de naam Smartstore,' antwoordde Koksvik. 'In Noorwegen zijn die onder andere te koop bij de winkels van Europris. De afstand tussen de ribbels wijst op het gebruik van boxen met een inhoud van zeventig liter.'

'Hij moet er minimaal twee of drie hebben gehad,' voegde de dialectsprekende rechercheur eraan toe. 'We zijn momenteel bezig om iedereen die de afgelopen twaalf maanden van dat soort boxen heeft gekocht op te sporen, maar dat kan alleen als ze lid zijn van een klantenclub of met hun bankpas hebben betaald.'

Wisting bladerde knikkend door zijn aantekeningen.

'Bij deze vindplaats is er één ding anders dan bij die van Thea Polden en Salwa Haddad,' bracht Semmelmann te berde. 'Zij lagen bijna een meter diep in moerasgrond. Hier lagen de lichaamsdelen zo ondiep dat dieren ze hebben opgegraven.'

Een rechercheur die tot dusver niets had gezegd, kwam met een verklaring. 'In Svartskog is de grondlaag veel harder,' zei hij. 'Er zitten veel wortels. Diep graven is veel zwaarder en hij was in zijn eentje. Bovendien betekende dit een minder groot risico voor het geval ze zou worden gevonden. Hij wist dat de behandeling met chloor werkte. Er was geen reden om te vrezen dat de politie op DNA zou stuiten als het lijk werd ontdekt.'

'Werd er in de omgeving naar meer lijken gezocht?' vroeg Wisting.

Reidun Koksvik keek hem vragend aan.

'Ik denk aan Taran Norum,' legde Wisting uit. 'Zij is immers nooit gevonden. Als het om dezelfde moordenaar gaat, kan hij haar weleens in dezelfde buurt hebben begraven.'

'Rond de vindplaats is met honden naar sporen gezocht, maar er is niets aangetroffen.'

Het gesprek rond de tafel ging verder met losse suggesties en opmerkingen. Wisting keek hoe laat het was. Hij moest Stiller bij de Landelijke Recherche afzetten voordat hij terugkeerde naar Larvik voor overleg met de speciale eenheid.

De bijeenkomst werd afgesloten en ze spraken af om informatie en werkwijze te coördineren.

Toen ze weer buiten stonden, regende het niet meer, maar er waren nog wel laaghangende grijze wolken.

'Je kunt je afspraak met de speciale eenheid niet meer halen,' merkte Stiller op toen ze in de auto stapten.

'Ze wachten maar,' luidde Wistings antwoord.

36

Op de radio was het belangrijkste nieuws dat Tom Kerr nog altijd op vrije voeten was. Een van de gewonde agenten lag nog in het ziekenhuis, de andere waren inmiddels weer thuis.

Line minderde snelheid. Toen ze de snelweg verliet en een parkeerplek met allerlei voorzieningen op reed, passeerde haar een auto.

Ze had eigenlijk een bron binnen de politie nodig. Iemand anders dan haar vader, iemand die wat opener kon praten. Iemand anders dan Adrian Stiller. Iemand zoals de gewonde politievrouw.

Ze kende de naam van de agente niet. Adrian Stiller had Line aan de andere politiemensen voorgesteld en haar rol aan hen uitgelegd, maar zelf hadden ze niet gezegd hoe ze heetten. Volgens haar was de naam de vorige dag in de minibus ook niet gevallen. Ze kon alle video-opnamen bekijken om te horen of dat klopte, maar ze had een ander idee gekregen.

De onbekende politievrouw had gezegd dat ze tijdens haar stage in Larvik had gediend. Na afronding van haar opleiding was ze een paar jaar in Noord-Noorwegen aan het werk geweest. Nu had ze een tijdelijke aanstelling in Larvik.

Line pakte haar telefoon en ging op zoek in de lokale krant *Østlands-Posten*. Daarin stond elk najaar een artikel over de nieuwe politiestudenten. Meestal werd er een groepsfoto voor het politiebureau gemaakt.

Ze vond de foto die ze zocht en vergrootte elk gezicht in de rijen met groentjes. Op de derde rij, nummer vier van links, vond ze haar gezicht. De foto was van enkele jaren geleden, maar niet mis te verstaan. De tekst eronder vertelde dat ze Maren Dokken heette.

Een zoekopdracht in het telefoonregister leverde een hit op. Maren Dokken, woonachtig in Hammerdalen. Line kende het adres. Het was een appartementencomplex, slechts een paar honderd meter van het lokale politiebureau.

Line stuurde haar een sms. Ze vertelde wie ze was, schreef dat het hopelijk goed met haar ging en dat ze een opname had van wat er was gebeurd. Als Maren wilde, kon Line langskomen zodat ze die kon bekijken.

Er kwam geen antwoord.

Line startte en reed de weg weer op. Het regende pijpenstelen en het water kletterde tegen de voorruit, waardoor het zicht onscherp werd. Toen ze de snelweg verliet, in de richting van Larvik, liet haar mobiel een piepje horen. Ze zag dat het een sms was van Maren Dokken, kort en bondig: *Ben ziek gemeld. Kom gerust langs.* Daaronder had ze haar adres vermeld.

Tien minuten, schreef Line terug.

Het appartementencomplex had vijf verdiepingen. Het bordje bij de bellen gaf aan dat Maren Dokken op de derde etage woonde. Het deurslot gaf een zoemgeluid toen ze binnen werd gelaten. Maren stond in de deuropening te wachten. Ze maakte een aangeslagen indruk. Haar gezicht was bleek en had twee pleisters en een aantal kleine korstjes. Haar linkerarm lag dicht tegen haar lichaam.

'Hoe gaat het?' vroeg Line.

'Ik heb geluk gehad,' antwoordde de jonge politievrouw. 'Er zijn een paar pezen in mijn schouder afgescheurd, maar ze hebben me weer opgelapt. Ik ben vanochtend uit het ziekenhuis ontslagen.'

'Ik had nog meer geluk,' zei Line. 'Ik heb alleen een paar blauwe plekken.'

Line keek het appartement in. Dat was klein, maar praktisch ingericht.

'Ben je alleen?'

'Op dit moment wel,' beaamde Maren en ze liet Line binnen.

Er stonden verse bloemen in een vaas. Op het aanrecht lagen een reep chocola en een boeket bloemen dat nog niet was uitgepakt. Line had spijt dat ze niets had meegenomen.

'Mijn ouders zijn in het buitenland,' ging Maren verder. 'Ze komen pas over een paar dagen thuis. Ik had zojuist enkele collega's op bezoek.'

'Zeiden ze iets over Kerr?' vroeg Line.

'Alleen dat iedereen naar hem op zoek is.'

'Hij is ontkomen in een boot,' zei Line. 'Die hebben ze in Tønsberg gevonden.'

'Dat hoorde ik,' zei Maren. 'William Wisting is toch jouw vader?'

'Klopt,' antwoordde Line glimlachend. 'Dat had ik in de minibus moeten zeggen.'

'Wil je koffie of thee?' vroeg Maren.

'Nee, dank je,' antwoordde Line. 'Doe geen moeite.'

Ze namen plaats op een bank. Line pakte haar laptop. 'Heb je al iets gezien?' vroeg ze. 'Ik heb de bestanden naar de politie gestuurd.'

Maren schudde haar hoofd. 'Komende vrijdag is er weer een debriefing,' antwoordde ze. 'Misschien gaan ze dan iets laten zien.'

Line zette de laptop op tafel en vertelde over de documentaire die ze wilde maken. 'De afspraak is dat ik de opnamen mag gebruiken als de strafzaak is afgerond,' legde ze uit.

'Ook die van mij?'

'De mensen die liever niet meewerken maken we onherkenbaar met een balkje over het gezicht of we laten hen er helemaal uit.'

Het leek er niet op dat Maren er iets op tegen had om mee te werken.

'We willen graag een paar mensen die erbij waren interviewen,' voegde Line eraan toe, maar ze vroeg niet of Maren dat ook wilde. Dat was nog te vroeg. 'Ben je zover?' vroeg ze daarom en ze plaatste de muis op het juiste icoontje om de opname af te spelen.

Met haar gezonde hand pakte Maren een kussen van de bank en legde dat op schoot, toen antwoordde ze met een knikje.

De opname begon op het moment waarop Tom Kerr uit de gehuurde minibus stapte, met handen en voeten aan elkaar geketend.

'Ik heb mijn bachelorscriptie over mensen als hij geschreven,' zei Maren. 'Over misdadigers die worden gedreven door slechtheid. Sadisten die genieten van de pijn die ze anderen toebrengen.'

Ze trok aan een gordijn zodat er geen weerschijn op het scherm zou vallen. Ze zagen Tom Kerr zijn kin omhoogsteken en naar de hemel turen.

'Er zijn niet zoveel mensen als hij,' vervolgde Maren Dokken. 'Mensen zonder enige vorm van geweten.'

'Ken je zijn zaak?' vroeg Line.

'Ik heb de rechtszaak gevolgd,' antwoordde Maren. 'Toen ik mijn scriptie schreef, heb ik contact gelegd met een forensisch psychiater die hem heeft onderzocht.'

'We moeten praten,' hoorden ze Kerr tegen zijn advocaat zeggen.

Na enige discussie namen Tom Kerr en zijn advocaat plaats op de achterbank van de auto van de advocaat.

'Ik kreeg zijn rapport te lezen,' vervolgde Maren. 'Daar staat veel meer in dan er tijdens de rechtszaak bekend werd. Ooit heeft hij een buurmeisje vastgebonden, ze waren toen een jaar of tien, twaalf. Hij kleedde haar uit, trok een zak over haar hoofd en haalde allerlei perverse dingen met haar uit.'

Line wist dat Tom Kerr huisdieren bij hem in de buurt had gepijnigd en getergd, maar dit verhaal was nieuw voor haar.

'Er waren ook andere vroege tekenen dat er iets serieus mis met hem was, maar niemand deed iets,' ging Maren verder.

'Wat dan bijvoorbeeld?'

'Als jonge tiener stuurde hij naaktfoto's van zichzelf aan een aantal meisjes in zijn klas, zonder dat zijn gezicht te zien was.'

'Dickpics,' merkte Line op.

Maren knikte. 'Dat was natuurlijk voordat iedereen een mobieltje had, dus het ging om afgedrukte foto's op papier. Foto's waarop hij met een scherp mes in zijn eigen voorhuid kraste, of zichzelf met een aansteker brandde. Die stuurde hij mee met de foto's die hij stiekem van de meisjes had gemaakt.'

Line trok een grimas. 'Creepy.'

'Hij had onderzocht moeten worden toen hij klein was,' zei Maren. 'Behandeld moeten worden in de kinder- en jeugdpsychiatrie. Vroege ontdekking en interventie als het een ontwikkeling betreft die de verkeerde kant opgaat hoorde tot de onderwerpen waarover ik schreef.'

'Welke forensisch psychiater heeft jou met je scriptie geholpen?' wilde Line weten.

'Elias Wallberg. Hij houdt praktijk in Tønsberg.'

Line noteerde de naam. Maren keek naar het scherm.

'Ik vraag me af waarover ze hebben gesproken,' zei ze.

De opname toonde de Mercedes van Claes Thancke, waarin hij met Tom Kerr achter geblindeerde ramen zat te praten. Politieagenten in uniform stonden eromheen. Maren Dokken stond voor de auto en kon de beide mannen door de voorruit zien.

'Wat zag je?' vroeg Line.

'Het was moeilijk om iets te zien,' antwoordde Maren. 'Ze

zaten op de achterbank. Kerr bladerde door enkele papieren die uit een envelop kwamen. De advocaat wendde zijn blik af, alsof het om iets ging wat privé was. Daarna liet Thancke iets op zijn telefoon zien.'

Line raakte geïnteresseerd. 'Mocht Kerr de telefoon van de advocaat gebruiken?'

Maren schudde haar hoofd. 'Dan had ik ingegrepen,' antwoordde ze. 'Ze keken alleen ergens naar.'

Op het scherm gingen de portieren van de Mercedes open. Kerr stapte uit. De zender werd weer aan de microfoon bevestigd en ze hoorden zijn slepende ademhaling toen hij begon te lopen.

Ze zagen hem struikelen. De tweede keer dat hij viel, zette Line het beeld stil en legde uit dat Kerr de sleutel van de handboeien in zijn mond had verstopt.

'Spoel eens een stukje terug,' zei Maren.

Line deed wat ze vroeg en speelde de opname opnieuw af. Het camerabeeld kantelde doordat ze het apparaat van de ene schouder naar de andere verplaatste.

'Daar!' zei Maren.

Line bevroor het beeld.

'Kijk naar de boom,' zei Maren. 'Het lijkt alsof er een stukje schors is weggesneden.'

Line had de opname nu al vele keren gezien. Het was haar nog niet eerder opgevallen, maar ze moest Maren Dokken gelijk geven. 'Dat kan een teken zijn,' zei ze. 'Een markering.'

'Dus hij wist waar hij moest vallen en de sleutel kon oppikken,' voltooide Maren haar gedachte hardop.

Line keek haar aan. Zo kon het best eens zijn gegaan. Ze vroeg zich af of Adrian Stiller en haar vader dit ook hadden gezien; ze noteerde het tijdstip om hun later een screenshot te sturen.

De opname ging verder. Vanuit deze camerahoek was niet te zien of Kerr iets oppakte.

Naast Line begon Maren zwaar te ademen toen het gevolg het schapenhek en het graasgebied naderde. Onrustig zat ze te kijken en ze schokte toen de knal klonk, maar ze zei niets toen ze zichzelf zag.

De opname ging nog drieëntwintig minuten door. Line had de chaos na de explosie ook gefilmd; ze had opnamen van het moment waarop Maren op een brancard werd gelegd en weggebracht, maar bood niet aan ze te laten zien. Ze moest zo meteen Amalie van de crèche halen en wilde eerst nog boodschappen doen.

'Dank je,' zei Maren. 'Het was goed om dit te zien. Er zaten zoveel onduidelijke beelden in mijn hoofd. Nu weet ik hoe het is gegaan.'

Line borg haar laptop op en stond op het punt te vertrekken. Ze kon het niet opbrengen om Maren te vragen of ze aan de documentaire wilde meewerken. Dit was niet het juiste moment. Net als bij een interview of een verhoor bestond er voor alles een juist moment.

'Mag ik je scriptie lezen?' vroeg ze.

Maren glimlachte. 'Die kan ik je toesturen,' zei ze. 'Ik heb er een heel goede beoordeling voor gekregen.'

Line stond op en gaf Maren een kaartje met haar telefoonnummer en mailadres. 'Ik hoop dat ze hem te pakken krijgen,' zei ze. 'Zo snel mogelijk.'

Maren Dokken liep naar het aanrecht en schudde een pijnstiller uit een potje. Een windvlaag sloeg regen tegen het raam.

'Ik ook,' zei ze, terwijl ze bij het raam ging staan. 'Ik vind het geen fijne gedachte dat hij daar ergens rondloopt.'

37

Wistings telefoon ging toen hij voor het hotel parkeerde. Het was een onbekend nummer en hij nam aan dat het van de speciale eenheid was. Hij was bijna een uur te laat voor de afspraak.

'Met Wisting,' zei hij. Hij bleef in de auto zitten, want het regende.

'Met Tim Skage,' zei de man aan de andere kant van de lijn. 'Recherche, Oslo West. Heb je vijf minuten?'

Wisting leunde naar voren, hij nam aan dat dit over Tom Kerr ging. 'Wat heb je te vertellen?' vroeg hij.

'Ik heb een verdacht sterfgeval,' liet de politieman weten. 'Chris Paust Backe, zevenendertig jaar, werd drie weken geleden dood aangetroffen in een uitgebrand appartement.'

'Moord?'

'De oorzaak van de brand en de doodsoorzaak zijn onduidelijk. In de luchtpijp en de longen is koolmonoxide aangetroffen en dat hij door rookvergiftiging is overleden staat vast, maar nu is het toxicologisch rapport binnengekomen. Er zijn sporen van aceton en andere oplosmiddelen in zijn bloed gevonden.'

'Drugsverslaafde?'

'Ja. Al jarenlang, met nog veel meer op zijn kerfstok. Hij kan het natuurlijk zelf hebben gesnoven, om in een roes te raken,' gaf Skage toe. 'Er zijn in elk geval aanwijzingen dat hij bewusteloos was toen de brand uitbrak.'

De man wachtte even. Wisting wierp een steelse blik op de ingang van het hotel.

'Aanvankelijk werd dit beschouwd als een klassiek geval van brand,' vervolgde Skage. 'Hij had een ouderwets fornuis met keramische platen. Het brandtechnisch onderzoek toonde aan dat een van de branders op de hoogste stand stond. Op de desbetreffende plaat stond een braadpan. De brand verspreidde zich echter razendsnel. Nu zijn er resten van een brandbare vloeistof op verschillende plaatsen op de plaats delict aangetoond, en de technici denken haast zeker te weten dat de brand is aangestoken. Je kunt een en een bij elkaar optellen en dan krijg je moord.'

'Maar waarom bel je mij?'

'Aangezien we de zaak niet als een ongeluk konden afdoen, zijn we gaan praten met mensen die het slachtoffer kenden,' legde Skage uit. 'Twee getuigenverklaringen zijn interessant. Beide zeggen hetzelfde: dat Chris Paust Backe in de dagen voor zijn dood heeft geprobeerd een handwapen en een handgranaat aan te schaffen.'

Wisting fronste zijn wenkbrauwen en keek zichzelf in de binnenspiegel in de ogen.

'Wat er gisteren bij jullie is gebeurd, heeft onze zaak natuurlijk op zijn kop gezet,' vervolgde Skage. 'De moordenaar die we zoeken kan opeens de man zijn die Tom Kerr bij zijn ontsnapping heeft geholpen. We kunnen hier weleens gemeenschappelijke belangen hebben.'

'Wat weten jullie verder nog?' vroeg Wisting. 'Kan iemand vertellen wat hij met een handgranaat wilde? Heeft hij er eentje te pakken gekregen?'

'In de kringen waarin Chris Paust Backe verkeerde, bevinden zich niet veel mensen die praten, maar duidelijk is dat hij de granaat niet zelf wilde gebruiken. Ook het wapen of pistool niet. Hij wilde ze voor anderen aanschaffen.'

'Jullie weten niet voor wie?'

'Nee, maar we weten dat hij ze ten slotte had bemachtigd. Een vriendin heeft de handgranaat bij hem thuis gezien en we hebben informatie over de herkomst.'

'En die is?'

'We hebben een naam. Tallak Gleich, een bekende crimineel hier bij ons. Woont in Billingstad. We zijn bezig met de voorbereidingen voor een actie en houden hem in de loop van de avond aan. Misschien is het voor jullie interessant om erbij te zijn?'

Wisting sloot zijn ogen en merkte dat een zenuw bij zijn slaap in beweging kwam. Een uur geleden was hij langs Billingstad gekomen en terugrijden zou evenveel tijd kosten. De bijeenkomst met de speciale eenheid zou niet langer dan een uur moeten duren.

'Ik kan over twee uur bij jullie zijn,' antwoordde hij. Hij opende het portier om uit te stappen.

'Tot dan,' rondde Skage het gesprek af.

38

De speciale eenheid had haar intrek genomen in een vergaderkamer in het souterrain van het hotel. Wisting bleef in de deuropening staan, waar hij een gesprek met Hammer beëindigde. Hij had hem verteld over de man met de granaat en wilde dat Hammer meeging naar Billingstad.

'Kun je over een uur klaar zijn?' vroeg hij, terwijl hij de deur achter zich sloot.

'Ja,' bevestigde Hammer.

Terje Nordbø keek op van een laptop met een groot scherm.

'Excuses,' zei Wisting met een verontschuldigend gebaar met zijn mobiel, die hij vervolgens in zijn zak stopte.

Nordbø kwam overeind. Hij droeg een nieuw pak, met een scherpere snit, voor de rest was hij niet veel anders dan de vorige keer dat ze elkaar hadden ontmoet. Dat was vijf jaar geleden. Nordbø had het onderzoek naar Wisting geleid toen die ervan werd beschuldigd vals bewijs in een moordzaak te hebben geplant. Wisting had toen gemerkt dat Nordbø al voorafgaand aan het verhoor van oordeel was geweest dat hij schuldig was. Het hele onderzoek van de speciale eenheid was erop gericht die theorie te bevestigen. Ze hadden zich gedragen als jachthonden, met maar één doel voor ogen: hem te pakken nemen. Tijdens het onderzoek was hij geschorst geweest, en vanaf een plek buiten de politie had hij voor het bewijzen van zijn onschuld moeten vechten. Het eindresultaat had Nordbø maar moeilijk kunnen verkroppen.

Ze schudden elkaar de hand.

Een videocamera stond op een lege stoel gericht. Nordbø verzocht hem plaats te nemen. 'Ik wilde net je commissaris bellen,' zei hij.

Wisting trok zijn stoel naar de tafel toe. Hij voelde de vijandigheid van de man tegenover hem. 'Waarom?' vroeg hij.

Nordbø controleerde de stand van de camera. 'Het is ongepast dat je de bijeenkomst met ons traineert,' antwoordde hij. 'Het is belangrijk dat we duidelijkheid krijgen over wat er gisteren is gebeurd.'

Wisting schudde zijn hoofd, als om aan te geven dat er van traineren geen sprake was. 'Er kwam iets tussen,' zei hij. De lamp van de camera ging aan. 'Ik ben bang dat ik zo meteen weer weg moet.'

Nordbø keek hem aan, waarna hij ruim de tijd nam met de formaliteiten over het afleggen van een verklaring tegenover de speciale eenheid. Daarna werd Wisting verzocht de gang van zaken van de vorige dag te schetsen. Hij noemde alles in grove lijnen. Nordbø noteerde niets, maar wierp af en toe een controlerende blik op de camera.

'Alles is gefilmd,' zei Wisting ten slotte. 'De opnamen laten alles goed zien. Heb je ze bekeken?'

Nordbø gaf geen antwoord. 'Wie leidde de plaatsopneming?' vroeg hij.

'Het betrof een gedeelde verantwoordelijkheid,' antwoordde Wisting. 'Het doel ervan was dat Tom Kerr de locatie van het lichaam van Taran Norum zou aanwijzen. Formeel is dit nog steeds een vermissingszaak in politiedistrict Oslo, maar de verantwoordelijkheid is overgedragen aan de eenheid voor oudere en onopgeloste zaken van de Landelijke Recherche. Adrian Stiller leidde het tactische deel. Hij heeft met Tom Kerr gesproken. De plaatsopneming zou worden uitgevoerd in politiedistrict Zuid-Oost. Om die reden had ik de plaatselijke bevoegdheid en hoofdinspecteur Kittil Gram als operatief leider benoemd.'

'Jij benoemde een operatief leider,' herhaalde Nordbø. 'Dat betekent dat jij die taak delegeerde.'

Wisting knikte. 'Ik gaf die opdracht aan iemand die competenter was dan ik,' antwoordde hij.

'Maar als je in de positie zit waarin je delegeert, wil dat dan zeggen dat jij de hoogste verantwoordelijkheid draagt?' wilde Nordbø vastgesteld hebben.

'Ja,' beaamde Wisting. 'Ik had de verantwoordelijkheid ter plaatse.'

'Wat hield dat in?'

'Het was onder meer mijn taak de gerechtelijke plaatsopneming voor te bereiden en tot stand te brengen.'

'En wat betekende dat concreet?'

'Zoals gezegd: een operatief leider benoemen, maar ook zorgen voor de manschappen die volgens hem noodzakelijk waren. Daarnaast overlegde ik met de Landelijke Recherche en verkende ik het in aanmerking komende gebied, dat ik tevens in kaart bracht.'

Nordbø trok een mondhoek op tot een glimlach. Daardoor dacht Wisting dat hij in de val was gelokt.

'Wanneer heb je die verkenning uitgevoerd?' vroeg Nordbø.

'Op vrijdag,' antwoordde Wisting.

Nordbø keek in zijn aantekeningen.

'Vrijdag 11 september,' zei hij. 'Vier dagen voorafgaand aan de dag zelf.'

Wisting begreep waar hij naartoe wilde. 'Dat klopt,' bevestigde hij.

'Zou het niet zinvoller zijn geweest om het slechts één dag ervoor te doen?' vroeg Nordbø. 'Vier dagen is lang. Ruimschoots voldoende om ergens een wapen en een handgranaat neer te leggen.'

'Het doel van de verkenning was ons vertrouwd maken met het gebied, niet het aan het licht brengen van een mogelijke vluchtpoging. In principe mocht niemand weten waar en wanneer de plaatsopneming zou zijn. Niemand mocht een vlucht kunnen voorbereiden.'

'De feiten spreken voor zich,' wierp Terje Nordbø tegen.

Wisting ging er niet tegenin. Nordbø sloeg een nieuwe bladzijde in zijn aantekeningen op.

'Welke maatregelen waren er getroffen om een vlucht te voorkomen?' vroeg hij.

'Getalsmatig waren we in de meerderheid,' antwoordde Wisting. 'Bovendien waren de bewegingsmogelijkheden van Kerr beperkt. Hij droeg handboeien en een voetboei.'

'Dus een vlucht was niet slechts een hypothetische mogelijkheid?' vroeg Nordbø. 'Ook al wist niemand van de operatie, toch namen jullie diverse voorzorgsmaatregelen?'

'Vanzelfsprekend,' zei Wisting. 'Je sluit een verzekering af, maar gaat er niet van uit dat je huis afbrandt.'

'Waarom waren jullie niet gewapend?'

Wisting leunde een stukje naar achteren en wierp een blik op de klok. 'Dat was een voorwaarde van Kerr en zijn advocaat,' antwoordde hij en hij vertelde hoe die kwestie tot in de regionen van het politiedirectoraat was behandeld.

'Maar jij keurde dat goed?' wilde Nordbø weten.

'In overleg met Stiller en de operatief leider,' bevestigde Wisting.

'Zou het binnen jouw verantwoordelijkheidsterrein hebben gelegen om het laatste woord hierover te hebben?'

'Dat klopt,' antwoordde Wisting. 'De beleidslijnen van het directoraat waren echter helder. Kerr is destijds bij zijn aanhouding beschoten. Als we aan bewapening hadden vastgehouden, zou er helemaal geen plaatsopneming zijn gekomen.'

'Dus dat risico namen jullie dan maar?'

Wisting rechtte zijn rug. 'Ik leg graag een verklaring af over de gang van zaken en de verantwoordelijkheden,' zei hij. 'Anderen mogen mijn beslissingen best beoordelen. Dat ben ik gewend. Ik zal zelf voor een evaluatie met betrekking tot alle aspecten van de plaatsopneming zorgen, maar dat moet later. Het belangrijkste is nu dat we Tom Kerr vinden.'

Een beweging van Terje Nordbø's mond gaf aan dat het antwoord hem niet aanstond.

'Wie besloot de voetboei te verwijderen?' vroeg hij.

Wisting nam even de tijd om te antwoorden. Het besluit was gezamenlijk genomen, maar de definitieve beslissing lag bij Kittil Gram.

'Het was een oneffen terrein,' legde hij uit. 'Kerr viel twee keer. Wij achtten het beter om de boei weg te halen.'

'Maar wie nam die beslissing?'

'Kittil Gram.'

'Was het niet op voorstel van jou?'

Wisting aarzelde opnieuw. Hij wist niet zeker hoe het gesprek was verlopen. Wie wat had gezegd. 'De advocaat verzocht erom,' zei hij ten slotte. 'Hij wilde dat we zowel de handboeien als de voetboei zouden weghalen. Ik stelde toen voor dat de voetboei af kon, zodat Kerr gemakkelijker kon lopen, maar Kittil Gram was de operatief leider. De definitieve beslissing lag bij hem.'

'Maar jij had hem benoemd,' zei Nordbø. 'Jij was zijn superieur. Zou hij tegen je in zijn gegaan?'

'Ja,' antwoordde Wisting vastberaden.

'Jij bent tien jaar ouder dan hij,' wierp Nordbø tegen. 'Jij beschikt over anciënniteit en autoriteit.'

'Maar Kittil Gram heeft de operatieve kennis en de ervaring,' antwoordde Wisting. 'Ik denk hoe dan ook dat het een volkomen juiste beoordeling was en vind het geen enkel probleem om daar de verantwoordelijkheid voor te nemen.'

Het gesprek ging verder. Nordbø had enkele vragen over de manier waarop Wisting na de explosie had gereageerd en gehandeld. 'Vertel eens over de elektronische opsporing,' zei hij.

'Ik vind het lastig om op de details in te gaan,' antwoordde

Wisting. 'Ik kwam er pas na de vlucht achter dat er trackers op Kerr waren aangebracht. Stiller had de benodigde toestemming daarvoor verkregen en verrichtte de praktische werkzaamheden.'

'Maar daardoor dachten jullie de hele tijd dat Tom Kerr zich in de buurt bevond?' vroeg Nordbø.

'Hij werd getraceerd naar een zomerhuis,' beaamde Wisting. 'Er werden observatieposten opgesteld en er was een actie voorbereid.'

'Werd er een onmiddellijke actie overwogen?'

'Ja, maar we kwamen tot de conclusie dat het tactisch beter was om af te wachten. Het was duidelijk dat Kerr hulp had gehad om de benen te nemen. Hij zou ook hulp nodig hebben op zijn verdere tocht en we besloten te wachten om zo beiden in de kraag te kunnen vatten.'

'Om de zogeheten Nummer Twee te kunnen pakken?'

'Die mogelijkheid hadden we voor ogen,' bevestigde Wisting.

Terje Nordbø herschikte zijn papieren. 'Nummer Twee wordt al vijf jaar gezocht,' zei hij. 'Kan een mogelijke aanhouding jouw beslissingsgrondslag hebben beïnvloed?'

'Wat bedoel je?'

'Kan de mogelijkheid om Nummer Twee aan te houden je hebben verblind en doorslaggevend zijn geweest voor de foutieve beoordeling?'

'Welke foutieve beoordeling?'

'Nou, kijk,' begon de rechercheur van de speciale eenheid. 'Tom Kerr bleek niet in het zomerhuis te zijn. Hij was meteen verder getrokken. Nummer Twee is nooit opgedoken. Dat jij vond dat jullie op hem moesten wachten, vergrootte Kerrs voorsprong alleen maar.'

'Op grond van de informatie die we toen hadden was dit geen foutieve beoordeling,' merkte Wisting op. 'En het was overigens niet mijn beslissing.'

‘Wie nam die beslissing dan wel?’

‘De politiecommissaris.’

‘Maar jij hebt haar dat voorstel gedaan?’

Wisting knikte. Wachten op Nummer Twee was Stillers initiatief geweest. Dat de plaatsopneming in een ontsnapping eindigde, kwam steeds meer over als een alternatief dat Stiller had overwogen en waarvoor hij zijn voorzorgsmaatregelen had getroffen. Als íémand zich had laten verblinden door de mogelijkheid om Nummer Twee te arresteren, dan was dat Stiller.

‘Agnes Kiil is mijn commissaris,’ antwoordde hij zonder op de rol van Stiller in te gaan. ‘Het sprak voor zich dat ik die mogelijkheid aan haar voorlegde. Zij en haar staf hebben die beoordeeld en besloten het aldus te doen.’

Nordbø zat zwijgend in zijn voorbereidende notities te kijken. Wisting kon de drang niet weerstaan om te kijken hoe laat het was. Het was bijna zes uur.

‘Over drie kwartier heb ik een afspraak in Asker...’ begon hij.

Nordbø keek op. ‘Heb je het idee dat je iets op een andere manier had kunnen doen?’ vroeg hij.

Wisting schudde zijn hoofd. Wijsheid achteraf, daar had hij niets aan. ‘We zullen, zoals gezegd, de hele zaak evalueren,’ antwoordde hij.

Terje Nordbø knikte, keerde terug naar feiten waarover Wisting al een verklaring had afgelegd en stelde dezelfde vragen op een andere manier. Na nog een halfuur deelde hij mee dat het verhoor afgelopen was.

Wisting schoof zijn stoel naar achteren. Tijdens de plaatsopneming met Tom Kerr was er veel verkeerd gelopen. Dat betekende niet per se dat er een dienstverzuim was gepleegd. Niemand had laakbaar of tegen beter weten in gehandeld. Er was geen grondslag voor een intern onderzoek, maar Wisting begreep de suggestie. Het was een soort afrekening voor de vorige keer. Terje Nordbø had de zaak verdraaid en het interne onderzoek zo geïnitieerd dat Wisting daarop kon worden aangesproken.

'Je weet het: je hoeft geen zondebok aan te wijzen,' zei hij.

'Je hebt gelijk,' antwoordde Nordbø, terwijl hij de camera uitzette. 'Dat heb je helemaal zelf gedaan.'

39

Ze hadden afgesproken op het parkeerterrein voor de school van Billingstad. Er stonden drie dienstwagens en twee civiele politieauto's toen Wisting en Hammer aankwamen. Het regende niet meer, en het begon al donker te worden.

Wisting checkte zijn mobiel voordat hij uitstapte. Hij had een bericht van Line gekregen: een foto uit een van haar opnamen. Een fragment. Het was lastig te zien wat het was, maar dit was niet de eerste keer dat hij het zag. Op de foto stond een boomstam waarvan een stukje schors was verwijderd.

Heb je dit gezien? vroeg ze in haar bericht. *Op het pad, waar Kerr struikelde.*

Een man in spijkerbroek en grijze capuchontrui kwam naar hen toe. Wisting stapte uit, zonder Line te antwoorden.

De man stelde zich voor als Tim Skage. Lokaal onderzoeksleider. Wisting zei wie Hammer was en dat het hem speet dat ze zo laat waren.

'Geen probleem,' zei Skage. 'Nina en haar mensen werden ook opgehouden door iets anders, maar zijn nu klaar.'

Een vrouw met kort haar en in uniform knikte even en haalde een iPad tevoorschijn. 'Dit is Tallak Gleich,' legde ze uit en ze toonde een foto uit het fotoregister van een kale man met donkere ogen en een sikje. 'Hij is eerder veroordeeld wegens onder andere grof geweld en overtreding van de wapenwet.'

Ze vergewiste zich ervan dat iedereen de foto had gezien,

waarna ze die met een vingerbeweging wegschoof om plaats te maken voor een satellietbeeld van een huis dat afgelegen lag aan het eind van een grindweg met veel open terrein rondom.

'Hij woont alleen,' zei ze. 'De meesten van ons zijn er eerder geweest en kennen het object.'

Ze keek naar de andere geüniformeerde aanwezigen, waarna ze uitvoerig inging op de achtergrond van de actie: 'Gleich wordt ervan verdacht een wapen en een handgranaat te hebben geleverd aan Chris Paust Backe, kort voordat die overleed. Dat wordt als een verdacht sterfgeval onderzocht. Het wapen en de granaat kunnen zijn gebruikt om Tom Kerr aan zijn vrijheid te helpen. Er is een wapenvergunning gegeven, maar we houden ons low profile. Doen het simpel en bonafide. We gaan met de arrestantenwagen. Twee mannen bellen aan, de rest wacht achter in de wagen.' Ze knikte in de richting van de grote dichte politiewagen. 'Vragen?'

Haar mensen schudden hun hoofd.

'Jullie anderen wachten hier om de bocht,' zei ze tegen Skage met een handgebaar naar de kaart. 'Buiten het zicht.'

Vijf minuten later waren ze op weg. Wisting en Hammer reden achteraan. Om hen heen was het donker. Toen ze op de aangegeven plek stopten, zette Wisting de motor uit zodat de koplampen hen niet zouden verraden. Hammer pakte een kleine verrekijker uit de middenconsole. Daarna stapten ze uit en begaven zich naar Skage.

De verlichting van de grote politiewagen viel op het huis, ongeveer tweehonderd meter verderop. Dat had een bovenverdieping, met een ingang vanaf een betonnen benedenetage, en lag aan het eind van een akker, tegen het bos aan.

'Weten jullie of hij thuis is?' vroeg Hammer met de verrekijker voor zijn ogen.

Skage schudde zijn hoofd. 'We gaan hoe dan ook naar binnen,' antwoordde hij.

De politieauto reed tot aan het huis. De remlichten gingen aan en de wagen stond zo dat je de voordeur niet meer kon zien.

Hammer liet een misnoegd gebrom horen.

De chauffeur van de politiewagen stapte uit, liep om de auto heen en verdween uit het zicht.

De politieradio van Skage liet van zich horen. 'We bellen nu aan,' werd er gemeld.

Wisting keek toe, naar de ramen. Achter een paar brandde licht, maar er was geen beweging.

Een halve minuut verstreek.

'We proberen het nogmaals,' klonk er.

Een windvlaag liet de bomen om hen heen ritselen.

'Hij gaat ervandoor!' riep Hammer plotseling. Hij duwde de verrekijker bij Wisting tegen de borst en zette het op een lopen.

Links van het huis was er een beweging aan de bosrand te zien, buiten het zicht van degenen die zich voor de woning bevonden.

Wisting plaatste de verrekijker voor zijn ogen en zag de rug van een man in een blauwe trui die tussen de bomen verdween.

Skage greep de radio en riep de commandant op. 'Er is beweging aan de westkant van het huis,' meldde hij.

Er kwam geen reactie, maar de zijdeur van de grote politiewagen werd opengeschoven. Vier agenten stormden naar buiten.

Tim Skage vloekte. 'Ze had iemand bij de achterdeur moeten zetten,' zei hij.

De dichtstbijzijnde politiewagen startte. Skage stapte samen met Wisting in. Grind spatte op toen de auto ervandoor scheurde. Toen ze bij het huis kwamen, was het grootste deel van de manschappen al op het terrein aan het zoeken.

Opeens ging de voordeur open. Een agent had hem vanaf

de binnenkant van het slot gehaald. 'De achterdeur stond open,' zei hij.

Wisting en Skage wachtten buiten tot de woning was doorzocht en leeg verklaard, waarna ze naar binnen gingen.

De benedenverdieping bestond uit vijf vertrekken. In een ervan was een bar. In een tweede lagen twee matrassen op de vloer, terwijl in de andere kamers dozen en kisten stonden met spullen die geen nut meer leken te hebben en waren opgeslagen.

Vanaf de bovenverdieping klonken stemmen. De tv in de woonkamer stond aan, een programma over gouddelvers in Alaska. Op de salontafel zagen ze een colablikje naast een half opgegeten pizza. De geur van de oven hing nog in de lucht.

Er stond ook een stofzuiger, maar die leek al lange tijd niet meer te zijn gebruikt. Overal zagen ze lege flessen, borden met etensresten en vuile kleren.

Via de radio hoorden ze hoe de zoektocht naar de wapendealer werd georganiseerd. De manschappen hadden een pad door een bosje gevolgd en waren bij een woonwijk uitgekomen. Patrouillewagens werden naar het gebied gedirigeerd en er werden politiehonden opgeroepen.

Hammer keerde terug naar de woning. 'Zinloos,' verklaarde hij.

In twee ploegen doorzochten ze het huis. Kamer voor kamer, op jacht naar wapens, granaten of iets anders wat Gleich aan de overleden Chris Paust Backe kon koppelen.

In een keukenkast troffen ze ruim honderd gram amfetamine aan, evenals apparatuur voor wegen en verpakken. Ze namen een beetje hasj en verschillende pillen in beslag, maar Hammer was degene die vond waarnaar ze eigenlijk op zoek waren: een houten kist met drie handgranaten. Die stond onder in een kast op de grootste slaapkamer. Hammer had hem tevoorschijn gehaald en op het bed gezet.

‘Mooi zo,’ zei Skage. ‘We hebben gevonden wat we zochten. Ik zal ze door de EOD veilig laten stellen.’

Wisting maakte een foto met zijn mobiel. Het materiaal leek hetzelfde te zijn als de gevonden resten bij Eftang. De granaten waren groen met een geel opschrift: GRENADE HAND-OFFENSIVE MK3A2 – TNT. Daaronder stond een lotnummer waarmee ze konden traceren waar de granaten waren geproduceerd.

Hij stuurde de foto naar Mortensen om te horen of die kon bevestigen dat het om hetzelfde type ging. Na een halve minuut belde de technisch rechercheur. ‘Waar ben je?’ wilde hij weten.

Wisting deed verslag. ‘Is dit type granaat gebruikt?’ vroeg hij.

‘Ja,’ bevestigde Mortensen. ‘In Amerika geproduceerd. Op een paar fragmenten hebben we delen van een lotnummer gevonden. Dat komt overeen met wat ik op jouw foto zie. De granaten zijn in dat geval waarschijnlijk afkomstig van een inbraak bij een NAVO-depot in Trøndelag van bijna vier jaar geleden.’

Wisting bedankte hem, beëindigde het gesprek en wendde zich tot Skage. Mortensen had hun een pad gewezen waarlangs ze verder konden speuren.

‘Nog niets over de voortvluchtige?’ vroeg hij met een knikje naar de radio aan Skages riem.

Skage schudde zijn hoofd. ‘We gaan hem wel vinden,’ verzekerde hij Wisting.

Dat dacht Wisting ook. ‘Ik wil dan meteen van je horen,’ zei hij en hij begaf zich naar de deur.

40

De scriptie van Maren Dokken was interessante leesstof: *Kwade wil. Over slechtheid als motief.*

Line zat aan de keukentafel te lezen. Vanaf die plek kon ze het huis van haar vader zien, zodat ze wist wanneer hij weer thuis was.

Het was een theoretische scriptie op basis van bestaande kennis en theorieën, maar bevatte ook eigen reflecties en goede overwegingen. Bovendien was de stof netjes gepresenteerd en qua taal gemakkelijk te begrijpen.

Het onderzoek was duidelijk afgebakend. Sommige misdaden konden zo meedogenloos en gruwelijk zijn dat je ze moeilijk anders dan als pure slechtheid kon bestempelen, maar de inhoud ging niet over dit soort daders. Die ging over kwade wil. De opzettelijke wil om slechtheid te bedrijven en mensen die ervan genoten om hun slachtoffers pijn te doen en te laten lijden.

Dit materiaal zou Line in haar documentaire kunnen gebruiken. Aan het eind van de tekst werd de vraag gesteld of de kwade wil iets dierlijks is wat latent in ons allen aanwezig is. Of dat er de oorzaak van was dat de kat met de muis speelde voordat die ten slotte dood werd gemaakt, of dat die beestachtige gevechten van gladiatoren destijds een voedingsbodem voor genot konden betekenen.

Ze kwam overeind en ruimde borden en kopjes op van het avondhapje van Amalie en zichzelf.

Een stel koplampen scheen door haar raam. Line keek naar

buiten, het was haar vader. Hij reed het erf voor zijn huis op, stapte uit en liep richting de voordeur, maar draaide zich toen om en kwam naar haar toe.

Ze liep naar de deur zodat hij niet zou aanbellen. 'Ik zag je aankomen,' zei ze en ze liet hem binnen.

'Hoe gaat het?' vroeg hij.

'Goed,' antwoordde ze snel. 'Heb je de foto gezien die ik je heb gestuurd? Van de boomschors?'

Hij knikte. 'Er zit een soortgelijke markering verderop langs het pad,' antwoordde hij. 'Vermoedelijk de plek waar het pistool lag.'

'Weten jullie al meer?' vroeg Line, eigenlijk zonder de hoop dat ze wat meer te weten kwam.

'Niets concreets.'

Ze volgde haar vader naar de woonkamer. 'Wil je iets drinken?'

'Nee, dank je. Zouden we misschien de film kunnen bekijken?'

'Dan moeten we naar beneden.' Ze knikte naar de deur van het souterrain. 'Ben je naar iets speciaals op zoek?' vroeg ze en ze liep voor hem uit.

'Ik wil voornamelijk luisteren,' antwoordde haar vader. 'Wie wat heeft gezegd.'

Ze bleef onderaan de trap staan en keek hem vragend aan.

'Ik ben bij de speciale eenheid geweest,' legde hij uit. 'Ze vroegen zich onder andere af wie heeft besloten de voetboei te verwijderen.'

Line had de opnamen al verschillende keren gezien. Ze wist nog dat er een discussie was geweest tussen haar vader, Adrian Stiller en de operatief leider, maar niet meer exact wat er was gezegd of hoe de woorden waren gevallen.

'Kunnen ze de opnamen niet gewoon zelf bekijken?' vroeg ze.

'Dat hebben ze kennelijk gedaan,' antwoordde haar vader.

'Ze denken dat het mijn beslissing was. Zo herinner ik het me niet.'

Ze namen plaats aan het bureau. Line logde in. Ze had het punt gemarkeerd waar Kerr bloed van de schaafwond op zijn wang wegveegde en zijn vingers aflikte. Toen was de voetboei al weggehaald. Ze spoelde twee minuten terug en startte het afspelen.

Kerr en de rest liepen langs de oude schapenomheining. Bij het hek bleven ze staan.

'We moeten die helling af,' zei Kerr.

De camera draaide een stukje de kant op waarnaar hij zijn hoofd bewoog. Het terrein liep af naar een beek en ze zagen de opening in het bos waar Kerr op de vlucht was geslagen. Daar waar de granaat had gelegen.

'Dat terrein is veel onbegaanbaarder dan tot dusver,' hoorden ze Claes Thancke zeggen.

Kerr was terug, midden in het beeld, samen met zijn advocaat. Die ging verder: 'Het is niet aan te raden om daar geketend te lopen. Jullie riskeren dat mijn cliënt nog meer verwondingen oploopt.'

Haar vader boog zich naar voren en draaide zijn linkeroor naar de speaker. Line zette het geluid harder.

'Hij heeft een punt,' zei haar vader.

'We kunnen hem ondersteunen,' stelde Gram voor. 'Iedere man een arm.'

'Het is nogal onbegaanbaar,' merkte Stiller op.

Haar vader wendde zich tot Kittil Gram: 'Vind je het goed dat we de voetboei weghalen?'

Gram knikte en antwoordde: 'Als de handboeien maar blijven zitten.'

'Dan doen we het zoals jullie willen,' zei Stiller.

Kittil Gram pakte de sleutels en vroeg Kerr zijn riem los te maken. De gevangene deed wat hem werd gevraagd. Gram maakte de beugel rond de enkel los, trok de ketting door de broekspijp omhoog en haalde die van de handboeien af. 'Loop door!' zei hij.

Tom Kerr begon te lopen.

Line zette de opname stil en keek haar vader aan. 'Herinner jij je dit zo?' vroeg ze.

Hij knikte. 'Mijn voorstel, Kittil Grams beslissing.'

'Ik denk dat Stiller al voorzag wat er ging gebeuren,' zei Line.

'Dat Kerr zou ontsnappen?'

'In elk geval dat er een onderzoek zou volgen, mocht dat gebeuren,' antwoordde Line. 'Hij zorgde ervoor dat hij zich had ingedekt.'

Ze spoelde een stukje terug. De advocaat stelde dat het niet aan te raden was om Kerr de helling af te laten lopen en verzocht de boeien te verwijderen. Haar vader wendde zich tot de beide anderen. 'Hij heeft een punt,' zei hij.

'We kunnen hem ondersteunen,' stelde Gram voor. 'Iedere man een arm.'

'Het is nogal onbegaanbaar,' beklemtoonde Stiller.

Line zette de opname opnieuw stil en spoelde vijf seconden terug.

'Het is nogal onbegaanbaar,' zei Stiller weer, zonder dat ze konden interpreteren in hoeverre hij het met Grams voorstel eens was of vond dat ze de boeien beter konden weghalen.

Line wisselde een blik met haar vader. Hij knikte en had het ook al begrepen.

Gram kreeg de vraag of hij het goedvond dat de voetboei werd weggehaald. 'Als de handboeien maar blijven zitten,' antwoordde hij.

Stiller hief zijn rechterhand half omhoog, als in een voorzichtige waarschuwing. 'Dan doen we het zoals jullie willen,' zei hij en hij keek recht in de cameralens. Blijkbaar wilde hij er zeker van zijn dat zijn afwijzing van de aansprakelijkheid werd vastgelegd.

Opnieuw stopte Line de opname. Wat ze had gehoord, vond ze verre van fijn. Het bevestigde namelijk dat Stiller niet te vertrouwen was, en voor haar documentaire was het wel nodig dat hij zijn beloften nakwam.

Haar vader haalde een hand door zijn haar. Ze bestudeerde de bezorgde uitdrukking op zijn gezicht. 'Ze kunnen jou er toch niet de schuld van geven dat Kerr ervandoor is gegaan?' vroeg ze.

'Terje Nordbø behandelt de zaak,' antwoordde hij.

Line slaakte een zucht. 'Wat heeft die man tegen jou?'

'Oud zeer,' antwoordde haar vader.

Line kende de voorgeschiedenis. Nordbø was degene die het onderzoek had geleid toen haar vader destijds op de voorpagina van VG aan de schandpaal werd genageld en ervan werd beschuldigd bewijs te hebben gefabriceerd in een oude moordzaak. In dat onderzoek werden rechtvaardigheid en eerlijkheid overschaduwd door Nordbø's wil om te winnen. Om haar vader veroordeeld te krijgen.

'Zou niet iemand anders dat moeten doen?' vroeg ze.

Haar vader haalde zijn schouders op. 'Ik heb geen tijd om daarover na te denken,' zei hij. 'Ik heb genoeg te doen.'

Line wendde zich weer tot het scherm. De opname was gestopt bij een beeld waarop Maren Dokken het dichtst bij Tom Kerr in de buurt was.

'Wil je nog meer zien?'

Haar vader schudde zijn hoofd en stond op het punt te gaan staan.

'Ik was vandaag bij Maren Dokken,' zei Line met een knikje naar het scherm.

'O ja?'

'Ik wisselde een paar woorden met haar in de minibus, toen we van de gevangenis vertrokken. Ik wilde horen hoe het met haar was.'

'Ik had ook naar haar toe moeten gaan,' zei haar vader.

Line glimlachte. 'Ze had bezoek gehad van een paar collega's,' zei ze. 'Jij kunt niet alles.'

'Hoe was het met haar?'

'Er zijn enkele pezen in haar arm kapot. Ze kon hem niet gebruiken en ik begreep dat ze pijn had, maar volgens mij vond ze het vooral akelig dat ze had meegeholpen Tom Kerr te laten ontsnappen.'

'Daar heeft zij geen schuld aan,' wierp haar vader tegen. Hij was bezig overeind te komen. 'Niemand had kunnen voorzien wat er is gebeurd.'

'Toch dacht ze er veel over na, geloof ik, over wat er is gebeurd. Ik heb haar de opnamen laten zien. Dat deed haar wel goed.'

Opeens bedacht ze iets. 'Wacht even,' zei ze. 'Ik moet je iets laten zien.'

Wisting bleef staan. Line spoelde de opname terug naar het moment waarop Tom Kerr en zijn advocaat op de achterbank in de auto van de advocaat gingen zitten.

'Maren zegt dat de advocaat iets aan Kerr liet zien op zijn mobiel,' ging ze verder. 'Dat zag ze door de voorruit.'

Haar vader pakte de rug van zijn stoel met beide handen vast en keek naar het scherm. 'Kun je op jouw opname zien wat dat is?'

Line schudde haar hoofd. 'Hij sprak niet,' haastte ze zich te zeggen. 'De advocaat haalde een paar papieren uit een envelop en toonde iets op zijn mobiel.'

Ze zag dat haar vader twijfelde en nadacht over wat dit kon betekenen.

'Denk je dat zijn advocaat hieraan kan hebben meegewerkt?' vroeg ze. 'Dat hij Kerr informatie kan hebben gegeven?'

'Ik zal Maren vragen hiervan een verslag te schrijven,' antwoordde hij.

Het duurde even voordat Line zelf de reikwijdte begreep

van de plotseling opgedoken mogelijkheid. 'Dat zou heel veel vragen beantwoorden,' zei ze. 'De communicatie die de gevangenis in en uit is gegaan.'

'Wat er in de auto is gebeurd, kan natuurlijk ook volkomen legitiem zijn,' antwoordde haar vader en hij liet de stoel weer los. 'Bedankt dat je me dit hebt laten zien.'

Hij draaide zich om en liep richting de trap. Ze zag dat hij zijn gedachten pijnigde. Over iets wat hem de komende nacht wakker zou houden.

41

Ze zaten met zijn vijven rond de tafel voor het ochtendoverleg om de zaak te bespreken. Wisting zat aan het hoofd. Nils Hammer, Torunn Borg, Christine Thiis en Espen Mortensen hadden ook hun vaste plek ingenomen.

'Tore Bergstrand is gisteren geopereerd,' begon Wisting. 'Er is een spier in zijn been afgescheurd. Het is een gecompliceerd letsel. Hij moet nog een aantal operaties ondergaan en het gevaar van amputatie bestaat nog steeds. Maren Dokken is voor twee weken ziek gemeld. De anderen zullen aan het eind van de week weer aan het werk kunnen. Morgen komen ze voor een debriefing hier op de afdeling bij elkaar. Hammer en ik zullen daarbij zijn.'

Hammer schoof zijn stoel naar achteren en tuurde naar het raam. Daarna kwam hij overeind. 'Zon,' bromde hij en hij liep om de tafel heen om de luxaflex bij te stellen.

Wisting zette in korte trekken uiteen wat er de vorige dag allemaal aan het licht was gekomen. 'Er gebeurt van alles en nog wat,' rondde hij af. 'Maar we hebben niets concreets.'

Er werd aangeklopt. De deur ging open zonder dat er iemand had gereageerd. Adrian Stiller stak zijn hoofd naar binnen, alsof hij er zeker van wilde zijn dat hij op de juiste plek was. Vervolgens kwam hij binnen en deed de deur achter zich dicht.

'Is het goed als ik erbij ben?' vroeg hij. Hij wees naar een lege stoel.

'We hadden jou hier vandaag niet verwacht,' merkte Wisting op.

'Ik moet om twaalf uur bij de speciale eenheid zijn,' zei Stiller terwijl hij ging zitten. 'Wij van het coldcaseteam hebben dit alles immers op gang gebracht. Wij zijn hier de schuld van. Ik wil graag op de hoogte blijven. Als we ergens mee kunnen helpen, dan doe ik dat graag.'

'Hebben de observators iets te melden?' wilde Hammer weten.

Stiller schudde zijn hoofd. 'Lone Mellberg had gisteravond een vriendin op bezoek en begint vandaag laat met werken.'

'En hoe zit het met Floyd Thue?'

'Hij is zijn huis niet uit geweest. We hebben alleen geregistreerd dat er gistermiddag een maaltijd bij hem werd bezorgd. Hij gaat niet met veel mensen om, maar geniet in financiële kringen veel respect. Hij is een soort anonieme filantroop. Verdient veel geld op de beurs, maar besteedt ook grote sommen aan het financieren van sociaal ondernemerschap en schenkt substantieel geld aan doelen die de maatschappij ten goede komen.'

'Zijn vader was pedofiel,' onderbrak Hammer hem; hij haalde een doosje snus tevoorschijn.

De anderen keken hem aan.

'Ook ik heb wat onderzoek gedaan,' legde hij uit. 'Hij is een aantal keren veroordeeld. De eerste keer wegens incest. Misbruik van zijn zoon.'

Stiller knikte ter bevestiging, maar Wisting betwijfelde of hij over dezelfde details beschikte als Hammer.

'Hij is in de gevangenis gestorven,' voegde Hammer eraan toe. 'Heeft zich in zijn cel opgehangen.'

Opnieuw een bevestiging van Stiller. 'We kijken nader naar zijn bewegingen van de laatste dagen en proberen iemand te vinden die hem kent en ons meer kan vertellen.'

'In zijn kelder heeft hij een zwembad,' zei Hammer. 'Misschien is Kerr daar geweest.'

'Hoe weet je dat?' vroeg Wisting.

‘Google. Het staat in een oude brochure die ik op internet heb gevonden. Hij heeft het huis acht jaar geleden gekocht. De prijsindicatie was negentien miljoen.’

‘Ik bespreek het met Semmelmann,’ zei Wisting. ‘Thue staat niet als een relatie van Tom Kerr vermeld, maar we kunnen het beter dubbelchecken.’ Hij ging verder: ‘Dit is een gefragmenteerd onderzoek dat meerdere politiedistricten beslaat. Onze taak is Tom Kerr vinden. Dat sluit naadloos aan op de jacht die Idar Semmelmann en de politie van Oslo op Nummer Twee maken. Politiedistrict Oost verdenkt Nummer Twee van de moord op Nanna Thomle. Oslo West behandelt de moord op Chris Paust Backe.’

‘Wie is dat?’ vroeg Stiller.

Wisting vertelde hoe ze waarschijnlijk hadden ontdekt waar de granaat vandaan kwam. ‘Volgens een vriendin van Chris Paust Backe zou hij de granaat hebben gekregen van een man in het drugsmilieu, Tallak Gleich,’ vertelde hij en hij zette de actie van de vorige avond uiteen. ‘Gleich wordt gezocht. We krijgen het meteen te horen als hij wordt opgepakt.’

Stiller trok de kan water vanaf het midden van de tafel naar zich toe en schonk zichzelf een glas in.

‘Parallel daaraan heeft de speciale eenheid dus een intern onderzoek in werking gesteld,’ vervolgde Wisting, waarbij hij de anderen aankeek. ‘Van onze afdeling betreft het alleen Hammer en mij.’

Mortensen kreeg het woord. Hij had een fotopresentatie van het werk op de plaats delict voorbereid en besprak de bevindingen. Er was niets wat hen verder bracht.

Hammer was bezig het telefoonverkeer bij Eftang te onderzoeken. Dat had tot nu toe niets opgeleverd.

‘Hoe zit het met Theo Dermann?’ wilde Wisting weten. ‘Ben je al wat verder gekomen met hem?’

‘Ik weet alleen dat Dermann een Duitse achternaam uit Westfalen is.’

Torunn Borg had een overzicht van binnengekomen tips. Verscheidene mogelijke observaties van Tom Kerr waren uitgesloten. 'Op dit moment hebben we geen actieve opdrachten,' deelde ze mee. 'Geen tips over mogelijke verblijfplaatsen.'

De volgende tien minuten besteedden ze aan wat ze vervolgens moesten doen. Traditioneel ging het bij onderzoek om het zoeken naar sporen die uiteindelijk naar een dader leidden. De taak die nu voor hen lag was anders. Iedereen wist wie Tom Kerr was en wat hij had gedaan. Ze moesten hem vinden, maar hadden weinig aanknopingspunten. Om verder te komen, waren ze afhankelijk van tips. Dat Tom Kerr ergens werd waargenomen. Of dat ze hem via Nummer Twee vonden.

Het overleg was klaar en Wisting schoof zijn stoel naar achteren. Hij wendde zich tot Stiller en keek hem recht in de ogen.

'Wij tweeën moeten praten,' zei Wisting. 'Op mijn kantoor.'

42

Wisting bleef in de deuropening naar zijn kantoor staan wachten tot Stiller op de bezoekersstoel had plaatsgenomen, waarna hij de deur sloot en achter zijn bureau ging zitten.

'Kan Claes Thancke hierin een aandeel hebben gehad?' vroeg hij.

Stiller sloeg zijn benen over elkaar. Vandaag ging hij in pak gekleed. Zijn keurig gestreken overhemd was spierwit.

'De advocaat?' zei hij glimlachend. 'Hoe kom je daarbij?'

'De gevangenbewaarder noemde zoiets,' antwoordde Wisting. 'De eenvoudigste weg om berichten een gesloten afdeling in en uit te smokkelen is via de advocaat, wanneer die zijn cliënt bezoekt.'

'Maar Kerr liet zijn vriendin toch brieven mee naar buiten nemen?' luidde Stillers bezwaar.

'Dat kan een afleidingsmanoeuvre zijn geweest,' meende Wisting. 'De geadresseerde bestaat immers niet.'

Adrian Stiller keek bedachtzaam.

'Thancke heeft Kerr de afgelopen twee maanden tien keer bezocht,' zei Wisting en hij bladerde door de informatie die hij van de gevangenis had gekregen.

'Kerr stond op het punt een grote beslissing te nemen,' zei Stiller. 'Hij ging nóg een moord bekennen. Ze hadden heel wat te bespreken.'

Wisting knikte. De advocaat was vaak op bezoek geweest, zowel voor- als nadat Kerr over zijn derde moord tegen een medegedetineerde was gaan praten, maar de bezoekjes waren verklaarbaar.

'En dan heb ik dit,' ging Wisting verder. Hij schoof het rapport naar voren dat hij Maren Dokken had laten schrijven. Dat was gedetailleerder dan wat Line had verteld. Tom Kerr had een grote, dichte envelop in ontvangst genomen die hij in de auto van de advocaat had geopend.

Tijdens het lezen fronste Stiller zijn wenkbrauwen. 'Ben je van plan met hem te gaan praten?' vroeg hij.

'Dat is sowieso vanzelfsprekend,' antwoordde Wisting. 'Hij is degene die de laatste tijd het meeste contact met Kerr heeft gehad.'

Stiller schudde zijn hoofd. 'Het is een relatie tussen advocaat en cliënt,' zei hij. 'Je zult niets uit hem krijgen. We hebben het hier over Claes Thancke.'

Wisting bestudeerde hem en vroeg zich af of hij hem zou confronteren met wat er wel en niet was gezegd toen de voetboei van Tom Kerr werd weggehaald, maar besloot het niet te doen. Voorlopig.

'Ik heb al om een overleg verzocht,' zei Wisting. 'Soms is het goed om te luisteren naar wat er niet wordt gezegd.'

'Dan moet je wel een plan hebben, een goed plan dus.'

'Dat heb ik.'

'Wanneer ga je hem zien?'

'Om elf uur, op zijn kantoor.'

Stiller schudde een horloge met een grote wijzerplaat onder zijn mouw vandaan. 'Dan moeten we nu gaan,' zei hij.

'We?' herhaalde Wisting. 'Jij moet toch naar de speciale eenheid?'

'Die kan wel wachten.'

43

De wachtkamer bij advocatenkantoor Thancke & co. was koel en rustig. De receptioniste die hen had ingeschreven beantwoordde nu en dan de telefoon. Ze schakelde het gesprek door of beloofde een bericht achter te laten. Af en toe tikten haar nagels tegen een toetsenbord. Enkele personeelsleden kwamen en gingen met dossiers onder de arm.

Ze hadden ieder een glas water van de vrouw gekregen. Stiller nam een slok. Ze wachtten inmiddels tien minuten. De receptioniste stond op, ze had duidelijk een mededeling op haar scherm gelezen.

'Hij kan jullie nu ontvangen,' zei ze en ze liep met hen mee naar een kantoor achter in de gang.

Ze duwde de deur open en gaf met een handbeweging aan dat ze naar binnen konden.

Het was een hoekkantoor zonder een echt uitzicht. Ze zagen uitsluitend de daken van de omringende gebouwen, met aggregaten en ventilatiebuizen. Claes Thancke zat achter een bureau midden in het vertrek. Hij kwam overeind en liep op hen af.

'Is er nieuws?' wilde hij weten en hij schudde beiden de hand.

'We weten niet waar Tom Kerr zich bevindt,' maakte Wisting duidelijk.

Thanckes lippen verstrakten en hij leek achterdochtig. 'Heel vervelend allemaal,' zei hij, terwijl hij weer achter zijn bureau plaatsnam. 'Maar ik ben bang dat ik hierover weinig te melden heb. Zelfs als ik iets had geweten, dan had ik jullie niet kunnen helpen. Ik snap dat jullie bij mij komen, maar het gaat hier over mijn cliënt. De zwijgplicht is belangrijker dan de plicht om mijn mond open te doen.'

Wisting en Stiller gingen ieder op een bezoekersstoel zitten.

'Betekent dit dat je Kerr advies met betrekking tot zijn vlucht hebt gegeven?' vroeg Wisting.

Thancke keek hem niet-begrijpend aan. 'Natuurlijk niet! Hoe kun je zoiets suggereren?'

'De zwijgplicht betreft uitsluitend informatie die je hebt gekregen in verband met juridische advisering en bijstand,' benadrukte Wisting.

Claes Thancke schudde zijn hoofd en gaf aan het daarmee oneens te zijn. 'Informatie die mij ter ore komt, dient niettemin vertrouwelijk te worden behandeld,' zei hij met een blik op het dikke wetboek op zijn bureau. 'Maar dit is ook helemaal niet aan de orde, ik heb niets te vertellen.'

De receptioniste kwam binnen met een dienblad met nieuwe flessen water en schone glazen die ze op het bureau zette. Wisting wachtte tot ze weer weg was.

'Je kunt niet vertellen wat jullie op de achterbank in je auto hebben besproken, voordat we op pad gingen?' vroeg hij.

'Dat zou absoluut verkeerd van me zijn.'

'We weten dat je Tom Kerr toegang hebt verleend tot je mobiel toen jullie daar zaten,' zei Wisting.

Claes Thanckes adamsappel ging op en neer. 'Jullie begrijpen het niet,' zei hij terwijl hij een poging deed te glimlachen. 'Dat ging over heel iets anders. Het hele gesprek ging over heel iets anders.'

'Liet je Kerr jouw telefoon gebruiken?' vroeg Wisting.

Thancke legde zijn handen plat op het bureau.

'Onze camera heeft de hele tijd opnamen gemaakt,' merkte Stiller op voordat de advocaat antwoord kon geven. 'Ook al konden we niet horen wat Kerr zei.'

Claes Thancke schudde even zijn hoofd, alsof hij niet echt geloofde dat wat er achter in zijn auto had plaatsgevonden was gefilmd.

'Dit overvalt me,' begon hij en hij pakte een glas. 'Kerr zei dat hij me onder vier ogen wilde spreken voordat we gingen vertrekken, maar dat ging niet over de plaatsopneming of over Taran Norum.'

Hij schonk koolzuurhoudend water in het glas en hield dat in zijn hand.

'Ik probeer al heel lang tot een schikking te komen met zijn verzekeringsmaatschappij,' ging hij verder. 'Toen hij destijds werd opgepakt, brandde zijn boerderij af. Er is vastgesteld dat de brand is aangestoken en de verzekeringsmaatschappij stelt dat er sprake is van fraude. Kerr zat al vast toen de brand uitbrak, maar de verzekering weigert tot uitbetaling over te gaan. Voordat we de gevangenis verlieten, vertelde ik hem dat ze nu eindelijk met een voorstel waren gekomen. Daarover wilde hij praten. Daarover had ik een mail ontvangen en die liet ik hem op mijn mobiel lezen.'

Wisting bleef de man aankijken.

'Hier,' zei Thancke en hij pakte zijn telefoon. 'Ik kan het jullie laten zien.'

Zijn wijsvinger gleed over het scherm. Hij opende het mailprogramma, vond het juiste bericht en opende een bijlage. Wisting herkende het logo van de maatschappij Gjensidige Forsikring, maar de tekst was te klein om te lezen.

'Ik kan de gegevens van mijn telefoonprovider wel voor jullie opvragen,' bood de advocaat aan. 'Dan zullen jullie zien dat mijn mobiel niet voor gesprekken of tekstberichten is gebruikt.'

'Dat zou mooi zijn,' zei Wisting.

'Het verbaasde mij dus dat Kerr zich haast niet druk maakte over wat we zouden gaan doen, maar nu zitten jullie op het verkeerde spoor.'

Opnieuw bleef Wisting hem strak aankijken.

'Hoe zit het met de envelop die je voor hem had?'

Thancke dronk zijn glas bijna leeg. 'Dat ging over hetzelfde,' antwoordde hij. 'Ik had dinsdagochtend een lang gesprek met hem in de gevangenis, voordat jullie hem meenamen naar de minibus. We hadden het nauwelijks over de plaatsopneming. Hij wilde weten hoe het met de schadevergoeding zat. Ik zei dat ik een kopie bij me had van de laatste brief die ik naar de verzekeringsmaatschappij had gestuurd, maar dat die in mijn auto lag, samen met de bijlagen. Hij wil altijd kopieën, van alle correspondentie. Hij wilde de brief zien voordat we op pad gingen. Zowel mijn brief aan de verzekering als het voorstel dat ik per mail had ontvangen.'

De verklaring van de advocaat kwam overeen met wat Wisting in Kerrs cel had gezien. Hij leek zich erg druk te maken over de verzekeringskwestie en had kopieën en afschriften van documenten in de zaak. Het kon inderdaad zo zijn dat het gesprek op de achterbank hierover was gegaan, maar het kon ook een goed voorbereide leugen zijn.

'Wie is Theo Dermann?' vroeg hij.

Hij rekende erop dat hij geen antwoord zou krijgen en concentreerde zich op het interpreteren van Thanckes lichaamstaal. Een spier naast diens oog trilde toen Wisting de naam uitsprak.

Thancke was het gewend een masker op te houden. Zijn gelaatsuitdrukking verried nooit wat hij eigenlijk dacht wanneer hij voor een camera over een cliënt of een lopende rechtszaak stond te praten. Heel even leek de uitdrukking op zijn gezicht het echter te begeven; er verscheen iets van een waarachtig gevoel, een vorm van bezorgdheid.

'Wie?' vroeg hij.

Wisting herhaalde de naam. De advocaat reageerde met een hoofdschudden.

'Ik kan jullie niet helpen,' antwoordde hij.

Stiller boog zich naar voren. 'Komt dat doordat je de naam nog nooit hebt gehoord of zijn er andere redenen waarom je ons niet kunt helpen?' vroeg hij.

'Ik weet niet wie Theo Dermann is,' antwoordde de advocaat.

'Maar heb je de naam weleens gehoord?' vroeg Stiller.

Claes Thancke omzeilde de vraag nog een keer. 'Waar hebben jullie die vandaan?' vroeg hij.

Wisting bestudeerde hem. Het was zonneklaar dat hij de naam kende en dat het horen ervan hem zorgen baarde.

'Die is opgedoken in ons onderzoek,' zei Stiller.

'Op welke manier?'

'Het is iemand met wie Kerr vanuit de gevangenis heeft gecommuniceerd,' antwoordde Wisting. Hij noemde geen verdere details.

Thancke schoof zijn stoel naar achteren en stond op. Hij liep naar het raam en keek naar buiten. Zijn blik was afwezig, alsof hij zich erop voorbereidde dat hij iets doorslaggevends ging zeggen en zijn woorden moest wegen.

'Hij is hier geweest,' zei hij ten slotte en hij draaide zich om.

Zijn blik richtte zich op Wisting. Geen van de twee politiemensen zei iets, maar ze wachtten op het vervolg.

'Dat was vier weken geleden, half augustus,' zei Thancke. 'Hij had Trude gepakt.'

'Wie is Trude?'

Thancke ging weer zitten. 'Mijn nichtje...' zei hij en hij stak zijn vinger achter de boord van zijn overhemd.

Wisting rechtte waakzaam zijn rug.

'De kat van mijn nichtje verdween afgelopen zomer,' ging Thancke verder. 'Die heet Trude. Een stomme naam voor een kat, maar het dier heet nu eenmaal zo. Mijn nichtje heet Nora. Ik werd gebeld door een man die me wilde spreken, het ging om Nora en Trude, zei hij. Hij wist niet zeker of Trude nog leefde, maar hij wilde er met mij over praten.'

Hij bladerde in een kantooragenda. Die stond volgekrabbeld, maar hij kwam tot de conclusie dat het op donderdag 20 augustus moest zijn geweest.

'Ik kreeg een onaangenaam gevoel,' vervolgde hij. 'Allerverschrikkelijkst. Nora is acht jaar...' Hij schudde zijn hoofd. 'Twee uur later was hij hier.'

'Wat wilde hij?'

'Hij toonde me een foto van de kat, die was dood. Mishandeld. Op de ergst denkbare manier.'

Hij zweeg even en ging toen verder: 'Hier zat natuurlijk een dreigement in. Over wat er met Nora kon gebeuren. Hij wilde dat ik een brief zou meenemen naar Kerr. In de gevangenis. Die was verzegeld. Ik heb geen idee wat erin stond, maar achteraf kun je gemakkelijk bedenken dat de brief gedetailleerde instructies bevatte, misschien zelfs foto's, die de vlucht mogelijk hebben gemaakt.'

Wisting wist niet waar hij moest beginnen. 'Theo Dermann is geen echte naam,' zei hij. 'Niemand in Noorwegen heet zo.'

'Hij stelde zich niet aan mij voor, maar heeft zich bij binnenkomst onder die naam ingeschreven.'

'Hoe zag hij eruit?'

Claes Thancke zuchtte gelaten. 'Ik weet het niet goed,' antwoordde hij.

'Je weet het niet?' zei Wisting. 'Hij zat hier toch?'

'Hij was in de dertig en had een baard,' antwoordde Thancke. 'Maar volgens mij was die geverfd. Bovendien denk ik dat hij die voor de gelegenheid had laten groeien. Als camouflage. Hij had een aantal pleisters op zijn gezicht en droeg een bril met gele glazen. En een pet.'

'Had je hem al eens eerder gezien?'

'Nog nooit.'

'Wat sprak hij?'

'Engels. Gebroken Engels, maar dat was waarschijnlijk ook nep.'

'Hoe lang was hij hier?'

'Niet lang. Vijf minuten misschien. Het was een kort bezoekje.'

'Heb je hem vaker ontmoet?'

'Alleen die ene keer, maar er verscheen nóg een brief. Thuis, privé. In mijn brievenbus. Een envelop in een envelop. Mijn naam op de buitenste, die van Kerr op de envelop erin. Als afzender stond er Trude; een hint om het mij te laten begrijpen.'

'Wanneer was dat?'

'Vorige week woensdag. Ik heb hem de volgende dag afgegeven.'

Thancke ging wat meer rechtop zitten. 'Dit is in strijd met de richtlijnen in de wet tenuitvoerlegging van straffen, maar niet direct illegaal,' beklemtoonde hij.

Wisting wilde het liefst tegenwerpen dat hij vermoedelijk aan Kerrs vlucht had meegewerkt, maar liet het gaan. 'Heb je hier met Kerr over gesproken?'

'Nee. Hij nam de brieven in ontvangst, legde ze aan de kant en maakte ze, zolang ik bij hem was, niet open.'

'Kreeg je brieven mee die de gevangenis uit moesten?'

'Nee. Het was een eenrichtingscommunicatie.'

'Hebben anderen op jouw kantoor hem gezien, of met hem gesproken?'

'Janne.' Hij knikte in de richting van de glazen en de flessen die de receptioniste had neergezet. 'Bijna alle anderen waren op de rechtbank of naar vergaderingen,' voegde hij eraan toe. 'Janne zat bij de telefoon en schreef hem in toen hij verscheen. Ik heb de binnenkomende telefoongesprekken gecheckt. Hij belde vanuit het arbeidsbureau in Sagene. Met een telefoon die werkzoekenden kunnen gebruiken. Ik ben daar zelfs naartoe gegaan. Het is bijna zoiets als een ouderwetse telefooncel. Iedereen kan er zomaar naar binnen gaan en van daaruit bellen. Geen controle. Geen camera's.'

'Heb je hier enige vorm van cameratoezicht?' wilde Stiller weten.

Claes Thancke schudde zijn hoofd. 'Dat vinden onze cliënten niet zo leuk. Er zit een camera op de intercom, maar er worden geen opnamen gemaakt.'

'En die brief in de auto? Was die ook van Theo Dermann?'

'Nee. Die ging over de verzekeringskwestie.' Hoofdschuddend zei Thancke dat hij er geen flauw vermoeden van had dat Kerr er tijdens de plaatsopneming vandoor zou gaan.

'Wat dacht jij dat er in de brieven stond?' vroeg Stiller. 'Van wie dacht je dat ze afkomstig waren?'

'Ik nam aan dat ze van Nummer Twee waren.'

Stiller keek naar Wisting en de stoel waarin hij zat. 'Dat Nummer Twee hier was? Bij jou op kantoor?'

'Het hoeft hem niet te zijn geweest,' antwoordde Thancke. 'Niet persoonlijk. Vermoedelijk niet. Hoogstwaarschijnlijk was het maar een boodschapper, maar de inhoud was van hem. Volgens mij was Tom Kerr tijdens de rechtszaak oprecht toen hij ontkende iets met de moord op Taran Norum vandoen te hebben. Ik denk dat hij daaraan onschuldig is, maar dat hij wel doorhad dat hij de schuld op zich moest nemen en bekennen, als hij kans wilde maken om uit zijn hechtenis te komen. Hij had al de hoogste straf gekregen die de wet biedt en had niets te verliezen als hij nóg een moord bekende. Integendeel. Dat hij besloot te bekennen, zou aantonen dat hij was veranderd, en op de lange termijn kon dat tot voorwaardelijke invrijheidstelling leiden. Daarvoor had hij echter informatie nodig. Hij moest weten hoe Nummer Twee Taran Norum om het leven had gebracht en waar hij het lijk had verstopt. Ik nam aan dat in de brieven stond wat Kerr nodig had om te bekennen. Ik kwam in een nagenoeg onmogelijke rol terecht als zijn verdediger, aangezien het in het belang van mijn cliënt zou zijn om een valse verklaring af te leggen.'

Wisting liet het betoog op zich inwerken.

'Nu lijkt het allemaal een spelletje,' ging Thancke verder. 'Dat is al zo vanaf het begin, toen hij met een medegedetineerde begon te praten. En toen ging het opeens heel snel. Iets te snel, waarschijnlijk. Hij vroeg me de plaatsopneming te laten uitstellen. Dat bezwaar maken tegen bewapening droeg daaraan bij. Daardoor had hij de tijd om alle benodigde informatie te pakken te krijgen.'

'Dat betekent toch dat de communicatie met Nummer Twee bij hem is begonnen,' vatte Stiller samen. 'Dat hij zich eerst, vanuit de gevangenis, tot Nummer Twee wendde. Hoe zou dat dan gegaan zijn?'

Thancke spreidde zijn armen in een machteloos gebaar. 'Geen idee. Er zijn een paar mensen die regelmatig bij hem op bezoek komen. Onder meer een penvriendin. Maar dat zijn maar speculaties.'

'Heb je enig vermoeden hoe we deze boodschapper kunnen identificeren en vinden?'

'Nee. Ik weet niet meer dan wat ik zojuist heb verteld,' antwoordde hij. 'En een deel daarvan zijn slechts hypothesen.'

Ze namen alles nog een keer door, stelden opnieuw enkele vragen, kregen wat meer details over Theo Dermanns bezoek en bespraken de mogelijkheden dat een tekenaar een schets kon maken.

'Jij zat met hem voor je neus,' benadrukte Wisting. 'Sprak met hem. Dat is een goed uitgangspunt voor een compositietekening.'

'Ik heb dat soort schetsen al vaker gezien,' antwoordde Thancke. 'Dat leidt zelden tot iets, maar ik ben uiteraard bereid om het te proberen.'

Wisting maakte zich gereed om te vertrekken. 'Heb je enig

vermoeden of kun je je ook maar enigszins voorstellen waar Tom Kerr kan zijn?'

De gelaatsuitdrukking van de advocaat verstrakte nog een keer. 'Nee. Dan zou ik werkelijk hebben overwogen om het te vertellen.'

44

'Ik begrijp niet helemaal hoe dit allemaal in elkaar steekt,' zei Stiller toen ze naar de auto liepen. 'Thancke heeft brieven voor Kerr naar binnen gesmokkeld, terwijl Lone Mellberg brieven uit de gevangenis meenam.'

Wisting kon niet anders dan knikken. 'Ik zal Semmelmann vragen het arbeidsbureau in Sagene te benaderen,' zei hij. 'Dat is het meest concrete dat we hebben, daar belde hij immers vandaan om de afspraak te maken.'

'We moeten zijn receptioniste ook spreken,' zei Stiller. 'Haar de verklaring laten bevestigen en een beschrijving laten geven.'

Ze waren bij de auto. Wisting had via een app op zijn telefoon het parkeren geregistreerd. Hij pakte zijn mobiel om zich af te melden en zag dat Hammer hem twee keer had gebeld terwijl ze bij de advocaat waren.

'Ik heb zojuist een interessante respons van de posterijen gekregen,' zei hij toen Wisting hem belde.

'Theo Dermann?'

'Zij kennen het adres ook niet en denken dat brieven die daarnaartoe zijn gestuurd op de afdeling Onbestelbare Post terecht zullen komen.'

'Onbestelbaar?'

'Poststukken waarvan ze de geadresseerde én de afzender niet kunnen vinden, komen bij de terminal voor heel Oost-Noorwegen terecht om getraceerd te worden. Daar belanden alle kerstcadeaus met een verkeerd adres.'

Wisting wist het. Hij had een artikel gelezen over het fenomeen postdetectives.

'In sommige gevallen worden de brieven geopend om te kijken of ze de naam van een afzender kunnen vinden.'

'Dus de brieven aan Theo Dermann kunnen daar nu liggen?' vroeg Wisting.

'Degene die ik sprak hield dat in elk geval voor mogelijk,' antwoordde Hammer.

Wisting startte de auto. 'Waar is die terminal?'

'In de wijk Lørenskog,' antwoordde Hammer.

'Daar zit ik een halfuur vandaan,' zei Wisting. 'Stuur me het adres.'

Hij verbrak de verbinding en vertelde Stiller wat hij te weten was gekomen.

'Ik ga mee,' zei Stiller.

Ze reden noordwaarts, het centrum uit. Na de gemeentegrens van Oslo te zijn gepasseerd, kwamen ze achter een groene trailer van bezorgbedrijf Bring te rijden. Ze volgden die tot op een industrieterrein en hielden halt voor de postterminal.

Stiller opende het portier aan zijn kant, Wisting bleef zitten met zijn handen aan het stuur.

'Wat is er?' vroeg Stiller.

Wisting schudde zijn hoofd. Tijdens het rijden was een gedachte in hem opgekomen, maar die wees zo in de richting van een samenzwering dat hij er nog even over moest nadenken voordat hij iets kon vertellen.

Hij stapte uit en sloot langzaam het portier, terwijl hij zijn gedachten ordende. 'Hij moet een reden hebben gehad om dit te doen,' zei hij. 'Om brieven naar buiten te smokkelen naar een adres dat niet bestaat.' Hij bleef voor de auto staan. 'Al het andere was goed voorbereid,' vervolgde hij. 'Stel nu eens dat het zijn bedoeling was dat de brief hier terecht zou komen?'

Stiller keek hem even aan, waarna hij begreep wat Wisting bedoelde. 'Dat iemand hier hem helpt?' vroeg hij met een knikje naar het gebouw voor hen. 'Op de afdeling Onbestelbare Post?'

'Ik noem het maar even,' zei Wisting. 'Als mogelijkheid.'

'Bedoel je dat Nummer Twee hier misschien werkt?'

'Niet per se hijzelf, maar iemand die de brief verder kan brengen, naar de geadresseerde.'

'Dus wat doen we?'

Wisting zette zich in beweging. 'We gaan naar binnen,' antwoordde hij. 'Kijken of de brieven daar zijn. Dan brengen we in kaart wie erbij kon, mochten ze hier niet liggen.'

Ze wendden zich tot de persoon achter de balie en werden doorverwezen naar een gezette man die politieverzoeken kon afhandelen. Volgens het bordje op de kantoordeur was hij verantwoordelijk voor kwaliteit en veiligheid. Wisting legde uit dat ze probeerden twee brieven te traceren die naar een foutief adres waren gestuurd.

'Gaat het om Tom Kerr?' vroeg de man achter het bureau. 'Ik heb u op het nieuws gezien.'

'We trekken verschillende sporen na,' beaamde Wisting. 'Het betreft twee A4-enveloppen, geadresseerd met een straatnaam in Oslo die niet bestaat.'

'C4,' corrigeerde de corpulente man. 'Enveloppen die geschikt zijn voor papieren van A4-formaat heten C4.'

Wisting glimlachte. 'We willen graag nagaan of ze op de afdeling Onbestelbare Post zijn beland.'

'Ik begrijp het,' zei de man.

Hij trok een la open en begon tussen wat papieren te zoeken. 'Hoe lang is dit geleden?'

'Anderhalve week en vier weken geleden.'

'Dan kunnen ze hier terecht zijn gekomen,' bevestigde de man, terwijl hij de la weer sloot. 'Hebben jullie een opsporingsformulier ingevuld?'

'Er is haast bij,' verduidelijkte Wisting. 'Ik wil dat u ons meeneemt naar de afdeling zodat we dit kunnen opnemen met de mensen daar. Als de brieven daar zijn, willen we ze vandaag meenemen.'

De man met de veiligheidsverantwoordelijkheid bleef naar hem zitten kijken, alsof hij overwoog of het verzoek van Wisting binnen de regelgeving viel. Toen stond hij op.

'Ik snap het,' zei hij ten slotte. 'Kom maar met me mee.'

Hij begeleidde hen door een gang, een wenteltrap af en door weer een gang die uitkwam bij een anonieme grijze stalen deur. Daarachter hingen wandplanken vol rode bakken met pakketten en brieven.

Een man en een vrouw zaten ieder op hun eigen werkplek achter in het langwerpige vertrek. De veiligheidschef wenkte de vrouw bij zich en legde uit wat er aan de hand was.

Wisting maakte een opmerking over de grote hoeveelheid verkeerd geadresseerde post.

'De gemeentelijke fusies hebben wel voor de nodige uitdagingen gezorgd,' legde de vrouw uit. 'In een groot deel van de nieuwe gemeenten zijn de straatnamen gecheckt, zodat er bijvoorbeeld in elke gemeente maar één Storgata is. Dat zorgt er natuurlijk voor dat de post gemakkelijker op de juiste plek belandt, maar tijdens een overgangsperiode is dat verwarrend. De mensen zijn er niet zo goed in om de wijziging van hun adres aan hun contacten door te geven.'

Wistings ogen gleden langs de planken met onbestelbare post. Boven in de dichtstbijzijnde bak lagen een brief met een onleesbaar handschrift en een pakket waarop helemaal niet stond voor wie het bestemd was. Op beide zat dezelfde sticker met daarop de woorden ADRES ONBEKEND. De brievenbak had gele plakbriefjes met een datum en iets wat een interne nummering moest zijn. Het systeem maakte een primitieve en onoverzichtelijke indruk.

'We zijn op zoek naar een brief die is geadresseerd aan Theo

Dermann aan de Anton Brekkes vei in Oslo,' zei Wisting. 'Dat adres bestaat niet en er is niemand met die naam in het bevolkingsregister,' voegde hij eraan toe.

'Hij moet in het systeem staan,' zei de vrouw en ze liep naar haar werkplek.

De anderen volgden haar.

Ze nam plaats en opende een computerprogramma. Wisting zei hoe de naam werd gespeld. De man naast hen keek nieuwsgierig toe.

'Ik krijg twee resultaten,' deelde de vrouw mee. Ze wendde zich tot de man naast haar. 'Jij hebt ze ingeboekt, Morgan.'

De man kwam overeind. 'Ik ga ze wel zoeken,' bood hij aan.

De vrouw noemde een referentienummer voor de eerste brief. De man begaf zich hinkend naar een plank, pakte er een bak af en begon door de inhoud te bladeren. Wisting wisselde een blik met Stiller.

'Een C4-envelop,' liet de veiligheidschef weten.

De mannelijke medewerker haalde een bruine envelop tevoorschijn en wapperde ermee. 'Hebbes!'

De vrouw achter de computer gaf hem nog een nummer. De man kwam met een identieke envelop aangelopen. Ze waren ongeveer even dik, geen van beide was opengemaakt. De naam van de ontvanger en het adres waren handgeschreven in hoekige letters. Boven in de rechterhoek zat een aantal postzegels.

'Theo Dermann,' zei de man, terwijl hij de enveloppen afgaf.

'We hebben een besluit van het OM nodig om ze te mogen meegeven,' zei de veiligheidschef.

Stiller begon te beargumenteren dat dit niet nodig zou zijn, maar Wisting pakte zijn telefoon.

'Dat regel ik wel,' zei hij, waarna hij Christine Thiis belde. 'We hebben dat sowieso nodig om ze te kunnen openen.'

De veiligheidschef nam de twee brieven mee, terwijl Wisting de officier van justitie uitlegde waarover het ging. 'Hebt u een fax?' vroeg hij.

De veiligheidschef schudde zijn hoofd. 'Alleen e-mail.'

Wisting kreeg het mailadres, gaf dat door aan Christine Thiis en ging zitten. De brieven lagen op het bureau tussen hem en de veiligheidschef.

'Het duurt zo'n vijf tot tien minuten,' zei hij met een knikje naar het computerscherm.

'Kan ik jullie iets aanbieden?' vroeg de man. 'Koffie? Water?'

Stiller bedankte, Wisting vroeg om een kop koffie, vooral om de veiligheidschef uit de kamer te krijgen.

'Theo Dermann,' zei Wisting hardop. 'Ik denk te weten wie hij is.'

'Wie dan?'

Wisting herhaalde de naam. 'Klinkt dat niet Duits?'

'Joods, misschien,' beaamde Stiller.

'En als het nu eens Engels of Amerikaans is?' wierp Wisting tegen.

Stiller begreep hem niet.

'Hoe zou je het op zijn Amerikaans uitspreken?' vroeg Wisting.

Stiller deed een poging, maar het duurde nog wel even voordat hij begreep wat Wisting bedoelde.

'The-o-der-man, *the other man*,' zei hij. 'Nummer Twee!'

Wisting knikte naar de twee enveloppen op het bureau. 'Daarin zitten ofwel de brieven waarnaar we op zoek zijn, ofwel we zijn in de maling genomen. Alweer.'

'In de maling genomen? Hoezo?'

'Dat dit een afleidingsmanoeuvre is, om ons in een andere richting te laten kijken.'

De veiligheidschef was terug met twee koppen koffie. Hij zette het ene kopje voor Wisting neer en nam plaats met zijn eigen kopje op schoot.

‘Dus: wie is Theo Dermann?’ vroeg hij.

Wisting keek op zijn horloge. ‘Check je e-mail eens,’ verzocht hij.

De gezette man nam een slok koffie, waarna hij zijn pc checkte. ‘Hier is het, ja...’ Hij tuurde naar het scherm, terwijl hij de inhoud van het formele besluit las.

‘Helemaal in orde,’ stelde hij vast. Hij pakte een briefopener van een plank achter hem.

‘Mooi,’ zei Wisting. Hij stond op, pakte de twee brieven en liep naar de deur. ‘Bedankt voor uw hulp,’ voegde hij eraan toe.

Stoelpoten schraapten over de vloer toen ook Stiller overeind kwam.

Twee minuten later zaten ze in de auto, Wisting met de brieven op schoot.

Stiller overhandigde hem een klein zakmes. ‘Handschoenen?’ opperde hij.

Wisting knikte. Ze konden de inhoud van de enveloppen beter als bewijs behandelen. Hij pakte twee dunne latexhandschoenen uit een doos in het deurvak en trok ze aan. Daarna bekeek hij de datumstempels en opende de eerste envelop.

Er zat een stapeltje gelinieerde vellen papier in. Hij haalde ze eruit en constateerde dat ze onbeschreven waren.

Stiller kreunde op de passagiersstoel. ‘Hij speelt met ons,’ zei hij, gevolgd door een vloek.

Wisting opende de tweede envelop. Ook die zat vol blanco vellen papier.

45

'Heb je geen camera bij je?' merkte de man achter het bureau glimlachend op.

Line beantwoordde zijn glimlach. Elias Wallberg was een van de twee psychiaters die Tom Kerr hadden onderzocht. Hij was een corpulente man van begin vijftig. Rimpels in zijn gezicht, grijs haar bij de oren en een lichtje in de ogen. Zijn hele uiterlijk straalde autoriteit en ervaring uit, passend bij zijn reputatie van specialist op zijn gebied. Als deskundige in een rechtszaal zou hij overtuigend overkomen. Voor een camera zou hij dezelfde indruk maken.

'Ik wilde vandaag maar eens geen opnamen maken,' zei ze. 'Dat vergt het een en ander. Opstelling, lichtbepaling en dat soort dingen. Maar ik ben blij dat u mij op zo'n korte termijn kunt ontvangen.'

Ze pakte haar dossier met aantekeningen. 'Bij het werk dat ik tot nu toe heb gedaan, ben ik erg nieuwsgierig geworden naar uw rol. Wat een forensisch psychiater kan achterhalen.'

'Ik kan dus niet over het geval Tom Kerr in het bijzonder praten,' waarschuwde Wallberg.

'Dat begrijp ik,' zei Line. 'Ik heb iemand nodig met verstand van zaken die kan vertellen wat slechtheid inhoudt. Waar die vandaan komt en waartoe die kan leiden.'

Elias Wallberg leunde naar voren. 'Slechtheid is innerlijke duisternis,' antwoordde hij. 'Een drang om andere mensen pijn te doen.'

Line schreef het op. Ze vond het fijn wat ze hoorde, zijn

stem klonk rauw en hij sprak beeldend. Dit zou het op tv goed doen.

'Waar het vandaan komt is moeilijker te zeggen,' ging de psychiater verder. 'Ik ben tot de conclusie gekomen dat slechtheid iets is wat we niet begrijpen en waartegen we ons dus ook niet kunnen beschermen, wat we niet kunnen controleren of vermijden. Net als liefde.'

Hij schonk haar een scheef glimlachje en ging weer wat meer rechtop zitten. 'Het is niet zeker dat slechtheid een psychologische afwijking is,' zei hij. 'Het kan best zo zijn dat de wortels daarvan in fysieke processen in de hersenen gelegen zijn. Onderzoek toont aan dat psychopaten defecten of hiaten hebben in het deel van de hersenen waarin de persoonlijkheid wordt geschapen. Gebieden in de hersenen die nodig zijn voor het vermogen om zich te schamen of medeleven te tonen, zijn beschadigd. Die hersencellen zijn er dan simpelweg niet.'

Hij hief zijn wijsvinger op naar zijn eigen voorhoofd. 'Er zit geen hersenmassa op de plaats waar de emotionele reactie op slechtheid zou hebben geleid tot spijt, schaamte, schuldgevoel, angst en onbehagen.'

Line herkende het een en ander uit de scriptie van Maren Dokken. 'Maar kennen psychopaten het verschil tussen goed en fout?' vroeg ze.

'De psychopaat kan zich aanpassen,' zei de psychiater. 'Op basis van hoe anderen reageren, zal hij bijvoorbeeld begrijpen dat het verkeerd is om dieren te kwellen, maar hij kan dat niet met zijn eigen opvatting van de daad verbinden. Hij voelt geen schuld. Dat is een aangeboren gebrek en daarom kan hij niet leren om een beter mens te worden. Hij kan gestraft worden. We kunnen hem in de gevangenis zetten, maar straf heeft geen enkel pedagogisch effect omdat hij niet over de hersencellen beschikt die hem normaliter spijt hadden laten voelen of die voor een naar gevoel hadden gezorgd. Psychopaten zijn gevoelloos. Ze hebben geen enkel benul van verantwoordelijkheid en schuld.'

'Maar psychopaten hoeven niet slecht te zijn,' merkte Line op.

'Nee, het type slechtheid en sadisme dat jij bedoelt, wordt vaak gepleegd door mensen met een antisociale persoonlijkheidsstoornis. Mijn conclusie wat Tom Kerr betreft was dat hij een narcistische psychopaat is.'

'En Nummer Twee?' vroeg Line. 'Wat voor iemand is hij?'

De psychiater glimlachte. 'Ik kan natuurlijk geen diagnose stellen, maar kennelijk is dat iemand met dezelfde sadistische en narcistische trekken als Kerr, maar dan toch anders.'

'Omdat hij onder de radar van de politie is gebleven?'

'Ik neem aan dat hij in hun papieren voorkomt. Vermoedelijk is hij een gerespecteerd mens.'

'Waarom denkt u dat?'

'Omdat hij niet is gepakt. Waarschijnlijk gaat het om iemand die een illusie van onbaatzuchtigheid en bescheidenheid om zich heen heeft gecreëerd. Iemand die zijn egoïstische en egocentrische motieven heel goed kan verbergen en als eerlijk, goedhartig en opofferend overkomt. Tot dusver is het hem gelukt zich voor te doen als een betere versie van zichzelf, in het besef dat als zijn ware aard aan het licht komt, hij het respect en de status die hij heeft verworven niet in stand zal kunnen houden.'

'Dus de politie moet uitkijken naar een man in een hoge positie?'

'Niet per se,' antwoordde Wallberg. 'Dat hij niet is ontmaskerd duidt erop dat hij zich heel goed weet aan te passen, maar narcisten functioneren het best binnen kaders die worden gekenmerkt door controle en voorspelbaarheid. Bij de politie of in het leger bijvoorbeeld, waar systeem en structuur sleutelbegrippen zijn.'

'Zegt u dat Nummer Twee een politiefunctionaris kan zijn?' vroeg Line.

Elias Wallberg schoot in de lach. 'Nee, maar dat is niet ondenkbaar. Dat kan typisch een beroep zijn dat een sadist wel aanstaat. Sadisme behelst een fascinatie voor machtsgebruik en de wens om anderen te straffen en te controleren. Dat is in elk geval waarschijnlijker dan dat Nummer Twee een ziekenverzorger is.'

Hij keek op de klok. Line begreep dat ze er een eind aan moest breien. Ze kreeg nog wat meer beschouwingen rond het begrip slechtheid, waarna Wallberg opstond en met haar meeliep naar de deur.

'Ik heb veel gesprekken met Tom Kerr gevoerd,' zei hij met een hand op de deurklink. 'Meer dan de onderzoeker die met hem werkte. Volgens mij is hij gevaarlijk en onberekenbaar. Een dier handelt vanuit impulsen en instinct, terwijl normale mensen dat vanuit hun geweten doen. Kerr heeft geen geweten. In dat opzicht is Tom Kerr meer een dier dan een mens.'

46

Het lege koffiekopje was op de tafel blijven staan nadat Wisting het daar aan het begin van de dag had achtergelaten. Hij nam het mee naar het keukentje, spoelde het af en schonk het opnieuw vol.

De andere rechercheurs kwamen een voor een binnen en gingen op hun vaste plaats zitten. De brieven aan Theo Dermann lagen op de plek van Mortensen, elk in een bewijszakje van doorzichtig plastic.

'Kun jij er wijs uit worden?' vroeg Wisting.

Mortensen reageerde hoofdschuddend. 'Vermoedelijk niet iets wat ons verder brengt,' antwoordde hij. 'Het zal niemand verbazen dat Tom Kerrs vingerafdrukken en DNA erop zitten.'

Iedereen kende de inhoud van de enveloppen al, maar de zakjes gingen de tafel rond zodat ze er allemaal een goede blik op konden werpen.

'Er bestaat wel degelijk iemand die zich Theo Dermann noemt,' zei Wisting en hij vertelde over het bezoek dat Claes Thancke had gehad.

Ze hadden ook bij de receptioniste geïnformeerd. De vrouw had bevestigd hoe de afspraak met Theo Dermann tot stand was gekomen en beschreef de man op dezelfde manier als Claes Thancke. Ze dacht dat hij vast zichtbare littekens had, gezien de pleisters op zijn gezicht.

Verder overleg bracht niets nieuws. De bijeenkomst duurde slechts kort. Ze konden geen kant op en hadden in feite niets meer om nog mee verder te gaan.

Wisting verliet als laatste de vergaderkamer. Terug in zijn kantoor ging hij aan de slag met de stapel aangiften en berichten, papiertjes die Bjørg Karin voor hem had klaargelegd: mails en tekstberichten. Ze kwamen voornamelijk van journalisten die hem telefonisch niet hadden kunnen bereiken. Zo'n laatste telefoontje was tijdens het overleg binnengekomen, afkomstig van een journalist van TV2 die een commentaar op het onderzoek van de speciale eenheid wilde hebben. Wisting beantwoordde het bericht niet en bekeek de volgende oproep toen zijn telefoon opnieuw ging. Tim Skage.

'Nog nieuws?' vroeg Wisting.

'Niet als het om Tallak Gleich gaat,' antwoordde Skage. 'We zijn bij een adres geweest waar hij vannacht was, een kameraad in het centrum, maar zijn niet verder gekomen. De granaten komen uit een militair depot, zoals jullie al dachten. Dat is bevestigd.'

Wisting leunde naar achteren en legde een hand op zijn voorhoofd.

'Er is iets anders interessants opgedoken,' ging Skage verder. 'Dat wil ik je even laten weten.'

'Wat heb je?'

Skage begon een beetje omslachtig: 'Je moet niet vergeten dat we de zaak lange tijd als een brand met een fatale afloop hebben beschouwd. Pas een paar dagen geleden is vast komen te staan dat Chris Paust Backe verdovende middelen in zijn bloed had. De conclusie was toen dat de brand was aangestoken. De moordzaak is nog maar een paar dagen aan de gang.'

Wisting begreep dat ze waarschijnlijk iets belangrijks over het hoofd hadden gezien.

'Veel criminelen hebben meerdere telefoons,' vervolgde Skage. 'Eentje voor gewoon gebruik en eentje voor hun zaakjes. Duistere activiteiten. Een zwarte en een witte, zo je wilt.'

'Ja?'

'De telecomgegevens van Backes witte telefoon hebben we al in een vroeg stadium opgevraagd, dat leverde vrijwel niets op en daarin waren geen gesprekken met Tallak Gleich te vinden.'

'Hoeveel telefoons hebben jullie in de restanten na de brand gevonden?' vroeg Wisting.

'Twee,' antwoordde Skage. 'Of strikt genomen vijf, maar op slechts twee zat een abonnement. Nu zijn de technici klaar met hun werk. Van de ene telefoon hadden we de data al, het andere abonnement stond op naam van zijn oma. In die data vonden we verschillende gesprekken met Tallak Gleich, maar de laatste persoon naar wie hij heeft gebeld was Helene Norum.'

Wisting voelde een rilling over zijn rug lopen. 'Norum,' herhaalde hij.

'De moeder van Tom Kerrs derde slachtoffer,' verduidelijkte Skage. 'Van Taran Norum.'

Wisting wist heel goed wie dat was. De vragen stapelden zich in zijn hoofd op. 'Hebben ze elkaar vaker gesproken?' wilde hij weten.

'We hebben alleen dit gesprek. Dat is van ongeveer een uur voordat de brand werd gemeld. Ze spraken bijna een minuut met elkaar.'

'Bestaat er enige vorm van relatie tussen hen? Of is er een ander verband?'

'Niet dat we tot dusver hebben kunnen vaststellen.'

Een duif landde buiten op het kozijn. Wisting stond op en liep naar het raam zonder dat het dier wegvloog. Hij vestigde zijn blik op Svenner en de vuurtoren, aan het eind van de fjord. Wat hij te horen had gekregen, was verwarrend. Het paste op geen enkele manier in het plaatje. Dat de man die Kerr indirect had helpen vluchten een connectie had met de moeder van een van diens slachtoffers.

'Jullie moeten met haar praten,' zei hij.

‘We proberen wat meer informatie te vergaren, dan halen we haar morgen op voor verhoor. Ik hou je op de hoogte.’

Ze beëindigden het gesprek.

De duif vloog weg. Wisting bleef staan. Ze moesten heel wat lijntjes bij elkaar brengen, maar het voelde alsof ook anderen aan de touwtjes trokken. Mensen met een geheel eigen wil.

47

'Hartelijk dank!'

Amalie gaf Line een theekopje uit de speelgoedkeuken. Line bracht het naar haar mond en deed alsof ze dronk. Amalie straalde, keerde terug naar het keukentje aan de andere kant van de kamer en roerde in een pannetje. Line zette haar kopje neer.

De tv stond op een kinderzender, maar Amalie keek er niet naar.

'Mama moet even bellen.' Ze zette het geluid van de tv zachter en belde Maren Dokken.

'O, hallo!' zei Maren op luchtige toon.

'Hoe gaat het?' vroeg Line.

'Ik sta op het punt de deur uit te gaan,' antwoordde Maren. 'Even een wandeling maken en wat frisse lucht opsnuiven, voordat het gaat regenen.'

Line hoorde de akoestiek en stelde zich voor hoe Maren de trap afliep.

'Ik wilde je even vertellen dat ik vandaag met de psychiater heb gesproken,' ging Line verder, en ze moest om zichzelf lachen. 'De man dus die jou met je scriptie heeft geholpen.'

'Elias Wallberg.'

'Hij leek me een uitstekende kerel,' zei Line. 'Hij heeft zich bereid verklaard aan de documentaire mee te werken.'

'Wat mooi!'

'Ja, en bedankt voor de tip.'

'Ik verheug me erop hem te zien als je hem klaar hebt.'

Line hoorde een deur dichtslaan. 'Ik heb met de producenten gesproken,' ging ze verder. 'We willen je er graag bij hebben. Dat je vertelt wat er dinsdag is gebeurd.'

'Ik weet niet...' begon Maren.

'Je hoeft niet meteen te beslissen,' haastte Line zich te zeggen. 'Denk er maar over na.'

'Dat kan ik niet in mijn eentje bepalen,' zei Maren. 'Ik moet het met het werk overleggen.'

'Natuurlijk,' zei Line. 'Maar ik kan me niet voorstellen dat ze er iets op tegen hebben.'

'Morgen om negen uur moet ik voor een debriefing naar het bureau,' vertelde Maren. 'Daarvoor hebben ze een uur gereserveerd. Na afloop kunnen we het erover hebben, dan kan ik je bellen.'

'Fijn.' Line verbrak de verbinding met een goed gevoel.

Amalie kwam bij haar met een bordje vol zogenaamd eten dat ze zogenaamd moest proeven. Line smakte tevreden en zette de televisie op TV2 om het nieuws te zien.

De uitzending begon. Als eerste verscheen het gezicht van Tom Kerr. De nieuwslezer meldde dat TV2 exclusieve beelden kon tonen van wat er was gebeurd toen de nietsontziende moordenaar ontsnapte. Vervolgens lieten ze beelden zien van de wegrennende Tom Kerr en de explosie die volgde. Háár beelden. Háár opnamen.

Vol ongeloof keek ze ernaar. Er werden drie andere reportages aangekondigd, waarna ze terugkeerden naar Tom Kerr. Hij was nog niet aangehouden en de politie was nog niet met nieuwe informatie gekomen, zette de journalist in de studio uiteen. Daarna volgden archiefbeelden van de vorige dag. Een reporter vertelde waarvoor Tom Kerr was veroordeeld en wat er was gebeurd toen hij de benen nam. Daarna doken haar beelden weer op. De reporter herhaalde dat TV2 toegang had gekregen tot exclusieve opnamen. Ze lieten zien dat de voetboei van Tom Kerr werd verwijderd, dat hij de steile helling naar beneden nam en plotseling begon te rennen. De politiemensen gingen hem achterna, waarna het fragment met de explosie eindigde.

'Wel verdomme!' riep Line luid.

De uitzending ging verder. Het gezicht van haar vader verscheen. Het fragment was van toen hij de pers toesprak en hij het geleende overhemd droeg. De reporter liet weten dat de speciale eenheid voor politieaangelegenheden een onderzoek was gestart naar wat er mis was gegaan toen Tom Kerr op de vlucht sloeg.

'Opi!' riep Amalie.

Het meisje ging voor de tv staan. Een leidinggevende van de speciale eenheid bevestigde de woorden van de verslaggever, maar had geen verdere opmerkingen.

De manier waarop de reportage in elkaar was gezet, wekte de indruk dat haar vader verantwoordelijk was voor wat er was voorgevallen en dat het onderzoek zich nu op hém richtte.

Amalie straalde en kroop op de bank. 'Opi!' riep ze nog een keer.

Toen was de uitzending voorbij. Line zette het geluid weer zachter en belde Stiller. Eigenlijk had ze er niets mee te maken waar de politie de beelden voor gebruikte. Ze was betaald voor haar werkzaamheden en de opnamen waren van de politie, maar ze had het op prijs gesteld als ze haar hadden geïnformeerd. Bovendien was dit volkomen onnodig. De politie had er geen enkele baat bij om de beelden vrij te geven.

Stiller nam op.

'Ik heb het nieuws op TV2 gezien,' zei Line.

'O ja? Ik zit in de auto, ben weer op weg naar Oslo.' Hij klonk alsof hij van niets wist.

'Waarom hebben jullie TV2 mijn beelden gegeven?' vroeg ze.

'Wat bedoel je?'

'Nou, TV2 heeft zojuist de opnamen van Tom Kerrs ontsnapping getoond,' legde Line uit.

Adrian Stiller schraapte zijn keel. 'Daar weet ik niets van.'

'Waar hebben ze ze dan vandaan?'

'Geen idee. Dat moet ik uitzoeken.'

'Dan moet er toch gelekt zijn?' zei Line. 'Met wie heb je de opnamen gedeeld?'

'Dat moet ik uitzoeken,' herhaalde Stiller. 'Maar dit is toch eigenlijk positief voor jou?'

'Hoezo dan? De exclusiviteit is nu weg.'

'Nu wordt het voor jou gemakkelijker om het gebruik van de opnamen goedgekeurd te krijgen. Ze liggen al op straat. Er is geen reden meer voor de politieleiding om ze achter te houden. Er is geen reden meer om te wachten tot het onderzoek in de zaak volledig is afgerond.'

Amalie was moe. Ze kroop tegen Lines borst aan.

'Gaan jullie dit onderzoeken? Of er is gelekt?' vroeg Line, terwijl ze haar dochter over het hoofd aaide. 'Schending van de geheimhoudingsplicht, of zo? Ik wil graag weten waar de opnamen vandaan komen.'

'Daar zou de speciale eenheid dan naar moeten kijken,' antwoordde Stiller. 'Maar het klinkt niet alsof dit het onderzoek heeft geschaad. Misschien eerder het tegendeel. Hoe vaker Tom Kerrs gezicht op tv komt, hoe groter de kans is dat iemand hem herkent en daarvan melding maakt.'

'Ik wil erbij zijn als jullie hem oppakken,' zei Line.

'Wat bedoel je?'

'Ik wil dat je het me laat weten als jullie iets concreets hebben,' zei Line. 'Als jullie weten waar hij is. Ik wil erbij zijn en het filmen als jullie hem oppakken.'

'Jouw vader leidt die werkzaamheden,' wierp Stiller tegen.

'Hij is hopeloos,' zei Line. 'Doodsbang om zaken door elkaar heen te laten lopen. Jíj bent degene die dit op gang heeft gebracht. Jij kunt dit regelen.'

Aan de andere kant van de lijn viel een stilte. 'Ik zal kijken wat ik kan doen,' kwam er ten slotte uit.

'Dank je.'

Stiller kreeg een ander telefoontje. 'Deze moet ik opnemen,' zei hij verontschuldigend, waarna hij de verbinding verbrak.

Op tv ging het over protesten tegen nieuwe toltarieven. Line spoelde de decoder terug om de uitzending nogmaals te bekijken. Iemand bij de politie wilde dat de beelden naar buiten kwamen. Ze wist niet aan wie ze ter beschikking waren gesteld, maar de enige die volgens haar een motief kon hebben was Adrian Stiller. Hij had gelijk toen hij zei dat dit de documentaire gemakkelijker kon maken.

'Opi!' riep Amalie weer en ze wees naar de tv.

Line zette de opname stil. Het gezicht van haar vader vulde het scherm.

Of het motief stak anders in elkaar, dacht ze. Het gebruik van de beelden hield verband met het nieuws dat de speciale eenheid in de zaak was gedoken en het onderzoek zich op haar vader richtte. Het lekken kon een poging zijn om iemand de verantwoordelijkheid voor de ontsnapping van Tom Kerr in de schoenen te schuiven.

48

Het was weer gaan regenen.

De ventilatie in het politiebureau schakelde 's middags automatisch uit, wanneer er normaal gesproken maar weinig mensen aan het werk waren. Wisting had het raam van zijn kantoor op een kier gezet. Dat kon je alleen zijwaarts openen en nu regende het naar binnen.

Hij deed het raam dicht.

De stad lag als een amfitheater beneden hem, omsloot de kleine fjord en stak erboven uit.

Hij had hier zijn hele leven gewoond en niet veel meer van de wereld gezien. Hier hoorde hij thuis en hij voelde zich een deel van de stad, voelde een verantwoordelijkheid om die te beschermen.

In een opening tussen twee gebouwen zag hij een deel van de Storgata. Een auto met zwaailicht passeerde op hoge snelheid, maar zonder sirene. Hij kreeg niet mee van welke hulpdienst de wagen was. Die reed in westelijke richting. Na een tijdje verschenen de lichten weer op de weg die naar Stavern leidde. Een politieauto, leek het.

Hij keerde terug naar zijn bureau. Het had tijd gekost om het datasysteem van Idar Semmelmann op zijn eigen computer over te zetten. Het ging om een enorm informatiebestand dat was opgebouwd bij de jacht op Nummer Twee. Toen Semmelmann hun de zoekfuncties voor de relatiekaart en de mogelijkheden daarmee had getoond, had het indrukwekkend geleken. Er zelf mee aan het werk gaan was ingewikkeld.

Wisting wilde een simpele zoekopdracht naar de moeder van Taran Norum uitvoeren, maar kreeg een foutmelding en de mededeling dat hij bij 'Instellingen' moest aangeven voor welke basisgegevens de zoekopdracht moest gelden. Hij snapte er niets van en had geprobeerd Semmelmann te bellen, maar die nam niet op. Hij probeerde het nog een keer, maar werd doorverbonden met de voicemail. Hij liet geen bericht achter, maar rekende erop dat Semmelmann hem terug zou bellen wanneer hij de gemiste oproepen zag.

Op een ander scherm begon hij de documenten in de zaak over de moord op Chris Paust Backe te lezen. Normaal gesproken printte hij alle rapporten en verhoren uit om interessante dingen te onderstrepen of aantekeningen te maken in de kantlijn. Nu schreef hij zijn notities op een apart vel papier dat hij in een ringband stopte.

Een halfuur later ging zijn telefoon. Het was de centrale.

'We zitten met een lopende zaak waar je misschien een rechercheur op moet zetten,' begon de centralist.

'Waar gaat het dan om?'

'De patrouille is op zoek naar een witte bestelbus. Een getuige zou hebben gezien dat er een vrouw naar binnen werd getrokken.'

Wisting kwam overeind en liep weer naar het raam. Het begon al te schemeren.

'Wanneer is dit gebeurd?'

'Het bericht is hier bijna drie kwartier geleden binnengekomen, maar het zou even daarvoor hebben plaatsgevonden.'

'En waar?'

'Langs de Gamle Stavernsveien. We hebben daar nu een patrouille, samen met de getuige. Ik weet nog niet wat dit is, maar na wat er de afgelopen dagen is gebeurd...'

Wisting was al op weg naar de deur. 'Ik ga erachteraan,' zei hij. 'Ik vertrek nu.'

Op weg naar zijn auto trok hij zijn jas aan en worstelde met zijn ene mouw. Hij nam plaats achter het stuur en reed de regen in.

De rit duurde niet meer dan vijf minuten. Midden op een lang stuk weg stonden twee politiewagens in de berm. Ertussen lag een wit zeil.

Wisting reed tot aan de voorste wagen, voorkant tegen voorkant. Een man in sportkleren zat op de passagiersstoel. De politieman achter het stuur hield een laptop op schoot en groette met een knikje.

Wisting nam plaats op de achterbank. Hij stelde zich kort voor en liet de getuige herhalen wat hij had gezien.

'Ik kwam deze kant op joggen, aan de overkant van de weg,' legde hij uit, terwijl hij naar een plek zo'n tweehonderd meter verderop wees. 'Langs de kant van de weg liep een meisje, ik zag haar al van ver. Toen verscheen er een busje. Dat reed langs me heen, scheef over de weg, en bleef staan. Ik hoorde een portier dichtslaan, daarna reed het busje op hoog tempo verder en het meisje was weg.'

'Ging ze mee in het busje?'

'Ik heb het niet zien gebeuren. Dat busje stond tussen mij en haar. Ik hoorde alleen de zijdeur dichtgaan. Het geluid van een schuifdeur. Er was geen gegil of zoiets en alles gebeurde heel snel, maar ze moeten haar hebben meegenomen.'

'We hebben een signalement van het voertuig, maar geen kenteken,' zei de man achter het stuur. 'Het gaat om een bestelwagen. Een Citroën Berlingo of een Peugeot Partner, zonder ramen in de laadruimte.'

De regen sloeg tegen het dak. De airconditioning stond aan, maar toch kwam er condens op de zijramen. Een derde politiewagen reed voorbij. De man in de sportkleren keek hem na.

'Er hoeft niets te zijn gebeurd,' zei hij. 'Misschien had ik niet eens gebeld als die schoen er niet was geweest.'

'Schoen?'

'Er is een wandelschoen, maat 38, blijven liggen,' verduidelijkte de man achter het stuur. 'Onder het zeil.'

De getuige schoof wat heen en weer. 'Ik had geen telefoon bij me, dus ik kon pas bellen toen ik weer thuis was,' verontschuldigde hij zich. 'Toen waren er wel al tien minuten verstreken. Misschien iets meer. Onder het joggen bedacht ik dat het toch wel vreemd was en ik vond dat ik het maar het best kon melden.'

Wisting streek over het zijraampje en keek naar buiten. Er was weinig verkeer. Langs de ene kant was een dichtbegroeid bos, aan de andere een akker. Verderop stonden enkele huizen, maar waar ze nu waren bevond zich geen bebouwing. Geen getuigen dus.

Hij stapte uit. Zijn telefoon ging. Semmelmann.

'Ik zie dat je hebt gebeld,' zei hij.

'Ja,' zei Wisting.

Hij liep naar het zeil, tilde het op en zag de schoen. Grijs, met een roze dessin.

'Is er iets gebeurd?' wilde Semmelmann weten.

Wisting liet het zeil zakken. Regenwater drupte in zijn nek.

'Het is opnieuw gebeurd,' antwoordde hij.

49

De motor stond in de vrijloop. Wisting rustte voorovergebogen met zijn onderarmen op het stuur. De regen viel als dunne strepen het licht van de koplampen binnen. Vier agenten tilden ieder aan een hoek het zeil omhoog; een vijfde agent maakte een foto van de schoen. Het witte flitslicht wierp scherpe schaduwen langs het asfalt.

'We moeten de media inschakelen om de bestelbus op te sporen,' zei Wisting. Hij wendde zich naar de microfoon van de handsfree-installatie.

De dienstdoende jurist was het er niet mee eens. 'Dat hebben we zojuist besproken,' zei ze. 'Er zijn andere dingen waar we rekening mee moeten houden. We weten niet wat er is gebeurd.'

'Daarom juist,' zei Wisting. 'We moeten het busje laten opsporen en het meisje dat langs de kant van de weg liep oproepen zich te melden.'

'We wachten af tot we wat meer weten. Het kan allemaal best een misverstand zijn. De getuige kan de situatie verkeerd hebben geïnterpreteerd. De media barsten van de berichten over de moorden van Tom Kerr. Dat kan invloed hebben gehad op de beoordeling van de situatie door de getuige. Hij kan hebben gedacht dat hij iets anders zag dan wat er daadwerkelijk is voorgevallen. We hebben iets concreets nodig voordat we dit gaan aanpakken.'

De schoen werd in een bruine papieren zak gestopt. Het zeil werd opgevouwen.

‘En die schoen dan?’ vroeg Wisting.

‘Die kan er al hebben gelegen.’

‘Precies op de plek waar het meisje door een bestelbus werd opgepikt?’

De vrouw aan de andere kant van de lijn slaakte een zucht. ‘Ik heb de verklaring van de getuige gelezen,’ zei ze. ‘Hij bevond zich tweehonderd meter verderop. Hij kan niet met zekerheid zeggen dat de schoen dáár exact lag. Die conclusie trok hij toen hij hem zag liggen.’

Wisting ging weer achteroverzitten en keek naar het microfoontje boven hem. De officier van justitie was blijkbaar vastberaden. Waarschijnlijk verdedigde ze slechts een al genomen beslissing. Tegenargumenten waren zinloos.

Ze heette Stemstad. Met de voornaam Gro of Gunn. Aan haar stem te horen was ze half zo oud als Wisting. Ze hadden elkaar nooit ontmoet en kenden elkaar niet, maar hadden een paar keer in andere zaken telefonisch overlegd. Die onpraktische manier van interactie was een resultaat van de reorganisatie en de fusering van de politiedistricten.

‘Tom Kerr is nu al meer dan twee dagen en nachten op de vlucht,’ ging de officier van justitie verder. ‘Hij is niet meer in de omgeving. Waarom zou hij bij jou in de buurt toeslaan? Dat is niet logisch.’

Wisting moest haar gelijk geven.

‘Er zijn meer dan tweehonderd meldingen binnengekomen van mensen die menen Tom Kerr te hebben gezien,’ ging ze verder. ‘Meerdere mensen beweren dat hij in een witte bestelbus reed. Dat is nagetrokken. Mensen zien wat ze willen zien. Het is belangrijk dat we dit niet overdrijven.’

De ruitenwisser schoof regenwater weg van de voorruit. De politieagenten zaten in hun auto’s. De ene startte en reed weg, de andere deed dat even later ook.

‘Wat stel je voor om te doen?’ vroeg Wisting.

‘Alle patrouilles kijken uit naar de witte bestelbus,’ benadrukte de officier van justitie. 'We wachten af en kijken wat dat oplevert. In de tussentijd houden we de media erbuiten. Je moet dit nu niet nog erger maken dan het al is.'

Wisting keek in de achteruitkijkspiegel. Op zijn voorhoofd verschenen een paar sceptische rimpels. 'Hoezo, wat bedoel je met "nog erger"?'

'Ik zeg alleen dat alles wat er nu gebeurt onnodig is. Dit had kunnen worden voorkomen. Tom Kerr had nooit de gelegenheid moeten krijgen om te ontsnappen. Hij had nooit weer in de maatschappij mogen terugkeren.'

Het gesprek werd beëindigd. Wisting bleef in het spiegeltje kijken.

Dacht iedereen er zo over? Dat het zijn schuld was dat Tom Kerr zich op vrije voeten bevond?

Hij liet de gedachte een tijdje door zijn hoofd gaan. Een ongebruikelijk gevoel welde in hem op. Een gevoel van schuld. Een oncontroleerbaar, genadeloos schuldgevoel.

Het was niet ongewoon voor hem om te denken dat hij niet goed genoeg was. Zaken die maar bleven aanhouden of niet werden opgelost wogen vaak zwaar op hem. Hij had als taak het onderzoek in grote, gecompliceerde zaken te leiden. Het was zíjn verantwoordelijkheid om met resultaten te komen. Aan die verantwoordelijkheid was hij in de loop van de tijd gewend geraakt, maar verantwoordelijkheidsgevoel was iets anders dan schuldgevoel.

Er passeerde een auto. Wisting keek naar het droge gras in de berm waar het zeil had gelegen. Door de regen zou het zo meteen niet meer te zien zijn. Hij hoopte dat de officier van justitie gelijk had, want als er een misdrijf was gepleegd, was het zijn schuld.

50

Het ochtendnieuws had niets te melden wat erop wees dat de politie vorderingen had gemaakt in de jacht op Tom Kerr. Er kwam vooral veel kritiek op de politie naar voren. De naam van haar vader werd niet speciaal genoemd, maar hij was wel het gezicht naar de buitenwereld geweest op de dag dat Tom Kerr ervandoor was gegaan, en juist de daarbij gemaakte foto werd nu gebruikt.

Line dronk de rest van haar sinaasappelsap op, legde haar telefoon aan de kant en wierp een blik op zijn huis. Hij was de vorige avond pas thuisgekomen toen zij al in bed lag en zijn auto was weer weg toen ze opstond.

Ze ruimde de tafel af, hielp Amalie met aankleden en pakte haar spullen die mee moesten naar de crèche.

Normaal gesproken keutelden ze 's ochtends maar wat aan. Ze namen ruim de tijd om samen dingen te doen en hoefden maar zelden ergens op een bepaalde tijd te zijn. De laatste tijd was dat anders. Line haastte zich om Amalie weg te brengen, zodat ze zich volledig op haar documentaire kon concentreren. Ze voelde dat haar dat een slecht geweten bezorgde, maar troostte zich met de gedachte dat dit maar voor een korte periode was en dat haar dochter het sowieso naar haar zin had op de crèche.

Welbeschouwd was het leven van een psychopaat vast eenvoudig, dacht ze toen ze in de auto zat nadat ze Amalie had afgeleverd. Geen slecht geweten, geen spijt, geen schuld.

De avond verliep altijd ongeveer op dezelfde manier. Ze

deed een paar huishoudelijke klussen terwijl Amalie nog wakker was. Als haar dochter eenmaal in bed lag, kon ze tijd aan haar schrijfwerk besteden.

Het regende nog steeds en eigenlijk had ze nieuwe regenkleding voor Amalie moeten kopen, maar dat kon ook wachten tot zaterdag, als Amalie thuis was. Dan kon het meisje zelf een kleur uitkiezen en konden ze de regenjas passen.

Line ging naar haar kantoor in het souterrain. Ze zat er graag. De oude betonnen muren zorgden ervoor dat het er koel was en ze werd vrijwel nergens door gestoord. Alles om haar heen had op de een of andere manier met haar werk te maken, waardoor ze gemakkelijker haar gedachten kon ordenen. Ze kon zich er concentreren en productief zijn.

In haar aantekeningen van de ontmoeting met de psychiater had ze één ding onderstreept: dat slechtheid als verliefdheid was; niemand wist waar die vandaan kwam.

Toen ze dat hoorde, had ze gedacht dat dit niet klopte. Verliefdheid kwam uit het hart, als iets waarachtigs. Maar dat was slechts bij wijze van spreken. De enige functie van het hart was bloed rondpompen.

Ze probeerde te lezen over andere theorieën, andere stemmen te vinden die iets konden zeggen over de wil tot slechtheid.

De voorzitter van de Noorse Vereniging van Psychologen was er in een oud artikel over geïnterviewd. Zijn gedachten waren in strijd met wat de forensisch psychiater had gezegd over psychopaten en narcisten. Hij was van mening dat het grootste deel van het kwaad in de wereld werd uitgevoerd door gewone mensen die de grens van goed naar kwaad overstaken. Het begon in het klein en had te maken met onverschilligheid. Wanneer je niet controleerde of de man op de grond zijn roes uitsliep of stervende was. Wanneer je de taxichauffeur racistische grappen liet uiten zonder hem te vragen daarmee op te houden. Wanneer je niet vroeg naar de blauwe plekken van de buurvrouw, of gewoon verderliep wanneer een bedelaar een smekende hand uitstak. Het kon verleidelijk zijn om de waarheid op te rekken of commentaar op het gedrag van anderen te hebben. Te zwijgen over wat ons in een slecht daglicht zou kunnen plaatsen. Een beetje te overdrijven. Iets te zeggen wat onszelf of iemand die ons dierbaar was beschermde. Maar elke keer dat we logen of laatdunkend over anderen spraken, was dat een beweging die de kant van het kwaad opging.

Een rukwind sloeg de regen tegen de ramen boven haar. Ze overwoog naar de keuken te gaan om een kop koffie te zetten, maar las verder. Het ging om de verdeling van de verantwoordelijkheid. Het was gemakkelijker om ergens aan mee te doen wanneer je de straf ervoor niet in je eentje hoefde te ondergaan. Dan viel de verantwoordelijkheid in stukjes uiteen. Je hoefde de schuld niet persoonlijk op je te nemen. De morele bedenkingen brokkelden af. Dat werd aangetoond in een psychologisch experiment waarbij een groep studenten de rollen van gevangenen en cipiers in een gevangenis moesten spelen. Het experiment moest worden afgebroken voordat er een week voorbij was. Toen waren 'de cipiers' verblind door hun macht en hun systemen. Ze vernederden 'de gevangenen' zo erg dat die instortten. Het ging om 'wij en zij'. 'Zij' werden gezien als onbetrouwbaar, gevaarlijke en slechte mensen die onze manier van leven bedreigden.

Misbruik van autoriteit, onderdrukking en controle over de wil van andere mensen gaven het kwaad een voedingsbodem, terwijl blinde gehoorzaamheid en nonchalante trouw aan dwingende regels vredelievende democratieën konden veranderen in fascistische dictaturen.

Veel van wat de psycholoog vertelde, bestond uit elementen waarin ze zich wel herkende, maar het bleef moeilijk te begrijpen dat iemand er bevrediging uit kon halen dat hij een ander kapotmaakte en krenkte. Maar slechtheid was er nu eenmaal. Die was net zo echt als liefde.

Een geluid deed haar omhoogkijken. De wind moest zijn toegenomen. Het raam op de slaapkamer klapperde.

Ze kwam overeind en nam het lege kopje mee naar boven. In de keuken zette ze de koffiemachine aan en ze sloot daarna het slaapkamerraam. Het had binnengeregend en de vloer was nat. Ze moest een dweil halen.

De documentaire was bezig een nieuwe richting op te gaan, dacht ze al dweilend. Die kreeg een nieuwe dimensie. Het ging er niet alleen om dat ze de zaak over Tom Kerr en Nummer Twee opnieuw vertelde, maar ze moest uitzoeken waar die twee voor stonden. Dan had ze ook iemand nodig die de daden van hun kant kon belichten. Het ideale zou zijn geweest als Tom Kerr zelf daarover zijn mond open zou doen, maar in zijn plaats kon ze vragen of zijn advocaat wilde meewerken. Claes Thancke wekte de indruk graag in de schijnwerpers te staan.

De koffie was klaar. Ze keek hoe laat het was: halfelf. Maren Dokken had niet gebeld. De debriefing moest al wel afgelopen zijn, maar als ze met iemand moest praten om toestemming voor medewerking aan de documentaire te krijgen, kon dat wel enige tijd kosten.

Opeens wist Line niet zeker meer wat de afspraak was. Wie eigenlijk wie zou bellen.

Ze nipte van haar koffie terwijl ze een appje schreef. Ze verdraaide de waarheid een beetje: *Ben in de stad. Ik kan even bij je langskomen als je klaar bent op het werk.*

Er kwam geen antwoord. Om de een of andere reden verontrustte haar dat.

51

Rond elf uur hadden ze de zoekactie afgebouwd en om middernacht was die beëindigd. De nachtelijke uren hadden niets nieuws opgeleverd. Niemand was als vermist opgegeven. Wisting moest de officier van justitie gelijk geven en hij voelde zijn schuldgevoel een beetje minder worden.

Toen het gebeurde, was het gaan regenen. De getuige had geen gegil gehoord. Hoogstwaarschijnlijk was het meisje opgepikt door een kennis die haar vanwege de regen naar huis wilde brengen. De schoen had er misschien al gelegen. Die was misschien uit een sporttas achter op een fiets gevallen of op het dak van een auto gelegd en vergeten, waarna de autobezitter was weggereden. Hij was het niet gewend om uitvluchten in elkaar te flansen in plaats van een theorie te bedenken die uitging van het ergste en vandaaruit te handelen. Toch merkte hij dat de gebeurtenis hem niet lekker zat. Een vervelend gevoel dat hem bespaard had kunnen blijven als ze de publiciteit hadden gezocht en het meisje en de chauffeur van de bus hadden gevraagd zich te melden.

Hammer dook op in de deuropening. 'Ze gaan nu beginnen,' zei hij.

Wisting schoof zijn stoel naar achteren. Samen liepen ze naar de grote kamer op de tweede verdieping en namen helemaal achterin plaats. Iedereen die op de een of andere manier erbij was geweest op de dag dat Tom Kerr ontsnapte, was bijeengekomen voor een gemeenschappelijke debriefing. Behalve de mensen van de politie waren ook de ambulancemedewerkers aanwezig.

Line had er ook bij moeten zijn, dacht hij. Daar had hij aan moeten denken. Stiller had daaraan moeten denken. Hij had haar erbij gehaald. Ze had geen collega's om haar akelige ervaring mee te delen.

Frank Kvastmo van de patrouillesectie heette iedereen welkom en leidde de bespreking. Het was niet echt een evaluatie, het ging erom het spanningsniveau af te zwakken, het onbehagen weg te nemen en niet in de laatste plaats verlate reacties te beperken na wat er was gebeurd. Iedereen die zijn ervaring graag wilde delen of iets wilde zeggen, kreeg daartoe de gelegenheid.

Wisting kon zich het vacuüm het best herinneren, de situatie onmiddellijk na de explosie. De stilte toen alle zuurstof was weggedrukt, waarna de verwarring uitbrak en alles in beweging kwam. Het was in een fractie van een seconde gebeurd, maar in zijn herinnering duurde het veel langer. Hij zag alles voor zich in afzonderlijke, schoksgewijze sequenties en te midden van dat alles zag hij Line.

Aan het eind kreeg Wisting het woord. Hij stond op, liep naar het podium en liet zijn blik over de aanwezigen glijden. Enkele agenten die aan de plaatsopneming hadden deelgenomen, zaten vooraan. Maren Dokken was er niet, maar Wisting knikte herkennend naar iemand die een verband om zijn hand had, waarna hij begon.

Hij zei niets over zijn eigen ervaring, maar zette het lopende onderzoek uiteen. De briefwisseling met Theo Dermann en de rol van Claes Thancke hield hij achter, in plaats daarvan ging hij gedetailleerd in op de moord op Chris Paust Backe en de opsporing van de granaatman.

Zijn telefoon ging terwijl hij bezig was. Hij haalde hem tevoorschijn, zag dat het Line was en zette het apparaat op stil. Daarna ging hij verder.

Toen hij klaar was, kwam er een vragenronde die door Kvastmo werd geleid. Vervolgens kwam er een eind aan het officiële deel van de bijeenkomst. Er werden drankjes en een schaal met belegde broodjes binnengebracht. Iedereen werd verzocht te blijven voor verdere gesprekken.

Wisting checkte zijn telefoon. Line had alweer geprobeerd hem te bellen. Hij liep de gang in en belde haar.

'Hallo!' zei ze. 'Weet je of de debriefing al klaar is?'

Wisting was verbaasd over de vraag. 'Die is zojuist afgesloten,' antwoordde hij. 'Hoezo? Heb je Stiller gesproken? Heeft hij je uitgenodigd om erbij te zijn?'

'Nee, dat is het niet. Ik zou Maren na afloop ontmoeten. Ze zei dat het een uur zou duren.'

Wisting keek op zijn horloge. Het had bijna twee uur geduurd. 'Het is uitgelopen,' zei hij. 'Maar Maren was hier niet.'

'Ze zei dat ze er wel naartoe zou gaan.'

'Wanneer heb je haar gesproken?'

'Gisteren,' antwoordde Line. 'Ze reageert niet op appjes. Ik heb geprobeerd haar te bellen, haar telefoon staat uit.'

Nils Hammer en Frank Kvastmo kwamen de gang in. Wisting vroeg Line te wachten en liet zijn telefoon zakken.

'Heb je vandaag iets van Maren Dokken gehoord?' vroeg hij.

Kvastmo schudde zijn hoofd. Hij was Marens leidinggevende en als íémand moest weten waar ze was, dan was hij het wel.

'Ze is ziek gemeld, maar ze zei dat ze zou komen. Ik heb haar gisteren nog gesproken.'

Kvastmo liep door, Hammer bleef staan. Wisting sprak verder met Line.

'Misschien ligt ze te slapen,' opperde ze. 'Ze slikt behoorlijk sterke pijnstillers.'

'Misschien,' antwoordde Wisting. Hij was getraind om het ergste te denken. Er konden complicaties zijn ontstaan met het opgelopen letsel. Inwendige bloedingen die ze in het ziekenhuis niet hadden gezien of die pas nu waren opgetreden. Of er kon iets zijn gebeurd wat nóg ernstiger was.

'Ik ben nu op weg naar het centrum,' ging Line verder. 'Dan ga ik wel even bij haar langs.'

'Dan zien we elkaar daar,' zei Wisting ter afronding van het gesprek.

'Wat is er gaande?' vroeg Hammer.

Wisting lichtte hem in.

'Ik haal de auto,' zei Hammer vastberaden en hij liep naar de trap naar de garage in de kelder. 'Ik pik je buiten op.'

Wisting zocht het adres van Maren Dokken op en vond de naam van haar verhuurder. Een grote vastgoedonderneming met een eigen conciërgedienst. Hij noteerde het telefoonnummer en pakte zijn jas. In de gang kwam hij Frank Kvastmo weer tegen.

'Jij vroeg toch naar Maren Dokken?' zei Kvastmo.

'Ja?'

'Haar ouders hebben tijdens de debriefing geprobeerd me te bellen. Ze zijn terug uit Singapore en nu op weg hierheen. Ze hebben geprobeerd haar te bellen, maar ze krijgen haar niet te pakken.'

'Wij ook niet,' zei Wisting en hij liep door. 'We gaan nu naar haar huis,' riep hij over zijn schouder.

Voor het politiebureau stond een camerateam van TV2. De afgelopen dagen hadden verschillende journalisten met videocamera's rond het bureau gehangen. Vroeg die ochtend was er geen pers meer te zien geweest, maar nu was TV2 dus terug. Met het uitzenden van Lines exclusieve beelden liepen zij voorop bij de verslaglegging van de gebeurtenissen en ze wilden de vinger aan de pols houden.

Als het nog had geregend, hadden ze in hun wagens gezeten en zou Wisting zonder oponthoud naar Hammer kunnen gaan. Nu stonden de persmuskieten paraat.

'Nog nieuws?' vroeg de reporter voordat de cameraman klaar was.

Wisting wilde zich erlangs haasten. Het was niet meer zijn taak om de pers te woord te staan. Dat was overgelaten aan de dienstdoende officier van justitie van de OM-afdeling in Tønsberg. Toch bleef hij staan. Hij wachtte tot hij zeker wist dat de camera zover was en zette eerst in het kort uiteen dat de politie niet over concrete informatie over de verblijfplaats van Tom Kerr beschikte en ook niet wist wie hem bij zijn vlucht had geholpen. Daarna vertelde hij over de hoeveelheid binnengekomen tips.

'In dat verband vragen we het publiek om hulp bij het traceren van de bestuurder van een witte bestelbus die een jonge vrouw zou hebben opgepikt.'

Hij noemde tijd en plaats, benadrukte dat de omstandigheden onduidelijk waren en herhaalde dat de politie graag in contact wilde komen met zowel de chauffeur van de bus als met de voetgangster.

De reporter kwam met vragen over het nieuwe onderzoek naar de moord op Taran Norum en de jacht op Nummer Twee. Wisting antwoordde kort dat hij daar niets over kon zeggen omdat deze zaken werden onderzocht door het coldcaseteam van de Landelijke Recherche en politiedistrict Oslo. Hij verzekerde de man dat de onderzoeken gecoördineerd verliepen, maar dat het in de eerste plaats zijn taak was Tom Kerr te vinden. Daarna eindigde hij met een kordaat knikje en begaf hij zich snel naar de auto waarin Nils Hammer zat te wachten.

'Wat heb je tegen hen gezegd?' vroeg hij.

Wisting gebaarde dat hij geen zin had om te antwoorden. 'Kijk maar naar het nieuws,' stelde hij voor.

Het spontane interview zou hem niet in dank worden afgenomen. Hij had degenen die in de hiërarchie boven hem stonden getrotseerd en zijn eigen gevoel voor politietactiek laten spreken. Gedaan wat volgens hem belangrijk was. Dat had gisteren al moeten zijn gebeurd.

Hij tuurde door het zijraampje. Toen Hammer de Storgata op reed, zag hij een glimp van zijn eigen spiegelbeeld en besefte dat het impulsieve opsporingsbericht door nog iets anders was ingegeven. Tom Kerr was drie dagen geleden op de vlucht geslagen. De kritiek op de politie zwol aan. Nu kregen de media iets anders om zich op te focussen.

Het verkeerslicht voor hen sprong op rood. Hammer vloekte; hij schakelde de zwaailichten en de sirene in tot hij de weg was overgestoken.

'Hier naar rechts,' zei Wisting.

Iets verderop zagen ze de auto van Line. Hammer parkeerde ernaast. Wisting had zijn portier al open voordat de auto tot stilstand was gekomen.

Line kwam het appartementencomplex uit. 'Ik heb bij haar aangebeld,' zei ze. 'Ze doet niet open.'

Wisting belde de conciërgedienst terwijl hij Line volgde. Ze liepen de trappen op en Wisting legde uit waar het om ging.

'Hij is hier over tien minuten,' zei hij en hij verbrak de verbinding.

Hammer bonkte drie keer met zijn vuisten tegen de deur. Een bewoner van de verdieping eronder kwam het trapportaal in en keek naar hen. Wisting liep naar haar toe.

'Politie,' zei hij en hij haalde zijn legitimatiebewijs tevoorschijn. 'Heb je de vrouw gezien die hier woont?'

'Maren?'

'Ja.'

'Niet sinds gisteren.'

'Wanneer dan?'

'In de avond. Ze ging naar buiten.'

Hammer sloeg opnieuw tegen de deur. Wisting liep nog wat dichter naar de vrouw toe. Ze leek ongeveer even oud te zijn als Maren Dokken.

'Heb je met haar gepraat?' vroeg hij.
De vrouw schudde haar hoofd. 'Ze was aan het bellen.'
Line bemoeide zich ermee. 'Wanneer was dat?'
'Ergens na zessen,' antwoordde de vrouw na enig nadenken. 'Rond halfzeven.'
Line stak haar telefoon omhoog. Bij haar uitgaande gesprekken stond een oproep van drieëntwintig minuten over zes. 'Toen was ik met haar aan het bellen,' zei ze. 'Ze wilde even een luchtje scheppen.'
Wisting slikte; hij kon een worstcasescenario niet uit zijn hoofd krijgen. Hij knikte en wendde zich weer tot de vrouw.
'Wat had ze aan?'
'Aan...' herhaalde de vrouw. 'Ik weet niet...'
'Schoenen,' zei Wisting. 'Weet je nog wat voor schoenen ze droeg?'
Een hoofdschudden volgde.
'Wat voor schoenen draagt ze gewoonlijk?' vroeg hij met stemverheffing. 'Dit is belangrijk!'
'Ik weet het niet,' antwoordde de vrouw.
'Fuck allemaal,' zei Hammer.
Hij deed een stap naar achteren, tilde een been op en trapte tegen de deur. Het kozijn begaf het meteen, de deur vloog open en knalde tegen de binnenmuur.
'Maren!' riep Hammer toen hij naar binnen ging.
Wisting bleef met Line in de hal staan.
'Wat was dat met haar schoenen?' vroeg ze.
'Straks,' antwoordde Wisting.
Het appartement was niet groot. Hammer had in een minuut tijd alle vertrekken bekeken. 'Ze is er niet,' stelde hij vast toen hij terugkeerde.
Wisting ging naar binnen en pakte een sandaal die vlak achter de deur stond. Maat 38. Hij zette hem weer neer.
De vrouw van de benedenverdieping was de trap opgelopen en keek nieuwsgiering het appartement in. 'U vroeg naar de

schoenen,' zei ze en ze stak haar mobiel naar voren. 'Ik heb dit, als dit mocht helpen.'

Het was een foto, genomen buiten het complex. Hij leek in de zomer te zijn gemaakt; het was mooi weer en de bladeren aan de bomen waren groen en fris. Maren Dokken zat zijwaarts op een bankje met haar benen tot haar borst opgetrokken en glimlachte naar de camera. Ze droeg een paar grijze wandelschoenen met een roze dessin. Wisting herkende ze. Een ervan had hij eerder gezien.

52

‘Wat is er met die schoenen?’ vroeg Line.

Haar vader keek naar haar, daarna naar de vrouw van de benedenverdieping, toen weer naar Line. Zijn blik stond ernstig en bezorgd.

‘Er is gisteren een schoen gevonden in de greppel langs de Gamle Stavernsveien,’ zei hij. ‘Zo’n schoen. In de melding werd gezegd dat daar een vrouw een bestelbus in was getrokken.’

Line deed een stap naar achteren en moest dat bericht even op zich laten inwerken. Een intens onbehagen kwam in haar naar boven. Ze werd er duizelig van. Om haar gedachten op een rijtje te krijgen, moest ze een paar keer diep ademhalen.

‘Tom Kerr?’ vroeg ze.

‘Waarschijnlijk wel,’ antwoordde haar vader.

Beschrijvingen van wat zijn andere slachtoffers hadden moeten doormaken, verschenen in haar hoofd. Ze slikte, kneep haar ogen enkele keren stevig dicht en probeerde zich ergens anders op te focussen.

De camera, dacht ze.

In haar auto lag haar camera. Die moest ze halen om de gebeurtenissen vast te leggen. Toch bleef ze staan, bijna verbaasd over die cynische gedachte.

Een telefoon ging. Die van haar vader. Hij nam op, antwoordde kort en professioneel, zonder zijn blik van haar af te wenden. Die was nu anders, er lag een vastberadenheid in.

Line draaide zich om en holde de trappen af, opende de voordeur, haastte zich naar haar auto en pakte de camera.

Ze wilde niet cynisch doen, maar zich wel ergens achter verschuilen. Achter een rol en een functie waarmee ze zich van de zaak zelf kon distantiëren.

Een geluidje gaf aan dat de camera klaar was. Ze richtte de lens op het appartementencomplex, filmde de ingang en vond de ramen van Marens appartement op de tweede verdieping. Ze zag een schaduw, maar niet of het haar vader of Hammer was.

Haar mobiel ging. Het geluid kon ze later wel wegwerken, bedacht ze; ze filmde nog een paar seconden door en liet toen de camera zakken. Daarna pakte ze haar telefoon, het was Adrian Stiller. Ze nam op.

'We vinden het prima,' zei hij. 'Ik praat wel even met je vader, maar het komt helemaal in orde.'

Line begreep niet wat hij bedoelde.

'Dat een camera het onderzoek volgt,' legde Stiller uit. 'De leiding bij ons gaat ermee akkoord, ik moet alleen nog met je vader overleggen.'

Line keek op naar het raam op de tweede verdieping. 'Heb je hem niet gesproken?' vroeg ze.

'Nog niet.'

'Over Maren Dokken, bedoel ik.'

'Wat is er met haar?'

'Tom Kerr heeft haar te pakken,' zei Line. 'Hij heeft haar in een bestelbusje getrokken.'

Ze moest het kleine beetje dat ze wist nog een keer uitleggen.

'Wanneer is dat gebeurd?'

'Gisteravond. Ik had haar vlak voor halfzeven nog aan de telefoon. Toen stond ze op het punt de deur uit te gaan.'

Stiller vloekte. 'Het overzicht,' zei hij mompelend.

'Wat bedoel je?' vroeg Line. 'Welk overzicht?'

'Ik moet je terugbellen,' zei Stiller. Hij verbrak de verbinding voordat Line nog meer kon zeggen.

53

Stemstad belde, de officier van justitie van de vorige avond. Ze had weer dienst. Ze heette Guro. Niet Gro of Gunn. Haar stem was scherp.

'Wat is dit allemaal?' wilde ze weten. 'Op TV2 zeggen ze dat je een opsporingsbericht hebt doen uitgaan.'

Wisting onderbrak haar. 'Het gaat om Maren,' zei hij en hij drukte de neus van zijn schoen op de sandaal die op de vloer stond. 'Maren Dokken. Hij heeft haar meegenomen.'

'Wie is Maren?'

Wisting moest uitleg geven. Terwijl hij sprak, ging zijn bezorgdheid over in een akelig gevoel. 'Dat is de verklaring,' zei hij. 'Daarom is Tom Kerr hier teruggekomen, om opnieuw toe te slaan. Nu heeft hij een van ons gepakt.'

Aan de andere kant van de lijn viel een stilte. Wisting dacht na over het tijdsverloop: er waren al meer dan twaalf uren verstreken, bijna veertien.

'Dat konden we met geen mogelijkheid weten,' zei de officier van justitie. 'We hebben gedaan wat we konden.'

Wisting had geen zin in een discussie over wat ze hadden kunnen doen. Ze moesten vooruitkijken.

'Laat alsjeblieft een opsporingsbericht uitgaan,' zei hij. 'Naar alle media.'

De officier van justitie had geen bezwaar. Wisting beëindigde het gesprek, belde Frank Kvastmo en liet hem in korte bewoordingen weten dat wat ze hadden gevreesd daadwerkelijk was gebeurd.

'Haar ouders kunnen hier elk moment zijn,' zei Kvastmo.

Wisting liep naar het raam dat uitzicht bood op het terrein voor het appartementencomplex. Line stond daar met haar camera.

'Vertel jij het?' vroeg hij. 'Ze moeten het te horen krijgen voordat we het publiek inschakelen.'

'Ik bel hen meteen.'

Ze verbraken de verbinding.

Hammer voerde een ander gesprek. Wisting begreep dat hij bezig was Maren Dokkens telefoon te laten traceren.

Zijn eigen mobiel ging alweer. Deze keer was het de politiecommissaris. Ze moest bericht van de officier van justitie hebben gekregen.

'Hoe zeker ben je?' vroeg ze.

'We weten zeker dat Maren Dokken verdwenen is,' antwoordde hij. 'Al het andere is onzeker.'

'Wat heb je nodig aan manschappen of middelen?'

'Alles wat beschikbaar is,' antwoordde Wisting. 'We moeten dit groots aanpakken en er is maar weinig tijd. Alle voertuigen die bij de beschrijving passen, moeten worden opgespoord. We moeten alle bestelbusjes controleren die de tolpoorten zijn gepasseerd, alle flitspalen. Alle videobewaking. Dat zal veel mankracht vergen, en wanneer dit bekend wordt, zullen we overspoeld worden met tips.'

'Ik zal zorgen dat al het andere werk aan de kant wordt geschoven,' zei de commissaris. 'Iedereen zal zich uitsluitend hiermee bezig gaan houden.'

Wisting hoorde een ander gesprek binnenkomen. 'Dank je,' zei hij. 'Ik ga hiermee aan de slag.'

'Eén ding nog,' ging de commissaris verder. 'Jij moet je verre houden van de pers. De speciale eenheid doet onderzoek naar een mogelijk dienstverzuim toen Tom Kerr erin slaagde te vluchten. Er wordt op dit moment naar gekeken in hoeverre jij überhaupt aan de zaak kunt werken.'

Wisting voelde irritatie opkomen. Hij had er niets op tegen dat hij de journalisten niet te woord hoefde te staan, maar in die beslissing lag een wantrouwen. Het gaf aan dat de media gelijk hadden wanneer ze insinueerden dat de gebeurtenis zijn verantwoordelijkheid was. Zijn schuld.

'Prima,' zei hij slechts.

Hij verbrak de verbinding en beantwoordde de oproep van even geleden. Die was van Stiller.

'Ik had gisteren al bericht moeten krijgen,' zei hij.

'Heb je het gehoord?' vroeg Wisting.

Dat bevestigde Stiller. 'En misschien heb ik iets,' zei hij.

'Wat dan?'

'Het observatieoverzicht van Floyd Thue. Gisteravond om vier minuten over halftwaalf verscheen een in Polen geregistreerde Ford Transit Connect. Die wachtte een tijdje tot de garagedeur omhoogging. Het busje reed naar binnen, de deur sloot. Vijf minuten later vertrok het weer.'

'Wie zat er achter het stuur?'

'Moeilijk te zien. Een man. Ik wacht op antwoord uit Polen over de eigenaar.'

'We moeten dat huis binnen,' stelde Wisting vast.

'We hebben niet genoeg voor een huiszoeking,' wierp Stiller tegen.

'We moeten daar naar binnen,' zei Wisting.

54

Hammer reed. Wisting zat naast hem de beelden te bestuderen die Stiller hem had gestuurd. Hij had zich voorgesteld dat twee observatierechercheurs in een civiele wagen het huis van Floyd Thue onder toezicht hielden, maar de bewaking was elektronisch. Verkleed als medewerkers van een elektriciteitsbedrijf waren twee agenten in de dichtstbijzijnde lantaarnpalen geklauterd om daar camera's op te hangen. Die konden ze vanuit een kantoor in het pand van de Landelijke Recherche besturen. Inzoomen, een overzicht van een groot gebied maken en de camera's omhoog- of omlaagrichten. Alle opnamen werden opgeslagen, maar telkens als er een beweging werd geregistreerd, werd er automatisch een still gemaakt.

Dankzij de plaats van de camera's konden ze de voorkant van het huis en de nabije omgeving in de gaten houden, maar door de schuine hoek was het niet mogelijk te zien wie er in de auto zat.

Ze zagen dat de auto de grote garage onder de woning binnenreed. Met twee vingers zoomde Wisting in op het schermpje. Er kwamen twee benen tevoorschijn, alsof Floyd Thue daarbinnen stond te wachten.

Op het volgende beeld was de chauffeur uitgestapt. De camera had uitsluitend iemand gefilmd vanaf de taille naar beneden, maar het was overduidelijk een man. De drie volgende beelden toonden dat de man om de auto heen liep, blijkbaar om het zijportier te openen. Daarna was te zien dat het rolluik van de garage dichtging.

De beelden verdwenen toen de telefoon ging. Het was het Openbaar Ministerie. Een andere officier van justitie, een andere naam.

Wisting had, toen ze begonnen te rijden, laten weten wat er gaande was en verzocht om toestemming om het huis te doorzoeken. Het antwoord was geweest dat ze dat zouden overwegen.

'Aan de voorwaarden voor een huiszoeking is niet voldaan,' kreeg hij te horen.

Wisting had het terdege beseft: dat Floyd Thue een connectie had met Tom Kerr en dat er bij hem thuis een bestelbus was geobserveerd was onvoldoende om hem te beschuldigen van ontvoering van Maren Dokken, maar hij had gehoopt dat de juristen bereid waren de regelgeving een beetje op te rekken. Nu lag het in hun eigen handen.

Ze naderden het huis. Wisting was hier bekend en dirigeerde Hammer een doodlopende weg in. De garage stond open. Ze parkeerden op dezelfde plek als toen Wisting er de vorige keer was.

'Wat doen we?' vroeg Hammer.

'We gaan naar binnen,' antwoordde Wisting.

Hij belde aan. Geen reactie. Net toen hij opnieuw op de bel wilde drukken, ging zijn telefoon. Adrian Stiller.

'Toen jullie aankwamen, was er beweging achter het raam,' zei hij.

Wisting draaide zich om en keek omhoog naar de lantaarnpalen, maar hij kon geen camera's ontdekken.

'Zit je naar ons te kijken?' vroeg hij.

'Raam één-twee,' voegde Stiller aan zijn woorden toe.

Opnieuw draaide Wisting zich om en hij deed een stap naar achteren. Dit was militair jargon en betekende eerste verdieping, tweede raam van links. De gordijnen zaten dicht.

'Hij heeft het huis alleen verlaten om naar de brievenbus te gaan en om een maaltijdbezorging in ontvangst te nemen,' ging Stiller verder. 'Hij zit nog steeds binnen, tenzij hij via een achteruitgang naar buiten is geslopen.'

Hammer belde nogmaals aan. Het geluid van de bel bereikte hen.

'Is er nog nieuws over die Poolse auto?' vroeg Wisting.

'Die staat op naam van een Poolse vrouw uit Warschau,' antwoordde Stiller. 'Ze pluizen het verder uit.'

'Oké,' antwoordde Wisting. 'Bedankt voor de info.'

Hij verbrak de verbinding en liep het trapje voor het huis af. Een bord van een particulier bewakingsbedrijf gaf aan dat de woning was voorzien van een alarminstallatie en met camera's in de gaten werd gehouden. Hij zag geen camera's, maar twijfelde niet aan de aanwezigheid ervan. Floyd Thue zat waarschijnlijk achter zijn bureau op een pc-scherm te kijken wat er gebeurde.

'We lopen eromheen,' zei Wisting.

Via een met platte stenen geplaveid looppad begaven ze zich naar de achterkant. De tuin stond volop in bloei en werd goed onderhouden, er was geen onkruid en de scheidslijn tussen gazon en bloembedden was kaarsrecht. Een breed trapje met drie treden liep naar een leistenen terras met daarop forse gietijzeren tuinmeubelen.

Wisting begaf zich naar het raam en ontdekte een kier tussen de gordijnen. Hij keek de kamer in waarin ze Floyd Thue eerder hadden ontmoet. Nu was het er donker. Alle pc-schermen waren zwart.

Hammer floot naar hem en wenkte hem naar zich toe. Hij wees naar de keldermuur links van hen. Daarin zaten twee langwerpige ramen, beide voorzien van tralies.

'Die zitten er nog niet zo lang,' merkte Hammer op.

Wisting liep van het terras naar het bloembed voor het huis. Hammer had gelijk. In de oude keldermuur waren inkepingen gemaakt waar vier stalen stangen in waren aangebracht. Het pleisterwerk rond de bevestigingen leek redelijk nieuw, misschien een jaar oud.

Hij duwde een struik opzij om naar binnen te kunnen kijken, maar zag slechts delen van het vertrek. Er brandde een fel wit licht. Meubels leken te ontbreken. De wanden waren beige, er hingen geen foto's. De vloer had een wat donkerder kleur. Tegenover het raam zat een grijze deur, zonder klink, maar met een inspectieluik. Als in een gevangeniscel.

Hammer begaf zich naar het andere raam. 'Shit, daar ligt iemand,' zei hij.

Er brak een tak toen Wisting op een struik trapte. Hammer maakte plaats voor hem zodat hij kon kijken. Er lag iemand in een ziekenhuisachtige pyjamabroek op een stoffen bank. Om beide enkels zat een riem. Vlak boven de knieën zat nóg een riem. Wisting drukte zijn hoofd tegen de tralies, maar vanaf de plek waar Hammer en hij stonden konden ze de rest van het lichaam niet zien. Geslacht en leeftijd waren lastig te bepalen en het was evenmin te zeggen of de persoon nog in leven was.

Hammer was als eerste weer op het terras. Hij pakte de deurklink vast, rukte eraan, sloeg met zijn hand tegen het raam. Het glas trilde, maar binnen kwam niemand in beweging.

Wisting greep een tuinstoel. Toen hij hem achter zich aan trok, schraapte het ijzer over de grond en liet sporen in de leistenen tegels achter. Hij tilde de stoel op, Hammer knikte instemmend naar hem en hij duwde de poten met een krachtige beweging tegen de glazen deur. Hij verwachtte dat er een alarm zou gaan loeien, maar het enige wat ze hoorden was het iele geluid van rinkelend glas.

'Politie!' riep Hammer, die als eerste naar binnen ging.

Wisting volgde hem op de voet, naar het volgende vertrek en verder naar de hal waar ze de vorige keer ook doorheen waren gelopen. Een trap leidde naar de benedenverdieping.

'Politie!' waarschuwde Hammer opnieuw.

Ze volgden een gang en vonden de stalen deur.

'Op slot,' concludeerde Wisting.

Hij maakte de bout van het inspectieluik los en dat veroorzaakte enig kabaal. Het stonk stevig naar urine.

De gestalte op de bank hief zijn hoofd.

'Dat is hém!' riep Wisting uit en hij schreeuwde: 'Floyd Thue!'

Het hoofd viel weer achterover. Het begon Wisting te dagen wat er aan de hand was. 'Is alles in orde, Thue?'

Het antwoord kwam op een gelaten toon: 'Ja.'

'Weet je waar de sleutel is?'

Geen reactie.

Wisting wendde zich tot Hammer. 'Eén-twee,' zei hij. Met rasse schreden keerde hij terug naar de trap en liep naar de eerste verdieping.

Hij moest zich even oriënteren en vond toen de kamer waar Stiller een beweging had gezien. Een vrouw deed een stap naar achteren toen de deur openging.

'We zijn van de politie,' stelde Wisting haar gerust. 'Wie ben jij?'

Ze aarzelde en zei vervolgens niets. Wisting vergewiste zich ervan dat ze alleen was. Het vertrek deed denken aan een hotelkamer, met een tv en een kleine zitgroep. Hij opende de deur naar een badkamer. Leeg.

'Hoe heet je?' vroeg hij.

'Regina,' antwoordde ze. 'Regina Babinski.'

Ze was halverwege de twintig, was mager, had lang zwart haar en droeg een ochtendjas. Haar naam was waarschijnlijk te vinden in een of ander politierapport over het prostitutiemilieu.

'Pools?' vroeg hij. 'Spreek je Noors?'

De vrouw knikte twee keer.

'Wat is hier aan de hand?' wilde Hammer weten.

'Hij wil dit,' antwoordde de vrouw. 'Voor vierentwintig uur.

Ik kijk alleen maar of alles in orde is, elke vier uur.'
'Heb je de sleutel?'
Ze keek naar een tafeltje vlak bij de deur. Daar lag de sleutel. Hammer pakte hem.
'Wanneer ben je hier gekomen?' wilde Wisting weten.
'Gisteravond,' bracht de vrouw stamelend uit.
'Hoe?'
Ze leek de vraag niet te begrijpen.
'Wie heeft je hier gebracht?'
'Een vriend.'
Na enig aandringen vertelde de Poolse vrouw dat ze naar het huis was gebracht in een bestelbus en in de garage had moeten uitstappen.
'Ben je hier eerder geweest? Voor hetzelfde doel?'
Ze knikte.
'Betaalt hij je hiervoor?' vroeg Hammer.
Opnieuw knikte ze. Hammer schudde gelaten zijn hoofd. 'Jij blijft hier!' zei hij, terwijl hij naar haar wees.
Ze liepen de trap weer af.
'Wat is dit voor een zieke actie?' mompelde Hammer.
Wisting gaf het gesprek weer dat hij met Thue had gehad. Over hoe vastgegespt liggen de optimale vrijheid moest zijn. Wanneer je geen keuze kon maken en geen verantwoordelijkheid had – alleen maar kon liggen, totaal aan anderen onderworpen.
Hammer kreunde, stak de sleutel in het slot en draaide hem om.
Floyd Thue tilde zijn hoofd op toen ze binnenkwamen. Hammer liep naar hem toe, Wisting bleef bij de deur staan.
'Laat me met rust,' zei Thue.
Hammer maakte de riem om een van zijn handen los. 'We moeten praten,' zei hij, waarna hij ook de andere hand bevrijdde. 'Je hebt geen keus.'
'Er gebeurt hier niets illegaals,' verzekerde Thue hem. 'Alles

is vrijwillig. Zowel van mijn als van haar kant.'

Hammer maakte ook de andere riemen los. 'Ga rechtop zitten!' commandeerde hij.

Floyd Thue deed wat hem werd opgedragen en zat met bungelende benen op de bank. De dunne pyjama was doordrenkt van urine die inmiddels begon op te drogen.

'Jullie begrijpen het niet,' zei hij hoofdschuddend. 'Dit gaat om meditatie. De leegte vinden. Een diepere laag van het bewustzijn bereiken.'

'Dat komt mooi uit,' zei Hammer. 'Wij proberen Tom Kerr te vinden. Jij bent degene die hem de afgelopen tijd het meest heeft gesproken. Heb je een idee waar hij is?' Hij drukte zijn wijsvinger tegen het voorhoofd van Thue. 'Ergens hier diep vanbinnen?'

Floyd Thue draaide zijn hoofd opzij. 'Hier gaan jullie spijt van krijgen,' zei hij met bitterheid in zijn stem.

'Hoe sneller je antwoord geeft op wat wij willen weten, des te sneller kun je naar je eigen zaakjes terugkeren,' pareerde Hammer.

Thue wierp een blik op Wisting. 'Ik heb al verklaard wat ik over Kerr weet,' zei hij. 'Dat soort gesprekken hadden we niet. Als zijn boerderij niet was afgebrand, zou hij daar vermoedelijk zijn. Hij had het plan om alles weer op te bouwen, maar nu weet ik het niet. Ik denk dat hij gewoon van zijn vrijheid geniet.'

'Hoe dan?'

'In de vrije natuur.'

'Waar?'

'Op een hoge bergtop of in een donker bos. Ver weg van mensen.'

Wisting deed een stap naar Thue toe. 'Was dat een onderwerp van gesprek tussen jullie?'

Floyd Thue masseerde een van zijn polsen. 'Min of meer,' antwoordde hij. 'Veel gesprekken in de gevangenis gaan erover dat de gedetineerden de wens hadden heel ergens anders te zijn. In de natuur, bijvoorbeeld.'

'Een specifieke berg of specifiek bos?'

'Nee.'

'Hier hebben we niets aan,' beet Hammer hem toe.

'Sorry,' zei Thue en hij slikte. 'Ik heb het al eerder gezegd. Ik kan jullie niet helpen.'

Hammer legde de sleutels van de zelfgemaakte isolatiecel op de bank. 'Je moet een glaszetter regelen,' zei hij. 'Je terrasdeur is gebroken.'

Thue knikte, zonder te protesteren. Wisting had het vertrek al verlaten. Ze hadden genoeg tijd verspild.

55

Een naam die Wisting al jarenlang niet meer had gezien, verscheen op het scherm van zijn mobiel. Holger Midthun. Hij was hoofd van politie in Revetal geweest tot het bureau daar door de reorganisatie werd opgeheven, maar het telefoonnummer stond nog steeds in Wistings mobiel.

Hij reed naar de rechterbaan en nam op. De gepensioneerde politieman noemde zijn naam. Het gesprek verliep via de luidspreker in de auto en Wisting liet weten dat Hammer meeluisterde.

'Ik zal het kort houden,' zei Midthun. 'Jullie hebben genoeg omhanden, maar ik heb iets wat jullie misschien interesseert. De mensen hier nemen nog steeds contact met mij op als er iets gebeurt.'

'Vertel.'

'Ik kreeg zojuist een telefoontje van een man die had gehoord dat jullie op zoek zijn naar een witte bestelbus. Het gaat om een observatie die qua tijd kan passen.'

Wistings interesse was gewekt. De oud-politieman legde uit dat het ging om een oude, opgeheven laswerkplaats. Rond halfelf de vorige avond was er een bestelbus gearriveerd die aan de beschrijving voldeed. Het voertuig was de werkplaats binnengereden, waarna de deuren waren gesloten. De melder woonde een stukje verderop, maar was naar een viswater geweest en nu te voet op weg naar huis.

'De werkplaats ligt een beetje afgelegen, maar de buurtbewoners letten extra goed op. Er zijn daar eerder dingen voorgevallen. Onder andere het slopen van auto's. Twee jaar geleden lag er gesmokkelde alcohol opgeslagen.'

Wisting wachtte op het vervolg.

'De werkplaats ligt aan een doodlopende weg,' vertelde de politieman. 'Ruim een uur later was er een andere auto aan komen rijden. Dat zag de melder vanuit zijn woonkamerraam. Volgens hem kwam die uit de werkplaats.'

'Dus de bestelbus staat daar nog?'

'Dat weet ik niet, maar ik ben eigenlijk van plan om dat te gaan controleren.'

Wisting wisselde een blik met Hammer, die knikte.

'Wij zijn niet zo heel ver bij je vandaan,' zei hij. 'We kunnen over een halfuur bij je zijn.'

'Dan wacht ik,' zei Midthun. Voordat ze de verbinding verbraken, legde hij uit hoe ze moesten rijden.

Iets meer dan twintig minuten later parkeerden ze voor de opgeheven werkplaats. Dat was een lelijk betonnen gebouw met een plat dak en lag tegen een met dynamiet uitgeholde bergwand. Onkruid groeide weelderig langs de muren en op de grindplaats ervoor.

Een Subaru met vierwielaandrijving stond schuin voor een opslagplaats. Midthun stapte uit. Sinds de laatste keer dat ze elkaar hadden gezien was zijn buik dikker en zijn baard voller geworden.

Ze schudden elkaar de hand. 'Is er al nieuws over dat vermiste meisje?' wilde Midthun weten.

'Ze is een collega,' antwoordde Wisting en hij vertelde wat er was gebeurd.

'Sporen?' vroeg Midthun, duidelijk geschokt.

Wisting schudde zijn hoofd. 'We hebben niets,' zei hij. 'Haar mobiel is getraceerd, die is gisteravond uitgezet, ongeveer gelijktijdig met de ontvoering en op dezelfde plek.'

Hammer liep in de richting van de lege werkplaats. 'Van wie is dit?' vroeg hij.

‘Van een oude bekende,’ antwoordde de politieman. ‘Peter Haugland. Hij had hier een autowerkplaats, maar daar kwam bijna vijf jaar geleden een eind aan, vlak voordat ik stopte met werken. We hebben hem opgepakt vanwege gestolen auto’s. Sindsdien staat het gebouw in feite leeg. Ruim twee jaar geleden is hij opnieuw aangehouden, met tachtigduizend liter gesmokkelde alcohol. Hij zit nu een straf uit.’

Ze liepen naar het grauwe gebouw. De ramen in de twee toegangspoorten waren vanaf de binnenkant geblindeerd.

‘Op slot,’ zei Midthun. ‘We kunnen nergens naar binnen kijken.’

‘Maar kunnen we er wel in?’

Holger Midthun knikte. ‘Er speelde een zaak toen de vorige eigenaar hier een laswerkplaats had,’ begon hij. ‘Een paar tieners waren door het raam van de eetkamer aan de achterkant binnengedrongen. Ze hadden een gat in het kozijn bovenaan het raam geboord, er dwars doorheen, en toen met een staaldraad de raamopener omhooggetrokken. Ik heb er al naar gekeken, het gat zit er nog steeds.’

Ze liepen achter de politieman aan naar de achterkant van het gebouw. Het raam daar was niet geblindeerd, zoals aan de voorkant. Er stonden een tafel en zes stoelen met de poten omhoog. Langs de wand was een aanrecht met een koffiezetapparaat. In de hoek stond een koelkast.

Het gat in het kozijn was groot genoeg om er een balpen doorheen te steken. Er lagen wat isolatiemateriaal en een houten plug op de vloer. Het gat was vermoedelijk met de plug afgesloten geweest. Midthun moest hem eruit hebben gepeuterd.

‘Ik heb deze meegenomen,’ zei hij en hij haalde een lange staaldraad met een ronde lus aan het eind tevoorschijn.

Hammer grijnsde.

‘Misschien kan ik dit het best doen,’ stelde Midthun voor. ‘Zodat jullie er geen trammelant mee krijgen.’

Hij stak de draad door het gat en na een paar pogingen lukte het hem de lus om de handgreep van de opener te slaan. Hij trok de staaldraad strak en tilde de opener op. Het raam kwam op een kier te staan.

'Bijna binnen,' merkte Midthun op. Hij stak zijn arm door de kier en met een stuk wapeningsstaal dat hij waarschijnlijk ergens op het terrein had gevonden wipte hij het veiligheidshaakje omhoog. 'Ga jullie gang,' zei hij.

Hammer klom als eerste naar binnen en reikte een stoel aan waarop de anderen konden gaan staan. Wisting kwam als tweede binnen. Holger Midthun haalde een zaklantaarn uit de auto.

'De stroom is uitgeschakeld,' zei hij.

De eetkamerdeur leidde regelrecht naar de hal van de werkplaats. Die was vrijwel leeg, er lag alleen een stapel autobanden.

Midthun was duidelijk teleurgesteld.

'Wacht even,' zei Hammer met een handgebaar. 'Een spuitinrichting.'

Helemaal achterin, tegen de achterste wand, stond een enorme bak met eigen ventilatiebuizen door het dak heen en dubbele deuren, afgesloten met een hangslot.

Met een ijzeren pijp ging Hammer het slot te lijf. Na een paar slagen lukte het hem het kapot te krijgen. Wisting greep de deurklink vast en merkte de scherpe, chemische geur van lak. Hij trok de deur naar zich toe. Midthun richtte de lichtbundel van de zaklantaarn naar binnen. Daar stond de wagen: een witte bestelbus.

Wisting haalde plastic handschoenen uit zijn zak. Hij trok ze aan en ging de spuitinrichting binnen. Midthun kwam met de zaklantaarn achter hem aan. De ramen van de bus leken aan de binnenkant te zijn afgedekt.

Het portier aan de bestuurderskant zat niet op slot. Toen hij het opende duurde het een paar tellen om te begrijpen wat er was gebeurd. De hele cabine zat onder een grijze laag lak. Op de stoel lagen een lakpistool en een verbindingsstuk; een paar andere onderdelen lagen bij de pedalen.

Wisting had zaken behandeld waarin een brandblusser was gebruikt voor het verwijderen van sporen in vluchtauto's na een overval of andere ernstige misdrijven waarin men geen aandacht wilde trekken, zoals een in brand gestoken auto zou doen. Dit was geavanceerder. Dankzij de fijne sproeikop van het spuitpistool drong de lak overal naar binnen en bedekte alles als een vlies, zodat het nagenoeg onmogelijk was om vingerafdrukken of DNA-sporen te vinden.

'In de hal staan een compressor en een dieselaggregaat,' liet Midthun weten.

Ze liepen om de bus heen en hij duwde de zijdeur voorzichtig open, onzeker over wat hij zou aantreffen.

De laadruimte was leeg, maar ook die zat helemaal onder de lak.

De garagedeur achter hen rammelde; Hammer had hem vanaf de binnenkant geopend. Daglicht viel naar binnen.

'Volgens mij is dit 'm,' zei Wisting. 'De technisch rechercheurs moeten komen.'

56

Niets langs de kant van de weg gaf aan waar de overval op Maren had plaatsgevonden.

Line hield de camera laag, vlak boven de witte streep, en filmde terwijl er een auto passeerde. Haar hele lichaam zat vol spanning en onrust. Die onrust kon ze alleen maar kwijtraken door bezig te zijn, door zich op iets praktisch te richten.

Ze kroop achter het stuur en legde de camera naast zich. Haar telefoon liet van zich horen; het was een appje van Sofie. Ze kon eventueel Amalie van de crèche halen en mee naar haar huis nemen.

Line bedankte haar met een hartje en keerde de auto. Ze had het adres al in de navigatie ingevoerd. Dit was ze al tijden van plan geweest: naar de plek gaan waar Tom Kerr zijn slachtoffers gevangen had gehouden. In het boerderijtje in Østmarka.

Het was een behoorlijk lange rit, naar Oslo, door het stadscentrum richting het bosgebied, maar ze zou ruim op tijd weer thuis zijn om Amalie naar bed te brengen.

Onderweg hoorde ze twee keer het nieuws. In de eerste uitzending werd gezegd dat de politie de chauffeur van een witte bestelbus en een vrouwelijke passagier opriep zich te melden. In de volgende werd verteld dat een vrouw van zevenentwintig als vermist was opgegeven en dat dit in verband werd gebracht met de observatie van een getuige die had gezien dat de vorige avond een vrouw was meegenomen in een bestelbus.

Line reed de afslag twee keer voorbij. Het was een grindweg met gras in het midden en dichte vegetatie langs de kanten. Na een paar honderd meter splitste de weg zich. Naar rechts was het afgesloten met een staalkabel tussen twee bomen. Aan de kabel zat een bord met daarop PRIVÉ.

Line stapte uit en filmde het bord en de weg die tussen de bomen doorliep.

De kabel was bevestigd met een simpele karabijnhaak. Line haalde hem eraf en legde hem in de berm. Daarna reed ze een paar meter de weg op, stapte opnieuw uit en maakte de haak weer vast.

De weg was nu niet veel meer dan twee wielsporen. Het gras in het midden was hier hoger, maar op enkele plaatsen lag het plat, alsof er nog niet zo lang geleden een auto overheen had gereden.

Voordat ze van huis was vertrokken, had ze met de gedachte gespeeld dat Tom Kerr hier misschien naar was teruggekeerd. Daarna had ze die gedachte van zich afgezet. Er was niets om naar terug te keren. Het was waarschijnlijker dat hier iemand was geweest met hetzelfde plan als zij. Een journalist die Kerrs verhaal nog eens wilde vertellen, of gewoon een nieuwsgierig iemand. Toch deed ze haar portier op slot.

Ze reed over het wildrooster dat eerder was weggehaald en de brandweer destijds had belet om bij de brand te komen. Ze stopte en stapte uit om te filmen.

Tweehonderd meter verderop bevond zich een open plek. Line had de indruk gekregen dat de hele boerderij was afgebrand, maar twee kleine gebouwen stonden er nog. Het ene was een roodgeverfd tuinhuisje, vlak achter de plek waar het woonhuis had gestaan. Het andere was een bijgebouw aan de bosrand.

Het was er verlaten. De lucht boven het bos was donker. Ronde, dikke wolken met een diepe grijsblauwe kleur, die het op film goed zouden doen.

De deur van het tuinhuisje ging gemakkelijk open. Met de camera in haar hand stond ze om zich heen te kijken. Vlakbij had een auto gestaan. De plek tussen de afgebrande resten was met steenslag geplaveid geweest, maar nu weer bijna helemaal overwoekerd. Er stonden plassen regenwater en er was een spoor van een voertuig.

Van het woonhuis was alleen nog een naakte, ruwe bakstenen schoorsteen over. Verkoolde balken en gebroken dakpannen lagen tussen de gebarsten resten van het fundament. Brandnetels en ander onkruid tierden welig. In de ruïne waren enkele bomen geworteld die nu metershoog waren opgeschoten. Een vergroeide struik met witte bloemen slingerde rond een paar resten van het geraamte van een gebouw in de verste hoek.

Van de schuur was weinig meer over, er stond nog slechts een uitgebrande tractor. Van de rubberbanden resteerde alleen de metalen velg.

Onder een deel van de schuur zat een kelder, Line liep naar de rand en keek naar beneden. Twee zwarte vogels vlogen op.

In de as hadden verschillende planten geworteld. Een struik met grote bladeren zocht een weg langs de betonnen muur. In die muur zat een opening naar de achterkant, waar ooit een deur had gezeten. Line liep naar achteren en ging naar beneden. Ze moest door een doornstruik en hield haar armen boven haar hoofd om zich niet overal te bezeren.

Via de kelder begaf ze zich naar het volgende vertrek. Dat was kleiner. In het midden stond een badkuip, zonder dat die op de waterleiding was aangesloten. Het was een ouderwets model, zo'n ding dat vaak werd gebruikt op boerderijen om paarden of koeien uit te laten drinken. Op diverse plaatsen was het email afgebladderd en de kuip lag vol dor gebladerte.

Tegen de wand stond een roetzwarte stalen bank op werkhoogte. Aan enkele haken hingen kettingen. In de hoek lag een omgevallen stoel met vier stalen poten, zonder zitting of rugleuning.

Line deed een stap naar achteren. Er liep een rilling over haar rug toen ze doorkreeg dat dit weleens de kamer kon zijn waarin Tom Kerr zijn slachtoffers in stukken had gesneden en in chloor had gedompeld om ze vervolgens in het bos te begraven. Ze stond een tijdje stil zonder zich te kunnen verroeren, waarna ze de camera optilde om te filmen. Ze maakte opnamen vanuit verschillende hoeken, liep weer naar boven en filmde door de opening in de vloer.

Ze moest ook enkele overzichtsbeelden hebben en reed de auto een stukje opzij, zodat die er niet op zou komen. Ze parkeerde op de weg met de motorkap naar voren, klaar om weer naar huis te rijden.

De aanblik van deze plek deed iets met haar. Ze was nu dicht bij de plaats des onheils en het gevoel van nabijheid hoopte ze met haar beelden over te kunnen brengen.

Handmatig stelde ze het diafragma bij om een grotere scherptediepte te krijgen. De donkere wolken en het grove naaldbos achter de verlaten plek versterkten de duistere indruk.

Rechts van waar de schuur had gestaan, liep een platgetrapt pad door het hoge gras. Vanaf een afstand was dat gemakkelijker te zien. Ze betwijfelde of dat van dieren afkomstig was. Het was een duidelijk zichtbaar pad naar het bijgebouw, alsof iemand er meerdere keren heen en weer had gelopen.

Ze tilde haar camera op en zoomde in op het bijgebouw. Het houtwerk was grauw en verweerd. Aan de kant waar ze op uitkeek, zaten een raam met kleine ruitjes en een deur, die afgesloten leek te zijn met een bout.

Een windvlaag liet de bomen ruisen en de takken ritselen. Line huiverde. Ze was dun gekleed in alleen een trui en een spijkerbroek. In haar auto lag een jas, maar die haalde ze niet.

Ze liep weer naar de brandresten en volgde het pad, ruim dertig meter, naar het bijgebouw.

Een van de ruitjes was gebroken. Ze keek naar binnen, maar het was lastig om in het donker iets te zien. Resoluut schoof ze de bout opzij. De scharnieren knarsten toen ze de deur opentrok.

Het stond er bomvol oude bijenkorven en andere spullen voor de bijenteelt. Toen ze naar binnen liep, kraakten de vloerplanken. Stof wervelde omhoog. De lucht was droog en bedompt.

Ze keek om zich heen naar tekenen die haar konden vertellen waarom er iemand was geweest, maar ze zag niets en draaide zich om om weer weg te gaan.

Vlak achter de deur stond een schep, er lag een beetje aarde voor. Ze nam hem mee naar buiten. Die kon nog niet zo lang geleden zijn gebruikt. Er zat nog donkere, vochtige aarde op.

Line voelde haar borst ineenkrimpen. Het pad dat ze was gevolgd, liep verder naast het bijgebouw het bos in. In de richting van de plekken waar de lijken van Thea Polden en Salwa Haddad waren gevonden.

57

De administratief medewerker bij de receptie van de politiecommissaris had gebeld met de mededeling dat Hammer en hij op haar kantoor moesten verschijnen. Dat beloofde niet veel goeds. Wanneer je op die manier werd verzocht te verschijnen, betekende dat altijd dat er een onaangename boodschap moest worden overgebracht. Wisting was al een paar keer eerder op het matje geroepen. Onder andere toen Terje Nordbø en de speciale eenheid de vorige keer een onderzoek naar hem hadden ingesteld. Toen had hij te horen gekregen dat hij was geschorst.

Ze verlieten de werkplaats zodra de technici het daar hadden overgenomen. Hammer had ontdekt dat de witte bestelbus op naam van een metselaarsbedrijf in Asker stond.

'De kentekenplaten zijn als verloren gemeld,' zei hij zonder van zijn mobiel op te kijken.

'Gestolen en op een soortgelijke wagen gezet,' merkte Wisting op.

Hammer knikte. 'Dit is hetzelfde patroon als toen Thea Polden en Salwa Haddad werden ontvoerd.'

Wisting reed het centrum van Tønsberg binnen. Enkele journalisten stonden voor de hoofdingang van het grote politiebureau. Hammer vloekte. 'Hier hebben we geen tijd voor,' zei hij.

Wisting was het daarmee eens, maar zei niets. De auto en de werkplaats konden de doorbraak betekenen waarop ze hadden gewacht. Er moesten nu heel wat raderen in beweging worden gezet en ze hadden strikt genomen geen tijd te verliezen.

Er was geen enkele vrije plek voor het bureau en hij moest een blok verderop parkeren. Enkele fotografen maakten foto's toen ze naar binnen gingen.

Vlak bij de ingang was een kamer waar de politie de pers te woord kon staan. Er was veel geld aan de inrichting besteed; zo kwamen tv-beelden binnen via een apart glasvezelnetwerk, was de verlichting optimaal en prijkte het politielogo op de achterwand. De deur stond open en er waren glazen en karaffen water klaargezet.

Ze gingen met de lift naar de bovenste verdieping. De administratief medewerker kwam overeind toen ze boven waren.

'Kiil verwacht jullie,' zei ze en ze liep voor hen uit. Ze klopte aan, opende de deur en liet hen binnen.

Ze namen ieder in een bezoekersstoel plaats.

'Jullie hebben de bestelbus gevonden,' merkte de commissaris op, met een knikje naar het pc-scherm.

'Hoogstwaarschijnlijk,' zei Wisting. 'We komen er nu net vandaan.'

De commissaris knikte en veranderde van onderwerp. 'We zijn genoodzaakt om enkele wijzigingen in de organisatie van het werk aan te brengen,' zei ze. 'Het is niet handig om een onderzoek vanuit meerdere teams te leiden.'

Wisting begreep wat ze bedoelde. Al met al waren er vijf verschillende onderzoekseenheden betrokken bij zaken die verband met elkaar hielden. Daarnaast deden Adrian Stiller en het coldcaseteam van de Landelijke Recherche nog steeds mee.

'Het belangrijkste is Maren Dokken,' beklemtoonde Hammer.

De politiecommissaris knikte, zonder daar verder op in te gaan.

'Ik heb de zaak met de andere commissarissen en de officieren van justitie in de betrokken districten besproken,' ging ze verder. 'We zijn het erover eens dat onze inzet op een andere, effectievere manier moet worden gecoördineerd. Daarom is besloten dat er een apart onderzoeksteam wordt gevormd, met mensen uit al deze politiedistricten.'

Ze richtte haar blik op Wisting. 'Het zou het meest voor de hand hebben gelegen dat jij dat werk ging leiden en coördineren, maar het is lastig dat de speciale eenheid onderzoek naar jou doet.'

'Dat is een formaliteit,' luidde Hammers bezwaar.

'Er is helaas ook nog iets anders opgedoken,' vervolgde de politiecommissaris. 'Advocaat Henden heeft namens Floyd Thue contact opgenomen met een klacht. Het gaat om onrechtmatige toegang tot diens woning, naast vernederend gedrag.'

'Dat was een volkomen rechtmatige actie,' protesteerde Hammer en hij begon aan een uitleg.

De commissaris onderbrak hem. 'Hij heeft ons beelden van zijn bewakingsinstallatie toegestuurd,' zei ze. 'Het kan best zo zijn dat jullie te goeder trouw waren, maar een raam breken om binnen te komen lijkt enigszins onbesuisd. De klacht wordt hoe dan ook naar de speciale eenheid doorgestuurd. Zij moeten beoordelen of er laakbaar is gehandeld.'

Hammer kreunde. Wisting schoof naar voren op zijn stoel. 'Wie gaat het onderzoek leiden?' vroeg hij.

'Idar Semmelmann,' antwoordde de commissaris.

'Semmelmann?' vroeg Hammer. 'Hij zoekt al vijf jaar naar Nummer Twee. Tevergeefs. Het enige wat hij tot nu toe heeft gedaan, is schema's en databases maken.'

'Hij kent de zaak het best,' stelde de commissaris vast. 'Hij werkt hier al vanaf het begin aan.'

'Heeft hij dit al te horen gekregen?' vroeg Wisting.

De commissaris knikte. 'Ik heb gezegd dat ik het jou zou laten weten.'

Ze verplaatste enkele papieren op haar bureau en keek hoe laat het was. 'Verantwoordelijk voor de tenlastelegging wordt Guro Stemstad, van ons bureau,' ging ze verder. 'Ik zal de reorganisatie over een halfuur op een persconferentie bekendmaken, terwijl we dan ook laten weten dat de vermiste persoon agent Maren Dokken is.'

'En wat moeten wij nu doen?' vroeg Hammer. 'Waar horen wij thuis bij de reorganisatie?'

'Jullie zijn vrijgesteld,' antwoordde de commissaris.

'Wat bedoel je? Dat we van de zaak worden gehaald?'

Agnes Kiil legde haar handen op elkaar. 'Er is een bevoegdheidsprobleem ontstaan,' antwoordde ze met een knikje. 'Naast het feit dat de speciale eenheid onderzoek naar jullie beiden doet, zijn jullie gevoelsmatig betrokken. De manier waarop jullie bij Floyd Thue hebben gehandeld, toont dat aan. Het is in het bijzonder van belang dat de procedurele regels in het strafrecht in acht worden genomen als het om een van onze eigen mensen gaat.'

Hammer stond op. 'Je bedoelt toch niet dat wij werkeloos moeten toekijken wanneer een van onze collega's is ontvoerd?' vroeg hij.

'Jullie zijn van deze zaak vrijgesteld,' herhaalde ze. 'Jullie hebben de laatste dagen veel overuren gemaakt. Neem bij voorkeur compensatie-uren op, en wel vanaf vandaag.'

Wisting kwam ook overeind. Vanbinnen was het bij hem een en al chaos en gevoelens; hij moest zich beheersen om dat niet te tonen.

'Was dit alles?' vroeg hij.

De politiecommissaris knikte kort naar hem.

58

Voor het politiebureau hadden zich nu nog meer journalisten verzameld. Ze stonden in groepjes met elkaar te praten in afwachting van het moment waarop ze naar binnen mochten. Een man met het logo van TV2 op zijn jas richtte zijn camera op hen. Een reporter die het dichtst bij de deur stond, wendde zich tot Wisting en vroeg of er ontwikkelingen waren.

'Persconferentie om vier uur,' antwoordde Wisting en hij pakte zijn mobiel.

Die was twee keer gegaan toen ze bij de commissaris zaten. Beide oproepen kwamen van Line. Hij belde haar terug zodra ze buiten gehoorsafstand waren.

'Ik ben in Lerketvedt,' vertelde ze. 'Het boerderijtje van Tom Kerr, in Østmarka.'

Wisting voelde zich onrustig worden. 'Wat doe je daar?'

'Ik film hier,' antwoordde ze. 'Eigenlijk voornamelijk gebiedsverkenning en research voor de documentaire.'

Ze waren bij de auto aangekomen.

'Er zijn hier heel onlangs ook nog anderen geweest,' ging Line verder.

Wisting stapte in. 'O?' zei hij.

'Het is een beetje... verdacht,' zei Line. 'Er heeft hier iemand gegraven.'

'Gegraven?'

'De schep staat in het schuurtje,' legde Line uit. 'Er zit aarde op. Ik ben een pad gevolgd, het bos aan de achterkant in, en vond een plek een stuk verder in het bos. Die is toegedekt met takken en kreupelhout, maar iemand heeft daar iets begraven.'

'Weet je het zeker?'

'Ik kan je een foto sturen.'

'Doe dat,' antwoordde Wisting. Hij startte de auto.

'Ik heb Stiller gebeld toen jij niet opnam,' vervolgde Line. Het gesprek ging handsfree verder. 'Hij is onderweg hierheen.'

Wistings gedachten schoten alle kanten op. Hij was van de zaak gehaald, maar dit was iets wat naast het onderzoek liep. Het ging om zijn dochter. Niemand kon hem weigeren haar te helpen. 'Hammer en ik komen ook,' zei hij en hij zette de auto in de versnelling.

59

De motor van de auto was afgeslagen en tikte, de hitte trilde boven de motorkap.

Wisting stapte uit en liep naar Line en Stiller die bij de verbrande resten van de schuur stonden.

'Mogen jullie hier eigenlijk wel zijn?' merkte Stiller op.

Hij was blijkbaar op de hoogte van de herstructurering van het onderzoek.

'Wij doen dit in onze vrije tijd,' antwoordde Hammer.

'Mij best,' zei Stiller schouderophalend. 'Kiil is niet mijn commissaris.'

'Heb je met Semmelmann gesproken?' wilde Wisting weten.

'Ik heb geprobeerd hem te bellen, maar hij neemt niet op.'

'De persconferentie zal nog wel niet afgelopen zijn,' zei Hammer.

Stiller opende de kofferbak. Hij pakte twee scheppen en gaf er eentje aan Hammer.

'Er zou een technicus bij moeten zijn, of iemand die kan vastleggen wat we doen,' merkte Wisting op.

'Line kan dat wel doen,' zei Stiller. 'Ze heeft al eerder voor ons gewerkt.'

Hij nam een zeil, handschoenen en witte overalls mee, waarna ze achter Line aan liepen.

Er was veel over het lange gras gelopen. Ooit was dit een weiland geweest, nu was het er overwoekerd, het bos kroop vanaf de randen langzaam maar zeker dichterbij. Wisting liep achteraan. Er was hier vaak iemand geweest, zoals Line had gezegd. Hij wist niet hoe vaak ze heen en weer was gelopen, maar tussen de bomen begon zich nu een echt pad te vormen.

Line bracht hen zo'n tweehonderd meter verderop, naar een drassig gebied. De laatste dertig meter volgden ze een beek, tot aan een kolk.

In werkelijkheid was het graf gemakkelijker zichtbaar dan op de foto. Drie takken die het hadden bedekt, waren aan de kant gelegd. De bovenste zoden waren in een ruitpatroon gestoken en teruggelegd. Overgebleven aarde was waarschijnlijk in de beek beland. Over enkele weken zou het nog amper te zien zijn dat hier iemand was geweest.

'Zijn de anderen hier aangetroffen?' vroeg Hammer.

Stiller schudde zijn hoofd. 'Dat was nog een stuk verderop, maar voor de rest ziet het er hetzelfde uit. Zachte grond zonder wortels of andere obstakels. Bedekt met takken.'

Line was met haar camera bezig. Hammer en Stiller trokken hun beschermingspakken en handschoenen aan. Terwijl ze bezig waren, zei niemand een woord. De rest van de takken werd weggehaald en op een stapel gelegd. Daarna begonnen ze te graven. Eerst de graszoden, daarna de losse aarde.

Ruim een halve meter onder het oppervlak dook iets op. Stiller riep dat ze moesten stoppen. Hammer haalde een hand over zijn voorhoofd om zweet weg te wissen. Line kwam dichterbij met haar camera.

'Een zwarte plastic zak,' constateerde Stiller.

Hij pakte het zeil dat Wisting had vastgehouden. Het was een dik, wit stuk plastic van twee bij twee meter. Hij spreidde het uit op de grond naast het gat.

Er viel een heleboel aarde van de zak toen hij hem optilde en midden op het zeil neerlegde. Hij zag dat er nog meer zwart plastic in het gat lag, keek naar Line, recht in de cameralens, en wenste dat ze hier niet bij was. Ze wisten allemaal wat ze zouden gaan vinden en hij had graag gehad dat ze dit niet hoefde mee te maken.

De zak was dichtgemaakt met een simpele knoop en nauwelijks voor de helft gevuld.

'We hebben een mes nodig,' zei Hammer.

Niemand had iets om de zak mee open te snijden. Met zijn autosleutel maakte Stiller er een scheur in en hij trok hem verder open met zijn vingers.

Hammer vloekte. Wisting liep naderbij en zag wat er in de zak zat: een been en een voet.

60

'Oké,' zei Adrian Stiller en hij rechtte zijn rug. 'De technici moeten het nu overnemen.'

'Je moet Semmelmann ook waarschuwen,' zei Hammer.

Line hield de camera stevig vast. Bleke tenen staken uit de opening van de zwarte zak. Een grijze regenworm kronkelde over het zeil. Ze wachtte tot het dier uit beeld was verdwenen en zoomde in zodat de scheur in het plastic het hele beeld vulde.

Stiller trok zich terug om te bellen. Line keek langs de camera om een indruk te krijgen zonder dat de lens dat beeld filterde.

Ze zag de voet en delen van het been. De huid was rood doorlopen en zat vol bleke blaren. Vooral het formaat van de voet viel haar op: die was groot en breed.

'Is het een man?' vroeg ze.

Haar vader knikte. Line verplaatste zich om een andere invalshoek te krijgen. Een sterke chloorlucht drong hun neus binnen.

'Hij ligt hier nog niet lang,' zei Hammer. 'Niet meer dan een etmaal. Dit zijn wonden van een bijtend middel, ze komen niet door verrotting.'

'Wie is dit?' wilde Line weten.

Haar vader opende zijn mond om antwoord te geven, maar deed hem weer dicht, alsof hij zijn gedachten niet met haar wilde delen, of niet voor de camera.

'Het kan slechts een van de twee zijn,' liet Hammer weten. 'Dit is Tom Kerr of Nummer Twee.'

Line liet de camera zakken en probeerde zich voor te stellen wat er was gebeurd. Hoe dit in het plaatje paste.

'De een heeft de ander vermoord?' vroeg ze.

Hammer knikte. 'Dat ligt voor mij tenminste het meest voor de hand.'

Stiller was klaar met zijn gesprek. 'De technici zijn hier binnen een uur,' zei hij. 'Waarschijnlijk ligt daarbeneden ook een hoofd. Handen met vingerafdrukken. We zouden in de loop van de avond te horen moeten krijgen wie dit is.'

Line checkte de capaciteit van de accu. Nog iets meer dan een uur. Ze had een volle accu in de auto liggen.

Ze was nog steeds in de war. Had Tom Kerr zijn handlanger om het leven gebracht, de man die hem had helpen vluchten, of had de handlanger hém vermoord?

'Het is Tom Kerr,' zei haar vader met een knikje naar het gat in de grond. 'Dat is het enige logische.'

Line richtte haar camera op hem. 'Hoezo?' vroeg ze.

Haar vader deed er het zwijgen toe. Line probeerde in dezelfde richting te denken. Tom Kerr was de enige die Nummer Twee kon ontmaskeren. Kerr had aangegeven dat hij wilde bekennen. Dat hij alle kaarten op tafel zou leggen in de hoop aan zijn strafvonnis te ontkomen. Vermoedelijk was het bluf. Hij wilde die indruk wekken om een situatie te creëren waarin hij kon vluchten. Maar de politie kende zijn identiteit. Hoogstwaarschijnlijk zou hij vroeg of laat worden betrapt. Zou hij dan nog steeds zijn mond houden over wie Nummer Twee was, of zou hij praten om er zelf beter van te worden? Zolang Tom Kerr in leven was, zou hij een risico vormen voor Nummer Twee.

Het lukte haar niet al haar gedachten op een rijtje te krijgen, maar op dit moment was het vooral van belang dat het aangetroffen lijk niet dat van Maren Dokken was.

Haar vader liep naar de rand van het gegraven gat. Hij ging op zijn hurken zitten, steunde met zijn ellebogen op zijn knieën en vouwde zijn handen. Zo zat hij een tijdje, waarna hij opkeek naar de twee andere politiemannen.

'Hoe diep kan dit zijn?' vroeg hij.

'Hoezo?' vroeg Stiller.

'Ik vraag me af hoeveel zakken daar liggen,' antwoordde haar vader en hij ging staan. 'Of het om één of twee lichamen gaat.'

61

Zijn mobiel was gegaan toen Hammer en Stiller aan het graven waren. Wisting had het geluid uitgezet, maar het voortdurende trillen in zijn broekzak gevoeld. Toen hij keek, zag hij dertien gemiste oproepen. Ze waren van journalisten en van niet door hem opgeslagen nummers. Slechts een van hen had een bericht achtergelaten. Toen hij dat afspeelde, hoorde hij dat het Terje Nordbø van de speciale eenheid was. Hij verzocht Wisting contact met hem op te nemen.

Wisting leunde tegen de voorkant van zijn auto, keek de kant op van het pad dat het bos in liep en checkte het onlinenieuws. Hij begon met VG en zag een foto van Maren Dokken in politie-uniform. Ze was spoorloos verdwenen. Er stond ook een foto van Idar Semmelmann, genomen tijdens de persconferentie. Hij werd beschreven als de leider van het gecoördineerde onderzoek en nu verantwoordelijk voor de jacht op Tom Kerr, die na drie dagen nog zo goed als geen resultaat had opgeleverd.

Semmelmann kon vertellen dat ze de granaat die bij Kerrs vlucht was gebruikt konden herleiden tot een inbraak in een militair wapendepot. In dat verband waren ze op zoek naar de tweeëndertigjarige Tallak Gleich. Ook van hem stond er een foto. Het was dezelfde politiefoto als de commandant had getoond voordat ze actie bij Gleichs woning ondernamen. Een kale man met een sikje. Een man die gemakkelijk herkenbaar was als iemand hem tegenkwam.

Verderop in het artikel vond hij zijn eigen naam en foto, en de verklaring voor de vele telefoontjes. Hij las dat hij van de zaak was gehaald en dat de speciale eenheid onderzoek naar hem deed vanwege een mogelijk dienstverzuim, waardoor Kerr had kunnen ontsnappen. Er stond zelfs dat hij niet op reactieverzoeken van de krant had gereageerd. Guro Stemstad, verantwoordelijk voor de tenlastelegging, wees van de hand dat hij was geschorst.

Hij legde zijn mobiel weg. Zijn gedachten keerden terug naar wat er was gebeurd toen Tom Kerr de benen nam. Daar had hij al veel over nagedacht; hij probeerde iets te vinden wat hij anders had moeten doen, zeggen of bedenken. Het had allemaal uitsluitend zelfverwijt opgeleverd. Normaal gesproken was hij goed tegen negatieve gedachten gewapend, maar hij merkte dat hij er nu wel moeite mee had.

Het geluid van diverse voertuigen zorgde ervoor dat hij rechtop ging staan. Een dienstwagen van de politie kwam de bocht om, gevolgd door de grote bus van de technisch rechercheurs van de Landelijke Recherche.

Stiller begroette hen en stelde hen voor aan Line. Wisting en Hammer knikten even kort naar de zojuist gearriveerde technici.

Er werd apparatuur uitgeladen en het bos in gedragen. Het begon al te schemeren toen ze zover waren dat ze het graven konden voortzetten. Er was een tent neergezet en schijnwerpers waren geplaatst. De sterke lampen schenen fel in de opening. Het gesprek tussen de technici ging ten onder in het regelmatige gebrom van het stroomaggregaat.

Een flitslicht was te zien, meerdere scherpe flitsen. De zwarte plastic zak die al naar boven was gehaald, werd in een kartonnen doos gestopt die werd gemarkeerd en aan de kant gezet. De volgende zak werd naar boven gehaald en gefotografeerd. Een technicus sneed hem met een stanleymes open. Een arm.

Ze werkten moeizaam verder. Alles wat ze deden werd gedocumenteerd met foto's. Daarnaast was Lines camera op hen gericht.

De derde zak was zwaarder dan de andere. Aan de vorm te zien ging het om het bovenlichaam, zonder armen en hoofd.

Een van de technici sneed de zak open en kon het bevestigen.

Iemand met een zaklantaarn kwam over het pad naar hen toe. Het waren Semmelmann en twee andere rechercheurs die Wisting nog niet eerder had ontmoet. De technici die aan het graven waren namen even pauze, terwijl Stiller vertelde wat de stand van zaken was. Toen hij daarmee klaar was, wendde Semmelmann zich tot Wisting.

'Het spijt me dat alles zo is gegaan,' zei hij, daarbij verwijzend naar het feit dat hij nu aan het hoofd van het onderzoek stond. 'Ik heb het volste vertrouwen in je. De beslissingen zijn buiten mij om gemaakt.'

Hij keek Hammer aan en daarna weer naar Wisting. 'Jullie zijn van de zaak gehaald,' bracht hij in herinnering. 'Jullie zouden hier niet moeten zijn.'

'We blijven tot we weten wat er in de grond ligt,' zei Wisting met een knikje naar de plek waar de technici bezig waren.

Even leek het erop dat Semmelmann met bezwaren zou komen, maar hij liet het erbij. 'Wat hebben jullie tot dusver?' vroeg hij, terwijl hij naar de drie dozen liep.

'Een been, een arm en een bovenlijf,' antwoordde Stiller.

Semmelmann tilde een klep van een doos op en maakte de opening in het plastic met een pen groter om zelf te kunnen kijken.

'Die moeten naar het laboratorium voor onderzoek en analyse,' waarschuwde een technicus.

De voorzichtige terechtwijzing leek niet tot Semmelmann door te dringen. 'Kunnen jullie de vingers niet hier en nu scannen?' vroeg hij. 'In het vingerafdrukkenregister zoeken en meteen de uitslag krijgen?'

‘We halen eerst alle zakken naar boven,’ antwoordde de oudste technicus.

‘Ik snap het,’ zei Semmelmann.

Hij deed de klep weer dicht en gaf aan dat ze door konden gaan. Opnieuw klom een technicus in het gat en tilde een nieuwe zak naar boven. Vermoedelijk zat daar het hoofd in.

‘Nog één zak te gaan,’ zei hij en hij hees zich omhoog.

Dat bericht zorgde ervoor dat Wisting zijn schouders liet zakken. Slechts één lijk.

De plastic zak werd vanuit verschillende invalshoeken gefotografeerd en daarna geopend. Wisting zag niets anders dan haren. Lange zwarte haren. De technicus maakte de snee in het plastic groter en tikte het hoofd opzij zodat ze het gezicht konden zien. Dat zat vol blaren en was aangetast door een bijtende vloeistof. De ogen zaten dicht. De mond stond scheef open. Maar hij was het. Tom Kerr was dood.

62

Wisting draaide de auto de oprit op en reed langzaam naar zijn huis toe. Hij bleef met zijn handen op het stuur zitten. De koplampen lieten de huismuur en de voordeur in het licht baden. Die had hij moeten beitsen; hij kon zich niet herinneren wanneer hij dat voor het laatst had gedaan.

Zijn gedachten gingen verder. Hij zette de motor uit, om hem heen werd het donker.

Het was nog nooit eerder voorgevallen. Nog nooit had hij werk laten liggen dat nog niet af was. Er waren zaken die ze aan de kant moesten leggen wanneer ze niet verder kwamen, maar hij was nog nooit bij een lopend onderzoek weggegaan. Het gevoel van ontoereikendheid maakte hem rusteloos.

Hij stapte de koele avond in, wierp een blik op het huis van Line, ging naar binnen en deed de buitenlamp aan.

Het huis was donker en stil. De leegte kwelde hem en versterkte het diepe gevoel van onmacht. Dat knaagde aan hem, vrat aan hem. Deed denken aan honger.

Hij liep naar de keuken, opende de koelkast en haalde er een halfvol bakje aardappelsalade en een schaaltje vleeswaren uit. Hij at de helft op, schoof toen zijn bord opzij en pakte zijn werklaptop.

De lijkvondst in Østmarka had de media bereikt. Op het nieuws werd een foto van Tom Kerr getoond, met erboven de mededeling dat hij dood was aangetroffen.

Idar Semmelmann stond afgebeeld in een fel flitslicht. Hij

had de verantwoordelijkheid in het onderzoek nog maar een paar uur eerder overgenomen en nu al kon hij resultaten laten zien.

Wisting las het artikel niet, maar vond het een juiste beslissing om de dood van Tom Kerr bekend te maken. De gedachte dat hij vrij rondliep had voor angst gezorgd. Er was geen reden om informatie achter te houden.

Hij ging naar een ander tabblad en logde in op het zaakbehandelingsprogramma, zocht naar de zaak van Tom Kerr en zag dat hij niet langer toegang had. De map had een rood verbodsbord gekregen. Toen hij er met de cursor op ging staan, verscheen er een venster met de mededeling dat de zaak afgegrendeld was. Guro Stemstad en Idar Semmelmann waren de rechtmatige toegangshouders en met hen kon contact worden opgenomen als er behoefte was aan inzage om bepaalde werkzaamheden uit te kunnen voeren.

Hij ging naar de zaak waarin Maren Dokken als vermist stond vermeld. Die was op dezelfde manier gemarkeerd.

Dankzij zijn functie en dienstverband had hij meer gebruikersrechten dan anderen. Normaliter kon hij alle zaken inzien, ook die waarbij hijzelf niet betrokken was, evenals zaken met gevoelige informatie die werden afgeschermd om lekken te voorkomen. Nu kon hij helemaal nergens meer bij.

Het computersysteem had een functie voor rechtstreekse meldingen waarmee werknemers korte berichten naar elkaar konden sturen buiten het mailsysteem om. Het icoontje knipperde en dat gaf aan dat iemand hem iets had gestuurd. Hij opende het bericht en zag dat het kwam van Tim Skage, de rechercheur uit Oslo West. Het was een korte mededeling. Een naam: Helene Norum, en een link naar het videoverhoor van haar.

Hij klikte op de link en er verscheen een beeld van een steriele ruimte waarin twee vrouwen tegenover elkaar aan een tafel zaten. De vrouw rechts was formeel gekleed en had een dossier voor zich liggen. De vrouw links had een rond, ietwat vragend gezicht en glanzend zwart haar. Helene Norum, de moeder van het derde slachtoffer. Het meisje dat nooit was gevonden.

De tijdbalk in de hoek rechtsonder gaf aan dat het een kort verhoor was, slechts vierentwintig minuten.

Wisting drukte op PLAY. De rechercheur nam enkele formaliteiten door. Ze noemde tijd en plaats en zei dat het ging om een getuigenverhoor in verband met onderzoeken rond de dood van Chris Paust Backe – zonder de vrouw tegenover haar te vertellen dat Chris Paust Backe zeer waarschijnlijk de man was die de handgranaat had geleverd aan degene die Tom Kerr hielp vluchten, of dat het sterfgeval als moord werd onderzocht.

'Hoe ken je Chris Paust Backe?' begon de rechercheur.

Dat was een offensieve benadering en duidde erop dat de politie al had vastgesteld dat ze elkaar kenden. Dit maakte het voor degene die werd verhoord lastig om te ontkennen dat er een verband tussen hen bestond.

Niettemin schudde Helene Norum haar hoofd. 'Ik weet niet wie dat is,' antwoordde ze.

De politievrouw in burger knikte en sloeg een nieuwe bladzijde op in haar notitieblok, alsof ze op een alternatief plan overschakelde. 'Wat voor telefoon heb je?' vroeg ze.

'Een iPhone.'

De politievrouw las het nummer op. Helene Norum bevestigde dat dat van haar was.

'Zijn er andere mensen die jouw telefoon gebruiken?'

'Nee.'

'Kunnen anderen er toegang toe hebben?'

'Hoe dan?'

'Heb je hem de hele tijd bij je, of laat je hem ook weleens thuis liggen zodat anderen in jouw plaats opnemen?'

'Ik heb hem meestal bij me,' antwoordde Helene Norum. 'Ik woon in mijn eentje.'

De politievrouw knikte.

'Op dinsdag 25 augustus om zeven minuten voor tien belde Chris Paust Backe je,' legde ze uit. 'Waar spraken jullie over?'

Opnieuw een hoofdschudden. 'Dat moet een fout zijn,' zei ze. 'Ik heb een geheim nummer. Het moet iemand zijn die het verkeerde nummer heeft ingetoetst. Ik ken niemand die zo heet.'

'Gebeurt dat vaker? Dat mensen jou bellen en dan verkeerd verbonden zijn?'

'Dat is weleens voorgekomen.'

De politievrouw schoof een vel papier over de tafel heen. 'Dit gesprek duurde bijna een minuut,' zei ze met haar wijsvinger op het papier. 'Dat is lang voor een verkeerde verbinding.'

Helene Norum bestudeerde het papier zonder iets te zeggen. Ze leek verward. Geenszins gemaakt, maar alsof ze zocht naar een verklaring of een antwoord die beide niet bestonden.

'Weet je nog wie er belde?' vroeg de rechercheur.

'Nee...'

Helene Norum pakte haar mobiel. Het was duidelijk dat ze haar gesprekkenlijst controleerde. 'Die gaat niet zover terug,' zei ze.

De rechercheur herhaalde de datum van het telefoontje. 'Weet je nog waar je die avond was?'

Helene Norum checkte haar agenda, schudde haar hoofd toen ze geen vermelding daarover vond.

Het verhoor sloeg een andere richting in.

'Heb je contact met je ex-man?' wilde de politievrouw weten.

'We zijn al twintig jaar gescheiden,' luidde het antwoord.

'Jullie gebruiken nog dezelfde achternaam?'

'Dat is mijn achternaam. Die is hij ook gaan gebruiken toen we trouwden, in een poging opnieuw te beginnen. Ik wist het destijds niet, maar zijn naam was beladen.'

'Hoe dan?'

'Dat staat toch wel in jullie papieren?' zei Helene Norum. 'Hij heeft in de gevangenis gezeten. Voordat wij elkaar ontmoetten, was hij beschuldigd van meerdere delicten in de plaats waar hij vandaan kwam. Ik wist daar niets van. Later is hij voor datzelfde veroordeeld. Nadat we gescheiden waren. We waren slechts drie jaar getrouwd.'

'Hadden jullie contact toen Taran verdween?'

Helene Norum knikte. 'Dat moesten we wel,' antwoordde ze. 'Ze was immers een kind van ons beiden. Geen van ons heeft nog meer kinderen gekregen. Hij nam het zwaar op, ook al wilde Taran de laatste jaren niets met hem te maken hebben. Hij had opgesloten gezeten vanwege een verkrachting.'

Ze kreeg iets gespannens, alsof een vage gedachte vorm begon te krijgen. Ze hief haar hoofd en keek naar het plafond. De rechercheur moest hetzelfde hebben opgemerkt. Ze zweeg om niet te storen.

'Er was een keer een merkwaardig telefoontje,' begon ze. 'Ik dacht dat dat misschien iets met Johannes te maken had.'

'Wanneer was dat?'

'Dat moet zo'n drie, vier weken geleden zijn. Het was laat op de avond, een afgeschermd nummer.'

Ze plaatste haar wijsvinger op het papier met het telefoonafschrift: 'Hij moet het zijn geweest, het was een man. Hij belde en zei dat hij de dingen had gekregen die wij graag wilden hebben.'

Wisting boog zich naar voren en concentreerde zich om het beter te horen.

'Welke dingen?' vroeg de rechercheur.

'Dat vroeg ik ook,' antwoordde Helene Norum. 'Maar ik kreeg geen uitleg. Hij herhaalde alleen dat hij had geregeld wat we wilden hebben. Ik dacht dat hij de verkeerde persoon had gebeld, maar dat was niet zo.'

'Niet?'

'Nee, hij vroeg of hij niet met Norum sprak en noemde mijn nummer. En dat klopte.'

'Hoe verliep het gesprek verder?'

'Er kwam geen vervolg. Ik vroeg wie er belde, hij vroeg me even te wachten. Aan de andere kant van de lijn hoorde ik een paar geluiden, alsof hij zijn telefoon neerlegde terwijl hij in papieren zocht of zo. Na een halve minuut kwam hij terug en zei "sorry", daarna werd de verbinding verbroken. Alsof hij doorkreeg dat hij het verkeerde nummer had gebeld. Hij beëindigde gewoon het gesprek.'

'Waarom dacht je dat het met je ex te maken had?'

'Volgens mij zei hij dat. Hij verwees naar "jij en je man". Hij had het over de dingen die "júllie wilden hebben".'

De rechercheur stelde nog een aantal vragen om zo veel mogelijk concreets te weten te komen over wat er tijdens het telefoongesprek was gezegd, waarna ze de hele verklaring nog eens samenvatte.

Wisting leunde naar achteren. Er schuurde iets. Hij had geen reden om aan Helene Norums verklaring te twijfelen, maar toch kreeg hij de indruk dat er iets niet klopte.

Nog geen uur na het telefoongesprek met Helene Norum was Chris Paust Backe vermoord en was zijn appartement in brand gestoken. Wisting liet diverse scenario's de revue passeren. Hij had er graag met iemand over gesproken, maar hij zat niet meer op de zaak. De informatie die in het verhoor naar voren kwam, was niet voor zijn ogen en oren bedoeld. Het was sowieso te laat om Tim Skage te bellen. Het was al ruim na middernacht.

Het verhoor op het scherm was ten einde. Het beeld ging

op zwart, waarna het programma sloot.

In de map waarvoor hij een link had gekregen zat nóg een bestand. Een verhoor met Tallak Gleich. Dat was een halfuur geleden gepost. Hij moest in de loop van de avond zijn aangehouden.

Wisting dubbelklikte op het icoon en het programma ging automatisch open. Het was dezelfde verhoorkamer. Tim Skage zat aan de rechterkant van de tafel. De man tegenover hem was kaal, maar had geen sikje meer. En er was een derde persoon, die gekleed ging in een goed zittend grijs pak; het bovenste knoopje van zijn overhemd stond open. Hij zat in een stapel documenten te bladeren. Een advocaat.

Tallak Gleich noemde zijn naam en adres. De rechercheur deelde mee dat hij werd verdacht van het in bezit hebben van drugs en schending van de wapenwet. Hij liet Gleich weten dat er bij de huiszoeking honderddrieëntwintig gram amfetamine, achtentwintig gram hasj en diverse medicijnen waren aangetroffen, naast drie handgranaten.

'De drugs zijn van mij,' zei Tallak Gleich ongevraagd. 'Van de handgranaten weet ik niets. Die moet iemand bij mij hebben achtergelaten. Iemand die op bezoek is geweest.'

'Ze lagen in een kast op jouw slaapkamer,' benadrukte Skage. 'Jouw vingerafdrukken zitten erop.'

Tallak Gleich haalde zijn schouders op. 'Ik weet niet waar ze vandaan komen,' zei hij.

'Ze zijn afkomstig van een diefstal bij een militair wapendepot,' zei Skage. 'Maar daarvan word je niet verdacht, daar gaat het hier niet om.'

Gleich keek naar zijn advocaat.

'Waar gaat het dan om?' vroeg de advocaat.

'Volgens mij snappen jullie dat allebei wel,' antwoordde Skage. 'Deze granaten worden per vier in een kist verpakt. In de doos bij jou thuis zaten er nog drie. We hebben informatie binnengekregen dat je de vierde aan Chris Paust Backe hebt gegeven. We willen weten of hij jou heeft verteld wat hij daarmee wilde doen.'

De advocaat bladerde in de documenten en boog zich naar voren. 'Wat zegt die Backe zelf?' vroeg hij.

Zijn cliënt gaf antwoord voordat Skage iets kon zeggen. 'Hij is dood,' zei Gleich. 'Omgekomen bij die brand.'

Tim Skage knikte. 'Chris Paust Backe is drie weken geleden overleden,' bevestigde hij. 'Wanneer heb je hem voor het laatst gesproken?'

Tallak Gleich aarzelde. Wisting kreeg een droge mond. Hij keek of er iets te drinken in de buurt was, maar wilde niet bij het scherm vandaan.

'Luister,' ging Skage verder. 'Ik probeer hier open kaart te spelen. In de dagen voor de dood van Chris Paust Backe vroeg hij meerdere mensen of ze hem aan een handgranaat konden helpen. We hebben reden om aan te nemen dat de granaat bij de vlucht van Tom Kerr werd gebruikt. Dat betekent dat hij vermoedelijk Nummer Twee heeft ontmoet.'

Tallak Gleich wilde iets zeggen, maar zijn advocaat was hem voor. 'Wacht even,' zei hij en hij stak een hand omhoog. 'Hoe is Chris Paust Backe gestorven? Bij een brand?'

'Zijn dood wordt als een verdacht sterfgeval onderzocht,' antwoordde Skage.

'Moord?' wilde de advocaat weten.

'Dat is onze hoofdhypothese,' bevestigde Skage.

De advocaat keek naar zijn cliënt. 'Kunnen we even pauzeren?' vroeg hij. 'We moeten overleggen.'

Skage noemde het tijdstip en zette het verhoor stil. Het scherm werd zwart. Wisting zette het afspelen op pauze. Hij stond op, liep naar het aanrecht en vulde een glas met water. Hij dronk het leeg en liet opnieuw een glas vollopen. Daarna haalde hij zijn laptop en nam die mee naar de woonkamer, waar hij beter kon zitten.

De pauze was voorbij. Het verhoor ging verder. De advocaat nam het woord.

'Mijn cliënt geeft toe dat hij Chris Paust Backe van een handgranaat en een handwapen heeft voorzien, maar hij wist niet waarvoor die gebruikt gingen worden.'

'Zei hij voor wie ze bedoeld waren?' vroeg Skage.

Tallak Gleich schudde zijn hoofd. 'Alleen dat ze niet voor hemzelf waren, maar voor een andere kerel. Chris was een fixer, iemand die alles kon regelen. Iemand naar wie je toeging als je iets nodig had.'

'Wanneer was dit?'

'Ongeveer een week voor zijn dood.'

Skage liet Tallak Gleich nadere uitleg geven over hoe Chris Paust Backe contact had gelegd en Gleich vertelde tot in detail over de afgifte van het wapen en de granaat.

'Ik sprak met hem nadat hij die dingen had afgeleverd,' zei hij. 'Hij was gestrest. Nerveus.'

'Hoezo?'

'Misschien eerder wanhopig. Net alsof hij spijt had van iets wat hij op gang had gebracht. Hij was in elk geval anders, en het was niet alleen zijn baard. Hij leek wel paranoïde. Kon niet stilzitten. Hij keek om zich heen alsof hij bang was dat iemand hem volgde.'

Wisting zette de opname opnieuw op pauze. Iets in wat Tallak Gleich had gezegd, had zijn aandacht getrokken. Hij luisterde er nogmaals naar.

... Hij was in elk geval anders, en het was niet alleen zijn baard...

Die woorden konden betekenen dat Chris Paust Backe een baard had laten staan en zijn uiterlijk had veranderd. Dit was één stukje informatie dat met een ander overeenkwam. De man die zich voor Theo Dermann had uitgegeven, had een baard. Claes Thancke dacht dat dit een soort camouflage was. Dat hij zijn baard had laten staan voordat hij naar het advocatenkantoor kwam met de brief die Thancke onder druk had moeten meenemen de gevangenis in.

Hij startte de opname weer en verwachtte dat Tim Skage hier verder naar zou vragen, naar de baard, maar Skage beschikte niet over dezelfde gegevens als Wisting en kon daardoor niet inhaken op wat er werd gezegd. Hij zette het verhoor voort.

'Wanneer was dit?' vroeg hij.

'Een paar dagen later. Ik kreeg mijn geld. Dat was de laatste keer dat ik hem zag.'

Tim Skage leunde naar voren, alsof hij duidelijkheid wilde hebben. 'Je sprak weer met hem nadat hij de handgranaat en het pistool had afgegeven?'

'Ja.'

'Dat wil zeggen enkele dagen voordat hij stierf?'

Tallak Gleich knikte.

'En je weet zeker dat hij die spullen toen al aan een ander had geleverd?'

'Ja, als dat niet zo was, had ik mijn geld niet gekregen.'

Vanuit zijn ooghoeken registreerde Wisting de lichten van een auto op straat. Hij keek op en zag dat die naar Lines woning reed. Het was bijna twee uur.

Op het scherm concludeerden Tim Skage en Tallak Gleich dat Backe de handgranaat en het wapen minstens drie dagen voor zijn dood moest hebben doorgegeven.

Wisting begreep waarom Skage zo op het tijdstip hamerde. Dit kwam niet overeen met het telefoontje naar Helene Norum. Wisting had ook aangenomen dat 'de dingen' die Chris Paust Backe naar eigen zeggen had bemachtigd de handgranaat en het wapen betroffen.

Hij nam een slok water en bleef met het glas in zijn handen zitten tot Skage liet weten dat het zeventien minuten over elf was en hij het verhoor beëindigd verklaarde. Wisting bleef met het gevoel zitten dat er iets niet in de haak was. De informatie was nog maar enkele uren oud. Hij had wat tijd nodig om die te analyseren. Als puntje bij paaltje kwam, was dat niet langer zijn rol of taak, maar hij kon het niet loslaten.

63

Hij was in zijn stoel in slaap gevallen en werd wakker van de telefoon. Het was kwart voor zeven, buiten werd het al licht.

Hammer belde hem. 'Ik ben iets interessants tegengekomen,' zei hij.

Wisting schraapte zijn keel.

'Ik kon niet slapen en heb de hele nacht met mijn hoofd in de papieren gezeten,' ging Hammer verder.

'Jij was toch ook aan de kant gezet?'

'Jawel, maar dit gaat om de database van Semmelmann. Daar kunnen we nog steeds in.'

'De relatiekaart?'

'De telecomgegevens,' legde Hammer uit. 'Ben je thuis?'

'Ja.'

'Dan kom ik naar je toe en zal het je laten zien.'

Wisting stapte onder de douche en had net een kan koffie gezet toen Hammer verscheen.

Ze gingen aan de keukentafel zitten. Hammer had zijn eigen laptop bij zich, waarop hij de ruwe gegevens die bij de verschillende telefoonmaatschappijen waren opgevraagd had gesystematiseerd en gesorteerd. Alle mobiele gesprekken en tekstberichten binnen het dekkingsbied van Tom Kerrs boerderijtje van de tijd voordat dat afbrandde waren opgevraagd. Het ging om meer dan een miljoen vermeldingen, over een periode van drie maanden. Het boerderijtje lag afgelegen, maar binnen hetzelfde dekkingsgebied als de E6 en de oostelijke stadsdelen van Oslo.

'Op de een of andere manier moeten hij en Nummer Twee hebben gecommuniceerd,' begon Hammer. 'Semmelmann en zijn team zijn iedereen nagegaan met wie Tom Kerr telefonisch contact heeft gehad, zonder iets te vinden.'

Wisting knikte.

'Dat betekent dat ze voor hun gesprekken mobieltjes hebben gebruikt die niet op hun naam stonden. Dat heeft Kerr dan gedaan, of misschien wel allebei.'

'De speld in de hooiberg,' merkte Wisting op.

'Semmelmanns team heeft ook de bewegingen van Tom Kerr in kaart gebracht in de tijd voordat hij vijf jaar geleden werd gearresteerd. Ze weten onder andere waar hij aan het werk is geweest. Soms was hij dagenlang op pad. Hij heeft bijvoorbeeld meegewerkt aan de bouw van een nieuw zwembad in Mosjøen. Toen verbleef hij daar twee weken lang. Ik heb alle nummers weggehaald die actief waren in de periode waarvan we weten dat Kerr niét thuis was en ze helemaal uit het datamateriaal verwijderd.'

'Was dat dan nog niet gedaan?'

Hammer pakte een kopje en Wisting schonk hem koffie in.

'Er is in elk geval geen bewerkte lijst in wat we van Semmelmann hebben ontvangen,' zei hij. Hij nam een slok koffie. 'Er blijven dan nog veel gesprekken en berichten over, maar de meeste anderen die in de buurt wonen of regelmatig in het gebied komen, zijn geëlimineerd. Het resterende materiaal is gemakkelijker te hanteren.'

'Wat heb je gevonden?' vroeg Wisting.

'Het uitgangspunt was de gedachte dat Nummer Twee ook al eens is veroordeeld. Ik heb alle abonnementen die op naam staan van eerder veroordeelde personen eruit gefilterd.'

'Daar heeft het team van Semmelmann ook naar gekeken,' wierp Wisting tegen.

'Dat klopt, maar toch vond ik het interessant om er nog

eens nader naar te kijken. Criminelen lenen hun telefoons om de haverklap aan elkaar uit.'

Wisting nam ook een slok koffie.

'Het gaat om honderdtweeëntwintig verschillende abonnementen op naam van veroordeelde personen,' vervolgde Hammer. 'Vierendertig van hen zijn veroordeeld wegens allerlei seksuele delicten.'

Hij draaide het scherm naar Wisting toe. 'Deze twee zijn het interessantst,' zei hij.

Het was een overzicht van de communicatie tussen twee nummers. Gesprekken en berichten. Ze stonden chronologisch vermeld met datum en tijdstip.

'Steffen Skjeberg en Tormod Jahren,' las Wisting. 'Wie zijn dat?'

'Zedendelinquenten,' antwoordde Hammer. 'Steffen Skjeberg is veroordeeld vanwege een verkrachting in het Tøyenparken. Tormod Jahren wegens incest en de verspreiding van kinderporno.'

Wisting zag aan hem dat er nog meer was. Hammer tikte met zijn wijsvinger op de kolom met datums. 'Het punt is dat ze allebei op dat moment achter slot en grendel zaten,' zei hij. 'Skjeberg in Ullersmo en Jahren in Ila. Ze kregen lange straffen. Steffen Skjeberg is twee jaar geleden overleden. Hij was tweeënzestig. Jahren is negenentwintig en is vorig jaar vrijgekomen. Hij heeft nu een ander mobiel nummer. Ze waren uit verschillende stadsdelen afkomstig. Niets wijst erop dat ze elkaar hebben gekend.'

'Iemand moet toch voor het gebruik hebben betaald?' merkte Wisting op.

'Het kan gaan om een automatische incasso die doorloopt tot het abonnement wordt opgezegd,' zei Hammer. 'Of om een prepaidkaart die je kunt opwaarderen met een kaart die je in de winkel kunt kopen. Dat kan ieder willekeurig iemand doen.'

Wisting knikte. Toen de prepaidkaarten op de markt kwamen was er geen registratie vereist, maar de regelgeving was aangescherpt. Als je je prepaidkaart wilde behouden of een nieuwe wilde, moest je je legitimeren. Zolang het abonnement niet was opgeheven, kon in principe iedereen wel de lopende telefoonkosten betalen zonder dat te traceren was wie dat dan deed.

'Dit is meer dan vijf jaar geleden,' vervolgde Hammer. 'Alle andere gebruikersdata van de abonnementen zijn gewist. We hebben uitsluitend dat wat er is opgevraagd om het telefoongebruik rond de boerderij van Tom Kerr in kaart te brengen.' Hij scrolde naar beneden in zijn schema en ging verder. 'De laatste keer dat de telefoons met elkaar in contact waren, was acht uur voordat ze probeerden Freja Bengtson te pakken,' zei hij. 'Voordat ze in de problemen kwamen en Tom Kerr werd gearresteerd.'

'Je hebt hun contactpunt gevonden,' zei Wisting.

Nu naderden ze daadwerkelijk iets, iets wat tot een doorbraak kon leiden. Tegelijkertijd was de onrust terug. Het knagende gevoel dat er iets niet klopte. Met dat gevoel was hij de vorige avond ook al in slaap gevallen. Nu was het terug. Nog sterker. Er was iets serieus mis.

Hammer trok zijn laptop naar zich toe. 'We moeten dit aan Semmelmann laten weten,' zei hij.

Wisting stond op en liep naar het raam. Lines auto stond nog steeds voor haar huis. 'Ik denk dat we dit voor onszelf moeten houden,' zei hij.

'Wat bedoel je?'

Wisting draaide zich naar hem om. 'Waar komen de telefoons vandaan?' vroeg hij, maar hij veranderde zijn vraag. 'Waar worden telefoons bewaard wanneer de eigenaar wordt gearresteerd?'

Wisting zag aan Hammer dat die begreep wat hij bedoelde. Telefoons werden in beslag genomen. Vooral bij zedendelicten. Foto's en de rest van de inhoud werden doorgenomen op zoek naar bewijs. Daarna werden ze bewaard in het politiedepot voor in beslag genomen materiaal. Als ze bij een strafbare handeling waren gebruikt, werden ze geconfisqueerd en vernietigd. Sommige telefoons werden vrijgegeven aan familieleden of samen met andere persoonlijke bezittingen naar de gevangenis gestuurd, waar ze werden opgeslagen in afwachting van invrijheidstelling, maar de meeste toestellen bleven bij de politie liggen.

64

De kamer baadde in het licht op het moment dat Line wakker werd. Toen ze ging slapen, had ze het rolgordijn niet naar beneden getrokken. De lucht was donkergrijs en hing vol regenwolken.

Ze reikte naar haar mobiel op het nachtkastje en trok hem van de oplader. Het was elf minuten voor acht. Geen berichten. De nieuwssites hadden weinig nieuws te melden. De koppen van de artikelen verschilden, maar de inhoud kwam overeen en deed verslag van wat er was gebeurd toen Tom Kerr vluchtte. Het werd gepresenteerd als een politieblunder waar nu een onderzoek naar liep. Ter illustratie stonden er foto's van haar vader bij van toen hij de pers bij Eftang had toegesproken.

TV2 was er als enige in geslaagd een commentaar van Claes Thancke te bemachtigen. De advocaat liet niet veel los. Hij bevestigde alleen dat hem was verteld dat zijn cliënt dood was aangetroffen en dat hij geen zin had in speculaties. Bij het artikel stond een still van haar opname van toen Tom Kerr de benen nam. Er stond niet bij van wie die afkomstig was. Haar naam noch de politie werd genoemd.

Idar Semmelmann had zich na de geïmproviseerde persconferentie van de vorige avond verder niet meer uitgelaten.

Zoals de politie het onderzoek nu had georganiseerd, zou hij in zijn nieuwe functie in de spotlights komen te staan. Als de zaak werd opgelost, zou hij de held worden. Tegelijkertijd zou ze de zaak negatief moeten benaderen als het ging om de voorbereidingen door de politie voor de plaatsopneming waarbij Tom Kerr kon ontsnappen. Haar vader zou in een slecht daglicht komen te staan.

Op dit moment kwamen de gebeurtenissen onwerkelijk en onoverzichtelijk over. De onzekerheid over Maren Dokken maakte haar radeloos.

Ze sloeg het dekbed opzij en ging rechtop zitten. De gedachte aan wat Maren kon hebben meegemaakt en waaraan ze kon zijn blootgesteld, probeerde ze van zich af te zetten. Snel liep ze de badkamer in om te douchen. Ze liet het water een hele tijd over zich heen stromen en probeerde zich op haar werk te focussen. Dit was niet zo heel veel anders dan een lopend nieuwsitem verslaan. Het verschil was alleen dat het nog lang zou duren voordat ze haar verzamelde materiaal kon presenteren.

Ze moest met Claes Thancke praten, dacht ze. Hij was eigenlijk wel verplicht zijn mond open te doen. Nu zijn cliënt dood was, kon hij als enige namens hem iets zeggen.

Het water begon koud te worden. Ze droogde zich af, sloeg een handdoek om zich heen en haakte die onder haar oksels vast, waarna ze naar de keuken liep. Ze zocht het nummer van Thanckes advocatenkantoor op. Haar oproep ging regelrecht naar de voicemail en toen schoot haar te binnen dat het zaterdag was. Het kantoor was gesloten. Er werd doorverwezen naar een wachtcentrale.

Op de site van het kantoor stonden geen privénummers van de advocaten. Dat van Thancke kon ze ongetwijfeld wel van haar vader of Stiller krijgen, maar ze was vast niet de enige die hen vandaag probeerde te bellen.

Ze stuurde hem een mail waarin ze kort beschreef waar ze mee bezig was, verwees naar hun ontmoeting tijdens de plaatsopneming en verzocht om een vrijblijvend onderhoud. Eigenlijk verwachtte ze niet dat ze iets van hem zou horen. Waarschijnlijk werd hij door horden persmuskieten benaderd, maar een eerste verzoek zou het gemakkelijker maken om er later nog eens op terug te komen.

Ze ontdeed zich van de natte handdoek en wilde zich gaan aankleden. Haar telefoon gaf aan dat er een bericht binnenkwam. Ze wachtte met lezen tot ze klaar was. Het was Sofie, die vroeg of Line op de meisjes kon passen terwijl zij naar een afspraak was.

Het kwam eigenlijk slecht uit. Ze had voldoende aan haar hoofd, maar kon geen nee zeggen.

65

De compressor van de koelkast startte met een zwak gezoem.

Wisting en Hammer zaten aan weerszijden van de keukentafel. Geen van beiden zei iets; ze dachten na over welke complicaties hun ontdekking van zonet met zich meebracht.

'Zwarte telefoons,' zei Wisting. 'Dat zou niet de eerste keer zijn.'

Het was een begrip geworden, met een herkomst in het onderzoek naar drugs en de omgang met informanten. Een zwarte telefoon was een toestel dat in verband met een onderzoek in beslag was genomen, maar die drugsrechercheurs uit het depot ontvreemdden en gebruikten om contact met hun informanten te houden. Op die manier was het risico kleiner dat een bron door anderen in het drugsmilieu werd ontmaskerd. De gesprekken waren niet naar de politie te herleiden, maar gingen ogenschijnlijk naar andere criminelen. Die praktijk balanceerde op het randje van wat wettelijk was toegestaan. Voorwerpen die waren gebruikt in verband met een strafbare handeling werden 'in beslag genomen ten voordele van de staatskas', zoals het in de bepalingen van de Noorse wet stond geformuleerd. Een smokkelauto kon worden verkocht op een veiling van tweedehands auto's. Een gebruikte telefoon had geen gangbare waarde en werd vernietigd, mits de eigenaar geen recht op teruggave had.

'We hebben inzage in de zaken nodig voordat we verder iets doen,' zei Hammer. 'Uitzoeken of de telefoons in beslag zijn genomen. Kijken of ze met een ontvangstbevestiging zijn afgegeven of zijn ingevorderd.'

'De zaken horen niet tot ons district,' zei Wisting. 'We hebben geen toegang.'

Hij trok zijn laptop naar zich toe en ging toch op zoek in het datasysteem. Hij vond de zaaknummers, maar als hij de elektronische documenten wilde lezen, moest iemand ze naar hem toe sturen. Het systeem had capaciteitsbeperkingen. De individuele rechercheur kon uitsluitend zaken in zijn eigen politiedistrict lezen. Bovendien was deze zaak meer dan vijf jaar oud en waarschijnlijk elektronisch gearchiveerd. Om hem tevoorschijn te halen, hadden ze vermoedelijk de IT-afdeling nodig.

'Stiller,' bedacht Hammer ineens. 'Die lui van het coldcaseteam halen voortdurend zaken uit het archief.'

'Deze zijn niet onopgelost,' benadrukte Wisting.

'Maar hij moet toch wel toegang hebben tot de systemen van het hele land,' merkte Hammer op. 'Hij kan ze met een paar toetsaanslagen opvragen. Bel hem!'

Wisting pakte zijn mobiel en zocht het nummer op. 'Waar ben je?' vroeg hij toen Stiller opnam.

'Thuis,' antwoordde Stiller. 'Heb je nieuws te melden?'

'Min of meer. We hebben je hulp ergens bij nodig.' Hij vertelde wat ze hadden ontdekt en wat ze nodig hadden.

'Geef me twintig minuten,' zei Stiller.

Na achttien minuten belde hij terug. 'Jullie hebben gelijk,' zei hij. 'Het gaat om meerdere dingen: tijdens verhoor hebben Steffen Skjeberg en Tormod Jahren de telefoonnummers opgegeven die jullie hebben gevonden. Beiden zaten in de gevangenis toen de toestellen in gebruik waren in Østmarka, maar dat wisten jullie al.'

'Werden ze in beslag genomen?' wilde Wisting weten.

'Ja. Ze werden onderzocht op de afdeling Cybercriminaliteit, maar niet ingevorderd.'

In zedenzaken werden telefoons uit routine onderzocht om eventueel grensoverschrijdend materiaal te vinden. Dat ze niet werden ingevorderd, betekende dat geen van de verdachten dat soort foto's of filmpjes op de telefoon had staan.

'Hier staat dat ze aan de eigenaar zijn teruggegeven,' deelde Stiller mee.

Wisting schudde zijn hoofd: dat klopte niet.

'De simkaarten kunnen zijn verwijderd,' suggereerde Hammer. 'En in een ander toestel zijn gestopt.'

Stiller was nog niet klaar: 'Skjeberg noch Jahren heeft het reçu ondertekend,' vervolgde hij.

Dat was niet ongebruikelijk. Wanneer een vonnis onherroepelijk was geworden, moest van alle in beslag genomen materiaal een overzicht worden gemaakt voordat de zaak kon worden gearchiveerd. Dan bleven ze regelmatig met privébezittingen zitten, die in een envelop belandden. Tenzij het om contant geld, sieraden of andere waardevolle spullen ging, werden ze met de post verstuurd. De rechercheur die een lijst van het in beslag genomen materiaal had opgesteld, ondertekende als enige.

'Van wie is de ondertekening?' vroeg Wisting.

'Skjebergs telefoon is samen met een sleutelbos genoteerd,' antwoordde Stiller. 'Dat is afgehandeld door Lina Streif; ze is nu afdelingshoofd bij Zedenzaken.'

Hij wachtte een paar tellen en ging toen verder: 'De telefoon van Tormod Jahren werd vrijgegeven door hoofdinspecteur Idar Semmelmann. Dat gebeurde vijf dagen voordat hij in gebruik werd genomen.'

66

Het was rustig in de gangen van het politiebureau. Het onderzoek was naar Oslo verplaatst, maar de grote vergaderkamer diende nog steeds om van daaruit de zoektocht naar Tom Kerr te leiden. De relatiekaart van Semmelmann hing aan de wand. Ordners met tips lagen op tafel.

Stiller was uit Oslo gekomen. Hammer deed de deur achter hem op slot.

'We moeten naar de politiecommissaris,' zei Wisting.

Stiller ging aan het eind van de vergadertafel zitten en haalde zijn laptop tevoorschijn. 'Jullie zijn van de zaak gehaald,' zei hij. 'Ik heb om vier uur een afspraak met haar. We moeten meer feiten verzamelen, dan kunnen we die aan haar voorleggen.'

Wisting wilde vragen wat voor afspraak hij met de commissaris had, maar liet het zitten.

'Waar beginnen we?' vroeg Hammer.

'We moeten het punt zien te vinden waar de lijnen bij elkaar komen,' antwoordde Stiller. 'Een startpunt. Tom Kerr is drie keer veroordeeld, maar aan het begin van deze eeuw is hij dankzij Claes Thancke vrijgesproken in een verkrachtingszaak. Het ging om vormfouten, slecht politiewerk.'

De zaak verscheen op het scherm. De documenten stonden opgesomd met nummer, beschrijving en naam van de rechercheur die het rapport had geschreven. Telkens kwamen ze dezelfde naam tegen: Idar Semmelmann.

Hammer pakte een viltstift die op tafel lag. Er zat een rode dop op, die hij eraf trok. Hij kwam overeind en liep naar de relatiekaart. 'Die is onvolledig,' verklaarde hij.

Het moest een overzicht zijn van personen die op de een of andere manier een connectie hadden met Tom Kerr. Mensen met wie hij op verschillende manieren te maken had gehad. Nauwe contacten en contacten die verder van hem af stonden. Er waren echter geen namen van politiemensen bij.

De viltstift maakte geluid toen Hammer in de kring om Tom Kerr heen een nieuwe cirkel tekende. Hij treuzelde om een naam op te schrijven en liet de cirkel ten slotte leeg. Geen van hen had het hardop uitgesproken: dat een van hun eigen mensen weleens Nummer Twee kon zijn.

'Helene Norum heeft een geheim telefoonnummer,' zei Wisting ter ondersteuning van de onuitgesproken theorie. 'Dat zei ze in het verhoor. Iemand heeft haar op de avond van de dood van Chris Paust Backe gebeld. Iemand die haar nummer kende.'

Een ander detail drong zich op.

'De baard,' zei hij. 'Ik moet Tim Skage bellen.'

Zonder nadere uitleg te geven, pakte hij zijn telefoon en belde de rechercheur van Oslo West. Skage beklaagde zich in een paar woorden over de manier waarop het onderzoek georganiseerd was. 'Het is allemaal een grote rotzooi,' zei hij. 'Ze hebben het zelfs in hun hoofd gehaald om Semmelmann de leiding te geven.'

'Jullie hebben Tallak Gleich te pakken gekregen,' merkte Wisting op.

'Ja, ik heb je een link van het videoverhoor van hem en van Helene Norum gestuurd,' zei Skage. 'Daar is niet zoveel uit te halen, maar ik heb de indruk gekregen dat Chris Paust Backe betrokken was bij iets wat hem boven het hoofd groeide.'

'Ik heb het verhoor bekeken,' zei Wisting. 'Hij zegt iets over een baard. Had Chris Paust Backe een baard?'

'Normaal gesproken niet en ook niet toen hij stierf. Toen

had hij zich geschoren, maar we hebben zijn bewegingen in kaart gebracht en op enkele video-opnamen draagt hij een baard.'

Wisting vroeg hem om nadere uitleg.

'Het gaat om het gebruik van zijn pinpas,' zei Skage. 'We hebben een overzicht van alle plekken waar hij zijn pinpas heeft gebruikt.'

Wisting wist dat dit een routinestap in elk groot onderzoek was.

'Daarnaast hebben we het videomateriaal opgevraagd van de pinapparaten met camerabewaking,' vervolgde Skage. 'En dat hebben ze vrijwel allemaal.'

'Kun je dat naar me sturen?' vroeg Wisting.

'Jij zit toch niet meer op de zaak?'

'Een eerstejaarsagent hier wordt vermist,' antwoordde Wisting. 'Ik laat dit niet los voordat ze is gevonden.'

'Ik zet alles in een aparte map en stuur je een link,' zei Skage. 'Maar daar zul je niets vinden. Op de opnamen is hij in zijn eentje.'

'In elk geval bedankt,' zei Wisting.

Skage bromde iets onverstaanbaars. 'Semmelmann had die taak nooit moeten krijgen,' zei hij. 'Ze hebben hem alleen overgeplaatst om van hem af te zijn. Hij had die verantwoordelijkheid nooit mogen krijgen.'

'Wie wilde er van hem af?'

'De leiding,' antwoordde Skage. 'Hij heeft jarenlang bij Zedendelicten gewerkt en werkte zich op tot hoofdinspecteur en afdelingshoofd, maar dat werd na verloop van tijd een probleem.'

'Hoezo?'

'Slechts geruchten dat hij pervers was. Er werd gezegd dat hij veel tijd aan het doornemen van in beslag genomen materiaal besteedde. Hij nam graag de taak op zich om de ergste films over misbruik te analyseren. Er werd gezegd dat hij slachtoffers van een verkrachting graag liet vertellen wat er met hen was gedaan. Hij was uit op details. Er kwamen enkele klachten, maar we hebben hem nergens op kunnen pakken. Toen Tom Kerr werd aangehouden, hebben ze hem opzijgeschoven in het systeem en hem de leiding gegeven over een team dat moest proberen Nummer Twee te vinden. Vijf jaar is hij bezig geweest. Misschien gaat het hem nu lukken, maar ik heb mijn twijfels. Ik heb het al eerder gezegd en kan dat nogmaals doen. Hij had die taak nooit moeten krijgen.'

67

Het was weer gaan regenen. Wisting liep naar het raam, stak zijn vingers tussen twee lamellen van de luxaflex en keek naar buiten. Een man met een paraplu haastte zich over straat.

Zijn laptop liet een signaal horen. Tim Skage had hem het rekeningafschrift van Chris Paust Backe en de beelden van de pinapparaten gestuurd. Stiller en Hammer gingen aan weerszijden van hem staan. Hij opende de beelden een voor een. Ze zagen Chris Paust Backe bij de kassa van diverse winkels, telkens anders gekleed. Zijn baard werd bij elk beeld voller en bedekte gaandeweg het hele onderste deel van zijn gezicht.

Op een van de laatste beelden had hij ook een pleister op zijn rechterwang en onder zijn linkeroog. De tijdsaanduiding liet zien dat het 14.37 uur op 20 augustus was.

‘Waar is dit?’ vroeg Stiller.

Wisting checkte de bestandsnaam. ‘De Deli de Luca in de Akersgata,’ las hij. ‘Oslo centrum, slechts een blok van het kantoor van Claes Thancke.’

‘Hij was daar,’ zei Stiller. ‘Hij is Theo Dermann.’

‘Hij was maar een loopjongen,’ zei Hammer. ‘Een pion die is ingezet. Iemand die het wapen verschafte en klusjes verrichtte.’

‘Iemand die hij uit de weg moest ruimen,’ voegde Stiller eraan toe. ‘Een achtergelaten braadpan op het fornuis. Alle politiemensen zijn weleens bij zo’n brand geweest. Dat is een van de eerste dingen waar de technici naar kijken. Er wordt maar zelden verder onderzoek naar gedaan.’

Wisting stond weer op en liep terug naar het raam om het

open te zetten. De binnenkomende lucht was fris, maar vochtig. 'We hebben meer nodig,' zei hij.

'We kunnen niet wachten,' vond Hammer. 'Als hij Maren Dokken heeft, kan elk uur tellen. Elke minuut.'

Stiller had Semmelmanns adres achterhaald. 'Hij is gescheiden en woont alleen. Geen kinderen.'

'Hij moet ergens een plek hebben,' zei Hammer. 'Een plek die niet van hem is, maar waar hij vrijelijk gebruik van kan maken. Net zoals hij wist dat de laswerkplaats waar we de bestelbus vonden leegstond.'

'Kunnen we hem laten observeren?' vroeg Wisting.

Stiller schudde zijn hoofd. 'Ik kan geen team op pad sturen zonder dat ze weten wat ze aan het doen zijn.'

'Waar is hij nu?' vroeg Hammer.

'Waarschijnlijk op zijn werk,' antwoordde Stiller. 'Op kantoor. Dat kan ik uitzoeken. Ik bedenk een excuus om hem te bellen.'

'Je kunt vragen of hij contact heeft gehad met het arbeidsbureau in Sagene,' opperde Wisting. 'Het telefoontje naar Claes Thancke kwam van een telefoon daar die sollicitanten kunnen gebruiken. Hij zou dat checken. Uitzoeken of iemand zich een man met een baard herinnerde die daar op 20 augustus was.'

Hammers enthousiasme nam toe. 'We kunnen hem volgen,' zei hij. 'Ieder van ons met een aparte auto. Het is nog maar zo'n veertig uur geleden dat Maren verdween. De anderen hield hij minstens drie etmalen vast. Hij kan ons naar haar toe leiden.'

'Hij is een ervaren rechercheur,' zei Wisting. 'Hij zal de auto's herkennen en snel doorhebben dat hij wordt gevolgd.'

'Ik kan een zender aanbrengen, als we zijn auto tenminste vinden,' zei Stiller. 'Dan kunnen we afstand houden.'

Hammer had zijn jas al in zijn hand en wierp een blik op Wisting. 'Ga je mee?' vroeg hij.

Het voorstel was een beetje onbesuisd, maar tegelijkertijd zo logisch als wat.

'Ik ga mee,' bevestigde Wisting.

Hij verliet als laatste de binnenplaats van het politiebureau. Hammer was al uit het zicht verdwenen voordat Wisting de snelweg had bereikt. De regen viel loodrecht op zijn voorruit en verminderde het zicht.

Na een uur achter het stuur belde Stiller. Hij zorgde ervoor dat alle drie de auto's met elkaar konden communiceren.

'Ik heb met hem gesproken. Hij is op kantoor. We hebben een afspraak, ik ga bij hem langs. Hij heeft een connectie tussen Chris Paust Backe en Johannes Norum gevonden. Ze zaten tegelijkertijd in de districtsgevangenis van Oslo. Het telefoontje naar de ex op de avond waarop Chris Paust Backe werd vermoord, duidt erop dat hij erbij betrokken kan zijn.'

'Dat maakt deel uit van de constructie,' zei Hammer. 'Het gesprek met Helene Norum was geconstrueerd, ter afleiding voor het geval er een onderzoek zou worden gestart.'

'Ik ga naar hem toe om de zaak te bespreken,' zei Stiller. 'Ze werken met een theorie dat het om wraak gaat.'

Wisting sloeg af naar een tankstation. 'Dat geeft ons wat tijd,' zei hij. Hij richtte zich tot Hammer: 'Heb jij een adres van Tormod Jahren? We moeten met hem praten over de in beslag genomen telefoon.'

'Dat is in de wijk Stovner,' antwoordde Hammer. 'Ik stuur je het adres en zijn nieuwe nummer.'

Wisting reed naar de benzinepomp, wachtte tot het telefonisch overleg voorbij was en stapte uit om te tanken. Daarna reed hij verder, sloeg af op Ring 3 en volgde de aanwijzingen tot de woonblokken rond het centrum van Stovner. De regen roffelde op het dak. Hij bleef in zijn auto op het grote parkeerterrein zitten en belde het nummer dat hij van Hammer had ontvangen. Hij verwachtte niet dat er zou worden opgenomen en was verbaasd toen Tormod Jahren dat meteen deed en zijn volledige naam noemde.

Wisting stelde zich voor en legde uit dat hij van de politie was. 'Ik doe onderzoek in verband met de verdenking van ontvreemding uit het beslagdepot van de politie,' begon hij. 'Er zijn een paar feiten waarover ik je graag wil spreken.'

'Wat voor onderzoek?' vroeg Jahren. 'Het is lang geleden dat ik met de politie van doen had.'

De scepsis in zijn stem was duidelijk.

'Ik ben nu in Stovner,' ging Wisting verder. 'Kunnen we elkaar zien?'

'Ik ben niet thuis,' antwoordde Jahren snel.

Wisting keek op naar de woonblokken voor hem. Hij had geen idee waar Jahren precies woonde, maar stelde zich voor dat hij toch best weleens thuis kon zijn.

'Puur concreet gaat het om de verdenking dat een politiewerknemer in beslag genomen voorwerpen heeft gestolen,' zei hij. 'Het zijn spullen die nergens zijn genoteerd. Ik had gehoopt dat jij me kon helpen om enkele feiten op te helderen.'

'Kan dat niet door de telefoon?' opperde de man aan de andere kant van de lijn.

Normaal gesproken zou Wisting nog een keer hebben geprobeerd om de man face to face te spreken, maar hij liet het zitten. 'Je bent zesenhalf jaar geleden gearresteerd,' begon hij. 'De politie heeft onder andere jouw computerapparatuur en je mobiele telefoon in beslag genomen.'

Jahren deed er het zwijgen toe.

'Weet je nog wat voor telefoon je destijds had?'

'Een Sony Xperia. Zo eentje heb ik nu ook. Alleen nu het nieuwste model.'

'Herinner je je het nummer?'

Tormod Jahren aarzelde. Hij begon met een paar cijfers, maar zei toen dat hij het niet meer wist.

'Weet je nog wat voor abonnement het was?'

'Een prepaid.'

Wisting knikte. 'Weet je waar die telefoon nu is?'

'Geen idee.'

Wisting begreep dat hij de vraag verkeerd had gesteld. 'Heb je hem teruggekregen?'

'Ja, maar ik weet niet waar hij is gebleven. Hij was verouderd in de tijd dat ik achter de tralies zat. Volgens mij heb ik hem gewoon weggegooid en een nieuwe gekocht.'

'Je kreeg hem dus wel terug?'

'Hij zat bij mijn spullen toen ik vrijkwam. Ik denk dat hij de hele tijd dat ik daar was in het depot heeft gelegen, samen met andere persoonlijke bezittingen die we niet nodig hadden of niet in onze cel mochten hebben.'

'Kreeg je hem toen je vrijkwam?'

'De telefoon, mijn portefeuille en mijn sleutelbos, ook al had ik geen woning meer. Er waren ook nog wat andere dingen, USB-sticks en cd's. Toen ik werd vrijgelaten, ontbrak er niets. Ik denk niet dat ik je kan helpen.'

Wisting was nog niet zover dat hij het gesprek wilde beëindigen. 'Dus toen jij vastzat werden je spullen van de politie naar de gevangenis gebracht?'

'Dat neem ik aan. Ze waren er in elk geval toen ik vertrok.'

'Weet je wanneer dat is gebeurd?'

'Geen idee. Dat moet je de gevangenis vragen.'

De antwoorden van Tormod Jahren waren niet zo eenduidig als hij had gehoopt, maar er kwam wel onverwacht een gedachte bij hem op. 'Je zat toch in Ila?' wilde Wisting bevestigd hebben.

'In het begin wel. Het laatste jaar zat ik in Berg, in Vestfold. Daar kreeg ik mijn spullen toen ik vrijkwam, maar ze zijn vast en zeker met me meeverhuisd.'

'Wie was je contactpersoon in Ila?' vroeg Wisting.

'Ik had er meerdere,' antwoordde Jahren. 'Er zijn er een

paar gestopt met werken of ze werden overgeplaatst.' Hij noemde enkele namen. 'En er was iemand die Molander heette,' voegde hij eraan toe.

Wisting fronste zijn wenkbrauwen en zag de hooghartige cipier in zijn kreukelige hemd voor zich die in de deuropening stond toen ze de cel van Tom Kerr doorzochten. 'Fredrik Molander?' vroeg hij.

'Ja, maar hij vroeg overplaatsing aan naar de tbs-afdeling en begon daar.'

Wisting keek uit het zijraampje. Er werd hem iets duidelijk, nog voorzichtig en als iets kleins, maar er wás een mogelijkheid. Een mogelijkheid voor een alternatieve verklaring. Voor een werknemer in de gevangenis was het vast niet moeilijker om misbruik te maken van een telefoon dan voor een rechercheur. Integendeel. Hij wist niet hoe het systeem of de procedure in elkaar stak, maar het personeel kon er waarschijnlijk gemakkelijker de hand op leggen, het risico was kleiner.

Hij beëindigde het gesprek. De ruitenwissers zwiepten over de voorruit en schoven het regenwater weg. Na even wachten startte hij de auto en belde Hammer.

'Stiller is nu op het politiebureau,' liet Hammer weten. 'Ik zit buiten te wachten. Het kan wel even duren. Heb je Jahren gesproken?'

Wisting vertelde over het gesprek met Tormod Jahren, maar deelde zijn gedachten over wat er naar voren was gekomen niet. 'Ik ga nu naar Ila,' zei hij ten slotte. 'Ik wil weten wanneer de telefoon daar is gekomen.'

Ze wisten wanneer de telefoon door de politie was afgegeven. Dat was drie weken voordat Tom Kerr en Nummer Twee hun eerste slachtoffer maakten. Maar ze wisten niet wanneer het toestel bij de gevangenis was ingeleverd. Dat tijdstip gaf misschien de doorslag voor de kant die hun verdenking op kon gaan.

68

De grote gevangenis was in een grijze nevel gehuld. Een vrouw met twee kleine kinderen stond voor de bezoekersingang: een meisje en een jongen van een jaar of tien. Wisting haalde zijn legitimatiebewijs tevoorschijn en liep samen met hen naar binnen toen de traliedeur opengieng.

Ze wisten dat hij kwam. Hij had gebeld en gezegd wat hij wilde. De directeur was er niet, maar een hoofdcipier ontving hem in een smal kantoor. Hij was een breedgeschouderde man die voorovergebogen zat, met zijn onderarmen op het bureaublad, zijn handen gevouwen voor zich.

Wisting legde uit dat hij er drie dagen geleden ook was geweest en toen onder andere de cel van Tom Kerr had doorzocht. 'We hebben met zijn contactpersoon gesproken,' zei hij. 'Fredrik Molander. Is hij er vandaag?'

De hoofdcipier schudde zijn hoofd. 'Hij maakt zijn overuren op,' zei hij. 'Dat kwam goed uit nu Tom Kerr hier niet meer is.'

'Hij was toch ziek gemeld?' schoot Wisting te binnen.

'Ja. Hij keerde terug nadat Kerr was ontsnapt.'

De hoofdcipier schoof wat heen en weer. 'Maar dit ging over iets heel anders, begreep ik. Een voormalige gedetineerde? Tormod Jahren?'

'Ja,' bevestigde Wisting en hij had wel door dat hij moest uitleggen waarom hij diens dossier wilde zien.

'Het lijkt erop dat de politie in Oslo een fout heeft gemaakt met de afhandeling van de in beslag genomen goederen in deze zaak,' zei hij, zodat de hoofdcipier zou snappen dat niet de gevangenis iets had gedaan wat hun op kritiek kwam te staan. 'Een vermenging van zaken,' voegde Wisting eraan toe. 'Dat is nu pas ontdekt.'

De hoofdcipier leek niet overtuigd, maar uitte geen bezwaar. Hij pakte een dossier en schoof dat over zijn bureau naar hem toe. Tormod Jahrens naam en gedetineerdennummer stonden erop.

'Waar worden de bezittingen van de gedetineerden bewaard terwijl ze hun straf uitzitten?' vroeg Wisting.

'In het goederenmagazijn,' antwoordde de hoofdcipier, zonder nader uit te leggen waar dat was of wie daar toegang toe hadden.

Wisting opende het dossier. De bovenste papieren betroffen de overplaatsing naar de Berg-gevangenis. Het was een lijst van waardevolle spullen en bezittingen die de vervoerder aan de nieuwe gevangenis had overhandigd. Een werknemer had voor de ontvangst getekend. De naam was nauwelijks leesbaar. De lijst zelf was een computeruitdraai met een nauwkeurig overzicht. Het ging om dvd's, cd's, boeken en tijdschriften. Diverse USB-sticks met vermelde opslagcapaciteit. Schoenen, laarzen, broeken, jassen en andere kledingstukken met de naam van het kledingmerk. Een portefeuille zonder contanten, maar met een precieze lijst van pinpassen en identiteitspapieren, een sleutelbos met het aantal sleutels en een telefoon, een Sony Xperia.

Helemaal achter in het dossier stond een kortere lijst, uit de tijd dat Tormod Jahren met het uitzitten van zijn straf begon. Het waren een kleiner aantal films, boeken en cd's, en geen sleutels, USB-sticks of een telefoon. Jahren had zelf getekend voor wat hij in bewaring gaf. De grote gedetailleerdheid van de beschrijving van elk afzonderlijk voorwerp was functioneel om te voorkomen dat de gedetineerde later met beschuldigingen zou komen dat er iets ontbrak.

Wisting bladerde door de papieren. Telkens wanneer Jahren andere cd's of kleren had gekregen, was dat geboekt in de vorm van een nieuw document dat genummerd en gedateerd was. De contactpersoon leek voor de lijst verantwoordelijk te zijn. De naam van Fredrik Molander stond meermalen in de handtekeningenkolom.

Na de kerstdagen was de lijst langer geworden. Een paar dvd's, cd's en boeken. Wisting bladerde nog wat verder, tot hij vond wat hij zocht. Zijn blik gleed een paar keer over de tekst, terwijl hij langzaam maar zeker zijn hartslag voelde versnellen.

Drie voorwerpen. Portefeuille, sleutelbos en mobiele telefoon. *Overgebracht door de politie*, had Fredrik Molander geschreven. De drie voorwerpen waren drie dagen na Tom Kerrs arrestatie binnengekomen.

'Kun je vinden wat je zoekt?' vroeg de hoofdcipier.

Wisting keek op en begreep dat hem die vraag al voor de tweede keer werd gesteld.

'Ja,' antwoordde hij en hij pakte het vel papier eruit. 'Deze datum, wordt die automatisch gegenereerd?'

Hij wees naar het veld rechtsboven. De hoofdcipier boog zich naar voren.

'Ja,' antwoordde hij.

Wisting meende een aarzeling te hebben gemerkt. 'Maar?' vroeg hij.

'Die kan overschreven worden,' luidde het antwoord. 'De voorwerpen blijven nog weleens een tijdje in het dienstvertrek liggen voordat ze naar het depot gaan. Het journaal kan geantidateerd worden, zodat dat klopt met wat er feitelijk juist is.'

'Het politiesysteem werkt net zo,' zei Wisting om de man niet tegen zich in het harnas te jagen. Hij zwaaide met de bewuste journaalpagina.

'Mag ik hier een kopie van?'

Opnieuw keek de hoofdcipier sceptisch, alsof hij al te ver was gegaan door de politie inzage in het journaal te geven zonder dat daar een rechtmatige grondslag voor was. Toen stond hij op en liep met het papier de kamer uit. Even later was hij terug, gaf Wisting een kopie en stopte het origineel terug in het dossier. Wisting controleerde het nog een keer, om er zeker van te zijn dat het klopte. Dat hij het goed had gezien. Daarna vouwde hij het papier dubbel en stak het in zijn binnenzak. Hij wilde overeind komen om te vertrekken, maar een gedachte zorgde ervoor dat hij dat niet deed.

'Kun je nog iets voor me uitzoeken?' vroeg hij.

69

Toen Wisting zijn telefoon na zijn bezoek aan de gevangenis terugkreeg, zag hij dat er meerdere gemiste oproepen waren. Twee waren van de speciale eenheid. Ze wilden hem waarschijnlijk nog een keer verhoren. Op dit moment hadden ze zijn status vermoedelijk van getuige in verdachte veranderd.

Er was geen tijd om de andere oproepen te checken, want Stiller belde hem.

'Blijf even hangen,' zei Wisting. 'Dan verbind ik ons ook met Hammer.'

Wisting stapte in zijn auto en was net de weg op gereden toen Stiller zich weer meldde.

'Ze hebben besloten om Johannes Norum voor verhoor op te roepen,' vertelde Stiller.

'Ze willen hem tot zondebok maken,' zei Hammer.

'Mogelijk kunnen ze iets aan elkaar koppelen waardoor het lijkt alsof hij Tom Kerr heeft helpen vluchten zodat hij zich op hem kon wreken, maar ze slagen er niet in Nummer Twee van hem te maken,' zei Stiller.

'De logica ontbreekt,' stelde Hammer vast. 'Waarom zou hij Tom Kerr om het leven brengen voordat die de vindplaats aanwees? Tom Kerr zou immers vertellen waar zijn dochter lag en wat er was gebeurd.'

'Heb je de zender kunnen plaatsen?' wilde Wisting weten.

'In zijn computertas,' antwoordde Stiller. 'Ik krijg een melding als hij die meer dan tien meter verplaatst.'

'Was er verder nog nieuws?' vroeg Hammer.

‘De technici zijn klaar met de bestelbus die jullie in de laswerkplaats in Revetal hebben gevonden,’ antwoordde Stiller. ‘Het voertuig stond oorspronkelijk in Zweden geregistreerd, maar is daar een halfjaar geleden gestolen. De kentekenplaten zijn van een soortgelijk busje in Asker ontvreemd.’

Wisting wist dat van die platen al.

‘Het is in principe hetzelfde trucje als toen Tom Kerr en Nummer Twee die andere meisjes ontvoerden,’ ging Stiller verder. ‘De hypothese is dat de werkplaats op een later moment in brand zou worden gestoken, wanneer de brand niet langer aan de ontvoering van Maren Dokken kon worden gelinkt.’

Wisting reed naar het midden van de rijbaan en haalde een brommer in. ‘Nog nieuws over Maren?’ vroeg hij.

‘Nee,’ antwoordde Stiller. ‘Ze denken dat Tom Kerr in de werkplaats werd vermoord en in stukken gesneden en dat dit gebeurde voordat Maren werd gepakt.’

Wisting vroeg om nadere uitleg.

‘Het is gebeurd binnen in de spuitinrichting,’ legde Stiller uit. ‘Nadien zijn alle sporen overgelakt. Er zit een geheel nieuwe laag lak op de wanden en de vloer. De technici hebben er grote hoeveelheden bloed onder aangetroffen. De bloedgroep is vastgesteld, maar het DNA is nog niet geanalyseerd. We weten vooralsnog alleen dat Tom Kerr deze bloedgroep heeft, maar Maren Dokken niet.’

‘Hoe kunnen ze zien dat Tom Kerr is vermoord voordat Maren werd gepakt?’ vroeg Hammer.

‘Dat heeft met het harden van de lak te maken,’ antwoordde Stiller. ‘De lak in het busje is niet zo oud als die in de spuitinrichting. Ze denken dat Kerr daar al de eerste avond dat hij op vrije voeten was is vermoord. De getuige van het vroegere hoofd van politie is formeel verhoord. Hij zei dat daar toen mensen aanwezig waren.’

‘Dat verklaart waarom ze geen alarm heeft geslagen,’ zei

Hammer. ‘Hij was in zijn eentje toen hij Maren pakte. Hij was een bekend gezicht voor haar, iemand die ze vertrouwde.’

Wisting zag voor zich hoe Maren Dokken pas tegenstribbelde nadat ze een hand met een doek en een bedwelmend middel over haar gezicht had gekregen.

‘Hoe zit het met de sectie?’ vroeg hij. ‘Levert die een tijdstip van de moord op?’

‘De sectie van Tom Kerr is nu bezig,’ deelde Stiller mee. ‘Ik weet niet hoe ze een in stukken gesneden lijk onderzoeken dat in een chloorbad heeft gelegen, maar ik denk dat het lastig kan worden om er een exact tijdstip van overlijden uit te halen.’

‘Waar is dat gebeurd?’ vroeg Wisting. ‘Dat chloorbad?’

‘In de werkplaats,’ zei Stiller. ‘Er staat een overgespoten badkuip in de spuitinrichting.’

Wisting deed een poging de chronologie te construeren: ‘Tom Kerr werd vermoord, in stukken gesneden en in zakken verpakt. Vervolgens werd er honderd kilometer met hem gereden en werd hij begraven op zijn eigen terrein in Østmarka, waarna Nummer Twee terugkeerde en de plaats delict onder de lak spoot.’

‘Ze denken dat Kerrs lijk met de bestelbus is vervoerd,’ liet Stiller weten. ‘Het kenteken is bij tolpoorten langs het traject gezien. De wagen rijdt rond twee uur in de nacht door Oslo en is twee uur later weer terug.’

‘Hij kan het gat van tevoren hebben gegraven,’ zei Hammer.

Wisting dacht hardop: ‘Hoe past dit bij Semmelmanns bewegingen? Ik had hem rond drie uur aan de telefoon, vier uur nadat Kerr was ontsnapt. Hij was hier rond halfzeven.’

‘Misschien heeft hij Kerr al voor die tijd bij het Ringshaugstranda kunnen oppikken, daar waar de boot is gevonden,’ bracht Stiller te berde. ‘Daarna reed hij naar de werkplaats die hij als schuilplaats gebruikte, of hij heeft hem meteen om het leven gebracht. En is toen teruggekeerd nadat hij bij het hotel had ingecheckt.’

'Hij verliet het politiebureau rond middernacht en ging naar zijn hotel,' herinnerde Wisting zich. 'Even na achten de volgende dag verscheen hij op de ochtendvergadering.'

'Hij kan het qua tijd allemaal hebben gedaan,' stelde Hammer vast. 'Zonder probleem. We moeten...'

Stiller onderbrak hem. 'Beweging,' rapporteerde hij. Zijn stem was fel en de woorden kwamen staccato: 'Idar Semmelmann is in beweging.'

70

De meisjes speelden in de woonkamer met het keukentje en de poppen. Line zat in het souterrain de opnamen van de vorige dag te indexeren. De deur bovenaan de trap stond open. Ze kon het geklets van haar dochter en haar vriendinnetje tijdens hun rollenspel horen.

Op het scherm kwam Idar Semmelmann op de vindplaats aan. Haar vader kneep zijn ogen tot spleetjes toen de zaklantaarn in zijn gezicht scheen. In het felle licht leken de rimpels dieper en de schaduwen onder zijn ogen werden duidelijker. Zijn haar stond alle kanten op en zijn jas hing scheef over zijn schouders. Hij maakte een oude, gespannen indruk, en voor het eerst bedacht ze dat hij op een dag geen politieman meer zou zijn. Het werk als rechercheur moest wijken voor het pensioen. Ze vroeg zich af wat dat met hem zou doen. Hij had geen andere sociale contacten dan de mensen met wie hij samenwerkte, geen hobby's of andere vrijetijdsinteresses. Vrijwel geen familie. Ze kon zich hem niet in een andere baan voorstellen, bijvoorbeeld als inspecteur bij een verzekeringsmaatschappij, zoals veel andere gepensioneerde rechercheurs ten slotte deden.

Semmelmann wees erop dat haar vader en Hammer van de zaak waren gehaald. Het antwoord van haar vader was onduidelijk. Line stelde het geluid bij. Stiller legde uit wat ze hadden gevonden, terwijl de technicus even pauze nam. Hij gaf het goed en duidelijk weer en het zou als een mooie samenvatting hebben gewerkt, maar Line beschikte slechts over het ingebouwde microfoontje in de camera en de geluidskwaliteit was niet om over naar huis te schrijven.

De camera focuste op Semmelmann. Hij had zijn dikke, grijze haar blijkbaar onlangs laten knippen. Hij leek gestrest en zag er geïrriteerd uit, alsof de situatie hem niet aanstond.

Hij opende de klep van een van de dozen waarin de lichaamsdelen lagen, pakte een pen uit zijn binnenzak en boog daarmee het zwarte plastic opzij om het beter te zien. Er kwam een hand tevoorschijn.

Een van de technici waarschuwde hem dat het onderzoek van de inhoud nog niet was afgerond. Semmelmann negeerde hem, hield zijn hoofd schuin en vroeg of ze een vingerafdrukkenonderzoek konden doen. Het antwoord was dat dit moest wachten, daarna sloot Semmelmann de klep weer en keek in de camera. Vervolgens rechtte hij zijn rug.

Line keerde terug naar het moment waarop Semmelmann bij de vindplaats arriveerde en markeerde dat, zodat ze het later gemakkelijker weer kon opzoeken.

Een bericht in de rechterhoek van het scherm liet weten dat ze antwoord had gekregen op haar mailverzoek aan advocaat Claes Thancke. Hij schreef dat hij het weekend in zijn vakantiehuis bij Holmestrand was om zich op een aanstaande rechtszaak voor te bereiden, maar dat hij haar daar wel kon ontmoeten.

Line draaide zich om en keek omhoog, de trap op. Maja werd over een uur opgehaald. Ze kon Sofie eigenlijk niet weer vragen om op Amalie te passen. Ze moest haar dochter maar meenemen.

71

Ze volgden Semmelmann toen ze Oslo verlieten, op de E18 in de richting van Vestfold. Wisting reed achteraan, zonder dat hij de voorste wagen kon zien. Zijn telefoon was aan die van de anderen gekoppeld, maar niemand zei iets. Hij hoorde uitsluitend het geruis van de open telefoonlijn en het geluid van de banden die over het natte asfalt sisten. De ruitenwissers werkten ritmisch. Zijn gedachten gingen alle kanten op, zonder beperkingen. Hij dacht aan concrete feiten, verstandige argumenten en alternatieve interpretaties en probeerde al gewortelde aannamen los te laten. Hij bekeek de vooronderstellingen van een andere kant en legde andere voorwaarden ten grondslag, zocht bevestigingen en nieuwe antwoorden.

Een kleine vrachtwagen kwam ter hoogte van zijn auto en haalde hem in. Wisting keek hoe hard hij reed en begreep dat hij achterop was geraakt.

'Hij slaat af naar Tønsberg,' meldde Stiller.

Wisting zat op bijna tien minuten achterstand. Hij verhoogde zijn snelheid, passeerde de vrachtwagen die hem zojuist had ingehaald en verliet de snelweg toen Stiller aangaf dat hij op weg was naar het centrum.

'Hij gaat naar het politiebureau,' zei Hammer. 'De een of andere bijeenkomst.'

'Die van mij,' stelde Stiller vast. 'Ik heb over twintig minuten een afspraak met de commissaris. Het spreekt voor zich dat ze Semmelmann heeft verzocht daar ook bij te zijn.'

'Om wat voor bijeenkomst gaat het?' wilde Hammer weten.

Stiller gaf geen antwoord, maar liet weten dat Semmelmann op een gereserveerde plek voor het politiebureau parkeerde.

Wisting reed een busbaan op, draaide zich om en reikte naar zijn laptop. ‘Begin niet zonder mij,’ zei hij.

Stiller aarzelde. ‘We gaan over het interne onderzoek vergaderen,’ zei hij. ‘Dat gaat over jou.’

Wisting deed alsof hij hem niet hoorde. Zijn gedachten draaiden overuren. Sinds hij de gevangenis had verlaten, had hij alles wat al een plek in zijn hoofd had gekregen aan de kant geschoven om ruimte te maken voor nieuwe ideeën. Hij had nog wat meer tijd nodig, maar een onvermoede mogelijkheid begon zich op te dringen. ‘Ik ben er om vier uur,’ zei hij en hij verbrak de verbinding.

72

Hammer wachtte voor het kantoor van de politiecommissaris. Het was zaterdag en er zat niemand bij de receptie. De klok aan de wand achter het lege bureau gaf aan dat het vier uur was.

'Ze zijn al binnen,' zei Hammer met een knikje naar de stevige eikenhouten deur.

Wisting klopte aan, maar wachtte het antwoord niet af. Hij deed open en ging naar binnen.

Ze zaten rond de vergadertafel. Agnes Kiil was aan het praten, ze zat midden in een zin, maar stopte en keek vragend naar Stiller. Idar Semmelmann zat met zijn rug naar hem toe. Hij draaide zich met een geïrriteerde gezichtsuitdrukking om.

Wisting stapte naar voren en trok een vrije stoel naar achteren. De commissaris kwam overeind; ze leek naar woorden te zoeken.

'Hebben we een afspraak?' vroeg ze ten slotte.

'Ik heb nieuwe, belangrijke informatie,' antwoordde Wisting.

'Kan dat niet wachten?' vroeg Semmelmann.

Wisting schudde zijn hoofd. 'We weten wie Nummer Twee is,' zei hij met een handgebaar in de richting van Hammer.

'Jullie zitten niet meer op de zaak,' protesteerde Semmelmann. 'Er is een onderzoek naar jou gaande.'

De commissaris ging weer zitten. 'Laat horen wat je hebt,' zei ze.

Wisting nam plaats en wachtte tot Hammer hetzelfde had gedaan.

'Theo Dermann,' begon Wisting. 'Er was iets met zijn bezoek aan het kantoor van Claes Thancke en daar heb ik telkens weer over lopen piekeren.'

Semmelmann onderbrak hem. 'Dat was Chris Paust Backe,' zei hij. 'De receptioniste van de advocaat heeft hem op foto's herkend.'

Wisting knikte en keek naar Stiller. Die conclusie hadden zij ook al getrokken, maar er was iets anders wat de hele tijd in zijn onderbewustzijn had liggen sluimeren. 'De eerste reactie kwam via een telefoon bij het arbeidsbureau in Sagene in Oslo,' vervolgde hij. 'Chris Paust Backe woonde echter in Asker. Hij had in Sagene niets te zoeken. Bovendien kreeg hij al acht jaar een arbeidsongeschiktheidsuitkering.'

'Johannes Norum is een werkzoekende,' merkte Semmelmann op. 'Hij valt onder Sagene. Dat soort dingen zijn we nu aan het bekijken. In de loop van de avond komt hij voor verhoor.'

Wisting nam geen nota van wat er werd gezegd. 'Dezelfde telefoon is in een andere zaak gebruikt,' legde hij uit. 'Vier jaar geleden, in een chantagezaak. Ik kon me de details niet meer herinneren en het kostte enige tijd om alles terug te vinden. Een gevangenbewaarder werd in de val gelokt en belandde met een jong meisje op een hotelkamer. Ze werden stiekem gefilmd en de opname werd vervolgens ingezet om hem zover te krijgen dat hij een gedetineerde hielp ontsnappen. De afperser legde contact via de telefoon voor sollicitanten in Sagene. De cipier was getrouwd, maar dat huwelijk stond toch al op springen. Hij stapte naar de directie en er werd actie ondernomen. Een Joegoslaaf werd opgepakt en veroordeeld. De zaak kwam niet in de media, maar werd gepresenteerd op een congres over corruptie en beïnvloeding van overheidsdienaren.'

'Een bekende methode dus,' luidde Semmelmanns commentaar. 'Waar is de relevantie?'

Ook Hammer en Stiller leken het verband niet te zien.

'Daar kom ik zo meteen op,' antwoordde Wisting. Hij liet Hammer vertellen over de telefoons waarmee Tom Kerr en Nummer Twee hadden gecommuniceerd voordat Kerr werd opgepakt.

'Tormod Jahren was veroordeeld wegens incest en de verspreiding van kinderporno,' rondde hij af en hij wendde zich tot Semmelmann. 'Jij was verantwoordelijk voor dat onderzoek.'

Semmelmann liet een bescheiden knikje zien, alsof hij zich die zaak vaag kon herinneren.

'Wat deed je met die telefoon toen die uit het beslagdepot werd gehaald?' vroeg Wisting.

Semmelmann schudde zijn hoofd. 'Dat is jaren geleden,' antwoordde hij. 'Ik heb een heleboel zaken.'

'Wat zegt de instructie?'

'Als hij niet wordt geconfisqueerd, gaat hij terug naar de eigenaar.'

'Dat is ook gebeurd,' beaamde Wisting. 'Maar niet door jou. Jij gaf hem aan zijn advocaat. Pas vele maanden later heeft die hem bij de gevangenis afgegeven.'

'Claes Thancke!' riep Semmelmann uit. 'Nu weet ik het weer. Claes Thancke was zijn advocaat. Ik heb hem de telefoon gegeven.'

De politiecommissaris boog zich over de tafel heen. 'Wat betekent dat?' vroeg ze. 'Heeft Claes Thancke ervoor gezorgd dat Tom Kerr de telefoon van een andere cliënt kon gebruiken?'

Wisting schudde zijn hoofd. 'Dat betekent dat Claes Thancke Nummer Twee is,' antwoordde hij.

73

De commissaris liet zich weer tegen de rugleuning van haar stoel zakken. 'Dat moet je nader uitleggen,' zei ze.

Stiller wilde ook iets zeggen, maar leek naar woorden te zoeken. Het gesprek was een kant opgegaan waarop hij niet was voorbereid. 'Hoe zit het met de andere telefoon uit het politiedepot?' vroeg hij.

'Steffen Skjeberg werd vertegenwoordigd door een assistent-advocaat van Thanckes kantoor,' antwoordde Wisting. 'Maar Thancke was degene die het toestel weer bij de gevangenis afleverde.'

Hij legde kopieën op tafel van het journaal van het depot in Ila en de districtsgevangenis van Oslo. De hoofdcipier in Ila had hem geholpen dat laatste afschrift in handen te krijgen. Dat was gescand en per fax toegestuurd. Op beide stond Claes Thancke als degene die de telefoons had ingeleverd.

Wisting wendde zich tot Semmelmann. 'Waar zou jij Claes Thancke op de relatiekaart plaatsen?' vroeg hij.

'Hij zit niet in de database,' antwoordde Semmelmann.

'Maar wat voor index zou jij hem hebben gegeven? Waar zou jij hem hebben geplaatst ten opzichte van Tom Kerr?'

'Het dichtstbij,' gaf Semmelmann toe.

'Dit kan niet kloppen,' protesteerde de politiecommissaris.

'Thancke heeft drie jaar geleden ook Chris Paust Backe verdedigd. Backe werd verdacht van bedreiging met een vuurwapen. Hij was de juiste man om te vragen of hij een handgranaat kon leveren.'

'Riskant,' merkte Stiller op. 'Hij verscheen op het kantoor. Andere werknemers hadden hem kunnen herkennen.'

'De receptioniste werkte daar nog maar een halfjaar,' legde Wisting uit. 'De vorige moest vertrekken na klachten te hebben geuit over seksueel grensoverschrijdend gedrag. De afspraak was gemaakt op een dag waarop de meeste anderen van het kantoor in de rechtbank waren of gewoon niet aanwezig. Er was niemand die hem kon herkennen.'

'Hij moest zich hoe dan ook van hem ontdoen als de klus was geklaard,' merkte Hammer op.

Wisting knikte en ging verder: 'De afperser die met de telefoon in Sagene belde: Claes Thancke was ook zíjn advocaat. Pleister en verband op het gezicht: in 2013 verdedigde Claes Thancke een verkrachter die zich camoufleerde met een zonnebril en pleisters vlak voordat hij zijn slachtoffers overviel. Eenvoudig aan te brengen, eenvoudig te verwijderen – en iets wat de slachtoffers zich zouden herinneren. De eerste weken zocht de politie naar een verkrachter met wonden in zijn gezicht.'

'Maar waarom deze hele opzet?' vroeg de commissaris. 'Waarom zou hij een situatie construeren waarbij hij zelf toegaf berichten de gevangenis te hebben binnengesmokkeld?'

'Als een back-up,' antwoordde Wisting. 'Voor het geval dat de verdenking op hem zou vallen. Een pure afleidingsmanoeuvre, zoals hij dat in de rechtbank ook talloze malen heeft toegepast. Wanneer zijn cliënten iets minder ernstigs bekennen, komt het geloofwaardiger over als ze later een leugen opdissen. En dat werkte. We hebben nooit getwijfeld aan wat hij ons vertelde.'

De commissaris knikte. Wisting had nog meer.

'Het telefoontje naar Helene Norum. Claes Thancke beschikte over haar nummer dankzij de documenten in de zaak. De eigenaar van de laswerkplaats waar Tom Kerr is vermoord, is cliënt bij Claes Thanckes kantoor. Hij wist dat de werkplaats leegstond en kon waarschijnlijk aan de sleutel komen. In 2010 verdedigde hij een autospuiter die ervan werd verdacht prostituees te hebben opgepikt om die achter in zijn bestelbus te verkrachten. Voordat de politie hem arresteerde, had hij de complete laadruimte overgespoten en alle sporen verwijderd.'

'Hij komt overeen met het profiel,' gaf Semmelmann toe. 'Strategisch en creatief, hoog intelligentieniveau, het vermogen om op lange termijn te denken en consequenties te zien. Een gerespecteerd iemand die een beeld van zichzelf heeft geschapen als onbaatzuchtig en die eerlijk, goedhartig en opofferend overkomt.'

De beschrijving was er de hele tijd al geweest, maar niemand had hem hierin herkend.

'Claes Thancke is als een schaker,' voegde Wisting eraan toe. 'Hij denkt een aantal zetten vooruit. Mochten we zijn DNA of vingerafdrukken in de laswerkplaats of ergens anders aantreffen, dan heeft hij al een excuus voorhanden door ervoor te zorgen dat hij op diezelfde plek iets anders te doen had, iets legaals. Hij is zich voortdurend bewust van de plaats van de puzzelstukjes ten opzichte van elkaar. Dat heeft hem tot een bekwame verdediger gemaakt, maar hij is er ook een berekenende misdadiger door geworden. Hij heeft ervaring waardoor hij weet hoe de politie denkt en kan onze werkwijze voorspellen, zoals toen hij wist dat we de voetboei van Kerr zouden verwijderen als hij hem opdroeg te struikelen.'

'Het gesprek in zijn auto,' bedacht Hammer opeens. 'Toen moet hij Kerr de laatste instructies hebben gegeven, misschien heeft hij hem zelfs wel foto's laten zien van waar de granaat en het pistool lagen.'

'Ik heb geprobeerd de boel om te draaien,' zei Wisting. 'Alles vanaf een andere kant bekeken om uit dat gedachtepatroon te komen, maar de conclusie verandert er niet door. Alles in deze zaak wijst naar Claes Thancke.'

De politiecommissaris stak haar rechterwijsvinger omhoog ten teken dat ze een vraag had: 'Waar bevindt Claes Thancke zich nu?'

74

De nevel hing roerloos in de lucht. De meeste boten in de haven waren uit het water gehaald, het vaarseizoen was voorbij. Ze lagen nu op een rij onder dekzeilen. Kleine golven sloegen zwak tegen het land. Twee meeuwen vlogen op van een oude bootkraan.

Claes Thancke stond aan het roer van een grote open boot die langzaam de baai in voer. Line stak haar hand op ter begroeting. Thancke reageerde op dezelfde manier en manoeuvreerde naar de steiger toe. Hij droeg sportieve vrijetijdskleding en een pet; zo had ze hem nog niet eerder gezien.

Line trok de rits van Amalies jas omhoog en keek op naar de laaghangende wolken. Beiden waren ze er in feite niet op gekleed om het water op te gaan. En over enkele uren zou het ook al donker worden. Ze had kunnen voorstellen de advocaat op een andere dag, op een andere plek te ontmoeten. In haar eentje. Haar documentaire met hem bespreken had geen enkele haast. Eigenlijk was ze hier om een andere reden. Vanwege Maren Dokken. Claes Thancke was degene die Tom Kerr de laatste jaren het meest nabij had gestaan. Ze kon niemand anders bedenken die misschien kon weten waar Kerr Maren Dokken naartoe had gebracht.

Ze liep naar de rand van de steiger en begroette Thancke toen de boot aanmeerde.

'Ik moest mijn dochter meenemen,' legde ze uit. 'Ik ben alleen met haar. Het is lastig om op zo'n korte termijn ergens een oppas te vinden.'

Thanckes mondhoek vertrok een beetje; hij leek dit niet heel leuk te vinden. 'Ik heb geen reddingsvest in een kindermaat,' zei hij.

'Dat heb ik zelf bij me,' zei Line glimlachend.

Claes Thancke knikte. 'Hoe heet ze?'

'Amalie.'

'Kom aan boord!'

Line pakte de tas met de camera. Ze was niet van plan om opnamen te maken, maar nam de spullen toch mee.

'Kan ik daar staan?' vroeg ze. Ze wees naar haar auto.

Behalve de Mercedes van Thancke stonden er geen andere auto's geparkeerd.

'Dat is prima,' antwoordde de advocaat.

Line hielp Amalie aan boord en trok haar het zwemvest aan. Thancke duwde de boot weg van de steiger.

'Het duurt maar tien minuten,' zei hij met een knikje naar het groepje eilanden dat in nevelen gehuld lag.

De boot ploegde door het donkere water. Line trok haar dochter tegen zich aan en veegde zout zeewater van haar lippen. De wind kreeg bijna de pet van Thancke te pakken en hij moest hem goed vasthouden. Aan de zijkant was zijn haar grijs en het duurde even tot ze begreep dat het verf was. Zijn hand om het roer had dezelfde kleur.

'Ben je daar aan het verven?' vroeg ze.

'Hè?'

Line knikte naar de vlekken op zijn hand. 'Ben je de boel aan het opknappen?'

Hij glimlachte even. 'Dat is lak,' corrigeerde hij haar, zonder er verder nog iets over te zeggen.

Ze glimlachte terug. 'Bedankt dat je hier de tijd voor hebt willen nemen.'

Claes Thancke reageerde met een kort knikje. Line vertelde over de plannen voor de programmaserie.

'Jij hebt hem gevonden, begreep ik,' zei Thancke. Hij bleef

zijn ogen op het vaarwater voor hen richten. 'Wat was de reden dat je naar Østmarka ging?'

'Ik wilde zien hoe het daar nu was, een paar opnamen maken.'

'Nog niet zo lang geleden was ik daar ook,' zei Thancke. 'Was de weg niet afgesloten?'

'Er hing een kabel bij de kruising,' antwoordde Line. 'Wanneer was jij daar?'

'Vorige week, geloof ik. De verzekeringszaak na de brand is nog niet afgerond. Ik moest er even kijken.'

'Het was te zien dat er iemand het bos in was gelopen, achter het schuurtje,' zei Line.

Thancke knikte. 'Het enige wat ik heb gevonden, was een dode kraai. Die lag op de platte stenen voor het schuurtje. Met een schep heb ik hem in de struiken gegooid.'

Ze hadden de baai verlaten. Thancke veranderde van koers. De boot doorsneed enkele lichte golven.

'Was je erbij toen de rechercheurs bezig waren?' wilde Thancke weten.

'Ze waren rond twee uur 's nachts klaar,' antwoordde Line.

'Hebben ze iets gevonden?'

'Waar denk je aan?'

'Sporen? Iets wat kan vertellen wat er is gebeurd? Wie erachter stak?'

'Dat geloof ik niet. Alles moet immers nader worden onderzocht. Waarschijnlijk zijn ze teruggekeerd toen het weer licht werd.'

Er waren geen andere boten op het water. Thancke zette koers naar een eiland met loofbomen die helemaal tot aan de rand van het water groeiden.

'Vroeger liepen hier schapen,' vertelde Thancke. 'Nu is het helemaal overwoekerd. Je kunt het vakantiehuis bijna niet meer zien.'

Ze naderden een steiger. Vanaf daar liep een breed pad

naar een witgeverfd huisje. Thancke was bezig de weg ernaartoe vrij te maken. Takken waren gekapt en bijeengebonden, een deel ervan tot spaanders gehakt en op een stapel gelegd.

'Ben jij hier de enige met een huis?' vroeg ze.

Claes Thancke knikte. 'Mijn familie had dit eiland al voor de oorlog in bezit. Hier kan ik helemaal tot rust komen. Er komen hier geen andere mensen.'

Line had zich in zijn achtergrond verdiept. Zijn vader en grootvader waren ook advocaat geweest, hij was de derde op rij, maar zou vermoedelijk ook de laatste zijn. Hij was niet getrouwd, had geen kinderen. Zijn ouders leefden niet meer. Zijn enige familielid was een broer die in de scheepvaart werkzaam was.

Ze meerden aan. Thancke maakte de boot vast. Line tilde Amalie aan land, pakte haar tas en sprong ook van boord. De boot gleed weg van de steiger. Het meertouw verstrakte en ze bleef er met haar voet achter haken. Ze struikelde en wist dat het mis zou gaan. Ze kon de tas met de apparatuur nog aan land gooien, daarna raakte ze de rand van de steiger met haar schouder, vervolgens met haar heup en belandde in het water. Het lukte haar een touw vast te grijpen en ze kon voorkomen dat ze met haar hoofd onder water kwam.

Claes Thancke kwam naar haar toe, zakte op zijn knieën en greep haar bij haar arm. Line zette zich af en slaagde erin zich langs een paal omhoog te hijsen.

Amalie keek haar verschrikt aan. Line kon haar niet tegen zich aan trekken, dan zou ze nat worden. Daarom lachte ze, om haar niet bang te maken.

'Heb je extra kleren bij je?' vroeg Thancke met een blik op haar tas.

'Nee, ik...'

'Je kunt zo niet blijven rondlopen,' zei Thancke vastberaden. 'Ik heb wel wat kleren in het huisje. Daar kun je je omkleden. Er is ook een droogkast. Misschien droogt alles voordat ik jullie terugbreng.'

Line voelde zich vooral stom. Ze voelde in haar zakken en pakte haar mobiel. Die werkte nog, maar het schermpje was verkleurd.

'Is die waterdicht?' vroeg Thancke.

'Ja, maar er zit een barst in het glas,' antwoordde Line. 'Ik weet niet hoe lang hij nog werkt.'

Hij stak zijn hand uit om het toestel te bekijken. 'Ik gebruik mijn telefoon nooit als ik hier ben,' zei hij. 'Ik zet hem uit, maar check af en toe mijn mail.' Toen hij de telefoon omdraaide, stroomde er water uit.

'We leggen hem in een schaal met rijst,' zei hij en hij haalde het hoesje eraf. 'Dan trekt het vocht eruit. Ik heb wel ergens rijst.'

Ze begonnen te lopen, Line hield Amalie bij de hand. Thancke droeg haar tas. Hij liet hun de badkamer zien, nam Lines mobiel mee en ging kleren voor haar zoeken.

Line trok haar schoenen, sokken, jas en trui uit terwijl ze Amalie geruststelde en zei dat het goed was afgelopen.

Thancke keerde terug met een geruite pyjamabroek, een T-shirt, wollen sokken en een trui. 'Volgens mij is die broek nieuw,' zei hij en hij gaf haar alle spullen.

Line bedankte hem en deed de deur achter hem dicht. Ze trok ook de rest uit en overwoog haar beha aan te houden, maar die was ook nat. Ze stond naakt voor de grote spiegel, draaide haar hoofd en lichaam alle kanten op om te kijken of ze gewond was. Haar heup en dijbeen aan de linkerkant deden pijn en ze zou flinke blauwe plekken krijgen. Ze kreeg kippenvel; ze keek om zich heen op zoek naar iets om zich mee af te drogen.

'Er liggen handdoeken in de kast onder de wastafel,' liet Thancke weten, alsof hij haar gedachten had gelezen.

'Bedankt!' riep ze.

Het zoute zeewater had haar huid ruw gemaakt.
'Je kunt wel een douche nemen,' stelde Thancke voor.
Ze wierp een blik in de betegelde doucheruimte. Douchen zou fijn zijn, maar dat moest maar wachten tot ze weer thuis was. Ze kleedde zich aan en pakte haar natte kleren bij elkaar. Thancke stond achter de deur te wachten toen ze opendeed.
'Geef mij dat maar,' zei hij en hij nam de bult natte kleren van haar over. 'In de wasruimte staat een droogkast.'
Hij opende een deur aan de andere kant van de hal en stak een stekker in het stopcontact zodat de warmteventilator in de kast begon te suizen.
'Misschien wil je het liever zelf doen,' opperde hij en hij gaf haar de kleren terug.
Line knikte; ze hing haar broek en haar beha aan een hangertje. Amalie keek nieuwsgierig toe. Thancke liep weg en kwam terug met haar schoenen. Hij wachtte tot ze klaar was en zette ze op een rooster onder in de kast.
'Heb je je autosleutel?' vroeg hij.
Ze had haar sleutelbos in haar achterzak gestopt. Ze keek en zag dat die er nog in zat. Ze legde de bos tussen haar schoenen, zodat ze hem niet zou vergeten.
Thancke deed de deur dicht en schakelde de warmte in de kast op vol vermogen.
'Laten we naar de keuken gaan,' zei hij. Hij bleef staan voor een deur en keek naar Amalie. 'Misschien heb ik hier wel iets voor jou,' zei hij.
De sleutel stak in het slot. Hij draaide hem om en opende de deur. Het was een slaapkamer. Het gordijn zat dicht. Hij vond een schakelaar. Aan het voeteneind van het bed lagen een paar kleurige plastic paardjes met bijbehorende spullen.
'My Little Pony,' zei Line met een glimlach.
Amalie had er ook een paar thuis. Ze pakte Amalie bij de hand en ging met haar mee naar binnen. Het meisje koos een

pony met lange paarse manen en ging ermee op de vloer zitten.

'Mijn nichtje,' legde Thancke uit. 'Ze is er nu te groot voor en is hier al jaren niet meer geweest.'

'Mama is daar,' zei Line en ze wees naar de keuken.

Thancke zette een waterkoker aan.

'Heb je hier een wateraansluiting?' vroeg Line. 'Op het eiland?'

'Verderop heb ik een put met een eigen pomp,' zei Thancke. 'En bij de steiger mijn eigen septic tank. Het rioleringsbeheer hier op de eilanden leegt hem elk najaar. De stroom gaat via een zeekabel.'

Hij pakte een kom en vulde hem met rijstkorrels om haar telefoon erin te leggen.

'De Duitsers hebben die tijdens de oorlog hier gelegd,' ging hij verder. 'Ze hadden hier kanonnen staan.'

Ergens kwam een geluid vandaan, een dreun. Alsof er iets op de vloer viel. Line draaide zich om en keek naar de hal en de kamer waar Amalie zat te spelen.

Thancke zette de radio aan. Het water kookte. Hij pakte kopjes en theezakjes. 'Earl grey?' vroeg hij.

Line knikte.

'Suiker? Zoetjes?'

'Twee zoetjes.'

De thee stond op het aanrecht te trekken, terwijl Thancke een zakje biscuits met stukjes chocola pakte. Hij deed ze in een schaal die hij samen met de kopjes op tafel zette.

'Wat denk jij van Tom Kerr?' vroeg Line en ze sloot haar handen om haar kopje.

'De vertrouwelijkheid tussen Kerr en mij is nog steeds van toepassing,' waarschuwde Thancke. 'Ook al is hij dood. Als je wilt dat ik aan de documentaire ga meewerken, moet je accepteren dat ik rekening hou met zijn vermoedelijke belangen en wil.'

‘Kwade wil,’ flapte Line er uit.

‘Wat bedoel je?’

‘Zo beschrijft de psychiater hem,’ zei Line. ‘Met een innerlijke drang om anderen pijn te doen.’

Ze nam een slok. De thee smaakte bitter.

Claes Thancke had een bedachtzame uitdrukking op zijn gezicht gekregen. Langzaam draaide hij zijn kopje tussen zijn mollige vingers in het rond. Zijn blik werd afwezig, maar bleef op haar gericht, op borsthoogte.

Line duwde haar schouders naar voren en bedacht dat ze beter een douche had kunnen nemen. Ze had het nog steeds koud.

75

Uiteindelijk nam de politiecommissaris zelf het besluit om Claes Thancke aan te houden. Ze tekende het formele document en schoof dat over haar bureau heen. 'Doe het zo discreet mogelijk,' zei ze. 'Geen uniformen, zwaailichten of sirenes.'

Semmelmann boog zich naar voren en schoof het papier door naar Wisting. De commissaris knikte naar hem en hij pakte het op. Dit ging onder zijn leiding gebeuren.

Ze splitsten zich op. Semmelmann en Stiller vertrokken naar het advocatenkantoor in het centrum, terwijl Hammer en Wisting naar zijn woonhuis in het westen van de stad gingen.

Hammer beëindigde een telefoongesprek toen ze de snelweg verlieten. 'Zijn telefoon is niet traceerbaar,' zei hij.

'Wat betekent dat?'

'Dat hij niet in gebruik is. Hij staat uit of bevindt zich in een gebied zonder dekking.'

Wisting greep het stuur steviger vast en manoeuvreerde door de rustige straten van de wijk Frogner. Twee dienstwagens van de politie stonden bij een kruising. Wisting gaf hun een teken toen ze passeerden. Hammer riep hen op via het toegewezen radiokanaal en vroeg hun te wachten.

Ze parkeerden voor de woning. Een dichtbegroeide haag achter een hoog smeedijzeren hek voorkwam inkijk in het pand. De poort zat op slot en was voorzien van een bord dat waarschuwde dat het huis videobewaking had. Het regenwater lag in plassen op het grind voor de woning. Er stonden geen auto's. Groene klimop klom tegen de betonnen voorgevel omhoog en kronkelde langs de lege, donkere ramen.

Hammer belde aan bij de toegangspoort. Ze wachtten even, waarna hij over het hek klom en zich door de haag wurmde.

Wisting betrad het terrein op dezelfde manier.

Ze liepen naar de voordeur en gebruikten de deurklopper, maar niemand kwam opendoen.

'Alarm,' merkte Wisting op. Hij wees naar een sticker.

Hammer belde het bewakingsbedrijf en liet hen ter controle terugbellen via de centrale van de politie. Ze liepen om het huis heen, terwijl hij uitlegde waar ze waren en dat ze naar binnen gingen. Op de centrale werd het alarm uitgeschakeld.

Ze kozen een verandadeur met kleine ruitjes uit. Hammer brak het glas het dichtst bij de klink, stak zijn arm naar binnen en deed de deur van het slot.

Wisting stapte over de glasscherven en keek om zich heen. Hij stond in een woonkamer met veel zware meubels. De vloerbedekking was dik en zacht.

'Politie!' riep Hammer.

Het enige wat ze hoorden, was de weerkaatsing van hun geroep.

Ze doorzochten kamer voor kamer. Een beneden- en een bovenverdieping en een kelder. Na tien minuten stelden ze vast dat er niemand in huis was. Alle inboedel was oud en voornaam. Er waren hoge plafonds, kroonluchters en grote ramen. Schilderijen met brede, uitgesneden lijsten. Hij had de grote vrijstaande woning waarschijnlijk geërfd, net als de advocatenpraktijk.

In het ene deel van het huis was een werkkamer met een aparte ingang. De wanden waren bedekt met ingebouwde boekenkasten. Op de dikke boeken stonden de naam van de auteur en de titel in gouddruk op de rug. Bij het raam bevond zich een bureau zonder computer, maar alles leek een vaste plek te hebben, inclusief een messingen tafellamp met een langwerpig scherm van groen glas. Midden in de kamer zagen ze een fors bankstel van doorleefd leer met diepe stoelen en een spiegelblanke salontafel van mahonie of teak. Erachter stonden vier oude houten archiefkasten. Een van de roldeuren was half omhooggeschoven. Wisting kon de deur gemakkelijk verder naar boven duwen. In de kast bevonden zich oude cliëntendossiers, gealfabetiseerd van S tot en met het eind, de Å. Hammer opende de kast ernaast. De inhoud was dezelfde, dossiers van K tot en met R. De derde had A tot en met J. De vierde zat op slot.

Semmelmann belde, Wisting liep naar het bureau en nam op.

'Was hij thuis?' vroeg Semmelmann.

Wisting trok een la open en pakte een paar papieren. 'Nee. We zijn er nu. Er is hier niemand.'

'Hier hetzelfde,' meldde Semmelmann. 'De receptioniste heeft ons binnengelaten. We hebben haar van huis opgehaald. Volgens haar is hij misschien in zijn vakantiehuis. Daar was hij de afgelopen tijd vaak.'

Wisting wierp een blik op Hammer. Ze hadden het gecontroleerd: Thancke had geen vakantiehuis.

'Dat staat op naam van het kantoor,' vertelde Semmelmann. 'Het ligt in de buurt van Holmestrand.'

Wisting keek hoe laat het was; per auto zouden ze er een klein uur over doen. Ze moesten vertrekken. Hij duwde de la hard dicht. Door die plotse beweging vloog er een pen omhoog die klem kwam te zitten tussen de la en het bureau. Hij trok de la weer half open en toen hij hem opnieuw dicht wilde doen, zag hij een sleutel liggen.

'Het vakantiehuis ligt op een eiland,' ging Semmelmann verder. 'Stiller laat een civiele wagen van het dichtstbijzijnde politiebureau sturen om te kijken of hij daar misschien is. De helikopter kan niet opstijgen vanwege de mist, maar ze zorgen voor een boot en houden de plek in de gaten tot wij daar zijn.'

'Mooi zo,' antwoordde Wisting.

Hij pakte de sleutel en keek ernaar. Hij leek op een oude sleutel voor een kist.

'We hebben nog iets anders interessants gevonden,' vervolgde Semmelmann. 'Een eigendomsoverdracht. Thancke heeft een vennootschap opgericht die het boerderijtje van Tom Kerr in Østmarka heeft gekocht, met alle uitstaande vorderingen. Dat betekent dat wanneer hij tot overeenstemming komt met de verzekeringsmaatschappij, de gehele nagelaten boedel hem toekomt. Het gaat om vijf miljoen kronen. Vermoedelijk betreft dit een regeling die is getroffen om te voorkomen dat het geld van de verzekering naar de schadevergoeding gaat die Tom Kerr volgens het vonnis moet betalen aan de families van de meisjes die hij heeft vermoord. Dat geeft Thancke dus ook een financieel motief.'

Wisting keek naar de vierde kast. Misschien paste de sleutel daarop.

'We vertrekken nu vanaf hier,' rondde Semmelmann het gesprek af. 'We gaan naar Holmestrand.'

'Wij zijn hier ook bijna klaar,' zei Wisting. Hij drukte het gesprek weg.

Hij liep naar de archiefkast. De sleutel gleed in het slot en draaide gemakkelijk rond.

76

Hammer duwde de roldeur omhoog. De inhoud leek dezelfde te zijn als van de andere archiefkasten, maar had geen alfabetische indeling. Er lagen slechts stapels dossiers en mappen. Wisting pakte er eentje. Met pen waren er een naam en een jaartal op geschreven: TANNER 2012. Het dossier was sleets, alsof het vaak tevoorschijn was gehaald.

Toen hij het opende, zag hij een foto van een naakte vrouw die vastgebonden op een bed lag met een kussensloop over haar hoofd. Er waren meer foto's van dezelfde vrouw, vanuit verschillende hoeken gemaakt. Verder naar onderen lag een close-up waarop te zien was dat haar borsten met een sigaret werden gebrandmerkt. Haar lichaam spande zich aan en kromde zich van de pijn. Andere foto's toonden dat er met een mes in haar huid werd gesneden en dat ze zowel vaginaal als anaal werd gepenetreerd, eerst met vingers, daarna met allerlei voorwerpen. Op de laatste foto's lag de toegetakelde, onder het bloed zittende vrouw in een plas urine.

'Wel verdomme...' bracht Hammer uit.

Wisting pakte een ander dossier: KRÜGER 1998. De foto's waren slechter van kwaliteit, maar toonden hetzelfde. Een vrouw stond vastgebonden aan een boom in het bos. Het touw zat over haar borsten en om haar buik gebonden en sneed in de zachte huid. Haar benen waren gespreid met een metalen staaf. In haar mond zat een bal die met een riem om haar hoofd vastzat. De volgende foto's lieten rode striemen van zweepslagen zien, op andere werd ze mishandeld met houten stokjes. Bloed stroomde over haar dijbenen.

Het volgende dossier was dikker dan de andere en daarop stond LOCH-HANSEN 2014. Een naakte vrouw lag achterovergeleund op een bank, blijkbaar bewusteloos. Op de tafel voor haar stonden halfvolle glazen, een asbak en lege flessen. Haar kleren lagen op een stapel naast haar. De volgende foto was gearrangeerd. Ze zat met haar benen gespreid, haar voeten rustten op de tafel. Haar hoofd hing achterover, over de rugleuning van de bank. Op verschillende foto's was te zien dat er diverse voorwerpen in haar werden gestoken. Een stijve penis werd in haar mond geduwd, die met twee vingers open werd gehouden. De laatste foto's in de serie lieten zien dat haar gezicht onder het sperma zat en dat de verkrachter dat met een eetlepel van haar lippen en wang schraapte, waarna hij het sperma in haar open mond goot.

Andere foto's in hetzelfde dossier waren van dezelfde woonkamer, van dezelfde bank, maar met andere vrouwen. De leeftijd varieerde, allemaal werden ze op dezelfde manier misbruikt.

'Fredrick Loch-Hansen,' zei Wisting. 'Hij is veroordeeld wegens het drogeren en misbruiken van meer dan tien vrouwen. Hij stopte slaappillen in de drankjes die hij hun gaf. Geen van hen kon zich herinneren wat er was gebeurd. Claes Thancke was zijn advocaat. Dit is een deel van het bewijsmateriaal. Foto's van Loch-Hansens mobiel. Sommige meisjes zijn nooit geïdentificeerd.'

Hammer pakte weer een dossier en zag foto's van twee naakte kinderen. 'Dit is van de zaken die hij heeft behandeld,' concludeerde hij. 'Ze gaan een hele tijd terug.'

Hij gaf het dossier aan Wisting en pakte een nieuw. Daarin zaten misbruikfoto's die een cliënt van Thancke van internet moest hebben gedownload.

Wisting deed een stap naar achteren. Hij nam de tijd om alles in zich op te nemen.

Naar buiten toe was Thancke overgekomen als een onconventionele advocaat. Iemand die het als zijn maatschappelijke plicht zag om impopulaire zaken op zich te nemen. Hij kwam op voor mensen op wie alle anderen neerkeken. In werkelijkheid had hij juist dat soort zaken behandeld om zijn eigen lust, zijn eigen drang te bevredigen. Door perverse misbruikers en verkrachters te verdedigen, had hij een abnormale fotocollectie aangelegd. Zijn eigen fantasie aangewakkerd. Toen had hij Tom Kerr ontmoet. Zijn fantasie werd realiteit. Hij was niet langer een observator, hij werd Nummer Twee.

77

'Je rilt,' zei Thancke terwijl hij zijn ogen neersloeg. 'We gaan naar de woonkamer. Ik kan de haard aansteken.'

Hij schoof zijn stoel naar achteren. Line stond op. Opnieuw hoorde ze het geluid: enkele lichte dreunen.

'Ik ga even bij Amalie kijken,' zei ze.

'Denk je dat ze iets wil drinken?'

Line schudde haar hoofd. 'Ik geef haar wel wat biscuitjes,' zei ze en ze pakte er een paar van de schaal.

Amalie zat midden in een spel. Ze lag op haar buik met een paardje in elke hand en liet ze met elkaar praten.

'Gaat het goed?' vroeg Line en ze gaf haar de koekjes.

Amalie keek even op en pakte de biscuitjes aan. 'Jij hebt rare kleren,' zei ze.

Line glimlachte, omhelsde haar en liep naar de woonkamer. De haard brandde op gas. De vlammen likten al aan het glas. Aan de wanden hingen verschillende onderscheidingen en diploma's samen met ingelijste foto's van Thancke met politici en andere belangrijke personen.

Twee panoramaramen keken uit op het zuiden. De mist was dichter geworden, maar het water was nog te zien. Voor de ramen lag een geplaveid terras met een klein zwembad waarop een glazen dak zat. Damp van het warme badwater zorgde voor een laag condens aan de binnenkant.

De planken van een luik in de vloer kraakten toen ze naar de ramen liep om het beter te kunnen zien. In de zomer moest het idyllisch zijn, maar op een dag als deze maakte het slechts een kille indruk.

'Wat mooi,' merkte ze niettemin op.

Thancke kwam naast haar staan en schoof met zijn voet een viltkleed op zijn plaats.

'Dat is een zoutwaterbad,' zei hij glimlachend. 'Dan hoef ik geen chloor toe te voegen.'

Thancke had de theekopjes meegenomen. Line ging zitten op de plek waar hij haar kopje had neergezet, naast de haard.

'Hoe denk jij over Kerr?' vroeg ze.

Thancke veegde iets van zijn broekspijp. 'Hij was meer dan zijn daden,' antwoordde hij. 'Ik maakte hem alleszins mee als een kwieke, evenwichtige persoon. Een man met tal van verschillende interesses.'

'Jij hebt veel van zulke cliënten gehad,' zei Line.

'Hoezo "zulke"?'

'Verkrachters. Misbruikers en buitenbeentjes. Hoe is het om zulke mensen te verdedigen?'

Thancke schraapte zijn keel. 'Ik heb de daden nooit verdedigd en zal dat ook nooit doen. Ik verdedig de rechten van de cliënt. Ik begrijp heel goed dat mensen zich opwinden over de zaken die ik voor de rechtbank behandel, maar het is mijn taak de bewijzen na te pluizen, te beoordelen en te kijken of ze voldoende zijn. Ik moet ervoor zorgen dat daar waar twijfel bestaat, dit de verdachte ten goede komt. Daar heb ik nooit problemen mee gehad. Ik stop geen persoonlijke gevoelens in mijn rol als verdediger, maar in elke zaak leg ik mijn betrokkenheid en inzet.'

Hij was een goed interviewobject, dacht Line. De antwoorden waren goed geformuleerd en uitvoerig, maar het waren dan ook vragen die hem al vele malen waren gesteld – de antwoorden waren ingestudeerd. Desondanks kwam hij over als een onbaatzuchtige en nadenkende man.

'Doet het niets met je?' vroeg ze.

'Of ik afgestompt raak? Bedoel je dat?' Hij schudde zijn

hoofd. ‘In dit werk kun je er niet bij stilstaan dat iets akelig is. Een arts kan dat natuurlijk evenmin. Het is mijn taak om verder te kijken dan dat wat schokkend en triest is, ik moet me op mijn taak als verdediger concentreren. Al het andere moet ik uit mijn gedachten zetten.’

‘Denk je dan niet aan de slachtoffers van de mannen die je verdedigt?’

Hij leek de vraag niet helemaal te begrijpen.

‘Na verloop van tijd wordt dat gemakkelijker,’ antwoordde hij. ‘Met de jaren word je harder. Wat je in het begin volledig van slag maakte, wordt gaandeweg iets heel gewoons. Volgens mij betekent dat niet dat ik gevoelsmatig afgestompt ben.’

Weer dat geluid. Drie regelmatige, doffe dreunen.

‘Wat is dat voor geluid?’ vroeg ze.

‘Welk geluid?’

‘Dat gedreun.’

‘O,’ zei hij glimlachend. ‘Dat is de zuiveringsinstallatie voor het zwembad. Er zit lucht in de buizen. Ik ben er zo aan gewend dat het me niet meer opvalt.’

Line keek langs hem heen. Een vogel was op de overkapping van het zwembad geland. ‘Had je geen enkele aanwijzing dat hij van plan was te ontsnappen?’ vroeg ze.

Thancke schudde zijn hoofd. ‘Ik dacht dat hij met zichzelf tot een akkoord was gekomen,’ antwoordde hij. ‘Dat hij wilde bekennen en verder wilde met zijn leven. Ik werd in de maling genomen. Hij heeft iedereen in de maling genomen.’

‘Waar kan hij zich verstopt hebben? Tot het moment waarop hij werd vermoord?’

‘We weten niet wanneer hij is vermoord,’ merkte Thancke op.

‘Ik denk aan Maren Dokken,’ zei Line. ‘Waar zij verborgen kan worden gehouden.’

Het gedreun uit de waterleiding was nauwelijks hoorbaar,

maar zorgde voor kringen in het theekopje. Bij elke dreun trilde de warme thee, alsof er een groot, zwaar dier aan kwam lopen.

'Jij neemt zonder meer aan dat Tom Kerr degene is die Maren Dokken heeft ontvoerd,' wierp de advocaat tegen. 'Daar weten we niets van. Dat is op geen enkele manier bewezen.'

'Jij bent in feite degene die het meest over hem weet,' zei Line. 'Als hij een verstopplek had, hoe kunnen we die dan vinden? Ik snap dat dit niet in het belang van jouw cliënt is, maar Maren Dokken is nog steeds verdwenen. Het kan om leven en dood gaan. Dat heft de geheimhoudingsplicht toch wel op?'

'Is dit niet heel iets anders dan het onderwerp van jouw documentaire?' vroeg Thancke.

Line sloot haar handen weer om haar theekopje en keek erin. 'Sorry,' zei ze. 'Maar ik ontmoette haar op de dag dat Tom Kerr ontsnapte. Ik sprak met haar in de bus. De gedachte dat ze moet meemaken...'

De dreunen. De kringen in het theekopje. De geluiden kwamen in een regelmatig ritme. Eerst met drie korte pauzes ertussen, dan drie lange, vervolgens drie korte, waarna het stopte.

'Ik heb haar ook ontmoet,' zei Claes Thancke. 'Ik heb haar gesproken en als ik zou weten wat er met haar is gebeurd, dan had ik dat natuurlijk verteld. Maar ik zit net zo met mijn handen in het haar als de politie.'

Line kon haar ogen niet van haar theekopje afhouden. Ze concentreerde zich op het luisteren. Drie korte dreunen, drie lange en drie korte. SOS. Het waren geen toevallige tussenpozen. Iemand probeerde een signaal af te geven.

Ze keek naar het kelderluik bij het raam, hoorde opnieuw drie dreunen. Iemand sloeg tegen de buizen onder het huis.

'Je hebt je thee bijna niet aangeraakt,' zei Thancke. 'Is er iets mis?'

‘Nee hoor,’ antwoordde Line.

Ze plakte een glimlach op haar gezicht en nam een slok. Een onaangename mogelijkheid openbaarde zich. De stukjes vielen op hun plaats. De communicatie die de gevangenis in en uit werd gesmokkeld, de planning, de voorbereidingen. Claes Thancke was degene die het de minste moeite zou kosten om Kerr met vluchten te helpen. Hij paste bij het daderprofiel van de psychiater, op alle punten.

De thee was niet warm meer. Ze dronk met tegenzin verder.

‘Hoe ben je met Tom Kerr in contact gekomen?’ vroeg ze. ‘De eerste keer?’

‘Dat gaat een hele tijd terug,’ antwoordde Thancke. ‘Ik heb de advocatenpraktijk overgenomen van mijn vader. Hij had de vader van Tom Kerr verdedigd. Toen Tom Kerr voor het eerst juridische bijstand nodig had, sprak het voor zich dat hij zich tot mijn kantoor wendde.’

‘Wat had zijn vader gedaan?’

Thancke glimlachte minzaam naar haar. ‘Daar kun je vast en zeker achter komen, maar het is niet correct dat ik jou dat vertel.’

Ze nam opnieuw een slok van haar thee, gewoon om iets te doen. Haar gedachten tolden. Ze kon ze niet op orde krijgen.

‘Ik ga even bij Amalie kijken,’ verontschuldigde ze zich en ze zette het kopje op tafel.

Ze liep door de keuken de hal in en hoorde Amalie spelen. Ze overwoog haar mee te nemen en op de vlucht te slaan, maar ze kon nergens naartoe. De boot was afgesloten en lag aangemeerd, bovendien had ze geen schoenen.

Door het raam naast de voordeur kon ze de steiger zien. De boot lag vast met het achterste meertouw. Als de zee ruwer werd of de wind van richting veranderde, kon de boot losslaan. Thancke moest een touw vergeten zijn vast te maken of dat niet goed genoeg hebben gedaan toen ze in het water viel.

Ze riep naar hem. ‘De boot is niet goed vastgelegd.’

Thancke zei iets wat ze niet meekreeg. Hij trok zijn jas en schoenen aan en stormde naar buiten.

Line keerde snel terug naar de woonkamer. Op het luik in de vloer lag nu een kleed. Ze schoof het opzij, opende het luik en keek naar beneden. Er brandde daar licht. Een steile trap leidde naar een vertrek met een betonnen vloer. Ze wierp een blik op de keuken en door de hal naar buiten, toen daalde ze de trap af.

78

Ze had waarschijnlijk maar een paar minuten de tijd, misschien nog niet eens.

Het vertrek was leeg. Er waren twee deuren naar twee kamers, die waren ook leeg. Aan het andere eind was een opening die in de berg uitkwam, als een mijngang die was ontstaan door gesteente op te blazen. Misschien iets uit de oorlog, toen de nazi's op het eiland zaten.

Een kabel liep van de ene lichtkoepel naar de volgende en hing in een boog onder het plafond. Evenwijdig aan de stroomleiding zag ze twee metalen buizen. Line rekte zich uit en sloot haar hand om een buis; ze verwachtte die te voelen trillen en net toen ze los wilde laten hoorde ze drie snelle dreunen. Hierbeneden was het geluid duidelijker hoorbaar, dat kwam van ergens voor haar.

Ze volgde de gang. Na tien meter liep die in een rechte hoek naar rechts en eindigde bij een deur die in de bergwand was gemetseld, afgesloten met een grendel.

Opnieuw pakte ze de metalen buis vast en wachtte op de volgende serie dreunen, maar die kwam niet. Ze wilde roepen, maar bedacht zich. In plaats daarvan peuterde ze een steen uit de bergwand en sloeg daarmee drie keer tegen de buis om een signaal te geven aan de persoon die zich aan de andere kant van de deur bevond.

De reactie kwam onmiddellijk. Drie snelle dreunen en een gedempte kreet.

Ze voelde de paniek toeslaan, die verspreidde zich als een

warme golf van haar borst naar haar hoofd. Ze kon nauwelijks ademhalen.

Ze deed een paar passen naar achteren, struikelde ergens over, maar kon nog net haar evenwicht bewaren. Toen draaide ze zich om, rende terug, holde de trap op en keek om zich heen. Ze verwachtte Claes Thancke aan te treffen, maar die was er niet. Ze legde het luik weer op zijn plaats en het viltkleed eroverheen. Daarna liep ze snel naar de keuken, naar het aanrecht, en stak haar hand in de kom met rijst. Ze was op zoek naar haar telefoon. De rijstkorrels vlogen in het rond en belandden op de vloer. Geen mobiel; Thancke moest hem eruit hebben gehaald.

De voordeur ging open.

Ze veegde een deel van de rijst terug in de kom en probeerde haar ademhaling onder controle te krijgen: langzaam uitademen, langzaam inademen. Ze vond een ritme en liep hem tegemoet.

'Ik denk dat Amalie en ik maar eens op huis aan moeten,' zei ze. 'Over een uur moet ze naar bed.'

Thancke bleef in de hal staan, tussen haar en de kamer waar Amalie zat te spelen.

'Je kleren zijn nog niet droog,' zei hij.

'Dat is dan maar zo.'

Hij keek langs haar heen de keuken in.

'Je hebt je thee nog niet eens opgedronken,' zei hij.

'Dat is dan maar zo.'

Hij deed een stap naar achteren en tastte naar de deur van de logeerkamer. Met een snelle beweging trok hij hem dicht, draaide de sleutel om en haalde die uit het slot.

79

De bevestiging kwam nog voordat ze halverwege waren. De auto van Claes Thancke stond bij de haven. Hij was in zijn vakantiehuis.

Een lage sportwagen ging aan de kant voor de zwaailichten en de sirenes. De politiecommissaris had om discretie verzocht. Dat was toen er nog ruimte was voor twijfel of ze de juiste man hadden. Die twijfel was nu weg.

'We moeten manschappen aan land krijgen,' zei Wisting. 'Mensen die dichterbij zijn dan wij.'

'Ze zijn onderweg,' verzekerde Hammer hem. 'Maar wij zijn er vermoedelijk eerder.'

De mist werd dikker naarmate ze dichter bij de zee kwamen. De weg versmalde, er kwamen meer bochten en hij eindigde bij een kleine particuliere haven. Daar stonden drie politiewagens. Agenten in uniform stapten aan boord van een boot met een grote buitenboordmotor.

Wisting bleef achter het stuur zitten. Zijn blik rustte op een vierde voertuig. Een klamme angst greep hem bij de keel. De ruitenwissers gleden over de voorruit. Die auto was van Line.

Hij probeerde de opkomende gedachten weg te duwen, maar begreep wat dit te betekenen had.

De auto met Stiller en Semmelmann kwam van achteren en parkeerde naast hem. Wisting opende het portier en zette een voet op de grond. De boot was klaar om te vertrekken. De politieman met het meertouw in de hand riep naar hen.

'Kom je?' vroeg Stiller.

'Line is daar,' zei Wisting.

Hij sloeg het portier dicht en liep naar haar auto. Die zat op slot.

'Bel haar!' riep Hammer.

Wisting had zijn mobiel al in de hand. Hij belde, maar ze nam niet op.

De man met het touw riep opnieuw. Hammer trok Wisting mee en vond een plaatsje voor in de boot. Die schoot met een ruk van het land af. De tegenwind bracht Wistings stugge haar in de war. De zeelucht om hem heen was zwaar van mist en zout water. Hij veegde een druppel van zijn neusvleugel en liet zijn blik zakken.

80

'Nu doe je precies wat ik zeg.'

Claes Thancke stopte de sleutel in zijn zak. Vanaf de andere kant van de deur riep Amalie haar moeder.

Line gaf Thancke een trap in zijn kruis. Hij slaakte een kreet en zakte op zijn knieën. De schop zou effectiever zijn geweest als ze schoenen had gedragen.

Ze drong langs hem heen naar de uitgang. Hij wist haar bij haar middel te pakken, ze verloor haar evenwicht en hij smeet haar tegen de wand.

Het lukte haar om niet te gillen; ze dook ineen en hapte naar adem. Thancke pakte haar weer vast en duwde haar bruut opnieuw tegen de wand aan. Haar hoofd sloeg achterover, knalde tegen het houtwerk en klapte naar voren. Zijn stem zoemde in haar oren, maar ze kreeg niet mee wat hij zei. Ze zwaaide verblind met haar armen, gebruikte haar benen, haar knieën. Het was zijn kracht tegen haar wanhoop. Hij drukte zijn hele lichaamsgewicht tegen haar aan, duwde zijn linkeronderarm tegen haar keel en pakte met zijn rechterhand haar pols vast. Legde zijn voorhoofd tegen dat van haar, zodat ze zijn warme ademhaling voelde. Ze draaide haar gezicht weg, liet haar hoofd tegen zijn schouder zakken en beet hem uit alle macht. Haar tanden drongen in zijn huid en ze proefde de smaak van bloed.

Claes Thancke slaakte een kreet. Hij liet haar los en gaf haar een klap, die haar op de zijkant van haar gezicht raakte. Ze knalde opnieuw tegen de wand. Hij trok haar aan haar haren, draaide haar om en gooide haar op de grond. Ze wist struikelend weer overeind te komen en probeerde de voordeur te bereiken, maar werd ingehaald. Een nieuwe slag raakte haar op haar jukbeen vlak onder haar rechteroog. Ze tolde in het rond en kwam tegen de deur van de wasruimte terecht. Die vloog open. Line rolde naar binnen en landde op haar rug. Ze ging zitten en schoof achteruit, een hoek in, gooide een schoonmaakemmer om en kreeg een bezem te pakken. Die zwiepte ze voor zich heen en weer, maar Thancke greep hem uit haar handen, gooide hem aan de kant en boog zich over haar heen. Met beide handen greep hij haar bij haar keel en sloeg haar hoofd keer op keer tegen de tegelvloer. Line klauwde wild in het rond, probeerde hem te raken, maar graaide in de lucht en voelde dat Thancke zijn vingers om haar strottenhoofd legde en dat met zijn duimen naar binnen drukte.

Line spande haar hele lichaam aan. Ze voelde een brandende pijn achter haar ogen. De kamer tolde. Ze hoorde zichzelf reutelen, terwijl ze wanhopig probeerde zijn vingers los te trekken zodat ze kon ademen. De greep werd alleen maar steviger. Er verschenen sterretjes voor haar ogen. Ze wist een hand onder zijn linkeroog te krijgen. Haar nagels boorden zich in zijn gezicht in een poging hem van zich af te duwen. Haar andere arm zwaaide wild langs haar lichaam. Ze kreeg iets te pakken en sloeg Thancke ermee in zijn zij. In een flits zag ze wat ze vasthad: een blauwe spuitbus.

Het lukte haar om twee vingers tegen de hendel te leggen en ze richtte de sproeier op zijn gezicht. Er gebeurde niets toen ze de hendel indrukte, er ontsnapte alleen een beetje lucht uit de bus. Ze probeerde het nog een keer en voelde dat de weerstand groter was. Een krachtige straal raakte Thancke op zijn kin. De verstikkende lucht van chloor verspreidde zich meteen. Ze spoot opnieuw. De straal kwam in Thanckes rechteroog terecht. Hij reageerde onmiddellijk, liet haar los, gilde het uit en sloeg haar arm met de spuitbus opzij.

Line klauterde omhoog terwijl Thancke in zijn ogen wreef. Ze wankelde de hal in, naar de deur van de kamer waar Amalie was. Koortsachtig rukte ze aan de klink.

Thancke kwam achter haar aan. Zijn ene oog was gezwollen en zat dicht. Hij brulde het uit. Line wankelde naar achteren. Struikelend belandden ze in de keuken. Daar ging het gevecht verder. Line probeerde zijn hoofd te pakken te krijgen, krabde hem in zijn gezicht en trok hem aan zijn haar. Hij gooide haar verder, de woonkamer in, en duwde haar tegen de wand.

Ze zwaaide met haar armen, greep een ingelijst diploma en slingerde dat tegen hem aan, waarbij de lijst op zijn gezicht terechtkwam. Het glas brak en haalde zijn huid open. Een grote huidflap hing slap van zijn mond naar beneden. Toen hij ademhaalde, zwiepte die heen en weer.

Line stormde naar de terrasdeur en probeerde hem open te krijgen. Thancke greep een houten stoel, draaide hem om en gooide hem tegen haar zij. Ze voelde een paar ribben breken. Hij tilde de stoel omhoog en sloeg opnieuw toe, zo hard dat een stoelpoot brak. Ze liet zich op haar knieën vallen. Bloed drupte op het kleed voor haar. Haar krachten waren bijna op. Hij had de overhand en dat wist hij.

Hij gooide het kleed op de vloer opzij en opende het kelderluik. Line beet haar tanden op elkaar van krachtsinspanning. Als hij haar daarbeneden kreeg, zou ze waarschijnlijk nooit meer boven komen. Niet levend. Nooit terug bij Amalie.

81

De stootkussens schuurden tegen de rand van de steiger toen ze de boot aanlegden. Wisting sprong als een van de eersten aan land. De agenten in uniform verspreidden zich en stormden van meerdere kanten met geheven wapen in de richting van het huis. Wisting rende er in een rechte lijn naartoe, met Hammer naast zich.

Binnen klonken vage, verontrustende geluiden.

Bij de voordeur keken ze door het zijraam. De deurmat in de gang lag schots en scheef. Een ingelijste foto lag aan diggelen op de grond. Er liepen bloedsporen.

Wisting rukte aan de deurklink. Op slot.

Ze renden om het huis heen, naar een terras met een buitenzwembad en twee grote panoramaramen. Line zat op haar knieën op de vloer van de woonkamer, met bloed in haar gezicht en haar. Thancke was op weg naar haar toe. Hij wilde haar vastgrijpen, maar stopte en draaide zich om. Zijn ene oog zat dicht. Zijn mond stond scheef. Een vragende uitdrukking op zijn gezicht.

Een agent kwam naast Wisting staan en richtte zijn wapen op Thancke.

Line krabbelde overeind, zonder te beseffen wat er buiten aan de hand was. Ze had een stoelpoot vast en hief die op als een knuppel. De slag trof Thancke tegen de zijkant van zijn hals, waarna hij door zijn knieën zakte. Wisting werd opzijgeschoven en tegengehouden. Met de kolf van zijn machinepistool verbrijzelde een agent het glas. Ze stormden naar binnen, drukten Claes Thancke tegen de grond, sleepten hem naar het midden van de kamer en sloegen hem in de boeien.

Wisting pakte Line vast en drukte haar tegen zich aan. Hij voelde dat ze beefde.

'Amalie,' fluisterde ze. 'Amalie is in de slaapkamer.'

Hij schoof haar een stukje van zich af en keek haar aan, terwijl ze haar woorden herhaalde.

'De sleutel zit in zijn zak,' zei ze met een knikje naar Thancke.

Wisting liet haar los.

'Wacht' zei ze. 'Ik ga haar halen. Jij moet... Maren...'

Line keek naar het openstaande kelderluik. 'Maren Dokken is daarbeneden,' fluisterde ze.

'Leeft ze?' vroeg Wisting.

'Ik geloof het wel.'

Hij riep Hammer bij zich en liep naar de opening in de vloer. Hammer nam een agent mee.

'Gereedschap!' riep Wisting voor de dichte deur. 'We moeten gereedschap hebben.'

Hammer rende terug en riep naar de woonkamer. In de vertrekken boven hen kwam iedereen in beweging. Deuren sloegen open en dicht, ze keken in kasten. Stiller kwam bij hen met een breekijzer en een hamer. Met het breekijzer rukte Wisting de vergrendelingsbout uit de muur. Pleisterwerk en brokken beton volgden. De bevestigingen aan de dwarsbalk kwamen los. Hammer gooide ze aan de kant. Wisting trok de deur open.

Het vertrek was slecht verlicht en liep in een hoek. De wanden en het plafond waren bedekt met schuimrubber. Het rook er naar schimmel en vocht. Een agent scheen met een zaklantaarn in het rond, de lichtbundel viel op de vloer en ving grijze dotten stof.

Ze gingen tegelijk naar binnen en stootten tegen elkaar. In een hoek vonden ze haar. Ze lag op een bed, tegen de wand.

Naakt. Haar armen omhoog, gespreid, met handboeien vastgeketend aan de bedstijlen.

Haar benen zaten vastgebonden met een touw. Een ervan was losgeraakt, zodat haar voet vrij was. Bloedsporen vertelden dat ze daarmee tegen een buis langs de wand had geschopt.

Ze hief haar hoofd en kneep haar ogen tot spleetjes tegen het licht van de zaklantaarn. Brede tape bedekte haar mond en was twee keer om haar hoofd gewikkeld. Haar ogen rolden naar achteren, waarna ze dichtgleden.

82

De duisternis viel en de grijze, klamme mist was nog amper waarneembaar. Line stond op de steiger met een deken om haar schouders. Ze keek op naar het huisje. Maren Dokken en Claes Thancke waren nog binnen. Er was een reddingsboot opgeroepen. De manschappen bevonden zich in de kelder en troffen voorbereidingen om Maren naar boven te halen.

Amalie was in slaap gevallen. Wisting had haar aan boord van de reddingsboot getild en zat nu met haar in de stuurhut. De ergste gebeurtenissen waren haar bespaard gebleven, maar het zou Line heel wat tijd kosten om haar uit te leggen wat er was voorgevallen.

De voordeur ging open. Stiller verscheen en liep naar Line toe. Hij had haar tas met de camera bij zich.

'Ze brengen hem naar buiten,' zei hij terwijl hij haar de tas gaf.

Line begreep eerst niet wat hij bedoelde.

'Ze brengen hem nu naar buiten,' herhaalde Stiller met een hoofdbeweging. 'Claes Thancke. Ze willen hem weg hebben voordat ze Maren halen.'

Line pakte de tas aan en zette hem neer. Pijn schoot door haar ribben toen ze zich vooroverboog. Ze pakte haar camera, maakte de lens schoon met een hoekje van de deken, bevestigde de lamp en liep een paar meter het pad op. Daarna deed ze de cameralamp aan.

De voordeur ging weer open. Line checkte de display en

focuste. Een agent kwam naar buiten. Achter hem kwam Claes Thancke, meteen gevolgd door twee agenten die naast hem liepen en Thancke bij de arm pakten zodra ze buiten waren.

Thancke hield zijn hoofd gebogen, zijn voeten sleepten. Zijn handen lagen geboeid op zijn rug. Hij kwam dichterbij, in het licht van de cameralamp. Line had moeite de camera stabiel te houden. De agenten die Thancke meenamen, bleven even staan, Thancke keek op. Voor zijn ene oog zat een vierkant verband. De diepe snee in zijn lip was gehecht met een pleister. Het grootste deel van het bloed op zijn gezicht was weggeveegd, maar zijn kleren zaten er vol mee en in zijn haar kleefden tal van gestolde bloedklonters.

Op een meter afstand liep hij langs haar heen en keek met één oog in de lens. Zijn blik was zo donker dat Line de overgang tussen iris en pupil niet kon zien, alsof daar geen licht tussen zat. Daarna wendde hij zijn hoofd af en werd hij aan boord van de wachtende boot gebracht.

83

'Ze komen nu met hem naar buiten.'

Stiller beëindigde een telefoongesprek en knikte naar de ingang van het hotel. Wisting boog zich naar voren, tussen de stoelen door. Line pakte haar camera en stapte uit.

Het duurde nog even, maar toen gingen de deuren open. De rechercheur van de speciale eenheid kwam naar buiten, begeleid door twee mannen in burger van Stillers rechercheteam.

Line liep iets verder naar voren.

Hij had geen handboeien om, maar de beelden zouden geen twijfel over de situatie laten bestaan. Terje Nordbø werd naar een wachtende auto met geblindeerde ramen gebracht. De twee rechercheurs hielden hem stevig vast. De ene opende het portier naar de achterbank, tilde zijn hand op en hield die boven Nordbø's hoofd toen die wilde instappen. Hij zag Line en bleef half in de opening staan, waarna hij een arm voor zijn gezicht sloeg en zich van de camera afwendde.

Wisting vond de reactie overdreven, meende dat een aanhouding onnodig was.

'Het gaat om iets meer dan lekken,' wierp Stiller tegen. 'Er is niet alleen sprake van schending van de geheimhoudingsplicht. Hij heeft zijn superieuren misleid om een valse aanklacht tegen jou te staven en er actief aan bijgedragen dat je al van tevoren in de media werd veroordeeld.'

Wisting zat met de bewijsbeelden op schoot. Het was een screenshot van de nieuwsuitzendingen van TV2. Wisting stond op meerdere beelden die waren gebruikt in uitzendingen waarin het optreden van de politie met betrekking tot de vlucht van Tom Kerr werd bekritiseerd. Er was bij vermeld dat Wisting van de zaak was gehaald en er een onderzoek naar hem liep.

Stiller had vier kopieën van Lines opnamen van Kerrs vlucht verspreid: een naar zijn eigen leiding bij de Landelijke Recherche, een naar politiecommissaris Agnes Kiil en haar staf en een naar Wisting en zijn rechercheteam. Daarnaast had hij een kopie gemaakt voor de speciale eenheid die daarom had gevraagd. Elke kopie was gemarkeerd. Hij had een nauwelijks zichtbaar watermerk in elke film aangebracht. Helemaal aan de rand van het beeld merkte Wisting de contouren op van de letter S, voor speciale eenheid. De opnamen die op TV2 waren getoond, konden maar van één plek komen, van één man.

De portieren van de civiele politiewagen sloegen dicht. De ene rechercheur nam plaats naast de arrestant, de andere ging achter het stuur zitten.

'De zaak tegen jou wordt geseponeerd voordat de dag voorbij is,' zei Stiller. 'Ik zal zorgen dat TV2 dat meldt, dat het meer wordt dan slechts een aantekening.'

Wisting knikte. Hij had zich over de uitslag van het interne onderzoek geen zorgen gemaakt. Zoiets had hij eerder meegemaakt, maar deze keer was het toch anders. Hij dacht nog steeds dat de plaatsopneming met Tom Kerr anders had kunnen worden uitgevoerd. De voorbereidingen hadden zorgvuldiger kunnen zijn geweest, er hadden minder voorwaarden aan kunnen zijn verbonden. De vlucht en alles wat er in het kielzog daarvan was gebeurd, had voorkomen kunnen worden. Tegelijkertijd hadden ze dan niet de antwoorden gehad die ze nu wél hadden. Nummer Twee zou dan nog op vrije voeten zijn.

84

Er zat sneeuw in de lucht. De dunne vlokken smolten toen ze de grond raakten, maar binnenkort zou het gaan vriezen.

Wisting had zijn jas open. De zoektocht stond onder leiding van Maren Dokken. Drie maanden waren voorbijgegaan. Ze was weer aan het werk. Het letsel dat ze door de granaatexplosie aan haar schouder had opgelopen, zou nooit meer helemaal herstellen. Ze zou nooit meer kunnen patrouilleren, maar ze had wel op de rechercheafdeling kunnen beginnen. Ze had ook andere lichamelijke verwondingen, maar de mentale waren het ernstigst.

Er verscheen een auto die het verwelkte gras van de zomerweide op reed en parkeerde. Adrian Stiller en Idar Semmelmann stapten uit. Ze knikten naar Wisting en Hammer, en met zijn vieren gingen ze bij de oude zagerij staan.

Drie agenten stonden klaar met scheppen. Ze waren er ook bij geweest op de dag dat Tom Kerr op de vlucht sloeg. Line filmde toen ze in de stapel oud, grauw zaagsel begonnen te graven. Espen Mortensen had zijn witte overall aan. Hij stond op een afstandje, klaar om het over te nemen als er iets zou worden gevonden.

Nils Hammer stopte een dot snus onder zijn bovenlip. 'De lijkhonden hadden iets moeten ruiken toen we hier in september met ze waren,' zei hij.

Wisting was er niet zeker van. Taran Norum was al jaren geleden verdwenen.

'De zaak-Gjervan,' merkte Stiller op.

Die was bijna twintig jaar oud. Een boer had een jong stalmeisje verkracht en vermoord. Uiteindelijk hadden ze haar lijk in een houthok aangetroffen. De honden hadden niet gereageerd: het zaagsel isoleerde de geuren.

'Claes Thancke was zijn advocaat,' voegde Stiller eraan toe. 'Daardoor kan hij op het idee zijn gekomen.'

'Tom Kerr kende de buurt hier,' zei Semmelmann. 'Ongeveer elk tweede huisje hier beschikt over een bubbelbad of een zwembad.'

De bovenste laag werd weggeschept. De houtspaanders waren inmiddels tot compost verworden. Donkere, fijne en vochtige aarde.

Het graafwerk vorderde gestaag. Er waren geen stenen, wortels of andere hindernissen. Toen ze een halve meter diep waren, gaf Maren Dokken aan dat ze moesten stoppen. Wisting liep met de anderen naar de rand. Een stuk zwart plastic stak omhoog.

Mortensen kwam erbij met zijn fotocamera. 'Hij had geen plastic moeten gebruiken,' zei hij.

'Praktisch voor het vervoer,' liet Hammer weten.

Maren pakte een schep en groef nog wat meer aarde weg. Ze vond de knoop aan de ene kant van de zak, Mortensen knikte en ze maakte de knoop los.

Er lag al een wit zeil klaar. Maren Dokken legde de plastic zak erop. Mortensen gaf haar een stanleymes. Voorzichtig sneed ze in een cirkel vlak onder de knoop een nieuwe opening.

Een paar dunne botjes vielen eruit, daarna een paar grotere. Maren Dokken legde ze tegen elkaar op het zeil, haalde nog enkele skeletdelen tevoorschijn en plaatste ze zo dat ze samen een bovenarm, onderarm, hand en vingers vormden.

Ergens in de buurt blafte een hond. Maren Dokken kwam overeind en staarde een moment recht in Lines camera. Daarna keek ze naar Wisting en trok haar mondhoeken op. Het was geen glimlach, maar een tevreden gelaatsuitdrukking. Hij glimlachte, waarna ze doorging met aarde wegscheppen.

Ze zou het wel redden, dacht hij. Ze was voor het leven getekend, maar ze zou ermee om kunnen gaan. Ze had een sterke wil en vond wel een manier om verder te leven. Hij keek om zich heen naar de andere rechercheurs. Hammer, Stiller, Mortensen en Semmelmann. Ze hadden mensen zoals zij nodig. Er waren nog steeds foute mensen op vrije voeten, andere mensen.

Nawoord

Dit boek gaat over het kwaad; de wil om andere mensen pijn te doen en lijden te bezorgen.

Het gebeurt niet zo vaak in de loop van een politiecarrière, of überhaupt in het leven, dat je boosaardige mensen tegenkomt. Ik heb mensen ontmoet die boosaardige daden hebben verricht, maar slechts een doodenkele keer iemand die daadwerkelijk de wil had om slecht te zijn.

Slechts zelden richt ik een nawoord tot mijn lezers. Ik heb graag dat het boek voor zich spreekt. Deze keer wil ik echter laten weten dat ik veel baat heb gehad bij het lezen van Pål Grøndahls boek *Om drap* [Omtrent moord]. Dat raad ik aan om te lezen, om beter te begrijpen hoe de forensische psychiatrie tegen het moorden en de thematiek in *De onbekende* aankijkt.

Ook heb ik veel gehad aan een serie artikelen over het kwaad en het gevangenisleven die zich nu in het archief van *Aftenposten* bevindt. Een van de kronieken is geschreven door Stig Millehaugen, die momenteel zijn straf uitzit vanwege een moord. Hij gaat in op enkele zelfde gedachten als ik heb gevonden in het boek *Gewetenloos* van Robert D. Hare. Psycholoog Philip Zimbardo's boek *Het Lucifer Effect. Hoe gewone mensen zich laten verleiden tot het kwaad* is het resultaat van zijn jarenlange onderzoek naar het kwaad en was voor mij ook nuttig om te lezen.

Het werk dat de meeste indruk op me heeft gemaakt is echter geschreven door Jon Gangdal: *Noen kommer til å bli drept*

[Er zal iemand worden vermoord]. Dat gaat over de zaak-Søgne, waarin een veertienjarige jongen zijn even oude vriendinnetje Alma Gabriela Knutsen om het leven bracht – op een kwaadaardige, geraffineerde manier. Ik heb Gabriela en haar moordenaar ontmoet. In 2015 bracht ik een auteursbezoek aan de school waar ze beiden op zaten. Toen ik het volgende jaar opnieuw werd uitgenodigd, was ze vermoord, en haar ouders vertelden me over een gevreesde moordenaar die te jong was om bestraft te worden. Voor mij werd dat een tragische bevestiging van het feit dat slechtheid bestaat.

Larvik, 22 juli 2019
Jørn Lier Horst